BARBARZYŃCA W OGRODIE

花园里的野蛮人

Zbigniew Herbert

[波兰] 兹比格涅夫·赫贝特 / 著

张振辉 / 译

南方出版传媒
花城出版社
中国·广州

图书在版编目（CIP）数据

花园里的野蛮人 /（波）赫贝特著；张振辉译. -- 广州：花城出版社，2014.10（2020.7重印）
（蓝色东欧 / 高兴主编. 第2辑）
ISBN 978-7-5360-6957-2

Ⅰ. ①花… Ⅱ. ①赫… ②张… Ⅲ. ①散文集－波兰－现代 Ⅳ. ①I513.65

中国版本图书馆CIP数据核字(2014)第247698号

合同版权登记号：图字19-2012-086号
BARBARZYŃCA W OGRODIE
Zbigniew Herbert
Copyright：© 2004，The Estate of Zbigniew Herbert
All rights reserved

出 版 人：	肖延兵
丛书策划：	肖建国　朱燕玲　孙虹
出版统筹：	李倩倩
责任编辑：	余红梅
技术编辑：	薛伟民　凌春梅
装帧设计：	棱角视觉 ANGULAR VISION

书　　名	花园里的野蛮人
	HUAYUAN LI DE YEMANREN
出版发行	花城出版社
	（广州市环市东路水荫路11号）
经　　销	全国新华书店
印　　刷	恒美印务（广州）有限公司
	（广州南沙经济技术开发区环市大道南路334号）
开　　本	880毫米×1230毫米 32开
印　　张	9.25　2插页
字　　数	250,000字
版　　次	2014年10月第1版　2020年7月第2次印刷
定　　价	54.00元

本书中文专有出版权归花城出版社独家所有，非经本社同意不得连载、摘编或复制。
如发现印装质量问题，请直接与印刷厂联系调换。
购书热线：020-37604658　37602954
欢迎登陆花城出版社网站：http://www.fcph.com.cn

花园里的野蛮人

目 录
CONTENTS

记忆,阅读,另一种目光(总序)/高兴 / 1
赫贝特的诗意花园(中译本前言)/张振辉 / 1
作者的话 / 1

拉斯科 / 1
在多尔人那里 / 18
阿尔勒 / 38
一座主教堂 / 56
锡耶纳 / 70
主教堂的石头 / 117
基督教阿尔比派、宗教裁判官和游吟诗人 / 146
为圣殿骑士团辩护 / 187
皮耶罗·德拉·弗朗切斯卡 / 210
回忆瓦卢瓦 / 234

记忆，阅读，另一种目光

（总序）

高兴

昆德拉说过："人的一生注定扎根于前十年中。"我想稍稍修改一下他的说法："人的一生注定扎根于童年和少年中。"童年和少年确定内心的基调，影响一生的基本走向。

不得不承认，二十世纪五六十年代出生的人都有着不同程度的俄罗斯情结和东欧情结。这与我们的成长有关，与我们的童年、少年和青春岁月有关。而那段岁月中，电影，尤其是露天电影又有着怎样重要的影响。那时，少有的几部外国电影便是最最好看的电影，它们大多来自东欧国家，几乎吸引了所有人的目光，是我们童年的节日。在某种意义上，甚至可以说，它们还是我们的艺术启蒙和人生启蒙，构成童年最温馨、最美好和最结实的部分。

还有电影中的台词和暗号。你怎能忘记那些台词和暗号。它们已成为我们青春的经典。最最难忘的是《瓦尔特保卫萨拉热窝》。"'空气在颤抖,仿佛天空在燃烧。''是啊,暴风雨来了。'""看,这座城市,它就是瓦尔特。"简直就是诗歌。是我们接触到的最初的诗歌。那么悲壮有力的诗歌。真正有震撼力的诗歌。诗歌,就这样和英雄主义和浪漫主义,紧紧地连接在了一道。

还有那些柔情的诗歌。裴多菲,爱明内斯库,密支凯维奇。要知道,在二十世纪七八十年代,读到他们的诗句,绝对会有触电般的感觉。而所有这一切,似乎就浓缩成了几粒种子,在内心深处生根,发芽,成长为东欧情结之树。

然而,时过境迁,我们需要重新打量"东欧"以及"东欧文学"这一概念。严格来说,"东欧"是个政治概念,也是个历史概念。过去,它主要指波兰、捷克斯洛伐克、匈牙利、罗马尼亚、保加利亚、南斯拉夫、阿尔巴尼亚七个国家。因此,在当时,"东欧文学"也就是指上述七个国家的文学。这七个国家,加上原先的东德,都曾经是以苏联为首的华沙条约组织的成员。

一九八九年底,东欧发生剧变。此后,苏联解体,华沙条约组织解散,捷克和斯洛伐克分离,南斯拉夫各共和国相继独立,所有这些都在不断改变着"东欧"这一概念。而实际情况是,波兰、捷克、匈牙利、罗马尼亚等国家甚至都不再愿意被称为东欧国家,它们更愿意被称为中欧或中南欧国家。同样,不少上述国家的作家也竭力抵制和否定这一概念。在他们看来,东欧是个高度政治化、笼统化的概念,对文学定位和评判,不太有利。这是一种微妙的姿态。在这种姿态中,民族自尊心也发挥着不可估量的作用。

但在中国,"东欧"和"东欧文学"这一概念早已深入人心,有广泛的群众和读者基础,有一定的号召力和亲和力。因此,继续使用"东欧"和"东欧文学"这一概念,我觉得无可厚非,有利于研究、译介和推广这些特定国家的文学作品。事实上,欧美一些大学、研究中心也还在继续使用这一概念。只不过，今日，当我们提到这一概念，涉及的就不仅仅是七个国家，而应该包含更多的国家：立陶宛、摩尔多瓦等独联体国家，还有波黑、克罗地亚、斯洛文尼亚、塞尔维亚、黑山等从南斯拉夫联盟独立出来的国家。我们之所以还能把它们作为一个整体来谈论，是因为它们有着太多的共同点：都是欧洲弱小国家，历史上都曾不断遭受侵略、瓜分、吞并和异族统治，都曾把民族复兴当作最高目标，都是到了十九世纪末二十世纪初才相继获得独立，或得到统一，第二次世界大战后都走过一段相同或相似的社会主义道路，一九八九年后又相继推翻了共产党政权，走上了资本主义发展道路。之后，又几乎都把加入北约、进入欧盟当作国家政策的重中之重。这二十年来，发展得都不太顺当，作家和文学都陷入不同程度的困境。用饱经风雨、饱经磨难来形容这些国家，十分恰当。

换一个角度，侵略，瓜分，异族统治，动荡，迁徙，这一切同时也意味着方方面面的影响和交融。甚至可以说，影响和交融，是东欧文化和文学的两个关键词。看一看布拉格吧。生长在布拉格的捷克著名小说家伊凡·克里玛，在谈到自己的城市时，有一种掩饰不住的骄傲："这是一个神秘的和令人兴奋的城市，有着数十年甚至几个世纪生活在一起的三种文化优异的和富有刺激性的混合，从而创造了一种激发人们创造的空气，即捷克、德国和犹太文化。"①

克里玛又借用被他称作"说德语的布拉格人"乌兹迪尔的笔为我们描绘了一个形象的、感性的、有声有色的布拉格。这是一个具有超民族性的神秘的世界。在这里，你很容易成为一个世界主义者。这里有幽静的小巷、热闹的夜总会、露天舞台、剧院和形形色色的小餐馆、小店铺、小咖啡屋和小酒店。还有无数学生社团和文艺沙龙。自然也有五花八门的妓院和赌场。布拉格是敞开的，是包容的，是休闲的，是艺术的，是世俗的，有时还是颓废的。

---

① 见伊凡·克里玛《布拉格精神》第44页，崔卫平译，作家出版社1998年版。

布拉格也是一个有着无数伤口的城市。战争、暴力、流亡、占领、起义、颠覆、出卖和解放充满了这个城市的历史。饱经磨难和沧桑，却依然存在，且魅力不减，用克里玛的话说，那是因为它非常结实，有罕见的从灾难中重新恢复的能力，有不屈不挠同时又灵活善变的精神。如果要用一个词来形容布拉格的话，克里玛觉得就是：悖谬。悖谬是布拉格的精神。

或许悖谬恰恰是艺术的福音，是艺术的全部深刻所在。要不然从这里怎会走出如此众多的杰出人物：德沃夏克，雅那切克，斯美塔那，哈谢克，卡夫卡，布洛德，里尔克，塞弗尔特，等等，等等。这一大串的名字就足以让我们对这座中欧古城表示敬意。

布拉格如此，萨拉热窝、华沙、布加勒斯特、克拉科夫、布达佩斯等众多东欧城市，均如此。走进这些城市，你都会看到一道道影响和交融的影子。

在影响和交融中，确立并发出自己的声音，十分重要。不少东欧作家为此做出了开拓性和创造性的贡献。我们不妨将哈谢克和贡布罗维奇当作两个案例，稍加分析。

说到捷克作家哈谢克，我们会想起他的代表作《好兵帅克》。以往，谈论这部作品，人们往往仅仅停留于政治性评价。这不够全面，也容易流于庸俗。《好兵帅克》几乎没有什么中心情节，有的只是一堆零碎的琐事，有的只是帅克闹出的一个又一个的乱子，有的只是幽默和讽刺。可以说，幽默和讽刺是哈谢克的基本语调。正是在幽默和讽刺中，战争变成了一个喜剧大舞台，帅克变成了一个喜剧大明星，一个典型的"反英雄"。看得出，哈谢克在写帅克的时候，并没有考虑什么文学的严肃性。很大程度上，他恰恰要打破文学的严肃性和神圣感。他就想让大家哈哈一笑。至于笑过之后的感悟，那就是读者自己的事情了。这种轻松的姿态反而让他彻底放开了。借用帅克这一人物，哈谢克把皇帝、奥匈帝国、密探、将军、走狗等等统统给骂了。他骂得很过瘾，很解气，很痛快。读者，尤其是捷克读者，读得也很过瘾，很解气，很痛快。幽默和讽刺于是又变成了一件有力的武器，特别适用于捷克这么一个弱小的民族。哈谢克最大的贡献也正在于此：为捷克民族和捷克文学找到了一种声音，确立了一种传统。

而波兰作家贡布罗维奇与哈谢克不同，恰恰是以反传统而引起世人瞩目的。他坚决主张让文学独立自主。在二十世纪三四十年代，贡布罗维奇的作品在波兰文坛显得格外怪异离谱，他的文字往往夸张扭曲，人物常常是漫画式的，他们随时都受到外界的侵扰和威胁，内心充满了不安和恐惧，像一群长不大的孩子。作家并不依靠完整的故事情节，而是主要通过人物荒诞怪僻的行为，表现社会的混乱、荒谬和丑恶，表现外部世界对人性的影响和摧残，表现人类的无奈和异化以及人际关系的异常和紧张。长篇小说《费尔迪杜凯》就充分体现出了他的艺术个性和创作特色。

捷克的赫拉巴尔、昆德拉、克里玛、霍朗，波兰的米沃什、赫贝特、希姆博尔斯卡，罗马尼亚的埃里亚德、索雷斯库、齐奥朗，匈牙利的凯尔泰斯、艾什特哈兹，塞尔维亚的帕维奇、波帕，阿尔巴尼亚的卡达莱……如此具有独特风格和魅力的当代东欧作家实在是不胜枚举。

某种程度上，东欧曾经高度政治化的现实，以及多灾多难的痛苦经历，恰好为文学和文学家提供了特别的土壤。没有捷克经历，昆德拉不可能成为现在的昆德拉，不可能写出《可笑的爱》、《玩笑》、《不朽》和《难以承受的存在之轻》这样独特的杰作。没有波兰经历，米沃什也不可能成为我们所熟悉的将道德感同诗意紧密融合的诗歌大师。但另一方面，需要注意的是，由于语言的局限以及话语权的控制，东欧文学也极易被涂上浓郁的意识形态色彩。应该承认，恰恰是意识形态色彩成全了不少作家的声名。昆德拉如此。卡达莱如此。马内阿如此。赫尔塔·米勒亦如此。我们在阅读和研究这些作家时，需要格外地警惕。过分地强调政治性，有可能会忽略他们的艺术性和丰富性。而过分地强调艺术性，又有可能会看不到他们的政治性和复杂性。如何客观地、准确地认识和评价他们，同样需要我们的敏感和平衡。

一个美国作家，一个英国作家，或一个法国作家，在写出一部作品时，就已自然而然地拥有了世界各地广大的读者，因而，不管自觉与否，他，或她，很容易获得一种语言和心理上的优越感和骄傲感。这种感觉东欧作家难以体会。有抱负的东欧作家往往会生出一种紧迫感和危机感。他们要用尽全力将弱势转化为优势。昆德拉就反复强调，身处小国，你"要么做一个可怜的、眼光狭窄的人"，要么成为一个广闻博识的"世界性的人"。别无选择，有时，恰恰是最好的选择。因此，东欧作家大多会自觉地"同其他诗人，其他世界，和其他传统相遇"（萨拉蒙语）。昆德拉、米沃什、齐奥朗、贡布罗维奇、赫贝特、卡达莱、萨拉蒙等等东欧作家都最终成为"世界性的人"。

关注东欧文学，我们会发现，不少作家，基本上，都在出走后，都在定居那些发达国家后，才获得一定的国际声誉。贡布罗维奇、昆德拉、齐奥朗、埃里亚德、扎加耶夫斯基、米沃什、马内阿、史沃克莱茨基等等都属于这样的情形。各种各样的原因，让他们选择了出走。生活和写作环境、意识形态原因、文学抱负、机缘等，都有。再说，东欧国家都是小国，读者有限，天地有限。

在走和留之间，这基本上是所有东欧作家都会面临的问题。因此，我们谈论东欧文学，实际上，也就是在谈论两部分东欧文学：海外东欧文学和本土东欧文学。它们缺一不可，已成为一种事实。

在我国，东欧文学译介一直处于某种"非正常状态"。正是由于这种"非正常状态"，在很长一段岁月里，东欧文学被染上了太多的艺术之外的色彩。直至今日，东欧文学还依然更多地让人想到那些红色经典。阿尔巴尼亚的反法西斯电影，捷克作家伏契克的《绞刑架下的报告》，保加利亚的革命文学，都是典型的例子。红色经典当然是东欧文学的组成部分，这毫无疑义。我个人阅读某些红色经典作品时，曾深受感动。但需要指出的是，红色经典并不是东欧文学的全部。若认为红色经典就能代表东欧文学，那实在是种误解和误导，是对东欧文学的狭隘理解和片面认识。因此，用艺术目光重新打量、重新梳理东欧文学已成为一种必须。为了更加客观、全面地翻译和介绍东欧文学，突出东欧文学的艺术性，有必要颠覆一下这一概念。蓝色是流经东欧不少国家的多瑙河的颜色，也是大海和天空的颜色，有广阔和博大的意味。"蓝色东欧"正是旨在让读者看到另一种色彩的东欧文学，看到更加广阔和博大的东欧文学。

二〇一三年十月三十一日定稿于北京

主编简介：高兴，诗人、翻译家，一九六三年出生于江苏省吴江市。中国作家协会会员。现为中国社会科学院外国文学研究所研究员，《世界文学》主编。曾以作家、翻译家、外交官和访问学者身份游历过欧美数十个国家。出版过《米兰·昆德拉传》、《东欧文学大花园》、《布拉格，那蓝雨中的石子路》等专著和随笔集；主编过《二十世纪外国短篇小说编年·美国卷》（上、下册）、《伊凡·克里玛作品系列》（5卷）、《水怎样开始演奏》、《诗歌中的诗歌》、《小说中的小说》（2卷）等大型图书。主要译著有《梵高》、《黛西·米勒》、《雅克和他的主人》、《可笑的爱》、《安娜·布兰迪亚娜诗选》、《我的初恋》、《索雷斯库诗选》、《梦幻宫殿》、《托马斯·温茨洛瓦诗选》等。

赫贝特的诗意花园

(中译本前言)

张振辉

在波兰现代文学中,有四位具有世界性影响的大诗人和作家,他们是:一九八〇年诺贝尔文学奖获得者切斯瓦夫·米沃什、一九九六年诺贝尔文学奖获得者维斯瓦娃·希姆博尔斯卡、兹比格涅夫·赫贝特和塔杜施·鲁热维奇。在他们中,赫贝特更是一个全才作家,他的一生,在诗歌、散文和戏剧创作中,都取得了巨大的成就,除了多次在波兰国内外获得过各种文学和艺术奖项外,也曾多次获得诺贝尔文学奖提名。

赫贝特生于乌克兰的利沃夫,在德国法西斯占领波兰期间,曾在利沃夫秘密开办的大学学习波兰语言和文学,同时还参加了当时被迫流亡伦敦的波兰政府领导的国家军的反法西斯抵抗运动。一九四三年,赫贝特来到克拉科夫,一九五一年定居华沙。他曾先后在克拉科夫的雅盖隆大学、经贸学院和托伦·尼古拉哥白尼大学深造,并以经济学家的身份供职于华沙一些贸易部门,后又担任过波兰《诗刊》月刊的编辑,并多次出访和游览欧美各国,在国外讲授波兰和西欧文学。在诗歌创作方面,他的诗集《赫尔墨斯·狗和星星》(1957)、《客体研究》(1961)、《题词》(1969)、《科吉托先生》(1974)、《来自被围困城市的报告和其他的诗》(1983)、《离去的悲歌》(1990)和《暴风雨的尾声》(1998)等作品常常借用西方古代的历史事件、神话和寓言故事、古典文学和艺术来探讨人类存在的意义,暗示当代文明的发展,他因此成为波兰战后新古典主义派的代表诗人。在戏剧方面,他写的虽然大都是一些小型的广播剧,但题材广泛而新颖,受到波兰听众的普遍欢迎。

赫贝特的散文作品最著名的是他的《花园里的野蛮人》(1962)、《带马嚼子的静物画》(1991)和《海上迷宫》(2000)。《花园里的野蛮人》是他一九五八年至一九六〇年间出游法国南部和意大利一些地区和城市写的一部散文集。作者因为对这些地方的名胜古迹和古代留存至今的艺术作品很感兴趣,去之前或参观完还看了不少有关资料,因此他在写这些散文也可以说是游记的时候,往往是将他在参观中的见闻和感受,和他对这些名胜古迹历史背景的了解,结合起来加以描述,因此这些散文作品都采用了夹叙夹议的方式,既给读者带来美的感受,又让人对欧洲古代艺术有直接的了解。赫贝特这些作品所描述的关于欧洲古代艺术的面很广,从史前人类洞窟里的壁画,中世纪基督教主教堂的建造和罗马天主教会对异教的镇压,到法国和意大利文艺复兴时期的绘画艺术都做了既广泛又生动的介绍。他用《花园里的野蛮人》这个书名,说明了他在看到这些人类最优秀的文化遗产后,盛赞它们的博大精深,感到自己像是走进了一个美丽的大花园里,成了一个"野蛮人",对周围的一切几乎一无所知;同时他也认为,他的祖国波兰没有像法国和意大利这么深厚的文化传统。这当然是他的自谦,实际上,波兰在历史上也出现过像哥白尼、肖邦、密茨凯维奇和居里夫人这样曾经影响整个时代发展的科学和文化巨人,是值得这个民族骄傲的。而赫贝特自己,也一直对艺术特别是欧洲各国的古代艺术很感兴趣,并进行过长时期的研究,所以著名诗人切斯瓦夫·米沃什说他"永远是一个艺术史学家"。我在翻译他的这本散文集时,也深感他这方面知识的渊博。

如开头《拉斯科》这一篇,赫贝特介绍的拉斯科是位于法国多尔多涅省蒙蒂尼亚克镇附近韦泽尔河谷一个保存了大量史前人类留下的壁画的洞窟。这个洞窟是一九四〇年发现的。赫贝特认为,这些壁画突出表现了欧洲旧石器时代晚期称为"法兰西—坎塔布连的文明"之成就,也是迄今已发现的最杰出的人类史前的艺术之一,它是"一种在生存竞争中新获胜的智人在法国南方和西班牙的北方土地上"创造的,这个洞窟的壁画上描绘的公牛、野牛和马等彩色图像都达到很高的艺术水平,有的幻想中的动物图像表现了史前人类的"图腾崇拜",它们所表现的各种姿态以及它们周围所出现的各种记号都是寓意深长的。

赫贝特在参观这个洞窟时不无激动地说:"还有一幅称为中国马的画像乃是这里最漂亮的动物画之一,这不仅是旧石器时代的艺术品,而且可以代表所有的时代。这个名称并不是说这里画了一匹中国品种的马,而是拉斯科的这位绘画大师要以他精湛的技艺表示对中国骏马的敬意……我以为,这里所有的描绘——各种绘制品——和这幅杰作相比,都是黯然失色的。它是那么浑然一体,光彩照人,只有诗和童话才有这种光芒四射的创造力量。因此我要说的是:'我这里确实有了一匹拉斯科的马。'"在他看来,"拉斯科洞窟不是普通人居住的地方,它是一块圣地,是我们祖先的一座西斯廷的地下教堂"。

《在多尔人那里》主要介绍帕埃斯图姆保存至今的古希腊的神庙,帕埃斯图姆在意大利的南部,公元前三世纪曾是古希腊的殖民地,后来又被古罗马占领,这里保存至今的希腊神庙中,最著名的是巴西利卡神庙、得墨忒耳神庙、宙斯和赫拉的神庙。作者详细介绍了这三座神庙的建筑艺术特点,他认为,它们代表古希腊多立克柱式建筑艺术发展的三个时期,"巴西利卡是古代的艺术,得墨忒耳属于过渡时期,赫拉则是多立克柱式建筑艺术成熟时期的杰作"。它们属于这里"最重要和最有研究价值的古希腊的建筑群"。赫贝特还明确地指出:"古典建筑的美是以它每一个构件相互之间,以及它们对于整体的布局,有一个适当的比例表现出来的。古希腊的神庙产生于几何学的金色的阳光下,由于数学的精确性,这些作品将随着时间的变化和审美观的改变而变化。均衡不仅是审美的要求,而且是整个古希腊社会秩序的表现。"

《阿尔勒》中的阿尔勒是坐落在法国南部普罗旺斯地区罗纳河流域平原上的一个小城,它在公元十二世纪以前曾是这个地区的首府。作者说:"富饶的罗纳盆地多少世纪以来,都吸引着移民到这里来,首先来到这里的是希腊人,早在公元前六世纪,他们就在这里建立了马赛。阿尔勒因为处在罗纳河三角洲这个战略和发展商贸的驻点上,希腊移民在这里便建起了巨大的移民营,设立了许多贸易机构。"但"阿尔勒和整个普罗旺斯真正繁荣的时期是在古罗马",这座城市也是"按照古罗马的规模设计建成的"。那时候,"它的商贸是那么繁荣,有那么多的人来来往往,所以全世界的产品都可以很容易地拿到这里来进行交换。如果说富裕的东方,散发着芳香的阿拉伯、亚述,或者非洲、西班牙,或者丰产的加利亚都有人们喜爱的东西的话,那么这里富裕得就像人们最喜爱的那些东西都是这里造出来的一样"。作者还谈到了他在这里见到的古希腊的剧院和古罗马竞技场的废墟。荷兰著名画家梵高也在这里作过画。还有一九〇四年诺贝尔文学奖获得者普罗旺斯诗人米斯特拉尔,他不仅在文学创作上取得了光辉的成就,而且一生为保持普罗旺斯语言的纯洁性,也做了很大的努力。

《一座主教堂》论述了奥尔维耶托这座意大利城市一个建了好几个世纪的主教堂的建筑风格,作者认为:"北方的哥特式建筑是另外一个大自然的产品,他们(指意大利的建筑师)看到它都感到害怕,以为这是热处理留下的烟渣。意大利人都认为,教堂的正面可以画一个宗教的游行队伍,而且可以有意夸大地把它画成一个歌剧中的合唱团的群像,参加这个合唱团的还有雕塑、镶嵌、壁柱和小塔。奥尔维耶托的主教堂无疑是这种带绘画的建筑物的最好例证。"这座主教堂里也有许多壁画,大都是画家西诺雷利画的。作者详细介绍了他每幅画的内容,认为"他画中的人不是用没有生命的纤维编织的,而是有血有肉的活人"。不仅如此,在作者看来,意大利文艺复兴的绘画大师都"爱画人体,不仅是他们想有一种接触人体和看到人的活动后的感受,而且也是因为这种画具有更大的表现力,裸露的人体能使观者感到无比的激动"。西诺雷利"画的是一个透明和充满了光照的世界"。

《锡耶纳》说的是锡耶纳这座意大利的古城,在中世纪和文艺复兴时期出现了许多著名的画家,他们的绘画艺术达到了很高的水平,并且形成了一个锡耶纳画派,影响深远。赫贝特在他的这篇文章中,提到了杜乔、乔托、西蒙·马提尼、平图里乔、萨塞塔和贝卡富米这样一些画家的名字,并对他们作品的内容和艺术风格进行了分析和介绍,做出了评价,如他认为杜乔的画"对两种伟大但又互相对抗的文化进行了综合,一种是拜占庭的新希腊文化,表现为祭祀和对神的崇拜,反对自然主义。另一种是西欧的文化,说得更确切是法国的哥特式文化,表现了一种激情、自然主义,趋向于戏剧化的构图"。而"乔托则开辟了一条让古罗马人的艺术遗产复兴的道路"。虽然在十四世纪,"结束了锡耶纳绘画的伟大时代,但是它的学派却一直延续到十五世纪末",它的画风也没有变,保持了和生活的紧密联系。此外,"这里的人们对艺术都普遍喜爱,也比别的地方更具有民主精神"。这也是锡耶纳的绘画艺术能够繁荣发展的原因之一。

《主教堂的石头》详细介绍了欧洲一些国家和城市中世纪基督教主教堂的修建情况,"主教堂"是指一个地方最主要的也就是为首的教堂,欧洲各国自古以来就信奉基督教,这个宗教虽有各种派别,但在这些国家几乎所有的社会阶层,它都是深入人心的,所以自中世纪以来,在欧洲一些国家,无论是基督教会,还是国王和各地的政府机关、社会慈善机构甚至普通的基督教徒,都曾下大力去筹集资金,建造这样的主教堂,因为在他们看来,"建立主教堂也是这个地方爱国主义的表现"。但是建造一座主教堂工程浩大,首先要考虑采取什么样的形式进行整体的设计和装饰,另外在施工过程中,也需合理解决建材的运输、工种和工资分配的问题。但是人们对此热情很高,有许多热心公益事业的人甚至跑到很远的地方和国家去筹集资金,一个地方如果遇到这样的事,都把它看成是盛大的节日,"那些来这里募捐的人的队伍带着纪念品在信教的人群中走过,他们都跪在路旁,患了病的人都伸出了手,母亲带着孩子也往前挤,希望能够触到那些神圣的纪念品"。在主教堂的建筑工地上,也有许多人自愿报名来参加劳动,一些天主教的神甫甚至指责那些不是因为信仰而是为了挣钱来工地干活的人。由于工程浩大,生产工具过于原始,在一些方面经常会遇到各种困难,因此一些有名的主教堂往往要建造几十年才得以竣工,但是这些中世纪的主教堂保存至今,不仅是欧洲也是全人类最宝贵的文化遗产。

《基督教阿尔比派、宗教裁判官和游吟诗人》和《为圣殿骑士团辩护》都是讲中世纪天主教会和他们认定的"异教"的斗争,作者认为这两篇是不可分的。阿尔比派其实是基督教中的一个派别,它所倡导的教义和天主教的教义有所不同,但它和作者在《基督教阿尔比派、宗教裁判官和游吟诗人》这篇文章中提到的摩尼教等其他被天主教视为异教的教义却有相同之处,因为它们"都很明确地宣扬二元论,认为在宇宙间,有两种强大的力量在起作用:善与恶,世界是魔鬼造的(否认《圣经》旧约上关于世界是上帝创造的说法),要对躯体和物质进行严厉的惩罚,要求教徒严格保持禁欲主义","不能吃肉和动物身上任何别的东西",也"不能杀生",要"全身心地投入到慈善事业中,特别是要救助病人,因为在他(指虔信阿尔比教的所谓的'完人')看来，疾病是那些蔑视肉体的人们的一种不合常态的表现，需要拯救"。阿尔比派因为它的教义反映了人道主义和民主思想，公元十一世纪和十二世纪在法国南方，特别是在表现了自由、平等和民主精神的图卢兹城一带，发展迅速。而这些地方的天主教会却贪污腐败盛行，不得人心，所以阿尔比派在社会各界具有很高的威望。可是法国、西班牙和罗马的天主教会感受到了它的威胁，便和各国拥护天主教的执政者一起，多次派遣十字军对他们进行残酷镇压，或者成立宗教裁判所对他们严刑审讯，最后终于将这个"为创建人类新的精神面貌，本来可以做出更大的贡献"的教派彻底消灭了，所以作者认为那是一个"罪恶统治了世界"，"充满了暴力、战争频发和大变动的时代"。

圣殿骑士团是中世纪天主教的一个军事宗教修会，原由几个法国破落骑士发起组成，它一开始就是一个军事组织，由于总部设在耶路撒冷犹太教圣殿，故名。这个修会遵行本笃会规则，严格保密。成员着白袍，佩红十字。一一二八年曾获教皇批准，参加过十字军东征，后来由于抢掠帝王贵族的捐赠及教皇给予的特权而大为致富，它的成员成为欧洲早期的银行家，生活奢侈，在西班牙、法国和英国的势力很大，故而引起这些国家的国王和其他修会的不满，后被斥为异端，一三一二年被教皇解散，大部分财产归医院骑士团所有。《为圣殿骑士团辩护》一文详细介绍了这个修会的性质和它当时的活动情况，以及它和欧洲各派势力既相互依存又有矛盾的极为复杂的关系和它被镇压的经过。

赫贝特在《皮耶罗·德拉·弗朗切斯卡》一文中，述说了他在意大利的佩鲁贾、蒙特尔基、乌菲齐和乌尔比诺这些城市参观意大利文艺复兴时期著名画家皮耶罗·德拉·弗朗切斯卡的作品的各种感受，介绍了这些画作的内容和风格，他认为，皮耶罗的"艺术的伟大表现在他笔下的人物都是半个上帝、英雄和巨人，他们在这里上演了一出崇高的戏。不用心理描写更提高了纯艺术的价值，这表现在人物的体态和动作还有光线的描绘中"。

《回忆瓦卢瓦》是赫贝特参观巴黎和巴黎附近"属于最古老的法兰西"的一些小城写下的观感,他介绍了这些地方的历史、城市面貌、风土人情和名胜古迹,特别是这些地方绘画艺术以及教堂和公园建造的情况。作者在参观一些主教堂时,还提出了一个重要的观点:"一般认为,艺术作品新风格的鲜花盛开,都是在旧风格开始萎谢的时候,但是这个植物学上的定理却不能说明罗马式之后的哥特式建筑,因为在十二世纪中叶,当出现哥特式建筑物的时候,罗马式风格丝毫也没显露将要萎谢的迹象,就是建造大一点的教堂,不采用罗马式的风格也是不合理的。"此外,作者还深刻地指出:"有些哥特式建筑物的诞生是和卡佩王朝的君主们要扩大他们的统治范围联系在一起的,北方的精神要和南方的精神进行斗争,这反映在十字军对阿尔比派的血腥镇压中。毫无疑问,新的风格符合新的精神状态,和那种只看到自己,处于心无旁顾状态的罗马式教堂相反,哥特式的建筑物总是充满了动感,而且显现出一种很狂暴的姿态,因而大放光彩,体现了'神的本质',起了决定的作用。"

我的这个译本是根据波兰华沙读者出版社二〇〇二年出版的《花园里的野蛮人》的波兰文原著直译过来的。原著中引用了许多欧洲中世纪和文艺复兴时期的历史典故和人物,其中我不熟悉的曾请教我的波兰友人:波兰科沙林市波中友好协会主席巴尔巴娜夫人、罗兹大学波兰语言文学系波格丹·马赞教授和波兰驻华使馆爱娃·德尼休克女士。此外还有许多法文、意大利文和拉丁文引文,在翻译过程中,我曾请教在外国文学研究所的同事余中先、吴正仪和王焕生同志,谨此对他们表示衷心的感谢!为使读者对这部作品的内容有进一步的了解,我还查阅了大量有关资料,给译本做了许多注解,有不妥之处,请读者批评指正!

二〇一三年四月七日

作者的话

什么是一本书？在我看来，就是一部随笔集，一部游记。

首先我要对一些城市、博物馆和废墟进行实地考察，然后从一些书上了解有关我见过的这些地方的情况。这两种考察，或者说两种了解的办法交替使用。

我没有采取比较容易的表达方式，那就是写日记，因为它要连续不断地用许多形容词，过分地宣泄审美的激情。我认为，应当提供一些关于那些远古时代的文明信息，我不是这方面的专家，但我对这些很感兴趣。我没有去钻研这方面的学问，也没有给一些人写传记，做注解和索引，我只想写一本能够阅读的书，而不是去进行科学研究。我对一个艺术作品永恒的价值（皮耶罗·德拉·弗朗切斯卡①的永恒价值）、它的工艺和结构（一个哥特式的主教堂的石头是怎么一块块地砌上去的）以及它产生的历史背景都很感兴趣。在这本书中，因为大部分篇幅都用于介绍中世纪，我决定将关于阿尔比教和圣殿骑士团这两篇文章连在一起，它们都反映了那个时代的混乱和狂暴。

如果要我在这本书的卷首说几句话，那我就用马尔罗②下面的话吧：

---

① 皮耶罗·德拉·弗朗切斯卡（约1415—1492年），意大利文艺复兴时期的重要画家，对绘画透视学和解剖学理论有较大贡献。他最著名的作品有《基督受洗》、壁画组画《真十字架传奇》和为乌尔比诺公爵及其夫人绘制的可折叠的双连画像等。——译注（以下未特别注明均为译注）

② 安德烈·马尔罗（1901—1976），法国小说家、艺术理论家、政治家。

"这个晚上,当伦勃朗①正在绘画的时候,所有著名的素描画和洞窟里的素描都在注视着一只摇晃的手,它使它们不会死去,使它们获得了新生,有了新的梦。"

---

① 伦勃朗(1606—1669),荷兰画家,作品有《杜普教授的解剖学课》、《夜巡》、《扬·西克斯》等。

拉　斯　科

> **假如阿尔塔米拉①是岩洞壁画艺术的首都，那么拉斯科②就是该艺术的凡尔赛了。③**
>
> ——亨利·布勒乌尔④

拉斯科这个地名在任何一张正式地图上都是找不到的，总之，它并不像伦敦或者拉多姆⑤那样，存在于这个世界上。要知道这是什么地方，就必须到巴黎人类学博物馆里去查找文献资料。

我在早春时节到过那里，韦泽尔河⑥谷里正好长出了一大片鲜嫩的绿草，一眼望不到尽头。从小汽车的车窗里看见外面的景象，就像比西埃的画布一样，这是一张用柔嫩的绿草编织的网。

在蒙蒂尼亚克这个镇上，除了表彰一个助产士工作成绩的光荣榜

---

① 阿尔塔米拉洞窟位于西班牙北部桑坦德市西30公里处，因优美的史前绘画和雕刻而闻名，1868年为一猎人发现。展现了奥瑞纳文化期（佩里戈尔文化期）、上梭鲁特文化期以及马格德林文化下期或中期的许多古代遗迹，包括仪杖雕刻的动物肩胛骨等。

② 拉斯科是位于法国多尔多涅省蒙蒂尼亚克镇附近韦泽尔河谷的一个洞窟，其壁画是迄今已发现的最杰出的史前艺术之一。于1940年由四个男孩子因寻找一条狗而发现。该洞穴壁画属于奥瑞纳文化期晚期（约公元前15000—前13000）。

③ 这两句话原文是法文。

④ 亨利·布勒乌尔（1877—1961），法国人，关于法国、西班牙和非洲旧石器时代的研究家。

⑤ 地名，在波兰。

⑥ 韦泽尔河流经法国的西南部。

外，就没有什么可看的了。

> 玛丽·马泰尔夫人在这里生活过——她是助产士，科学院①的军官。她的一生……就是行善，她的快乐……就是履行她的职责②。

没有比这更美的了。

早饭是在一个小馆里吃的，这是什么早饭呀！一块夹了块菌的煎乳饼，这是人类疯狂史上有过的一种块菌，艺术史上也提到过它，现在就来说说这种块菌吧！

这是一种长在地下的菌类，寄生在别的植物根上，靠吸收植物的养分维持生命。它常常是一些众所周知的鼻子很灵的狗或猪所要寻找的食物。有一种苍蝇如在那里出现，也说明那个地方有这种食中之宝。

这种块菌在市场上价格昂贵，因为附近的居民都很急切地找它，他们甚至挖地三尺，砍伐树木，可是这些树被砍倒后，都令人悲哀地枯死了。这种菌类还散发着一种毒素，使它周围的植物无法生长，也使这一带的农作物变得颗粒不收。再者它很任性，比蘑菇更难养殖。但是这种煎乳饼却闻名遐迩，它的香气和鲜美的味道别的东西都没法相比。

从蒙蒂尼亚克出发，我们走过的马路一会儿往上伸展，形成一条坡道，一会儿变成弓形，一会儿又进到一片林子里，但在那里却突然中断了。原来那里有一个车站，站上还有一个卖可口可乐和有彩色图像名片的小商店。但我们并不想看这些名片上复制的图像，于是被带进了一栋像农舍的房子里，之后我们又来到一个像仓库的水泥结构的

---

① 指17世纪就已成立的法国科学院。
② 这段话原文是法文。

地下室里，这个像宝库的地下室的门关了，里面一片漆黑，来到这里的人都在等待着揭开秘密，不一会儿，通往里面的另一扇门开了，我们来到一个岩洞里。

散发着冰冷电灯光的灯泡样子很难看。当火把和油灯闪烁的亮光照亮了那些在岩洞里的墙壁和拱顶上画的公牛、美洲野牛和鹿群，使它们看上去都好像在活动的时候，便可以想象拉斯科洞窟是个什么样子了。领队开始结结巴巴地向我们进行讲解，那话声就像一个大兵在读福音书。

这里的颜色有暗红色、铜色、褐色、朱砂红、鲜红、紫红和石灰岩的白色，此外还有土色、血红色和油烟的颜色，都是那么鲜艳，可以和文艺复兴时期任何一幅壁画的色彩媲美。

动物图像大都取其侧身，而且在活动中，它们活动范围很广，但又表现出一种温柔的习性，就像莫迪利亚尼[①]笔下那些热情奔放的女人。这些图像表面上看有些散乱，像是一位疯狂的天才匆匆忙忙绘制而成。拉斯科的艺术家们都很蔑视那些绘画的规则，他们的绘图采取了电影蒙太奇手法，有近景和远景的计划，这是一个十分周密的全景式的构图。这里每一幅画的长度都不一样，从几十厘米到五米以上，有的画在羊皮纸上，一张张地摞起来，看起来有点乱，但这是一种古典式的混乱，其实它们都摆得很整齐。

在称为公牛展室的第一个大厅里，有一个天然的拱顶，很漂亮，看起来像是一片永不变形的云层。这个展厅长三十米，宽十米，可以容纳一百个观众。拉斯科的这个动物园向我们展示了一张双角兽的图像。

这个幻想动物身躯很大，但它的脖子却很短小，头像犀牛的头，上面长着两只伸得很直而且很大的角，和任何一种现存于世或者只留下了化石的动物都不一样。关于它的神秘存在，我们一进大厅就见到

---

① 阿梅代奥·莫迪利亚尼（1884—1920），意大利表现主义画家和雕塑家，曾长期住在巴黎，擅长人物肖像画。

的那个说明告诉我们：这种动物在大自然的历史地图上是找不到的，因此我们来到了一个充满图腾崇拜、到处都是咒语和魔法的世界。史前时代的研究家们都认为，拉斯科洞窟不是普通人居住的地方，它是一块圣地，是我们祖先的一座西斯廷地下教堂①。

韦泽尔河弯弯曲曲地从一片森林密布的石灰岩丘陵地里流过，然后和多尔多涅河②汇合，在它下游的一个岸边，人们发现了旧石器时代人住的洞窟，而且数量是最多的。在克罗马农还找到了这些旧石器时代人的遗骨，它们就像现代人死后的尸骨一样。克罗马农人③好像出身于亚洲。在最后一次冰期，也就是大约公元前三万年到前一万四千年间，他们向欧洲进发，并且残酷地歼灭了在人种上比他们低一等的尼安德特人④，侵占了后者居住的洞窟和渔猎的地方。人类的历史就在该隐⑤的星球上开始了。

一种在生存竞争中新获胜的智人⑥在法国南方和西班牙的北方土地上，创造了被史前时代的研究家们称为法兰西—坎塔布连⑦的文

---

① 西斯廷礼拜堂：教皇礼拜堂，位于梵蒂冈宗座宫殿内，建于1445年至1481年，以米开朗基罗所绘《创世记》穹顶画及壁画《最后的审判》而闻名。这里是对拉斯科的尊称。

② 流经法国西南部。

③ 克罗马农人，欧洲晚期智人阶段的人类化石，1886年发现于法国多尔多涅省莱塞济附近克罗马农岩棚中。克罗马农人的时代为晚更新世，属维尔姆冰期，是奥瑞纳文化的创造者之一。

④ 尼安德特人，欧洲早期智人阶段的人类化石，简称尼人，1856年发现于德国杜塞尔多夫附近尼安德特河谷的一个小洞里。尼安德特人的时代为晚更新世，属维尔姆冰期的早期。尼安德特人因为比克罗马农人更早出现，所以说他们比克罗马农人"低一等"。

⑤ 根据《圣经·旧约》"创世记"记载，该隐是亚当和夏娃的长子，他杀死了自己的弟弟亚伯。这里是说人类的历史是在自相残杀中开始的。

⑥ 原文是拉丁文。

⑦ 在法国西南部和西班牙山区北部发现的最古老、最完整的旧石器时代的几种艺术传统，大约公元前40000年至前10000年是其全盛时期。属于这个艺术流派的小雕刻品和巨幅壁画、线条雕刻以及浮雕品种具有显著的自然主义风格。例如阿尔塔米拉洞窟和拉斯科洞窟。

明，这种文明出现在旧石器时代的晚期，也叫驯鹿①时代。拉斯科附近一带在旧石器时代中期是一块真正的福地，人们在这里喝到的不是牛奶和蜂蜜，而是动物滚烫的热血。后来，在一些商道经过的地方又出现了城镇。在那个时候，人们大都聚居在有四条腿动物经常走过的道路旁，每年春天，一群群驯鹿、野马、奶牛、公牛、野牛和犀牛都要从这里到绿色的奥弗涅②牧场去，不知不觉便形成了一种规律，好在这些动物并不知道它们到那里去是供人们宰杀的。这些旧石器时代的人看到这些动物来到，就像古埃及人遇到了尼罗河的汛期一样，感到很新奇。拉斯科洞窟的墙上，正在唱着一首雄壮的颂歌，它的意思是希望这个世界永远保持这样的秩序。

所以这个洞窟里的画家不论在什么时候，都堪称最伟大的动物画家。他们画的动物，并不像荷兰人田园牧歌式的风景画中的动物那么温柔，因为他们看到的这些动物都好像是在进行垂死挣扎，两眼闪闪发光，充满了恐惧，画家们都目不转睛地注视着他们要画的对象，就像一个熟练的屠夫，马上就把它套进了一个黑色的网套里。

这个大厅好像是玩弄狩猎中使用的魔法地方（人们捧着石雕的灯盏大声喊叫着来到这里），它以四头大的公牛画像命名，其中最大的身长五米半。这些庞然大物的体积远远胜过那一群马和瘦小的羊的侧身画像，虽然这些羊的脚也画得非常漂亮。可是这些公牛迅疾的奔跑会冲破这个石窟，它们的鼻孔里还可见到喘过气的痕迹。

大厅里还有一条狭窄的封闭走道。那里有法国人说的*形象可喜的混乱*③。有幅画画了一些向四面跑去的红色奶牛、小马和山羊，看起来有点乱，还有一匹马倒在地上，四只马蹄伸向石灰色的天空，说明有些原始部落在这里打过猎。被火把和叫喊声追赶的野兽向一个陡

---

① 因为那个时代欧洲的动物化石中，经常出现驯鹿的化石。
② 在法国中部。
③ 原文是法文。

峭的悬岩跑去,在悬岩上掉下去后便丧了命。

还有一幅称为中国马的画像乃是这里最漂亮的动物画之一,这不仅是旧石器时代的艺术品,而且可以代表所有的时代。这个名称并不是说这里画了一匹中国品种的马,而是拉斯科的这位绘画大师要以他精湛的技艺表示对中国骏马的敬意。黑色和看起来是一个柔软可变的形体,一会儿显得饱满,一会儿消失不见,这不是一幅轮廓画,而是一个完整的形体。它的鬃毛就像杂技团里的马一样短小,它在奔跑,响起了得得的马蹄声。它的全身呈褐色,只有腹部和四条腿呈白色。

我以为,这里所有的描绘——各种绘制品——和这幅杰作相比,都是黯然失色的。它是那么浑然一体,光彩照人,只有诗和童话才有这种光芒四射的创造力量。因此我要说的是:"我这里确实有了一匹拉斯科的马。"

怎样将史前时代猎手们凶狂的捕猎和这么精美的艺术品统一起来呢?又怎么将艺术家想象中的宰杀和箭矢穿透野兽躯体的情景统一起来呢?

革命前,西伯利亚有些以狩猎为生的民族,他们的生活状况和旧石器时代的人类差不多。洛特·福尔克在《西伯利亚各民族的狩猎礼仪》①一书中写道:"一个猎人认为野兽至少和他自己一样重要。他看见这些野兽为了填饱肚子,也在猎取食物,他认为它们也有和他一样的社会组织。人的优越性只表现在掌握了技术,也就是说他能运用工具。人可以使用魔法,使自己具有和野兽一样伟大的力量。可是另一方面,动物在体力、动作的灵活性,听觉和嗅觉的灵敏度上又胜过了人——这都是猎人在动物身上看到的优点;在精神上,他还认为动物有更多的价值……

"动物和上帝的世界有更直接的关系,它更接近于大自然,体现了大自然的力量。"

---

① 法文书名。

由于现代人对史前时代缺乏了解，研究古人类的心理学家只要谈到一个屠宰者和他的牺牲关系时，就无话可说了，"动物的死至少部分地决定于它自己，它如果想死，就首先要表示同意让人捕杀，和要杀它的猎手订一个合同。猎手对它的关照决定于它们之间有一个很好的相处关系，一只驯鹿如果不爱它的猎手，是不会让他捕杀的"。所以我们的原罪和力量是以假仁假义的面貌出现的，只有用那种夺命的爱才能解释拉斯科动物画的魅力。

在这个大厅右边，有一条狭窄的走廊，通向一个称为教堂的本堂和屋顶呈半圆形的地方。这里左边的一堵墙上画着一头黑色的大奶牛，它不仅被画得非常漂亮和引人注目，而且在它的蹄下，有一些非常明显而又无法识别的记号，在我们所见到的这种记号中，它们并不是唯一的。

描绘箭矢穿透野兽身躯的意思在我们看来，是很清楚的，因为这——画宰杀的场面——不仅中世纪的画师画过，而且在文艺复兴的宫廷画中也很常见，它甚至流传到了我们今天这个理性主义的时代。那么那头黑奶牛的蹄子下面画的颜色各异像棋盘样的四角形是什么意思呢？拉贝·布勒伊这位史前时代研究家们的祖师爷，研究拉斯科洞窟的著名专家，认为这是一些狩猎氏族的标志和远古时代最早的纹章。有人说：这是一种用来诱捕野兽的陷阱。还有人认为：这里画的是一些窝棚的模型。雷蒙·沃弗雷说这是一种皮制的盖子，今天在非洲的津巴布韦还有。这些设想都只是说有这种可能，谁都不能做出肯定的回答。此外还有一些记号，如标点符号中的句号、线条、正方形、圆圈，还有例如在西班牙卡斯蒂略的一些洞窟见到的各种几何图形是什么意思呢？我们也弄不清楚。有些学者提出了一个不很大胆的假想，说这就是人们书写文字最初的尝试，但这里只有一些具体的图形在对我们示意。这里除了可以听到拉斯科这些急忙奔跑着的野兽的喘息声外，那些几何图形和记号是不说话的，也许将永远保持沉默。我们对动物的始祖只知道它们时而发出狂暴的吼叫，时而又能保持坟墓般的静寂。

在这个本堂左边,有一些漂亮的鹿的画像,它们好像在一条河中,正在往躲藏在芦草丛中的一些猎人那里游去,艺术家只露出了它们的脖子、头和角。

这个构思具有无比丰富的表现力,在它面前,我们今天的艺术大师所有的狂想都会显得幼稚可笑。还有一幅用树脂画的两头野牛的图像,它们臀部对着臀部。左边那一头背上的皮被撕破了,露出了里面的肉。这两头牛都抬起了头,身上的毛发也竖起来了,前面的蹄子已经抬了起来,正要奔跑。这幅画表现了一种力量,但这是一种黑暗势力盲目驱使的力量。就是戈雅①的《斗牛》②也受过它的一点影响。从那个屋顶呈半圆形的地方再往里走,就来到了一个称为坑道的地方,这里充满了神秘的色彩。

这里有一幅画画了这样一个场景,它实际上是一场戏,就像古希腊的悲剧那样。戏中表演的角色不多:一头被矛刺死了的野牛,一个躺着的人,一只鸟和一头正要走开的犀牛,犀牛只画了它的轮廓,不很清楚。野牛画的是侧身,但是头朝着观众,腹部露出了内脏。那个躺着的人是照儿童画的式样画出来的,他的头像一只鸟的头,有一副笔直的鸟嘴,两只伸开的手都只有四个手指,两腿僵直。那只鸟就像是从一张硬纸壳上剪下来的,贴在一根很直的杆子上。整个画面的底色是褐色,上面所有的人和动物都是用黑色的粗线条勾画出来的,没有采用别的颜色,和大厅或者本堂里那些画的生硬的、毫无意义的表现手法完全不一样。但所有这一切都引起了史前时代研究家们的注意,他们注意的并不是这些画的艺术价值,而是史前艺术家们这些肖像画的创作构思。

---

① 弗朗西斯科·何塞·德·戈雅—卢西恩特斯(1746—1828),西班牙浪漫主义画派画家。

② 原文是西班牙文。

法兰西—坎塔布连的所有艺术品都没有述说一个故事，如果要画一个狩猎的场面，就必须发挥想象。我们都很熟悉人的面孔和形体的雕像，但是在旧石器时代的画中，并没有出现过人。

拉贝·布勒伊在这个坑道里的这幅画上，还见到了一个像牌子似的东西，表明这里发生过一场狩猎中的生死搏斗：一头野牛咬死了一个人，但是这个野兽也受了致命伤，也可能是它在和一头犀牛的搏斗中受的伤。拉贝·布勒伊认为，一杆标枪投到一头野牛的背上，不可能使它的肚皮上裂开一个大口，这一定是一种简单的投石工具给它造成的，在它的四条腿下面，还可见到这些石头的图像，只是画得不很清楚。那只鸟也是按照一种公式画的，它几乎没有腿，也没有嘴巴。在拉贝·布勒伊看来，这像是一块墓碑，今天阿拉斯加的爱斯基摩人也是这么画的。

这不是原始画的唯一画法，在史前时代研究家们看来，理由很简单，这是人们在发挥想象。但有一种解释看起来有点意思，值得把它介绍一下：这就是德国人类学家阿塔纳斯·珂雪①提出的一个大胆假设，说这幅画画的根本不是打猎，那个躺在地上的人也是被野兽的角戳死的，他是一个巫师，当时处于神魂颠倒的状态。拉贝·布勒伊没有解释那个很难解释的鸟为什么在场（把它比做爱斯基摩人的墓碑也很难令人信服），还有躺在地上的人的头为什么像鸟的头。阿塔纳斯·珂雪正是把他研究的重点放在这些细节的描绘上，他将西伯利亚一些部落的狩猎文化和旧石器时代的文化进行了比较，而且援引了先罗谢夫斯基②关于雅库特人的小说中用奶牛作为牺牲祭祀的仪典。的确，在这个仪式举行的时候，就像小说插图所描绘的那样，要竖起三

---

① 阿塔纳斯·珂雪（1602—1680），德国图林根富尔达修道院院长，博学多才的耶稣会士，被称为最后一个文艺复兴的人物，他一生的研究范围包括天文、地理、数学、医学、语言和音乐等。
② 瓦茨瓦夫·先罗谢夫斯基（1858—1945），波兰作家，他的短篇小说集《陷阱》描写了西伯利亚雅库特人的风土人情。

根杆子，每根杆子的一头都雕了一只鸟，这就使我们想起了拉斯科画中鸟的来历。从小说中的描写我们了解到，这种仪式的举行照例有巫师在场，而且他也总是处于神魂颠倒的状态。现在应当可以解释，鸟在这个宗教仪式上是象征什么了。

巫师的任务是引领成为牺牲的野兽的灵魂去天堂，他疯疯癫癫地舞弄一番之后，就像死了一样倒在地上，这时候，他非得借助于鸟的灵魂，实际上他已经成了一只鸟，因为他身上穿的是羽毛缝制的衣服，头上戴的是鸟的面罩。

阿塔纳斯·珂雪的假设是令人震惊的，但他没有解释这里画的犀牛意味着什么。它无疑是属于整个画面的，它心平气和地离去，就好像犯了罪反而自以为了不起似的。

还有一点说明坑道里的这幅画特别重要，这就是它反映了在旧石器时代的艺术品中，对于人的最初想象，在这里对野兽的躯体和人的身躯的看法是多么不一样，一头野牛画有那么多的暗示，画得那么具体，我们不仅能够触到它的身躯，而且能够感觉到它咽气时的喘息。可是那个人形只是一根又长又直的杆子，画得太简单了，让我们见到的只是一个人的记号，就好像这个奥瑞纳时代①的画家为自己瘦小的身躯感到羞耻，他很想绘制一幅一个野兽全家的画像，但他并没有画。拉斯科特别推崇那些在进化过程中没有改变自己形状的生灵，因为它们总是那个样子，一点也没有变。

可是人却用自己的思维和劳动改变了大自然的秩序，他要创造一种新的秩序，于是给自己下了许多禁令。他为自己的面孔上有各种不同的记号感到羞耻。他很乐意戴上面罩，戴上动物面罩，好像是因为他背叛了动物世界，希望以此求得对他的原谅。如果他要使自己变得

---

① 奥瑞纳文化，欧洲旧石器时代晚期的文化，因最初发现于法国南部加龙河上游图卢兹附近的奥瑞纳克山洞而得名。奥瑞纳文化的创造者是克罗马农人和格里马第人，时代为晚更新世，属维尔姆冰期。

更加漂亮，更加魁伟，他就要化装成动物，或者变成动物；就要返回到他最初的那种状态，高高兴兴地钻进大自然温暖的怀抱中去。

奥瑞纳时代的人总是想着和动物一样，如在三友洞①中，人的雕像都穿戴着动物的毛皮和犄角，都有一双迷人的大眼睛，因此史前时代的研究者称他们是洞窟里的上帝或者魔术师。在这个洞里有一幅最漂亮的画，画的是一个动物狂欢的场面，这里有一群马、山羊和野牛，还有一个脑袋和牛一样的人在一边奏乐，一边跳舞。

为了玩弄魔术，就要模仿动物，而且要模仿得尽善尽美，这恐怕也是史前时代的人在绘画时开始用色彩的原因。旧石器时代的色彩很简单，除了红色以及和它相近的颜色外，还有黑色和白色。史前时代的人就像今天邦特部落②中的黑人一样，对于别的颜色好像并不敏感，其实，一些描写人类的古书，如《吠陀》③、《阿维斯陀》④、《旧约》全书、《荷马史诗》都明确地指出了古人对颜色的视觉是有限的。

赭石是史前时代的人特别寻求的东西，人们在罗切和埃济⑤这些洞穴中，还找到了他们存放这种颜料的仓库，在朗特农附近一堆有三

---

① 三友洞，1914年在法国南部发现的洞穴遗址。洞内保存有旧石器时代晚期（约公元前40000—前10000年）一组重要的巨幅绘图和雕刻，其艺术风格属于法兰西—坎塔布连艺术流派。该洞最引人注目的特点是画法精湛的人像或半人半兽像，此种题材在法兰西—坎塔布连壁画艺术中极为罕见。
② 在南非。
③ 吠陀，印度最古老文献的总称。主要指《梨俱吠陀本集》、《婆摩吠陀本集》、《耶柔吠陀本集》和《阿达婆吠陀本集》这四部吠陀本集，为诗体，产生于公元前1500年至前1000年，使用的语言是吠陀语。
④ 即《波斯古经》，欧洲中世纪琐罗亚斯德教的经典，现存的《波斯古经》是在波斯萨珊王朝（3至7世纪）期间搜集辑订而成的，内容有宇宙起源的传说、法律和礼拜仪式以及先知琐罗亚斯德的教诲。
⑤ 埃济—德塔亚克洞窟，位于拉斯科洞穴下游的一系列史前岩石居室，靠近法国西南部多尔多涅省埃济—德塔亚克城。洞窟中有旧石器时代中期（约20万年至4万年前）最重要的一些考古发现，尤其以巨型壁画而闻名。1979年被联合国教科文组织列为世界文化遗产。

层的沙土上，也发现了他们在这里大量使用过的这种颜料的遗迹。

这里的颜料都取之于矿石，锰矿呈黑色，氧化铁呈红色。史前时代的人总是将一块块这样的矿石在石板或者动物的骨头例如野牛的肩胛骨上磨成粉末，它可能是独一无二，或者不是独一无二①地被发现就可以证明这一点。然后他们把这种粉末存放在动物身上挖出来的骨架子里，或者把它放在一些小口袋里，捆在自己的腰袋上。布须曼人②的最后一批艺术家就是这样，他们因此还遭到了布尔们③的谴责。

这种带色的粉末要和动物的油脂、骨髓混在一起，或者泡在水里使用，史前时代的人经常是用石头做的工具粘上它，先勾画出一样东西的轮廓，然后用手指、动物的毛发做的笔或者用枯干的树枝画出它的形状。有时也把这种粉末放在一些小管子里，吹在画面上，拉斯科的画就是这么吹出来的，在一个大的画面上，不平均地使用颜色使得一些形体的轮廓不很清晰，成颗粒状的布局也使画面的大小受到了限制。奥瑞纳、梭鲁特④和马格德林⑤时代古人掌握绘画技术的令人惊异的才能，使史前时代研究家们想到，在和我们相距几万年前的那个时代，就有过艺术学派，旧石器时代的艺术从卡斯蒂洛洞窟中简单的形体素猫，到阿尔塔米拉洞窟和拉斯科洞窟中杰作的出现，这个巨大的发展就证明了这一点。

旧石器时代的艺术是如何发展的？这是一个很难回答的问题，究竟什么时候出现了雕塑和绘画也说不清楚，这无疑要看工具使用的情况。在人类历史上，这是一个很少研究过的领域（主要是因为没有关

---

① 原文是法文，这是法国一个考古发掘所在地的名称。
② 南非的土著民族。
③ 南非的白人殖民者，主要是荷兰人。
④ 梭鲁特文化工艺，在法国西南部（上洛日里和索吕特雷等地）及其邻近地区发现的一种石器工艺，距今21000年至17000年，制作精美。
⑤ 马格德林文化，欧洲旧石器时代晚期石器工艺及其艺术传统，马格德林人大约生活在11000年至17000年前。

于它的文字记载,这么长的时期留下的文物并不很多),时钟既没有记下它经历过的那么多小时,也没有记下它经历过的那么多世纪和万年。

距今一万五千年至二万五千年前是旧石器时代的早期,那是驯鹿和智人统治的时代,它终止于公元前一万五千年。这个时代又包括奥瑞纳、梭鲁特和马格德林三个时期。由于自然条件长时期没有改变,便创造了法兰西—坎塔布连文明,比火山熔岩还要可怕的冰冻灾害和从北方来的寒冬阴影终于消失了,可是气候的变暖又毁灭了这种文明。在马格德林时期结束的时候,驯鹿也到北方去了,只留下了人类,被上帝和动物所抛弃的人类。

在史前时代,拉斯科是个什么地方?我们知道:这个洞窟也不是一次装点出来的,那些画也常常是一张张地摞起来的,它们产生于不同的年代。布勒伊认为那些主要的画都产生于奥瑞纳时代,奥瑞纳时代画的特色是采用了一种透视法①,这当然不是一种直线的透视,而是一种曲线的透视,前一种透视的运用要懂得几何学。动物只画它的侧身像,但它身上的各个部分:头、耳朵和脚都是面对观众的,坑道里那幅画中的野牛角像一把斜放着的七弦琴。

这些东西发现的过程是这样的:一九四〇年九月,法国陷落了②,大不列颠的空战打得最激烈,但正是这些事件发生的时候,在蒙蒂尼亚克镇附近的森林里,就像为年轻人写的小说中描写的那样,考古学家们给全世界展示了一个最了不起的史前考古的发现。

弄不清是什么时候,一场暴风雨吹倒了一棵大树,但与此同时,却有人发现那里的地面上有一个洞口,这便激发了一个十八岁少年马赛尔·拉维达特以及当时和他在一起玩耍的伙伴们的想象。这些少年认为,这个洞口下面有一条地下走道,通往附近一个城堡的废墟。一

---

① 用线条或色彩在平面上表现立体的空间。
② 指被德国法西斯攻陷。

些记者还编出了一个故事,说有一条狗曾经跳到这个洞里,是它发现了拉斯科。拉维达特很可能有一股做科研工作的热情,他并不在乎获得荣誉,而是为了探宝。

这个洞口的直径近三十厘米,它大概也有这么深。可是把石头扔进去,不知道为什么,要很长时间才掉得下去。小伙子们把洞口挖大了些,拉维达特第一个进到了洞窟里。有人拿来了灯,在灯光照耀下,在地洞里封闭了两万年的画终于出现在人们眼前。"我们实在太高兴了,因此跳起了野蛮的战争舞。"

幸好这些年轻人没有把他们发现的宝物攫为己有,他们把这些告诉了老师拉瓦尔先生,然后又告诉了布勒伊,他就住在拉斯科附近,但他九天后才来到这里。后来过了五年,也就是战争结束后,学术界才知道了这里的发现。

这些年轻人在拉斯科的发现如果说还不值得给他们树碑立传的话,那至少也要把他们的名字写在光荣榜上,而且他们的光荣榜不应小于为表彰科学院的军官——助产士玛丽·马泰尔夫人的功绩所立的那块光荣榜。由于他们的发现,他们的家所在的那座小镇蒙蒂尼亚克也出名了,这种名声还给它带来实实在在的好处:这里的公路交通改善了,还新建了各种各样的住宅,如"公牛住宅"、"野牛住宅"、"第四纪住宅"等,至少有几十家人靠卖拉斯科发现的纪念品维持生活。拉维达特自己也许还开了一个酒店,他年岁大了以后,会在壁炉前对旅客们讲他的发现,或者还要去干他的考古,但他能不能再一次发现这样的艺术品,就很难说了。说实在的,谁也不知道他以后会怎么样。

距拉斯科洞窟几百米远的一个地方,有一家私人企业,它设立了一个专门进行史前考古的分部。有个牧场主还发现了也可能是一个新的洞窟口,他们还找到了几块并不那么新奇的化石,在那里搭了一个窝棚,把这些"展品"放在里面,表示这是他们要建的科学博物馆。

他们还在墙上挂了几张平面图,图上标明了四个冰河期:贡兹冰期①、明德间冰期②、里斯冰期③和玉木冰期④。

一个农民,身上散发着奶酪气味,透着机灵劲儿,我们给了他一个法郎,他便和我们谈起了旧石器时代话题。

我们生活在一个充满怀疑的时代,一些洞窟里古画的真实性就值得怀疑,从一八七六年马塞利亚诺·德·桑图奥拉发现阿尔塔米拉洞窟后,就开始有了这样的怀疑。有人认为一些洞窟是经耶稣会神父装饰过的,这些神父要听听史前时代研究家们是怎么议论的,然后反过来说他们在造假,要破坏他们的名誉,因为他们对人类发展史的研究,超越了《圣经》规定的年限。但我们要说的是,《圣经》给人类发展制定的年谱是很幼稚的。

所以说,人们对这一切产生怀疑是有充分根据的,比如辟尔唐人头盖骨的发现一事就曾闹得沸沸扬扬,就这个论题,一些最著名的考古学家和人类学家在二十四年中,发表过许多学术论文,结果事实证明,这个发现是假的。而且这个假造得很高明,因为有人在这时期做过这种标本,他知道要搜集这样的标本,也要在实验室里做各种实验。⑤

---

① 贡兹冰期,欧洲阿尔卑斯地区更新世重要的年代地层单元(更新世开始于约250万年前,终止于约1万年前)。位于多瑙—贡兹间冰期之后,贡兹—明德间冰期之前,同北美的内布拉斯加冰期大致同时。

② 明德间冰期,欧洲阿尔卑斯地区更新世重要的年代和地层单元,代表一个气候比较严寒和冰川前进的时期。位于贡兹—明德间冰期之后,明德—里斯间冰期之前,与俄国的奥卡冰期、北美的堪萨冰期大致同时。

③ 里斯冰期,欧洲阿尔卑斯地区更新世重要的年代和地层单元。该冰期时,山地冰川从高地向下延展。该冰期在明德—里斯间冰期之后,里斯—玉木间冰期之前。与北美的伊利诺伊冰期大致同时。

④ 玉木冰期,欧洲阿尔卑斯地区更新世重要的年代和地层划分单元。位于里斯—玉木间冰期之后。玉木冰期大约开始于7万年前,分早、中、晚冰段。

⑤ 辟尔唐人,一译皮尔当人,又称道森氏曙人,史前期人种名称,不早于5万年前,其化石是一些头颅的碎片,据称1912年在英格兰发现,后证明这些化石是伪造的,其中颌骨和牙是猩猩的,有一颗牙可能是黑猩猩的,因而在欧洲引起过一场持续了约40年的学术争论。

说实在的，要把一根骨头变成"史前时代"的骨头比在洞窟里画一些大型画要容易得多，因为后者需要整整一班子人，他们不仅要懂得绘画，而且要有不一般的艺术才能，其实这些造假都是得不偿失的。

还有一种情况也常常引起一些外行人的怀疑，因为在文物发现后，要将它和它的一些复制品展示出来，这时他们会感到这些展示出来的东西和他们亲眼见到的真品不一样。这有可能是史前时代研究家们好不容易发现了这些文物之后，照他们的意思，去掉了一些不必要的东西。如发表在报刊上的坑道里的那幅画，一个裸身的人没有生殖器，这个细节干脆就是报刊的编辑涂掉的，因为他们不愿使读者由此产生不道德的想法。我们还要指出的是，旧石器时代的雕像和雕刻是和当时的生殖崇拜有联系的，它表现在这些雕刻家总爱下力气雕刻这些人像的生殖器官，把它们雕得很大，这就看得很清楚了。

我参观完拉斯科洞窟后，对那些一万五千多年前文物的颜色依然那么鲜艳，而且保存得那么完好，曾经表示怀疑，但要解释这个令人惊异的事实也并不难，因为虽然经过了千万年，但这个洞窟的气候条件始终没有改变，洞里的湿气使画面上覆盖了一层石灰岩精盐，它像漆一样能够保护这些画面。

一九五二年夏天，著名诗人布勒东[①]曾在佩奇布列顿参观过一些洞窟，他决定以接触法来测试一下史前文物的真实性，具体地说，就是用手指去触摸一下那些画的画面，再看看它是不是沾上了颜色，如果沾上了颜色，说明这幅画是赝品，它产生不久。但他因为接触了这幅画，而不是因为认定它是赝品，被罚了款。事情到这里并没有完结，因为法国文学家协会对这些洞窟里画的真伪，还要进行审查，可是布勒伊神父在他写给历史文物最高管理委员会的报告中，认为这种

[①] 安德烈·布勒东（1896—1966），法国诗人、评论家、编辑，超现实主义运动的主要鼓吹者和创始人之一。

审查是不许可的。

这种手指触摸法后来在对史前时代艺术品的研究中，也并不被认为是一种科学的方法。

我从拉斯科洞窟回来，走的是去时的同一条路。虽然我看了很多，但像人们所说的那样，在这个历史的深渊里，我一点也不感到我是从另外一个世界来的。我任何时候也没有像现在这样，坚信我是这个世界的公民，我不仅是古希腊人和古罗马人遗产的继承者，而且是所有一切的永远的继承者。

这就是人类面对太空、面对空间和时间所表现的信念和自豪感。"可怜的躯体，你们消失了，没有留下痕迹，人类在你们看来，是不存在的。一双软弱无力的手从有奥瑞纳的半人半兽留下的痕迹和一些王国灭亡后留下的遗迹的泥土中，找到了一些图画。有人对它们不感兴趣，有人对它们有所了解，但它们却显示了你们的尊严。任何伟大的存在都离不开对这种尊严的维护，除此之外，就只有无意识的虫蚁了。"

要到古希腊的神庙里去，或者去参观哥特式教堂里的玻璃窗上的图画，有条路是可以走的。我走的就是这条路，我还感到我的手触到拉斯科的画家身上是多么温暖。

公元七八七年在尼斯①盖起的一座大教堂说明，它作为一个艺术品的制作是艺术家要管的事，但是教堂内部采取一个什么样的结构（用今天的话来说，就是作品的内容）就得由神甫们来议决了。这一切并不是表面文章，因为在一三〇六年，雕塑家蒂德曼为伦敦一个教堂雕的一个基督像被认为不合传统，不得不撤回来，而且有关方面还要回了原先支付给这个雕塑家的工钱。

---

① 地名，在法国南部，为港口城市。

在多尔人*那里

> 古希腊多利斯山区的和谐是唯一能给心灵带来最美好的平静的和谐。
>
> ——亚里士多德

我想用静的艺术价值来证明这个说法是正确的,但我却证明不了,因为美学是建立在喧闹的基础上的。于是我以可能发生的恐怖事件为依据,说:"那不勒斯,你听着!维苏威火山没有睡觉。如果有一天,地底下发出了轰隆声响,预示着灾祸来临的话,这响声有可能谁都没有听见。那就想一想庞贝①的命运吧!当然我不是说,要你也像庞贝那样,保持墓地样的寂静②——因为这太过分了,那你就像伯里克利③提倡的那样,保持一种相对的寂静吧!我用这个人的名字也不是没有原因的,因为你知道,你是伟大的希腊边境上的一个城市。"

---

* 公元前12世纪统治希腊的一个部落,曾给此前的迈锡尼文化造成很大的破坏。

① 庞贝,一译庞培。意大利那不勒斯湾附近的一座古城,在坎巴尼亚境内,距维苏威火山约10千米,建于公元前7世纪,公元79年罗马历8月24日火山第一次喷发,全城湮没。18世纪上半叶被发现,1748年着手发掘,至今已完成大部分。

② 那不勒斯距离维苏威火山和古庞贝城都很近。作者要大家想一想,如果有一天维苏威火山再次喷发,那不勒斯会不会像古庞贝一样,也被湮没掉呢?

③ 伯里克利(约公元前495—前429),古希腊最伟大的政治家,公元前444年起执政雅典,积极推进雅典的民主政治,为雅典的全面发展做出了重大贡献,这是历史学家们称为古希腊文化艺术发展的鼎盛时期。

只有两个地方比较安静，即卡波迪蒙特博物馆和花卉旅馆①的电梯，博物馆在一个大公园的一块高地上，城市的喧嚣到这里变成了老唱片的嘎吱声响。

我常注视着曼特尼亚②的一幅画，它画的是弗朗西斯·贡札加，这个小伙子穿的是一件浅玫瑰色的上衣③，他的帽子下面有一个用头发织得很平整的环套，他的脸看起来已经到了成年，但他还是个孩子。他的眼光敏锐，有一个男人的大鼻子，他那有点肿胀的嘴巴也和小孩一样。这个肖像画以美丽的深绿色作为它的底色，就像桥下流过的河水。

花卉旅馆④的电梯也是一个艺术品，它有城里老百姓住的一间房子那么大，壁上镀了金，还装上了镜子，里面的沙发椅铺上了红色的长毛绒。这间房子在慢慢地上升，气喘吁吁地走在十九世纪以后的这条路上。

我出于一种爱国心，在这家旅馆⑤和我的一个同胞住在一起，这里要付的房租也便宜些。这个波兰人⑥叫科瓦尔奇克先生⑦，他的头发闪闪发亮，有一副斯拉夫男人显得开阔的面孔。晚上，我和他一边喝葡萄酒，一边谈起了战争期间的各种经历，也谈到了意大利人的缺点和波兰人的优点以及这一切对心灵的影响。第一天我就向他说了我对西西里岛的梦想，科瓦尔奇克先生⑧从一个抽屉里找出了一张谁都没有用过的去帕埃斯图姆⑨的火车票，好心地送给了我。

---

①③④⑤⑦⑧　原文是意大利文。

②　安德烈亚·曼特尼亚（1431—1506），15世纪意大利北部第一个典型的文艺复兴艺术家，有多方面才能。他在壁画领域发明了用透视法控制总体的空间幻境，开创了延续三个多世纪的天顶画装饰画风。

⑥　大概是意大利籍的波兰人。

⑨　帕埃斯图姆，希腊语称波塞多尼亚，意大利卢卡尼亚的古代城市，位于萨莱诺东南22英里，锡拉鲁斯河（现塞莱河）以南5英里，它以古希腊神庙废墟和古希腊壁画而出名，大概在公元前600年左右为锡巴里斯的移民所建，到公元前540年成为一个兴旺发达的市镇，公元前273年罗马把它变为拉丁移民区。公元874年穆斯林大肆劫掠后，帕埃斯图姆终于被遗弃。

帕埃斯图姆不是锡拉库萨①，它是伟大的希腊的骄傲，因此我毫不犹豫地放弃了去参观拉佐夫洞窟的打算。如果说卡普里②，战前是一首优美的民歌，我很清楚地了解到它是一个"情人岛"，现在我则不改变将理想和现实加以比较得出的看法。实际上，就是徒步去帕埃斯图姆朝圣也是很值得的。

星期天去那里的火车车厢很空，大部分旅客在索伦托③去萨莱诺④的途中都下车了，下车后那些地方都有一些驴车来接他们，毛驴的身上都戴了花。在一个小站上有一条笔直的古道，穿过一片柏树林和海神门，便进入了一座长满杂草和到处都是石头的城市。

它那显得很雄伟的城墙有七米厚，在海神城门上写道：意大利的希腊移民区并不是一片幽静的绿洲。希腊人从他们到处都是石头和不毛之地的祖国，乘坐快艇飘过"像葡萄酒一样深色的"大海，来到了这个被世世代代居住在这里的人的炉火烧热了的国度。这一点，从旧石器时代在这里留下的大片墓地，可以得到证明。

公元前八世纪至前六世纪，希腊往这里的大批移民是为了来赚钱的，有他们自己的打算，但和比这早几个世纪希腊的领土扩张性质不一样，在那次扩张浪潮中，希腊占领了小亚细亚海滨一带，原因是它受到了从北方来的多尔人的威胁。

可是希腊对这里的占领并不是有计划的，他们像海盗一样不时来这里进行抢劫。于是就有了这样的传说：希腊人先占了土地，然后在这片土地上建起了他们的城市。在荷马看来，伊奥尼亚海西边的那些国家就成了一个童话世界。那个时候的诗人都认为，一些不属于希腊的河流、海滨、洞窟和岛屿都归希腊的上帝、海神和英雄们所有了。

---

① 意大利西西里岛上的一座港口城市，那里有许多古代的建筑物和考古发现的博物馆。
② 那不勒斯南边第勒尼安海上的一个小岛，岛上有著名的拉佐夫洞窟。
③ 地名，意大利坎帕尼亚区下的一个市镇，为观光胜地。
④ 地名，意大利坎帕尼亚的第二大城市、萨莱诺省省会。

奥德赛这个专门抢城里东西的盗贼不是移民的典型，他是移民时代之前一个很有特点的人物形象。他从特洛伊回来的时候，就抢了居住着喀孔涅斯人的伊斯玛洛斯城里的东西，他看中了它，是因为他能把它的奴隶和宝物都运到自己的船上①。别的国家的任何美景都动摇不了他要回到他那到处都是悬崖峭壁的祖国希腊的决心。

赫西俄德②的诗是反映古希腊人这种思乡之情的最好例子，因为他们和他们贵族庄园的土地有着不可分割的联系，他们以旅游代替了演唱那些歌颂英雄壮举的歌。

有些古代著作者说这种移民是一种个人的行动：由于家庭纠纷，为争夺遗产争吵不休，就要外出。不能否认这种说法的正确性，它说明社会起了质的变化，在远征特洛伊的那个时代，氏族内部的联系已经变得很松散了。修昔底德③和柏拉图还提出了另一个很简单但是很有说服力的观点，就是因为土地不足而导致移民。西西里和亚平宁半岛南部一带对那些想要找到土地和经商的移民来说，是很有吸引力的。

有人说，那里的土地不属于任何人。希腊人像野蛮人一样，以强暴和罪恶的手段把它夺了过来，他们虽然没有表现得像普鲁士和罗马人那么残忍，但他们也没有避免使用暴力。他们最感兴趣的是海滨，在那里建了港口。原先居住在那里的人都逃到山上去了，他们以仇视的眼光望着这座被侵略者占领的满是肥油的港口城市。西塞罗④说得更形象：这就是希腊的海岸，像一条边线，已经和属于野蛮人的广阔的天地缝在一起了。可是这条边线却总是沾满了鲜血。

---

① 参见《希腊的神话和传说》下册，斯威布著，楚图南译，人民文学出版社，1978年，第687页。
② 赫西俄德，古希腊诗人，可能生活在公元前8世纪。
③ 修昔底德（约公元前460—前395），古希腊历史学家。
④ 马库斯·图利乌斯·西塞罗（公元前106—前43），古罗马政治家、演说家和哲学家。

波塞多尼亚（即帕埃斯图姆）是那些被阿哈伊人①从锡巴里斯②赶了出来的多尔人在公元前七世纪中叶建立的。在意大利建立的希腊城市就像在希腊本土上一样，相互之间曾激烈地争夺过对它们的统治权。还有人想要根据城市之间的联系，来实现意大利南部的统一。一些学者经过对古代钱币的研究，认为克罗顿的毕达哥拉斯和毕达哥拉斯学派③就曾想要实现这种统一。他们在废墟中发现了这座雄伟的锡巴里斯，它在鼎盛时期有过十万居民。波塞多尼亚的居民后来和阿哈伊人结成了联盟，因此还得到了好处：他们在做谷物和橄榄油的生意中发了财，并在不很长的时间内，在波赛多尼亚建起了十座神庙。

这不仅像人们不断说的那样，是一种宗教感情的表现，而且是希腊人对美的追求。艺术，特别是建筑艺术在移民区起很重要的作用，因为它使拥有这种艺术的民族区别于周围别的民族。建在高地上的希腊神庙就像插在被他们占领的这块土地上的一面旗帜。

公元前六世纪至前五世纪，也就是伯里克利统治时期，是意大利希腊文明发展的鼎盛时期，原是商人集中的城市也成了学者、诗人和哲学家们聚集的地方，而且这些学者、诗人和哲学家也参加政治斗争。克罗顿和梅塔蓬托都是毕达哥拉斯学派管辖的地方，那些读过柏拉图《理想国》的人对下面这个情况的发生，不会感到惊奇，这就是在约公元前四百五十年，一些哲学家以尊重数字为借口，要清点男人，他们借此把被怀疑反对毕达哥拉斯哲学思想的男人都关了起来，因而遭到老百姓的反对。这有什么办法，普通公民不懂得抽象的事

---

① 古希腊最早的居民，约公元前2000年就来到了这片土地上，他们创造了迈锡尼文化。但在公元前7世纪被多尔人赶走了。

② 历史地名，在意大利。

③ 毕达哥拉斯（约公元前580—前500），古希腊与伊奥尼亚学派相对立的南意大利学派的创始人。在克罗顿进行过宗教、社会和政治活动，并组成三百弟子的协会和学派。这个学派从音乐的和声中引申出宇宙的和谐论，在哲学史上有重大影响。它对柏拉图的哲学思想也产生过深刻的影响，后来新柏拉图主义和亚历山大里亚的学者们也很重视这个学派。

物，他们从智者那里，更想知道那种笨拙的出卖灵魂的官僚制度是什么东西。

埃利亚①就在帕埃斯图姆附近，在公元前五世纪至前六世纪之间，巴门尼德②在这里创立了一个哲学学派，它在希腊思想史上，代表伊奥尼亚学派之后的第二个重要的发展阶段。希腊古典哲学产生以前的哲学界代表，都是来自移民区的哲学家。

这种说法也许还不确切，但有可能出现这样的情况，即由于希腊城邦③的长期胁迫，在埃利亚创立的哲学学派不得不宣扬一种乐观的真理，认为世界是不变的，存在也是不变的，可是埃利亚的芝诺这支射不出去的箭却没有经过历史的检验④。

公元前四百年，波塞多尼亚被它郊外的一些山民路坎人占领了，七十年后，伊比尔⑤国王亚历山大，也就是亚历山大大帝的侄儿和希腊结成同盟，赶走了路坎人。可是在他死后，路坎人又占领了这座城市，他们曾在这里进行残酷的民族压迫，禁止这里的希腊人讲希腊话。

帕埃斯图姆后来被罗马人解放了，因为希腊人和罗马人事事都能消解矛盾，达成一致。于是罗马人便往这里移民，而且帕埃斯图姆还

---

① 历史地名，在意大利。
② 巴门尼德（约公元前513—？），古希腊哲学家，生于意大利南部的埃利亚。其绝对静止的"存在说"曾受毕达哥拉斯派的影响，又影响了随后的柏拉图的理念论，有人把他作为埃利亚学派的创立者。
③ 原文是古希腊文，音译"波里斯"，即欧洲古代的城市国家，通常以一个城市为中心，包括其周围的村社构成，古希腊诸城邦是公元前8世纪陆续形成的，一般实行奴隶主的贵族政治或民主政治，斯巴达和雅典即是其中的主要构成者。
④ 芝诺（约公元前490—前430年），古希腊哲学家，与其师巴门尼德皆为埃利亚学派的代表人物。他的出名之处在于为巴门尼德的"存在说"作了辩护。他常被引用的命题有"阿喀琉斯与乌龟"和"飞箭不动"。他通过将矛盾一方绝对化以否认另一方的诡辩手法来否定运动，所以他的理论"没有经过历史的检验"。
⑤ 古希腊西南方一个小国，在伊奥尼亚海滨。

为罗马提供了战船和水手。在共和国最危难的时候,波塞多尼亚人①为支援战争(卡纳战役),献出了他们神庙里所有的金器,罗马人也表现得非常宽宏大度,他们不仅没有接受波塞多尼亚人的赠品,而且准许波塞多尼亚居民使用他们原来用过的钱币。

最后,帕埃斯图姆被献给了海神②,可是海神并没有给他的崇拜者带来好处,因为他提高了海岸的位置,使得附近流经的锡拉鲁斯河失去了它的出海口,因而分成了好几条支流。斯特拉波③埋怨来自城郊恶劣的空气,一些野蛮人没有干成的坏事,却让疟疾这种传染病干成了。

从中世纪开始,这已经不是一座城市,而成了一幅城市的漫画,那里只剩下一个基督教的村社。一小部分用老建筑物破损材料搭起来的歪歪斜斜的小房子,都集中在由得墨忒耳④神庙改建的一座教堂的旁边。

在十一世纪,曾被疟疾肆疟的这座城市的居民受到萨拉森人⑤的威胁,被迫离开了这里,他们沿着路坎人当年被希腊人驱赶时走过的路,逃到东边的山里去了。

在波塞多尼亚人居住的卡帕乔城区⑥,建了一个石榴石圣母教堂,这个石榴石圣母的面孔很像赫拉⑦。在五月和八月,附近的居民都要举行盛大的游行活动,来到这座古老的教堂里。他们手里捧着一

---

① 当时居住在波塞多尼亚的人,也就是帕埃斯图姆人,实际上即为希腊人。
② 帕埃斯图姆即波塞多尼亚在希腊神话中为海洋和地震之神波塞冬的住地。
③ 斯特拉波(约公元前64—公元24),古希腊历史学家、地理学家,著有《历史学》43卷和《地理学》17卷,试图以自然因素的作用来说明人文现象,如以意大利的地形、气候来说明罗马的兴盛。
④ 得墨忒耳,希腊神话的农业女神,不属于奥林匹斯诸神系统。
⑤ 中世纪基督教对所有信奉伊斯兰教的民族(包括阿拉伯人、突厥人等)的称呼。
⑥ 原文是意大利文。
⑦ 赫拉为希腊神话中的主神宙斯的妻子。

些扎了花的纸船,船上面还点了蜡烛,要献给石榴石圣母,就像二十六个世纪以前,古希腊人将这样的东西献给阿戈斯的赫拉一样。

十八世纪中叶,帕埃斯图姆这座城市已不存在了,但在它附近有人指出了一条道路,还有人偶然发现了三座多立克柱式①神庙,其中有一座是今天在全世界保存得最好的神庙之一,这三座神庙被称为巴西利卡神庙②、波塞冬神庙③和得墨忒耳神庙。在神庙里种植了许多橡树。在一个饭馆⑥里的一个简陋凉台上,有些吃的东西都面对面地和多尔人的艺术品摆在一起,为了不惊动这一切,不论是吃还是喝都不能过分,就是说不要采取荷马餐饮的方式,肉吃一点就够了,酒也不能多喝,一碗带蒜的生菜、一片面包、一块奶酪和一夸脱酒就够了,这就像维苏威的格拉尼亚诺一样,但这只是这个高贵氏族的一个很穷的亲戚。这也不是古希腊的流浪歌手唱的一首赞美英雄的歌,而是收音机播放的一个那不勒斯男高音的独唱,他要把他的心上人带到索伦托去。

我这一生,将要第一次见到,而且是亲眼见到这些东西。过一会儿我就要到那里去,我要用脸去亲亲那些神庙的石柱,闻闻它们的气味,用手去摸摸那些柱子上的小凹糟。而这首先要摆脱所有过去的偏见,也就是说,要忘掉早先在照片、图纸和一些旅行指南上见到过的那些介绍,也要摈弃那些人们经常重复的关于希腊的无可挑剔的纯洁和高贵的说法。

可是我到那里后,走近一看,却有一种失望的感觉,古希腊的这

---

① 古典建筑的三种柱式中出现最早的一种(公元前7世纪),源于古希腊,特点是比较粗大雄壮,其柱身和柱头的形式较为简朴。多立克柱又被称为男性柱。
② 巴西利卡原是古罗马的一种公共建筑物,用作市场、法院和会议大厅。平面为长方形,中有两排列柱。它的外形简朴,很少装饰,但其内部简朴的墙面却适宜于进行繁复的装饰。巴西利卡的布局包括中堂、侧堂和后堂,成为后来西方教堂建筑发展的基础。
③ 即希腊神话中海洋和地震之神的神庙。

些神庙都很小，说得更明确一点，比我想象的要矮小。在我眼前出现的这些神庙，下面是它们站立的平整的大地，上面是辽阔的天空，说实在的，它们小得就像一张桌子，而天空就好像把它们都压扁了似的。但人们选择将它们建于如此的低地，却是一个例外。因为古希腊大多数宗教建筑物都建在高地上，它们能够见到远处山峦的景象，就像在翅膀上一样。

在帕埃斯图姆，由于大自然没有提供方便的条件，就必须对多尔人本身进行研究，要冷静地一点也不着急地对他们进行研究，要看到这是一种最富有阳刚之美的建筑风格，它是那么新奇，就像它那些从北方来的创造者的历史一样。这种建筑物虽然不高，但显得敦实，我要说的是，这是一个大力士，是那个时代的英雄，他手里拿着一根棍棒，正要去打一只野猪。那些圆柱也像人体一样，显得血肉丰满，它们的柱头因为托着上面的门楣，看起来都使足了劲儿。

帕埃斯图姆最古老的建筑是产生于公元前六世纪中叶的巴西利卡神庙。最初有人说，这是一个公用建筑物，不具宗教性质，因为它正厅里的圆柱数目是奇数，和古希腊的神庙不一样。最有古代特色的是它的圆柱*柱顶*①，因为这些圆柱柱身的中部都很粗大，它们的顶端摆着一个很大的*柱头*②，它的形状像一个熨得很平整的枕头。圆柱上面一部分和它的底座相比瘦小得多，因此它不会有头重脚轻和上面对下面施压的感觉。还有一种情况在古希腊的神庙中也很少见，即在柱身上很整齐地画着一些用树叶编织的花环，艺术史家们认为这是继承了迈锡尼③的传统。像巨人的身躯一样巨大的圆柱上面扛着的不是屋顶，而是一些残破的门楣。暴风雨削平了这个神庙的屋顶。它里面只

---

①② 原文是拉丁文。

③ 迈锡尼，位于伯罗奔尼撒半岛（南希腊）东北部的古城。传说为英雄珀耳修斯于公元前15世纪所建，与南邻的太林斯等均为爱琴文化的重要遗址，称"迈锡尼文化"。

留下为数不多的三垄板和一些不知名的建筑师的令人惊喜的足迹。还有一些字母U一样的东西本来陷到地底下去了，后来有人用绳索捆着一块很重的石头，把它们拖出来了。

要进到里面，就要爬上三级台阶，这些台阶好像不是给普通人，而是给一些巨人设立的，因此这个艺术品并不是所有方面都按普通人的标准设计建造的。

神庙内部的布局很简单，中间是一个长方形的大厅，它叫*中堂*①，非常阴暗，就像在轮船的船舱里一样。这里有一座神像和它周身的光环，还有祭司而不是信徒活动的地方，在地底下的洞窟里，可以听到远处的回声。

祭祀的仪式在外面举行，因为供案是放在神庙前的，可是神庙里的列柱廊②和*前厅*③都太狭窄，容纳不了祭祀的人群。许多信徒都认为，神庙就是他们在外面看到的那个样子。古希腊建筑师最讲究的，是庙里的圆柱有多高，都什么样的布局，各种颜色的地砖怎么个摆法，还有神庙里的装饰，他们并不想去寻求什么新的设计方案。

巴西利卡神庙的南边还有一座神庙，也是至今保存得最完好和最漂亮的多立克柱式神庙之一，发现这座神庙的人认为它是为祭祀海神波塞冬而建的。根据对庙里找到的那些受到崇拜之物所作的最新研究，认定它们是属于宙斯④和阿戈斯的赫拉夫妇的。与此同时，也改变了最早认为这座神庙是帕埃斯图姆最古老的宗教建筑的看法，相反的是，它是波赛多尼亚保存至今最年轻的多立克柱式神庙之一。它建

---

① ③ 原文是法文。
② 围绕着神庙大厅的一些柱廊。
④ 古希腊神话中的主神，位居奥林匹斯诸神之首。

成于公元前四百五十年,比雅典卫城的帕提农神庙①只早几年,是古典多立克柱式时代的建筑。

神庙里的砖石都很坚硬,但比古代建筑物的地砖轻些。这些砖也很好地突出了大小不同的比例,砖与砖摆在一起,连成了一个整体,它们色彩明亮,摆得很整齐。多立克柱式的艺术家不仅会使用砖石,而且也会利用圆柱之间的空间,照俄耳甫斯方法安装通风设备和调控光线②。

但庙里的地面却不那么平整,这里还根据光学原理进行过测量(这是帕提农神庙的建造者米莱特的伊克迪诺斯发明),因为和庙中间的地面相比,它的周边好像都有点陷了下去,可这却给人一种地面显得很坚实的感觉。多立克柱式的建筑师也知道,如果让那些圆柱完全按照垂直线的标准竖起来,会使人感到它们竖得太高,而神庙屋顶的周边就会塌下来,因此他们采取了让圆柱向中间倾斜的办法。可是赫拉神庙却不是这样,它采取了一种当时的画家称为活动的办法:里面的圆柱是直立的,但是这些柱子在地面插进去的那些洞口有点歪斜,使得它们都往中间倾斜。

这种见之于希腊古典艺术时代赫拉神庙的艺术处理不仅非常精致,还表现得很沉重③,说明这种古老的多立克柱式建筑虽未经修饰但很有承载力,比如它里面圆柱的直径和它身高的比例是一比五。柱头顶端有一些正方形的板子都贴在一起,并非用作装饰,而是要实实在在地把神庙那三角形的屋顶托起来,那屋顶处于圆柱一半的高度

---

① 帕提农神庙,古希腊著名的雅典卫城供奉雅典娜女神的主神庙,公元前447年至前438年由雅典政治家伯里克利主持,雕刻家菲迪亚斯督建,建筑师伊克迪诺斯和卡利克拉特斯设计建造,公认为希腊古典建筑多立克柱式发展的最高成就。5世纪中叶,神庙改为基督教堂。

② 俄耳甫斯是希腊神话故事中的诗人和歌手,能用弹唱使法术,使听者入幻,这里大概指这种安装有利于传扬神庙里的歌声和乐声。

③ 原文是拉丁文。

上。

　　在帕埃斯图姆城中这个圣地的南端，有一座得墨忒耳神庙，但在这里发现的一些塑像和用古拉丁文写的题词，证明这实际上是雅典娜神庙，也叫智慧神庙，是六世纪末建的。就像巴西利卡一样，它里面圆柱的*柱头*①很大，上面是平的，这完全是多尔人的艺术。

　　但是古代建筑学上的比例除了教科书上的介绍外，却很少见到。在得墨忒耳神庙中最近发现了两个爱奥尼柱式②的柱顶。有些研究艺术史的专家把不同民族的艺术风格和他们的思想方法完全对立起来，他们认为比例可以表现一种阳刚之美，一个建筑物沉重但有承载力；思想方法则是阴性的，可以表现一种亚洲的轻巧和柔美。可实际上，这两者在许多情况下，都是不可分的，专家们认为它们的对立并不重要。

　　帕埃斯图姆的三座神庙代表多立克柱式艺术的三个时代：巴西利卡是古代的艺术，得墨忒耳属于过渡时期，赫拉则是多立克柱式建筑艺术成熟时期的杰作。因此帕埃斯图姆作为一个拥有最重要和最有研究价值的古希腊建筑群的城市，是值得参观的。

　　南方的阿福花、柏树和夹竹桃都保持了一种静的状态，这是令人窒息的静，可是这种静却被蟋蟀的唧唧叫声所打破，地面上总是有一种气味往天上升去，我坐在一个神庙里，注视着那飘来飘去的阴影，这不是偶然出现的在这里忧郁地漫游的一个黑影，这是一条线路，穿过了一个角落。这就是我对这个出身于太阳的古希腊建筑想到的一切。

　　还有一点也很可信，就是希腊的建筑师们已经掌握了用影子进行测量的技术，他们依据太阳当空时，阳光直接照射在某种东西上投下的最小阴影，来测定南北方向。同样也可以不用直接照射而从侧面照

---

① 原文是拉丁文。
② 古希腊建筑三种柱式中的一种。

射投下的阴影，测定东西方向。

传说这是毕达哥拉斯的发明，为此后来有人还杀了一百头牛，作为祭品献给他，以对他表示敬仰。办法很简单：三个边长为三、四、五的三角形是直角三角形，这个定义直到今天都让一些学校里的学生难以理解，但它却有着很大的实用价值。比如说，如果建筑师将一根绳子结成 ABC 三个结，A 结到 B 结的距离是三，A 结到 C 结的距离是四，C 结到 B 结的距离是五，然后也将它们摆成一个直角三角形，让 AC 形成三角形上下方向的一边，让 AB 形成三角形左右方向的一边，让 CB 形成三角形最长的斜边，照毕达哥拉斯的这个比例，便可认定神庙里的圆柱长度和它们之间的距离为四比三。

如果说那个三角形是从天而降，那也是很有意义的，建筑师们并不是要看它有多美观，而是要借此表达他们对世界和宇宙的看法，因为他们——赫拉克利特[①]和巴门尼德这样的哲学家，掌握了宇宙运行的规律。

多立克柱式在建筑学上的比例开初是怎么形成的，现在不太清楚，奥古斯都[②]皇帝的宫廷建筑师维特鲁威[③]曾以古希腊的传统为依据，认定这种比例源于神话中的多洛斯，多洛斯是赫楞[④]和自然女神的儿子，他曾统治阿哈伊亚和整个伯罗奔尼撒[⑤]。维特鲁威说，第一批建筑师不会掌握正确的比例，"他们想找到一个办法，让那些圆柱

---

① 赫拉克利特（约公元前535—前475），古希腊哲学家，朴素的唯物论者和辩证法家。

② 奥古斯都（公元前63—公元14），原名盖约·屋大维，古罗马皇帝，于公元前27年至公元14年在位。

③ 马尔库斯·维特鲁威·波利奥，古罗马作家、建筑师和工程师，活动于公元前1世纪，生卒年代不详，他撰写的名著《建筑十书》，观点是希腊化的，主张在神庙和公共建筑设计中保持希腊古典的风格。

④ 赫楞，据希腊神话，他是弗西亚（埃维亚湾北端）国王，是普罗米修斯神的孙子，所有纯希腊人的祖先，为向他表示尊敬，希腊人以其名命名。

⑤ 阿哈伊亚和伯罗奔尼撒都在希腊。

既扛得住屋顶的重量，又显得美观"。于是他们量了一个男人的脚印尺码，然后将它和他的身高做了比较，认为他脚板的长度相当于他身高的六分之一。照这个比例，多立克柱式圆柱的柱头长度是它柱身高度的六分之一，在建筑学中，这就表现出了男性人体的一种力量和美。

北方来的侵略者——多尔人——肯定吸取了被他们征服的迈锡尼人和克里特人①的经验。人们所说的"希腊的奇迹"增长了我们的见识，因此我们也没有必要再去研究那些人类进化的各个阶段和许多世纪以来有过的冲突和相互之间的影响。不管怎样，可以肯定地说，多立克柱式神庙采取的结构，参考了迈锡尼人宫殿里称为迈加龙的大厅设计。但是它用的是另外一种建筑材料，这就是几个世纪以来它用过的木质建筑材料，如在神庙里发现的三垄板，还有放在顶棚梁②上人的额头雕像。当然，木制的构件全都消失不见了，至少有三个世纪的建筑设计我们是看不到了。

用石料盖房子的伟大时代是公元前七世纪开始的，这是因为在那个时候，社会和经济结构发生了变化，当时住在希腊国③的不仅有富商和附近土地的所有者，还有许多穷人和奴隶，他们都在采石场工作。从对埃及和西班牙一些金矿和银矿劳动条件的描写，可以看到这都是一些进行强制劳动的地方。一个英国学者说："我们一定要记住为了取得用于创造希腊艺术品的原材料所流的血和泪。"还有人说，这种情况可以使人们想起那个时候人的生活、柏拉图的洞窟、塔耳塔

---

① 克里特是地中海的一个岛，希腊人早在公元前1400年就居住在这里，创造了早期的古希腊文明；公元前6世纪曾被古罗马占领，1204年至1669年属威尼斯，后又曾被土耳其占领。
② 顶棚梁在木结构的建筑物中，用于支撑天花板。
③ 原文是希腊文。

罗斯①和明亮的天空到底是个什么样子，可是灵魂只有从肉体中获得解放，才能享有神赐的安宁。

　　石头不仅是一种材料，而且还有象征意义，它是一种受到敬仰的东西，它还可以预见未来。它和人有很亲密的关系，关于普罗米修斯的神话说，石头和人是同源的，它也有人身上的气味，人和石头代表两种宇宙的力量和两个动作：下降的动作和上升的动作。石头从天上掉下来后，建筑师要想方设法获得其中一定的数量，按规定的尺寸对它们进行加工，然后把它们都搬到神居住的地方去。

　　下面一段俄耳甫斯教②教义中的话毫无疑问说明了这种情况，它是以一种美丽的诗的形式说出来的，所以值得引用：

　　　　太阳给了他一块石头，
　　　　一块会说话的真正的石头，
　　　　人们都说这是山之杰作。

　　　　它呈黑色，坚实，有力，
　　　　身上画了许多血管，
　　　　恰似皱纹一般。

　　　　有人把这块聪明的石头放在溪水中洗净，
　　　　给它披上了一块洁净的麻布，
　　　　像小孩一样喂饱了它的肚子，
　　　　像神一样给它献上了牺牲。

---

　　① 塔耳塔罗斯，希腊宗教中一种"冥间"牢狱，据传只有严重触犯掌大权之高级神灵者，才被囚入此狱而受罚。
　　② 根据俄耳甫斯留下的诗篇，古希腊出现过一个以他为名的玄秘教派。

它的生命充满了雄壮的赞歌。

它在自己干净的住所里点上一盏灯，
摇摇摆摆，又耸了耸肩膀，
就像一位母亲，怀里抱着自己的儿子。

你要听听上帝的声音吗？
那你去问它吧！
你去问他将来会怎么样？
他会把所有的都真心诚意地告诉你。

　　战俘们夺来的一块石头被太阳晒干了，失去了水分——赫拉克利特说——它失去了灵魂，然后被运送到了建筑工地上，这里开始了最难完成的一道工序，就是对它进行雕琢，这叫建筑学的秘密，希腊人对建筑学的研究很深，掌握很多，都是难以企及的大师。由于没有测量工具，平面的对接就一定要十分准确。今天，那些神庙给人的印象都好像是一个模子里打造出来的，它们的整体结构表现在每一个部分都非常好地连在一起，建筑师知道这些建材的重量和它们的承受力。最重的石头放在地基上，最坚实的材料放在建筑物的屋顶上。建一座神庙用的时间并不多，往往是一次完成的，没有什么添加，也不用改建。

　　希腊神庙留下来的不是废墟，即便由于年代久远而遭到了最严重的破坏，也不会只留下一些残破的构件，或者一大堆乱七八糟的石头。圆柱那插在沙土里的一端，还有那和圆柱分开了的柱顶都是最完美的雕塑。

　　古典建筑的美是以它每一个构件相互之间，以及它们对于整体的布局，有一个适当的比例表现出来的。古希腊的神庙产生于几何学的金色阳光下，由于数学的精确性，这些作品将随着时间的变化和审美观的改变而变化。均衡不仅是审美的要求，而且是整个古希腊社会秩序的表现（难道不能说古希腊悲剧的命运是均衡的吗），这里有一个系数，它精确地算计和规定了建筑物所有构件的大小。维特鲁威以一种古罗马人的坦率告诉我们："均衡出自于一定的比例，比例是按规定的系数去算计建筑物的整体和它的每一个构件的大小得出来的。"可实际上，事情并不那么简单。

比如多立克柱式神庙中的三垄板大小和圆柱直径的系数是否正确就有争议，有些理论家认为它们合乎能够维持均衡的正确比例，这就是说，圆柱的高度和中楣、屋檐和下楣的高度是成比例的。问题在于，每一个建筑师对于这个均衡的关系都有不同的看法，在维特鲁威看来，爱奥尼柱式的建筑风格表现为一比六，阿尔伯蒂①却认为是一比三比九。实际上，通过对这些建筑物的考察发现，掌握这些标准的人并没有把它们运用在实践中。

但可以这么解释：由于测量工具的不精确或者材料不易加工，建筑师们只能制定一个近于均衡的标准，但这还不能说明一切。

要找到一个绝对不变的标准、一个唯一正确的数字，以了解所有这些建筑物内部如何保持均衡的状态，是徒劳的，这是研究院里的人的误导，因为不符合实际情况，也脱离了历史。其实，这种均衡是一直在变的，它在帕埃斯图姆的建筑物中就有明显的表现，我们只要将古老的巴西利卡和赫拉神庙这个多立克柱式成熟时期的作品加以比较，就可看得出来。这主要表现在圆柱的高度上，古代多立克柱式的圆柱系数为八，后来变成了十一和十三。

那些想要制定一个标准和热衷于用直尺和三角板去测量神庙里的图形的人，还犯了一个原则性的错误，因为他们并没有去测算整个建

---

① 莱昂·巴蒂斯塔·阿尔伯蒂（1404—1472），意大利文艺复兴时期的建筑师、画家、雕塑家和艺术理论的主要创始人。由于他的人品、著作和广博的学识，被认为是文艺复兴时期"全才"的楷模。

筑物的高度,也没有注意要从什么角度去观察它,换句话说,他们只注意到了它各个构件大小的比例,而忽视了它的角度。关于改变角度的理论用在研究古希腊建筑学上,能够说明很多对于均衡的误解和制定一个标准在艺术构思中的重大意义。但是这种标准的大小是变化的,根据要建神庙的大、中、小采取不同的标准,如果对某个神庙进行观察的距离越短,那么它的柱顶、檐部、过梁、门楣、窗框和圆柱的比例系数就越大。帕埃斯图姆的宗教建筑物都集中在城中心,看起来好像很近,这也说明了赫拉神庙里的柱顶、檐部、过梁、门楣、窗框为什么都显得那么宏伟。

所以说古希腊的艺术是智能和视觉的综合,也是几何学和光学研究的综合,即便脱离了某个标准也是这样。希腊人不论纵向还是横向,都用了一些曲折的线条,使得神庙的基座中间就有点凸出,因此四个角上的圆柱就向中间倾斜,在这种情况下,就不用直线了。这种审美的构思赋予了建筑物生命以创新的价值,那些对古希腊艺术品的模仿是做不到的。巴黎圣抹大拉①教堂和苏夫洛②设计的先贤祠表现了一种将鸟类学地图上画的鸟变成真正的飞鸟一样的构思。

有人问,为什么多立克柱式这个我们以为是古希腊最完美的建筑风格后来却被别的建筑形式替代了呢?有个文艺复兴时期的理论家回答说:"有些古希腊的建筑师说过:不能用多立克的建筑形式,因为其中各个构件大小的比例是错误的。"在后来一段时期,人们对此展开了广泛讨论,认为三垄板应当放在每一根圆柱上端的轴心上,和柱顶挨在一起。但这只是一种装饰,而不影响到建筑物结构本身。这说明,神庙并不是当地敬神的地方,而是城市里的一种装饰。

---

① 抹大拉的马利亚的故事源于《圣经》,耶稣拯救了这个被恶鬼附身的门徒。
② 雅克·杰曼·苏夫洛(1713—1780),法国建筑师,18世纪新古典主义的创始人。1754年由他设计、1757年至1790年间建造的巴黎圣日内维耶沃教堂,将哥特式风格和轻巧性同古典式的庄严、开朗融为一体。法国大革命时废除宗教而改名先贤祠,以纪念法国的伟人。

多尔人的艺术和后来古希腊的建筑形式和宗教信仰有更紧密的联系。就是在用材方面也是这样，爱奥尼柱式和多立克柱式的大理石建材给人以冷漠、严肃和呆板的印象，那些雕得很精致的神像看起来软弱无力，对雅典娜①来说，献什么供品：黄金、象牙或者没有加工的石头，是不能随便的，多尔人把这个女神看成是牧羊人的公主，这个少女有一双蓝眼睛，肤色很美，骑在马上。还有狄奥尼索斯②，他曾经是黑暗势力的保护神，但后来又成了一个留着胡子的正直酒神。

要恢复多尔人神庙原来的面貌，就要在它的墙上涂上鲜红的颜色，还有蓝色和土赭色，有个最粗蛮的修复者的手见到这残破的神庙就发抖，可我们想见到的是，那被雨水冲洗过的白色墙壁是个什么样子，那里已看不到古希腊人所表现的热情和残酷了。

要完全恢复那些神庙的原貌，还要了解神庙产生以前那里发生了什么。难道那些神庙真的不敬神，它只是从蛇身上剥下的一张皮，表面上使人感到很神秘？

太阳升起的时候祭拜天神，太阳落山的时候或者晚上，祭拜大地，这时由祭司带领的宗教游行队伍便来到了神庙前的一个祭坛前。

> 年老的涅斯托尔③骑士净了手后，把一捆大麦散发给来到这里的人，他还从一头奶牛的头上扯下一些毛发，往火里扔去，然后他便长时间地向雅典娜作祈祷。其他人也一边祈祷一边把大麦往前扔去。这时涅斯托尔的儿子、勇敢的特拉希梅德斯突然来了，他用一把斧头砍断了那头奶牛的脖子，把它砍死了，于是这些善男信女的唱歌和祈祷都没有用了。

---

① 雅典娜，希腊神话中的智慧女神，又是雅典城邦的守护神，掌管战争、文艺和技艺。
② 狄奥尼索斯，希腊神话中的酒神。
③ 涅斯托尔，希腊史诗中皮罗斯的统治者，以睿智著称，为人公正，长于言辞。

大家高高举起奶牛的头，让它远远地离开地面，地面上有很多宽阔的道路。这是庇西特拉图①把它砍死的，它的身上流出了红色的鲜血，它的灵魂从骨头里离去了……

这时候，我想起了一次旅游，导游漫不经心却十分精确地说出了一个神庙的大小，并且说它已经成了废墟，有多少圆柱被毁掉了，他用手指着那个祭坛，但那只不过是一块石头，没有人感兴趣。如果参观者不是用柯达相机去给它拍照，而是发挥想象，那他们就会像古时候那样，牵一头公牛来，在祭坛前把它杀了。

可是一次短时间的旅游并不能使我们了解到希腊神庙是个什么样子。要了解石头在阳光下会有什么变化，就得在那些石头圆柱中待一整天，因为它们在一天和一年中，都会变幻颜色，早晨，帕埃斯图姆的石头是灰色的，中午变成了金黄色，太阳落山的时候又变成了火红色。我触摸了它一下，感到它像人体一样温暖，绿色的蜥蜴在它身上爬过，会使它颤抖起来。

一天结束了，天空呈青铜色，赫利俄斯②的金色小车往海边驶去。这时正像维吉尔③所说的那样："所有的小道都黑得看不见了。"维吉尔在赫拉神庙前还唱了一首关于玫瑰花的歌，叫《帕埃斯图姆一年开两次花的玫瑰花园》④，这朵玫瑰花散发着令人心醉的芳香。神庙里的那些圆柱被落下去的太阳晒得滚烫，天色晚了，那里就像林子里起了火一样。

---

① 庇西特拉图（公元前6世纪初—前527），古雅典僭主。他在雅典执政期间，曾实行保护中小土地所有者及奖励农工商业的政策，对雅典经济和文化的发展起到积极作用。

② 赫利俄斯，意为太阳，希腊神话中的太阳神，每天驾太阳车在天空由东向西急驰，夜间则乘一巨杯航行于洌洌北风的海洋急流中。

③ 维吉尔（公元前70—前19年），原名普布留斯·维吉留斯·马罗，古罗马诗人。

④ 原文是拉丁文。

阿尔勒*

致马太乌什

数千盏彩灯,悬挂于街头,在来往人群的脸上映上了化妆成丑角的色调。随处都有住户打开的门窗,从里面飘出美妙的乐声。一些小广场,就像旋转木马,在不停地转动。这时,你仿佛在参加一个节日晚会。这是我来到阿尔勒第一晚的印象。

我在一家旅馆的最高一层租了一间房,就在雷蒂博物馆对面。博物馆坐落在一条狭窄而又深远的街上,看上去像水井一样。我在这里虽然听不到外面的喧哗声,但我感到整个城市都在震动,所以没法睡觉。

因此我沿着一条林荫道往罗纳河①边走去:彼得拉克②曾经这么吟诵道:"发源于阿尔卑斯山的这条湍急的河啊,你经历了多少个日日夜夜,我要去的地方,也是大自然要你流去的地方,那里有我的爱。"罗纳河的确很大,但却显得很阴暗,使人感到它像一条水牛那样沉重,在普罗旺斯③的这个晚上,天色很亮,有点冷,但在阿尔卑斯山的山顶上却藏了一股热气。

---

* 阿尔勒,地名,在法国南部。曾为西罗马帝国主要城市,10世纪成为勃艮第王国都城,当时叫阿列拉特,后成立阿尔勒王国。12世纪成为独立体,并入普罗旺斯。阿尔勒是梵高作画多产年代的住地。

① 在法国南部流入地中海的一条河。

② 弗朗切斯科·彼得拉克(1304—1374),意大利学者、诗人和早期的人文主义者,亦被视为人文主义之父。

③ 普罗旺斯州,法国东南的一个地区。

我按市声和乐声指引的方向，来到了市中心。该怎么描绘这座城市呢？难道它不是石头建造的，而是用动物的肉体堆起来的？它有体温，有湿润的皮肤，还有被捆住的野兽跳动的脉搏。

我在*阿莱萨尔咖啡馆*①喝了*罗纳咖啡*②，这个咖啡店的大门上有一幅彩绘的复制品，使我想起了它就是梵高③的名画《*夜间咖啡馆*》④。1888年，他来到普罗旺斯，想要找到一种比天还要蓝的蓝色和比太阳还要耀眼的金黄色，他在这里住过。不知道这里的人还记不记得他？如今仍在世的人中，有没有人亲眼见过他？

咖啡店的一个堂倌很不乐意地回答说：是的，这里有一个可怜的老头⑤。他知道一点梵高当年的情况，但他现在不在，他通常是午后到这里来，爱抽美国烟。

我开始参观阿尔勒，并不是因为这里有希腊人和罗马人的古迹，而是因为有这个*世纪末*⑥的艺术⑦。

过了两天，有人给我指认了那个老头，他挂着一根拐杖，两个手掌合在一起，抓着一把胡子，把头靠在一个酒杯上打瞌睡。

"有人告诉我，说你知道梵高先生。"

"我知道，我知道，你是什么人？是大学生还是记者？"

"大学生。"

很明显，我说了傻话，因为老头这时闭上了眼睛，表示对我不感兴趣，于是我拿出了美国烟，这东西很诱人，老头儿很高兴地吸了一口烟，然后喝酒，目不转睛地瞅着我。

"先生对梵高感兴趣？"

"是的。"

"为什么？"

---

①②④⑤⑥　原文是法文。
③　文森特·梵高（1853—1890），荷兰著名画家，后期印象画派代表之一。
⑦　指梵高的画。

"他是一个了不起的画家。"

"人们都这么说,可我没见过他的任何画。"

他用瘦骨嶙峋的手指敲打着一个空酒杯,我照他的意思把它满上了。

"那当然,梵高已经死了嘛!"

"你知道他?"

"谁知道他呢?他一个人像条狗一样孤独地生活,人们都怕他。"

"为什么?"

"他那时候整天穿着一件又宽又大的麻布衣,在野地里到处乱跑,一些小男孩向他扔石头,我没有扔,因为我还小,只有三四岁。"

"因为你们不喜欢他?"

"他样子很可笑,头发梳得像胡萝卜一样。"

没想到老头真的长时间地笑了起来,表示他很满意。

"这个人很可笑,他的头发像胡萝卜一样,我记得很清楚,因为我在远处见过他的头发。"

老人对于这一先知的回忆,到此便告结束。

晚饭我是在共和国广场附近的一个小饭馆里吃的,这是一个三等餐厅,我也吃得很简单,但我以为普罗旺斯的美食还是很不错的:首先送上来的是一个用白铁盘子装的凉菜,有绿色和黑色的橄榄,有辣味的小洋葱、菊苣和拌了辣椒的土豆,都分开了。然后是上好的鱼汤,和马赛的女王汤①是一个品种,就是通常所说的放了蒜和香料的鱼汤。还有一块熏肉拌胡椒,从附近的卡马奇运来的大米做的饭、葡萄酒和奶酪。

墙上又挂了梵高一些画的复制品,其中有《罗纳河上的桥》、《橄榄林》和《邮递员罗兰》,画家在这幅画上写道:"这是一个好农民,他不要钱,因此我们在一起,享用了一些价钱很贵的美食和美

---

① 原文是法文。

酒……这没什么，我是看他模特当得好。"

饭店店主不认识这位绘画大师，但他记得他母亲在家里经常讲过的一个故事，说是有一天，这个疯疯癫癫的画家来到了他家的葡萄园里，他大声地叫嚷，硬要那里的人买他的画，他冲进了篱笆墙里，说这幅画只要五个法郎。至此，饭店店主就很忧伤地讲完了他知道的这个故事。

梵高在阿尔勒和附近的圣雷米创作了好几百幅画和素描，但他一幅也没有留在这里，阿尔勒的一些公民写信，要求把他送进精神病院。这封信曾被刊登在当地的一份报纸上，它的原件现存放在阿拉滕博物馆展厅的一个橱窗里，对阿尔勒的这些小市民来说，这永远是一种耻辱。

他们的儿孙能够原谅他们祖辈的残酷，但是不能原谅他们失去这么巨大的财富，因为有梵高的签名，说明这是他留下的财富。

现在正是人们有计划地游览这座城市的时候。

富饶的罗纳盆地多少世纪以来，都吸引着移民到这里来，首先来到这里的是希腊人，早在公元前六世纪，他们就在这里建立了马赛①。阿尔勒因为处在罗纳河三角洲这个战略和发展商贸的驻点上，希腊移民在这里便建起了巨大的移民营，设立了许多贸易机构，所以毫不奇怪的是，这个时期没有留下多少文化古迹。

阿尔勒和整个普罗旺斯真正繁荣的时期是在古罗马，这座城市当时叫阿列拉特，是按照古罗马的规模设计建成的，表现了建筑师们城市建筑的才能。它闪电般地迅速发展，是从马赛卢斯和格奈乌斯·庞培②结盟、触犯了恺撒③的利益那个时候开始的。恺撒在公元四十九

---

① 法国马赛古称马萨利亚，这里应用马萨利亚才贴切。
② 格奈乌斯·庞培（约公元前106—前48），古罗马统帅，政治家。庞培乃恺撒的政敌，曾得到公元前50年的罗马执政官盖尤斯·马塞卢斯的支持，但后与恺撒交战，遭到失败。
③ 盖乌斯·儒略·恺撒（公元前100—前44），古罗马著名军事统帅，政治家。

年①,曾利用他在阿列拉特造船厂造的战舰,一举攻下了整个阿尔勒。

从此阿尔勒来了许多新的移民,他们原是拉齐奥②和坎帕尼亚③的穷苦老百姓和第六军团的老兵,这座城市也有了一个官方的而且较长的名称,叫科洛尼亚·朱利亚·阿雷拉登西尤姆·西克斯塔诺隆移民营。因为这里的道路修得最好,又架起雄伟的高架水渠和桥梁,在这片从希腊人手中夺来的土地上,便设立了行政机构,能够行使政令。在残酷的掠夺之后,新的文明又给普罗旺斯带来了恩惠。

今天,在罗纳河沿岸,人们对奥古斯都这个好皇帝依然无限崇拜,他们一说到他,就像我们加里西亚人的祖辈说到弗朗茨·约瑟夫④一样,是感到很温暖的,作为阿尔勒古迹之一的奥古斯都皇帝漂亮的头像表现了他坚强而又温和的性格,这一雕像上,年轻的执政者长了胡子,头上还系了一根黑色的带子,以表示对他死去的养父、尊敬的恺撒的哀悼⑤。

多神教时期留下的古迹很少,不仅没有真正的杰作,就连像阿尔勒的维纳斯这样有名的艺术品都没有。人们在十七世纪中叶的剧院废墟中,找到了一些普拉克西特列斯⑥雕塑的复制品,是献给路易十四的,其中有少量头部的雕像和石樽,一些浮雕的片段和身穿长裙的美丽舞女的雕像,但已经风化了。这里最优秀的雕塑也没有继承古希腊

---

① 作者笔误,应为公元前49年。
②③ 意大利中部地区。
④ 弗朗茨·约瑟夫(1830—1916),奥地利国王,1848年至1916年间在位。波兰19世纪被沙俄、普鲁士和奥地利三国瓜分,波兰西南部的加里西亚当时属于奥地利占领区。
⑤ 奥古斯都是恺撒的养子和继承人。
⑥ 普拉克西特列斯,公元前4世纪古希腊著名雕塑家,和留西波斯、斯科帕斯一起被誉为古希腊最杰出的三大雕刻家,也是第一个塑造裸体女性的雕刻家。

的艺术传统，许多作品都具有本地特色，像高卢①罗马式的雕塑一样，既高大又笨重。这里还可见到一些普通的艺术品，做工粗糙，在博物馆中当然不是好的作品，也不是出自天才的手艺，但它们显得很坚实，许多世纪以后，这种风格的雕塑又出现在罗马式的雕塑艺术中。

手表已经显示是正午了。博物馆的守门人要关闭这个展厅的门了，他走到我跟前，像要保守秘密似的小声建议我去参观一些还没有向观众开放的东西，照他的话说，这些东西比所有汇集在这里的雕塑都会给我留下更深的印象。我也希望能够发现一个新的维纳斯，于是我们沿着弯弯曲曲的阶梯往下，来到了一个地下室里。路灯照亮了一条上面呈拱形的、宽阔的石头走廊，它被一个很矮的圆柱子隔开了，看起来既像一个关押囚犯的地方，又像一个地下神庙的入口。

这真是一个罗马的食品仓库，因为阿尔勒是一个军事和商贸的殖民地。这个地下仓库真是大得惊人，守门人要在我面前炫耀它一下，因此给我介绍了藏放在这里的每一样东西："这里很干燥，可以存放粮食。中间能够保持恒温，所以那里放了一桶桶的葡萄酒。再里面还有熟透了的奶酪。"我不知道他的这些介绍是不是都对，但是这个普通人对罗马经济的发展，表现了那么大的热情，我也真的不能表示异议。现在我知道了，这些高卢人的后代，他们想得最多的是什么，不是制作战胜敌人的弓箭和得到帝王们的人头，而是建造高架水渠和粮食仓库。"先生你别忘了参观巴尔贝加尔！"守门人在告别时对我说，"它离城只有几步远，可以徒步走到那里去。"

一个斜坡上的最后几级巨大的阶梯，把我们引到了一个已不存在

---

① 古地名，主要包括阿尔卑斯山以南，即罗马人所称的山内高卢，相当于意大利卢比孔河以北的波河流域；另外就是罗马人所称的山外高卢，相当于莱茵河以西今法国、比利时、卢森堡及荷兰、瑞士的一部分，公元前58年至前51年被罗马统帅恺撒征服。高卢人也称克尔特人。

的巨人神庙里,但在它的废墟中,却找不到任何和宗教有关的东西。这本来是一个可以灵活转动的水磨,它有八个平面,水可以从每一个平面上流下来,形成一个人造的瀑布,使下面的一个轮子转动起来。和现在很普遍的看法不同的是,这个建筑物是古罗马世界最美丽的石雕之一。

罗马人留下的最宏伟的古建筑是竞技场。它建在一块高地上,有两层,呈一个巨大的弓形,下面有多立克柱式半露的壁柱,上面靠一些科林斯柱式的圆柱支撑,从它裸露的结构来看,这都是用一些巨石堆砌起来的,就像一个很幼稚的罗马崇拜者说的那样,它不能使人产生任何轻巧和喜爱的感觉。这是角斗士们和那些最容易冲动的人发挥他们能量的地方。

这时有一个在第一次世界大战中受了伤的残疾人领着我。已经是深秋了,来这里参观的人很少,他把售票处的门关上,要和我谈话。

"我过去不是这样,我在香槟①的战场上失去了一条腿,有什么办法呢?干这个真可怜。我要是在罗马,就会有自己的住所,葡萄园、一块土地和免费去杂技团看杂技表演的票。"

"但是在这个杂技团里,野兽咬死了人。"我想否定他这个美好的想法。

"这可能是在别的地方,而不是在阿尔勒,我们这里有各行各业的老师和教授,他们在这里并没有发现过人的骨头,一块也没有见到过。"

那好,好!你就安静地睡吧,老兵!他是这么随心所欲地就将福煦②变成了恺撒,又将戴高乐变成了奥古斯都,可是说真的,我没想到,我本以为,罗马人浅薄得就像夹在书里的一朵花一样,现在却有

---

① 地名,在法国东部。
② 费迪南·福煦(1851—1929),法国元帅,在第一次世界大战最后几个月,曾担任协约国军总司令,被公认为协约国获胜的最主要领导人。

人认为他们很有人情味哪！

竞技场的墙是那么雄伟，以至在野蛮人入侵时，可以把它当作防御工事。竞技场的中间，曾建过近两百栋房子，还有街道和教堂，这种奇怪的建筑风格的混合一直保持到了十七世纪，可是现在这些房子连一点遗迹都没有了，那个巨大的半圆形舞台上撒满了黄色的沙土。在这些沙土上，在明亮的阳光照耀下，我看了一场斗牛表演，著名的安东尼奥·奥多涅斯有点害怕并笨手笨脚地和一头公牛在一起"干活"，却有三万观众注视着他们。奉公守法的皇家竞技裁判长时间地大声喊叫，还对竞技双方进行了指责。

缪斯们就住在附近的一个古老剧院里，这是一个室内的剧院，比较小，大概是古希腊的剧院。还有附近的圣特罗菲姆钟楼，不仅没有消除而且增加了我对古希腊罗马的印象。可是那个剧院可悲地只留下了它的废墟，其中有两根科林斯圆柱显得非常漂亮和洁净，成了诗人们歌颂的对象。

我们的祖先并不像我们这样，热衷于建许多博物馆，他们也没有把过去的那些东西全都锁在玻璃橱窗里当展品，他们采取了一个新的办法，就是把过去直接变成了当前，所以参观像阿尔勒这样将不同时代各种石材建筑风格混在一起的城市，比有计划地收集古董来进行死板的教育，是更有好处的。所以说，如果事先在旅游指南中没有读到可是突然见到了一栋文艺复兴时期的房子，那将更有说服力地证明人类的艺术品具有永恒的价值，各个时代的文明是可以互相对话的，因为这栋文艺复兴时期的房子就建在古罗马一个建筑物的基础上，它的正门上还有古罗马的雕像。

许多世纪以来，人们把古希腊罗马的剧院变成一个干什么都可以的地方。有时候，他们把它当成了一个采石场，在这里对那些已经雕完的东西进行加工；有时它甚至成了新旧宗教斗争的场所，有个狂热的辅祭还带着一些虔诚的信徒，来这里毁掉了那些标志着古罗马的美的东西。

古罗马阿列拉特①的辉煌只显示了两个世纪，公元三〇八年，君士坦丁大帝②带着他的王室成员来到了这里，他赐给这里的希腊商人贵族头衔，同时建了一座庞大的皇宫，可是这座宫殿今天只留下了它的一些浴池，在这些浴池里洗澡，用的是离城七十公里的山上的泉水。

一个世纪后，霍诺留③皇帝关于阿尔勒说过下面一段话：

> 这座城市的位置是那么适当，它的商贸是那么繁荣，有那么多的人来来往往，所以全世界的产品都可以很容易地拿到这里来进行交换。如果说富裕的东方，散发着芳香的阿拉伯、亚述④，或者非洲、西班牙，或者丰产的加利亚都有人们喜爱的东西的话，那么这里富裕得就像人们最喜爱的那些东西都是这里造出来的一样。

几十年后，哥特人⑤占领了阿尔勒和马赛。

但这对阿尔勒来说，至少不意味着黑夜突然降临，它当时还留下了这个已经不存在的帝国的一个城堡，还有古罗马的城墙和圆柱，杂技团里还在演杂技，戏院直到墨洛温王朝时期⑥还在演戏，在集会广场上还有喷泉。最没有文化的时期是公元七世纪和八世纪。

那时候，主教和大主教掌握了罗马各省总督拥有的大权（这不关

---

① 阿列拉特即阿尔勒。
② 君士坦丁大帝（约272—337），即君士坦丁一世古罗马皇帝，306年至337年在位。
③ 弗拉维乌斯·奥古斯都·霍诺留（384—423），西罗马皇帝。
④ 亚述：指亚述古城，位于底格里斯河中游，小札布河口附近，为古代西亚交通贸易的中心，亚述的首都。
⑤ 古日耳曼部族的一支，居住在罗马帝国边境地区，古代基督教的阿里乌派曾在他们中广泛传布。
⑥ 墨洛温王朝，公元481年至751年。法兰克王国的第一个王朝。

涉合不合法,而是自然形成的),一些好心人说他们维护了公民的权利①。毫不奇怪的是,由于这种混乱的局面,艺术品创作被认为是次要的了,但古罗马神庙成了新的崇拜对象,基督的母亲被请进了狄安娜②的家里。

在这座城市被占领的那段时期,也保存了一些具有审美价值的艺术品。例如这里有块坟地,它在某种程度上具有象征意义,因为它是被称为阿里斯冈大墓地的一部分(有人把 Elissi campi③ 这块福地的名称写错了,写成了阿里斯冈 Alyscamps),这块墓地产生于古代,是死者的一个大沙龙,这些死者都把这里当成是他们约会的地方④。这个地方闻名全世界,是因为传说罗兰⑤,还有十二个在奥雷亚加⑥死去的贵族都埋葬在这里,但这十二个贵族的埋葬却有一段不寻常的历史,因为他们生前都曾表示死后要葬在阿里斯冈,可是有人却把他们的棺材都放了罗纳河里,当它们飘到阿尔勒时,一个性情有点古怪的掘墓人又把这些棺材都搬了上来,然后葬了,为此他还享有死者给他的权利⑦。

在文艺复兴时期,阿里斯冈是浮雕爱好者的一块真正宝地,他们的艺术品都被镶嵌在皇宫里一些地方和神庙的大门上。后来贪得无厌的卡罗尔九世⑧叫人把这些无价之宝都装在他的船上,他要把它们都抛到圣埃斯波利特桥⑨附近的罗纳河里去。

其中一些后来被搜救起来的东西,都和其他基督教艺术品一起,

---

① 原文是拉丁文。
② 狄安娜,古罗马神话中的森林女神。
③ 法文,意思是福地,这里原来确实是一块福地,因有许多基督徒来这里祈祷,到这里避难,他们死后也被埋葬在这里。
④⑨ 原文是法文。
⑤ 罗兰是产生于11世纪末的法国英雄史诗《罗兰之歌》中的英雄人物。
⑥ 地名,在西班牙。
⑦ 原文是法文,意思是说他把死人埋葬了,可以得到酬金。
⑧ 卡罗尔九世(1550—1574),法国国王,1560年至1574年在位。

保存在一个古老的教堂里。但是过去那些雕刻质朴的风格和自然的美，与耶稣会巴洛克艺术品过分的修饰①，是不相称的。

如果这些浮雕的内容不是取材于新旧约全书，不是基督教的象征，那就可以把它们当成古罗马晚期的作品，对《渡过红海》这个浮雕（现在在那个主教堂里）可以大胆地想象，它有可能镶嵌在宣扬罗马军团荣誉的凯旋门上。古希腊罗马的传统一直保持到五世纪末。后来又出现了几何图形和树叶形状的装饰，艺术品的创造又得从ＡＢＣ开始。

阿里斯冈这个很大的墓地现在只剩下一小部分，这里有十二个小教堂，还有一条很长的林荫道，两旁立着古老的杨树，好像还有一排保存下来的石墓，一直延伸到了圣奥诺拉教堂。这座教堂是以普罗旺斯风格建造的，有一个圆顶和一个八角塔楼，塔楼的窗子上有镂花图案，这里发生过火灾，埋葬在这里的死人生前曾经负责管理教堂里的灯火和海上的灯塔。

> 在阿里斯冈墓地所在的阿尔勒城，
> 当玫瑰花的影子是红色的时候，
> 时间像闪电一样地逝去，
> 要看到事物显示的温柔。②

这位诗人带着一种情绪有意避开了他所描写的这个地方，因为那里实在找不到什么美好的东西，这些石头和树的古老的雕塑显得那么粗糙和严肃，就像这代表了历史上大理石雕的这一卷那样。

---

① 17世纪在意大利罗马掀起了一个新的建筑高潮，大量兴建中小型教堂、城市广场和花园别墅，主要特征是炫富，大量使用贵重材料，追求新奇，标新立异。

② 这四句诗的原文是法文。

有一点值得我们深思，那就是为什么普罗旺斯这个在地理位置和文明发展上都很特殊的国家，没有成立一个强有力的政权机构，能够让它成为一个单独的政治实体，继续存在下去。普罗旺斯大公们的统治只有五百年（从公元十世纪到十五世纪）历史，而且它还一直受到一些外国人，如法国国王，德国皇帝，巴塞罗那、勃艮第①和图卢兹大公们②的干涉，那个不仅是意大利而且也是西班牙的"永远的前言"③决定了这片商路纵横的土地的命运，可是它太软弱无力了，抵挡不住强邻的侵犯，此外普罗旺斯人的狂热个性和无政府主义也使他们内部难以团结一致。

阿尔勒具备所有物质和精神的资源——可以这么说——可以成为普罗旺斯的首都。市内的小区组织是强有力的，阿尔勒的大主教们的声音可以传到遥远的城外，这里也举行过许多宗教集会，在中世纪，阿尔勒曾被称为"高卢人的罗马"。十字军东征使得这里的商贸和文化生活出现过非常繁荣的局面，当一一七八年腓特烈一世④在阿尔勒的圣特罗菲姆主教堂里加冕称王的时候，就好像奥古斯都和君士坦丁的辉煌又在这里重现了。

如果我说，这个被认为是欧洲建筑瑰宝的主教堂可以印证当年阿尔勒辉煌的话，那么在你面前，就会出现一个用黄金装饰得太过分的建筑物图像。实际上，一个只穿了一件用粗糙的石料做的僧袍的教堂，摆在普通的房屋建筑群中，显得那么朴素，如果没有大门上的雕刻，真可以忽略它。这不是哥特式主教堂，能够以它的闪光刺破天

---

① 勃艮第，西欧古地区名，疆域和归属屡有变更。

② 实际上，这些地方在中世纪，由于商品交换的迅速发展而富强起来，在反对封建领主的斗争中获得了独立，都已建立了城市封建制的共和国。

③ 这是一个比喻，是对普罗旺斯的说明，因为普罗旺斯无论在历史上还是地理上，与意大利、西班牙都有密切联系，普罗旺斯是了解意大利和西班牙的"永远的前言"。

④ 腓特烈一世（红胡子）（约1123—1190），德意志国王，1152年至1190年在位；神圣罗马帝国皇帝，1155年加冕。

空，高踞于它周围所有的一切之上，而只是一个大小成比例的建筑物，它深深扎根于泥土中，显得很敦实，但不沉重。它的古罗马风格，特别是普罗旺斯的古罗马风格使它毫无愧色地堪称古希腊罗马的女儿，她依靠几何学，相信简单的数字，相信正方形和静力学的智慧；这不是玩石子、耍盘子的游戏，而是对这些石料审慎和合理的使用。这个建筑物能够给人以美的感受，是因为它的所有构件都那么清晰地摆在观者面前，让他们真正了解它的建造全过程，然后想象出那一块又一块的石料，一个又一个的构件是如何拼在一起的，因此这也不是一个完全不能拆散的整体。

它的正门上有很多浮雕，所有这里的装饰都由建筑师的手托着，是服从于整体的，它们就像一条大河中冒出的漩涡，不能脱离河中的主流。

主要的入口上有一个长圆形的光圈，里面有庄严的基督像，它的上面雕了一根呈半圆形的很粗大的辫子，把一些天使都牢牢地拴在一起，门楣上有一些基督门徒的雕像。他们的右边是那些得到拯救的人的队伍，左边密密匝匝的一大群，都是遭到责罚的。在一些靠在狮子背上的圆柱之间，有一些基督教圣人的塑像，看起来就像往上立着的墓碑一样，这个群雕的整体是按照古希腊罗马雕塑和基督教早期雕塑的式样设计的。

在取材于新约和旧约全书的场景中，我们很惊异地发现了赫拉克勒斯的塑像，古希腊的英雄怎么会出现在古罗马建筑的正门上，并且要打死那只涅墨亚狮子？神话中有这么一个故事，是没有错的[①]。

[①] 赫拉克勒斯，希腊神话中的英雄，传为宙斯与凡人珀耳修斯的外孙女阿勒克敏妮交配所生，因具神奇大力，又被称为大力神。阿耳戈斯地方的密刻奈国王要他做十二件工作，即可升格他为神。第一件是为国王取来涅墨亚狮子的毛皮，赫拉克勒斯用他力大无比的手将狮子勒死后，剥下了它的皮，后来他用这张狮皮为自己做了一面盾牌。

中世纪对时代界线没有固定的划分，人类历史就像一块纹理细密的织花壁毯一样，许多世纪以前那些想象和神话中的英雄又来到了世界上，他们要参加新的工作，要有新的信仰。不知疲倦的赫拉克勒斯又要和以涅墨亚狮子形象出现的罪恶进行斗争了。

主教堂内很安静，正门在唱着一支恐惧但充满希望的歌，进到里面是前厅，这里永远是寂静无声的，中殿和走廊都很狭窄，这样就使人觉得它们很高，但它们的垂直线也不是没有尽头的。上面的拱顶是一张拉满了的弓，像天上的彩虹一样。白昼之光通过在很厚的墙壁上安装的一些不很大的窗子照了进来，但是教堂里也不黑，因为它里面点了灯，好像并不依靠外面的光线。

还有一个修道院也紧挨着这个教堂，修道院里面有一个庭院，还有一个像小水池一样小的园子，园子里种植了黄杨树，它的四周有一条回廊围着。这个修道院建于十二世纪和十四世纪，因此也是半罗马和半哥特式的建筑，可是那古罗马式的门框和窗框是那么牢固，以至我第一眼看不出这里面的风格有什么混杂。

在画得很精致的拱门上方，显露出了主教堂里很沉重的墙壁和修道院同样很沉重的阶梯形屋顶。依照惯例，这样的布局对修道院里的这座庭院是有妨碍的，会使它不透气，变成一口封闭的水井。

弄不明白的是，这些专门和石头打交道的大师们，是怎么在一个并不很大的空间里，建起这个非常别致和逗人喜爱的园子的。

回廊上的雕饰具有各种审美价值，有几个雕饰无疑是了不起的杰作，特别是那个圣斯泰凡——主教堂的第一个保护者的雕像，还有伽玛列——他发现了很多圣斯泰凡的遗物——和圣特罗菲姆这个希腊使徒的雕像。这个使徒的扁平和非常漂亮的面孔四周围着波浪形的长发，他的嘴巴很大，是张着的，有一双睿智的眼睛，人们永远也忘不了他。

到十二世纪末，阿尔勒一直是普罗旺斯的首都，圣特罗菲姆主教堂是它辉煌时期最后一个建筑物。后来政治中心移到艾克斯①去了，而马赛的经济发展也胜过了它昔日的对手，从这时起，阿尔勒就成了一个僻静的乡村首都，从海上和卡马奇这个栖息着一群群野马和公牛的潮湿的罗纳河三角洲，不断地往这里吹来一阵阵带水汽的风。从阿尔皮洛夫吹来的热风也带来了薰衣草和扁桃的香气。

这里也没有发生过重大的事件，罗马皇帝再也没有来过，因此这里的日历上天天都是节日，都要举行游园会和斗牛②。在这个时候，阿尔勒便活跃起来，德斯利塞斯公园由于游客众多而热闹起来。

我在阿尔勒的最后一天，要去向米斯特拉尔③表示敬意。

普罗旺斯人每想到他就像想到了他们的好国王勒内，想到了安德高文尼亚的公爵和普罗旺斯的伯爵一样，这最后一个维护了该国独立的人④也是很富于感伤情调的。他是地中海人种典型的代表，他爱音乐、绘画和看各种表演，并且支持这些艺术的发展。他写过诗，并且是一个不错的法律专家，他也热衷于数学和地质学的研究。但历史学家们认为他不具政治头脑，也没有军事才能。可是关于他的传说并不注意这些小节，普罗旺斯人记得而且永远不会忘怀的是，他们的*好国王勒内*⑤引进了一种新品种葡萄——麝香葡萄。

米斯特拉尔是个农民的儿子，他掌握的权利真像普罗旺斯国王一样，因为他让普罗旺斯重新复活了，他的父亲只读过两本书，即《新约全书》和《堂吉诃德》。要有一个居无定所的骑士的信念，把被压制了七个世纪的游吟诗人的诗歌吟唱起来，这种诗歌的语言在学

---

① 地名，在法国。

②⑤ 原文是法文。

③ 弗雷德里克·米斯特拉尔（1830—1914），法国诗人，1904年获得诺贝尔文学奖。获奖作品抒情诗集《黄金岛屿》中运用了极为丰富的普罗旺斯方言奥克语。由于他毕生都在为旨在重振奥克语的菲列布里什运动奔走活动，在外省人民中享有很高的声誉。

④ 指"他们的好国王勒内"。

校和政府机关中是不允许采用的，但它却成了民间的口语。

普罗旺斯文艺复兴早期的遗产是很菲薄的。在一八五四年由七个青年诗人发起成立的所谓菲列布里什联盟虽然有崇高的目标，但如果没有弗雷德里克·米斯特拉尔的天才和他为创造"美丽的视线"所做的努力，这个联盟也很容易就会成为一些嗜酒、贪食和终日寻欢作乐之人的俱乐部。

米斯特拉尔的第一部伟大的长诗《米莱依》出版于一八五九年，不仅受到他的朋友而且也受到了巴黎文坛最高权威的一致赞许，这就决定了诗人以后的飞黄腾达和他发起与领导的菲列布里什运动能够得到很大的发展。米斯特拉尔登上文坛的经历是非同寻常的。在浪漫主义将要消失的那个时代，出现了一位充满了浪漫主义理想的人，一个民间自发的歌手，他用他的语言创作了中世纪最优美的抒情诗。如果他真的不在了，那也应当像创造奥斯扬①那样，创造一个他这样的人。

《米莱依》的诗意是自发地表现出来的，它是那么轻盈和自然，具有永恒的价值，诗人说："普罗旺斯大自然有两个孩子，虽然他们的社会地位不同，但是我要用爱的纽带把他们拉得更紧，让他们像个线团一样被风吹到不可预料的生活中去！"这部长诗描绘了那么多普罗旺斯农村的劳动，那里白天的景象，表现了那里人的信仰和习惯，诉说了那里的神话，可以称为村社的《塔杜施先生》②了。评论家们对米斯特拉尔的赞誉是没有止境的，他们要把他和文学殿堂上像荷马、赫西俄德、忒奥克里托斯③和维吉尔这样伟大的名字相提并论。

---

① 奥斯扬，公元前1000年曾居住在西欧的克尔特人创造的一个神话中的英雄人物，一位古代的歌手。这里表现了作者想让米斯特拉尔这样的诗人像神话中的人物一样，永远活在读者的心中。

② 波兰著名爱国诗人亚当·密茨凯维奇（1798—1855）的代表作，这部史诗通过两个家庭的宿仇和械斗，生动描绘了波兰中小贵族的日常生活和矛盾冲突，热情歌颂了波兰爱国志士为祖国复兴而进行的艰苦卓绝的斗争。是波兰文学史上最重要的经典著作。

③ 忒奥克里托斯（约公元前310—前250），古希腊田园诗人。

普罗旺斯的维吉尔不仅写过诗和悲剧，还出版过《普罗旺斯年鉴》杂志，这个杂志在他死后还在出版。他为普罗旺斯文字写法的统一也做了很多工作，同时他还写过一部需要整整一个司令部的科学家来进行研究的宏伟的著作。这是一部两卷本的著作（两千多页），题目叫《菲列布里什之宝或普罗旺斯法语词典》①。这不是一般的词典，而是一部真正的普罗旺斯百科全书，其中除收进了大量语法材料和词汇外，还有历史记事和对风俗习惯、信仰和行政机关的介绍，此外也收进了许多谜语和谚语。

米斯特拉尔不仅是一位杰出的诗人，而且是一个充满了热情的活动家，由于他的努力，菲列布里什从一个文学家们聚会的娱乐团体变成了一个以保持普罗旺斯语言的纯洁性、自由和民族尊严为目的的组织。它宣扬文化的独特性举措愈来愈明显地具有政治色彩，且发展成了一个政治运动。多少年后，它所做的一切，把这场斗争的性质都改变了。

一九〇五年，米斯特拉尔这个游吟诗人的后代获得了最高的文学奖，但这并不是美丽的女总督授予他的，而是遵照一个发明了一种名叫达那马特的烈性炸药的人的遗嘱②授予他的，他获得诺贝尔奖③是因为他建立了普罗旺斯人种志学博物馆。这个博物馆今天仍在阿尔勒的文艺复兴宫——卡斯泰拉纳—拉瓦尔中，因为阿尔勒是《米莱依》的作者最钟爱的城市。他在回想最初的日子时写道："在那些我感到最幼稚的时候，也从来没有想过巴黎，我的视野中只有阿尔勒，就像

---

① 原文是法文。

② 一种含硝酸甘油的烈性炸药，诺贝尔生前正是因为发明和生产这种炸药而成立了两个托拉斯，死前他立下遗嘱，以他的部分遗产为基金，设立物理、化学、生物或医学、文学和和平五种诺贝尔奖。

③ 米斯特拉尔因"他的诗作的新颖的独创性和真正的灵感，忠实地反映了自然景色及其人民的乡土感情，此外，还有他作为普罗旺斯语言学家的重大成就"，荣获1904年诺贝尔文学奖。作者所写时间有误。

维吉尔只有曼图亚①一样,我说过,我的诗也是阿尔勒的诗。"

大集会广场和这个名词的意思正好相反,它很小,很安静,广场中间有一些树。还有两根科林斯柱子,一块门楣卡在一栋房子的一堵很难看的墙里面,说明这个地方早先并不是这个样子。

广场上,在一些法国梧桐的荫翳下,有一尊米斯特拉尔的塑像雕得十足一个诗人,他戴着一顶宽边帽子,就像他正在想着一些鸽子一样,还有漂亮的胡须,小坎肩上的扣子,甚至皮鞋上的鞋带都雕出来了。一个非常好的形象,可以用来在庆典上揭示,他没有发表演说,而只是朗诵了《米莱依》开头的几句。

他活到了古稀之年,后来命运有幸让他在大屠杀的前夕安然地死去了。在他生命快要结束的时候,他已经成了一块活的纪念碑,就像魏玛的歌德一样,不仅诗人们和一些势利小人,就连共和国的总统先生都要向他表示敬意。

米斯特拉尔对菲列布里什起了什么作用?这在他死后就看得很清楚了,因为这个组织的人员马上减少,成了一个地方性的组织,最后就解散了。它后来虽然也开过会,办过普罗旺斯杂志,其中有的人也发表过论著,这都是菲列布里什第一批成员的热情和行动的表现,但这种热情并不很大,他们的行动也没有多大的规模。普罗旺斯已经不像浪漫主义时期那样,成了一个人们感兴趣的奇异国度。巴黎的出版家也没有期待出现一个新的米斯特拉尔,他是不是就成了最后一个游吟诗人?

> 啊!谁都不会知道,
> 这朵玫瑰在野地里迷了路后,
> 会回来的。

---

① 维吉尔生于意大利北部曼图亚附近的安得斯村。

一座主教堂*

我的一个诗人朋友曾经说过:"你如果去意大利,不要忘记去看一下奥尔维耶托①!"我查阅了一下旅游指南,那里只画了两颗星星,"那是什么地方?"我问道。"一个大的广场,广场上有一块草地和一座主教堂,在那里进行最后的审判②。"

我在罗马和佛罗伦萨之间的一个小站下车后,却没有看见奥尔维耶托这座城市,原来它在一座有几十米高的山上,被一块垂直的火山岩遮住了,就像一尊尚未完成的塑像,被一个麻布口袋包了似的。

缆车③(人们就是乘坐这种东西走在古巴乌夫卡④上)把旅客们扔到了罗卡城门边,但去主教堂还要走一公里。这里最重要的古迹都在市中心,它们到时候会突然展现在旅游者的面前。

主教堂立(这个"立"说的是要把一个空间分开,使参观者回过头来才看得见)在一个大广场上,可是它周围一些几层楼高的房屋过了一会儿消失不见了。我对它们最初和最后一个印象都是一样,即对这种建筑设计的形式没法理解。

---

* ③ 原文是意大利文。

① 地名,在意大利中部。

② 亦称"末日审判"、"大审判"或"公审判",基督教教义之一,认为有一日现世将最后终结,得救赎者升天堂享永福,不得救赎者下地狱受永刑。此处指主教堂中的壁画《最后的审判》。

④ 波兰南部波德哈拉地区一片长满了林木的丘陵地带。

罗伯-格里耶①这个登记造册的能手，他一定会这么写："站在主教堂的前面，它有一百米高和四十米宽，它的中轴有五十五米长。"这么说，就没有任何看得见和摸得着的东西，但是这里有长宽的比例，说明我们已经来到了意大利。尖顶的法兰西岛②的哥特式在这里变成了一种具有地方特色的建筑形式，出现在同一时期的建筑物都有一个统一名称（所有出现在同一时候的东西都有一个共同的名称）。

在奥尔维耶托主教堂博物馆中有两张羊皮纸画（呈黄色，已被损坏，就像火在它们的边上慢慢地烧过似的）使艺术史家们很感兴趣，要对一个不易解决的正门问题进行深入的研究。那两张羊皮纸上画的都是奥尔维耶托主教堂的正门，它们最好地证明了画家审美情趣的变化。我们注意到其中年代最早的"*洛伦佐大师的手迹*③"（出自瓦夫任涅茨大师也就是马伊塔尼④的手笔，是不是他的画还有一些专家表示怀疑）依然保持了北方的艺术风格，该画主教堂正门上面的中间那一部分非常引人注目，那里有许多竖着的线条和锐角三角形图形。另一幅画就完全不同了，画上的那个教堂复折的屋顶两边突起，形成了一条水平线；画上没有看起来很尖凸的东西，整个画面都很平整，教堂的正面显得很大，这就形成了一种不需要色彩和装饰的豪华。

十四世纪的意大利人看到法国的主教堂就像看到最美的艺术品，可那是别人的。如果将这些主教堂采用的粗工制作的大块构件、拉得很直的纵向线条、不知羞耻地裸露在外的骨架子以及粗制的石料与古

---

① 阿兰·罗伯-格里耶（1922—2008），法国作家和电影制片人，新小说代表人物之一。
② 原文是法文。法兰西岛是法国一个人口最集中的地区，有许多哥特式教堂，这里用作比喻。
③ 原文是拉丁文。
④ 洛伦佐·马伊塔尼（1275—1330），意大利建筑师、雕塑家，负责奥尔维耶托主教堂的外墙装饰，著名的外墙雕塑《创世记》和《最后的审判》即为其作品。

罗马时代圆形、正方形和直角三角形,也就是说,和那种表面上看有点沉重感的平衡的建筑风格比较,就可以看到,这里前者表现了一种要彻底否定后者的倾向。这不仅仅是风格而且是技能的问题。一些大国沙文主义的法国艺术史家也认为,意大利的哥特式建筑是对法国建筑风格一种不成功的模仿,在路易·雷奥①看来,米兰主教堂,这个那么多艺术家经过那么多世纪留下来的作品,最生动地说明了意大利建筑师们的无能。

可是对他们来说,北方的哥特式建筑是另外一个大自然的产品,他们看到它都感到害怕,以为这是热处理留下的烟渣。意大利人都认为,教堂的正面可以画一个宗教的游行队伍,而且可以有意夸大把它画成一个歌剧中合唱团的群像,参加这个合唱团的还有雕塑、镶嵌、壁柱和小塔。奥尔维耶托主教堂无疑是这种带绘画的建筑物的最好例证。但在这些青铜色、金黄色和天蓝色等各种色彩的石头中,很难说你对它是感到兴奋,还是感到厌倦或者迷茫。

这个主教堂正面最早建成的那一部分有四组浮雕,由许多艺术家主要是比萨②和锡耶纳③的艺术家完成。还有四个拼起来的平面图,共十二平方米,上面从左到右写了许多字,说的是世界的创始、大卫④的家谱、预言家们和基督的身世,还有最后的审判。

这些故事语言质朴,但很动人。事实证明,石头是可以闪光的(造物主用手指指明了方向,闪光的线条和天使们翘起的脑袋)。最漂亮的浮雕雕的是夏娃的诞生,一个身披长发又矮又胖的天父,从睡着了的亚当身上取出了一根肋骨。在下面的场景中还出现了圣母,她低下头,表现了她的爱心和圣洁。下面是一些预言家的雕像,他们解

---

① 路易·雷奥(1881—1961),法国艺术史学家。
② 地名,在意大利中部。
③ 地名,位于佛罗伦萨南部。
④ 大卫,《圣经》中的故事人物,传为古希伯来统一王国第一任国王。

开了一团绳索，魔鬼用绳子牵着一些受到惩罚的人，这些人遭受痛苦与天使们坐在谱系树上快乐地歌唱形成了对比。

给一块大理石镶上一条大的玫瑰花边，与其说它是这个大建筑物的一个构件，还不如说它更像象牙雕刻。主教堂的正面有各种色彩，还有许多精细的雕刻，看上去像一些小型的彩画，要说奥尔维耶托主教堂像什么的话，那么它就是古代手抄文献的第一个字母，反映了人们最为高兴的状态。

这里中午就要把教堂大门关上这个习惯本来不好，却使我原本细心安排的计划有了多余的时间，我可以利用这个宝贵的时间在树荫下打瞌睡，可以去吃意大利空心面或者去市里闲逛，我选择了后者。

一些狭小的街道就像山上流下来的溪水一样，有时来一个急转弯，给旅游者展现了一片新的天地。我在主教堂①广场上拐一个弯，来到了韦基奥大街②，这里的中午笼罩着一片令人心怵的寂静，各家各户的窗帘都放下来了，城市在熟睡，一些房子也好像睡着了，墙土下可以听到石头房基的呼吸声。在一扇大门前有两张黑色的椅子，就像两副棺材，都摆在墙边上一个木匠的跟前。街上也没有人，只看见一些小猫躺在墙角下，如果用手去摸它们一下，它们就会睁开眼睛，两个瞳孔里细小的指针——像不走的表一样——指的永远是正午。

在大城门③和罗马大门④之间有一些用于防护的城墙的残余，从这里往下像在空中鸟瞰一样，可以见到翁布里亚⑤，还可见到被阳光照得闪闪发亮的帕利亚河河滩。河那边有块蓝色的丘陵地在不断地延伸，伸到远处一块断裂的地平面的边界上后，便和天空连在一起了。

意大利每个城市的颜色都不一样，阿西西呈玫瑰色，说得明确一点，像红色的砂石一样。罗马给我的印象呈红褐色，但是它有一个绿色的背景衬托着。奥尔维耶托呈深棕而又带金黄的颜色。了解了这一

---

①②③④　原文是意大利文。
⑤　位于意大利中心的一个地区。

点，就可以去参观那罗马式和哥特式的平民宫①了，这是一个巨大的立方体建筑物，它的每一层楼上都有一个宽敞的阳台，平坦的屋顶上铺了维尼龙，漂亮的窗子里都有一些支柱和涡卷形的装饰。整个建筑物呈铜色，但是没有光彩，在它里面可以见到火光，因为这里的人记得，在火山爆发时，火山的熔岩曾经流到了这里。

在市内可以长时间地转悠，而且总有一些感受，主教堂就在我的背后，看了它使我对别的东西都没有什么印象了。很难想象奥尔维耶托是个什么东西，今天它看起来好像成了这个主教堂的一个附件。在一二九〇年秋天以前，教皇尼古拉四世在四位红衣主教和许多主教的陪同下，"在这里铺上了第一块石料②"。文献上这么说："开始为新的圣母马利亚神庙的修建打地基，这个地基打得深得可怕。③"这样便开始了为新马利亚神庙打地基，这个地基打得很深。二十年后，人们把一位叫洛伦佐·马伊塔尼的著名雕塑家和建筑师请到了锡耶纳，他改正了这座神庙在结构设计上的错误，加固了它的围墙，对它的正面形状和用什么颜色，都有明确的规定。这位伟大的建筑师一直到他逝世都留在奥尔维耶托，他不仅去过锡耶纳，也去过佩鲁贾④，在那里修筑过一些高架水渠。

要问谁是奥尔维耶托主教堂⑤建造者，就像问谁是这座经过几个世纪建造起来的城市建造者一样（我在这里说城市，因为它不是一个工厂的宿舍），是回答不了的。经过神话般的弗拉·贝维尼亚特⑥之后，洛伦佐·马伊塔尼对主教堂建筑方案的制定起了决定作用；在他

---

① ⑤ 原文是意大利文。
② ③ 原文是拉丁文。
④ 意大利中部城市。
⑥ 弗拉·贝维尼亚特（1277—1306），意大利建筑师，佩鲁贾大部分工程的总监。

之后，来这里工作过的还有安德烈·皮萨诺①、奥尔卡尼亚②和桑米凯利③，这些伟大的名字就像在沙土中找到的金块一样珍贵。在几个世纪中，为神庙的建成，来这里工作过的有三十几个建筑师，一百五十多个雕刻家，七十个画家和近百个镶嵌艺术专家。

缪斯没有表示沉默，虽然这不是一个太平的时代。这座城市的城墙很坚固，是教皇最喜爱的庇护所，但它反而遭到人们的讽刺，说它是一个异端邪说的滋生地。莫纳尔代斯基家族中，拥护归尔甫的成员和拥护皇帝的成员的斗争激烈④，当雕塑家们雕塑"创世记"的图像时，这些皇帝派的拥护者都从奥尔维耶托被赶走了。可是但丁的《神曲》可以证明，这个家族的成员和罗密欧、朱丽叶一起，都在炼狱里受过苦。谁都想对这座城市产生更大的影响，斗争很长时间都没有停息。奥尔维耶托也被维斯孔蒂⑤占领过，总而言之，就像但丁所说的那样，它和意大利别的城市分享了被"*侵占的痛苦*"⑥的命运。

城里有一个饭馆，因为从它那里可以看见主教堂，它便和邻近的一些古迹一样，也好像很了不起，由于得到主教堂的庇佑，它的空心面条竟然卖出了比平常多了两倍的价钱。这个饭馆的老板身材瘦小，但很健谈，他有一个像火鸡一样长长的脖子。

他说："*您喜欢吗？*"（指着主教堂）。

我说："*非常喜欢。*"

他（举着火）："*它的正面，是上天和大地的女儿。*"

---

① 安德烈·皮萨诺（1290—1348），意大利雕塑家和建筑师。
② 奥尔卡尼亚（约1308—1368），意大利画家、雕塑家和建筑师。
③ 米歇尔·桑米凯利（约1484—1559），著名的意大利威尼斯建筑师和军事工程师。
④ 归尔甫派，12世纪至14世纪意大利一个拥护教皇的派别，也称"教皇派"，与当时拥护统治神圣罗马帝国的德国皇帝的一派即吉伯林派对立。
⑤ 维斯孔蒂，一个在1277年至1447年间曾长期统治意大利米兰的家族，早在1396年，他们中的代表就有了公爵的头衔。
⑥ 原文是意大利文。

我说："是的。"

他说："多么奇妙的构思，多么熟练的技法！"

我说："正是。"①

我们就这样谈起了艺术。

饭馆里的菜单上有葡萄酒，它的名字也叫奥尔维耶托，老板把它说得比教堂还好，他说：喝奥尔维耶托葡萄酒可以长见识。一个少女因此拿来了一小酒杯②散发着冷凝气雾的奥尔维耶托，像个意大利伊特鲁里人那样微笑着，她的眼睛和嘴角里都有笑意，但脸上并不那么高兴。

说葡萄酒怎么样比说主教堂怎么样更困难，它的颜色和稻草一样，酒性很烈，说不出有什么味道。喝下第一口也没有多大的感觉，可是过了一会儿，就感到全身像掉进井里一样寒冷，这冷气侵入了肝和心脏，但脑袋却感到发热了。这和某个古典作家说的感觉完全不一样，因为我感到现在是再好不过了，所以我也明白了洛伦佐·马伊塔尼为什么要留在奥尔维耶托，而且有了这里的国籍，这不是说他名义上有了这里的国籍，而是他真的住在奥尔维耶托了。他甚至常常拿着一根标枪，跑到翁布里亚长满了森林的山地里，要保卫这个养育了他的国家。

进到主教堂里面，又出现了意料不到的情况，就是这里和主教堂外面完全不同。因为我一进到这扇描绘了许多小鸟、涂上了各种色彩的生命的大门，便发现里面的一切都是那么粗俗，而且使人感到非常阴冷。主教堂③采用了巴西利卡的建筑形式，里面有三个本堂，其中一个主要的，它后面有一个很坚固以的拱顶。一些大圆柱上面有一个弓形的顶部，把它们连在一起，用来托住整个教堂的屋顶，这里采用了古罗马的建筑形式，没有多少哥特式的装饰，但在这种弓形顶部的

---

① 以上对话的原文均为意大利文。

②③ 原文是意大利文。

配置上,却没有任何使我感兴趣的东西;它不像法国的建筑学那样,认为这种弓形顶部的配置是很有特点的。那些拱顶也几乎都是平的,所以教堂正面的墙壁就好像一个面罩。祭坛的右边还有一个*圣勃拉齐奥的圣母教堂*①,里面的壁画都是弗拉·安杰利科②和西诺雷利③画的。

壁画是一种很古老也很高尚的技艺,这是由于它的历史悠久和取材特殊。我们祖先在法国南部的洞窟里画的都是这样的壁画,因为那个时候有一大群驯鹿来到了这里。

从古至今,这种技艺的运用并没有很大改变,这好像形成了一种内在规律。壁画和建筑物的墙壁是连在一起的,它的命运和墙壁也是连在一起的,它和房屋、树木一样,可以和别的东西一起,形成一个有机的整体。它很古老,决定于活着的生命对它的运用。

装饰墙壁要有丰富的知识和精湛的手艺,还要知道用什么颜料,是什么样的墙壁,因为这都是作壁画所必不可少的。生石灰放在底板上要很长时间才能变成熟石灰,然后再把它和洗净的河沙搅拌在一起,放在太阳下面晒热,再加上各种颜料,如烧成了炭的呈黑色的葡萄藤、黄土、朱砂、镉黄。从喷湿墙壁,到在它上面打三层底色,再让它见空气,要做一系列的化学实验,最后在墙上面涂上一层石灰石,能对所有的色调起保护作用。

有人说,*圣勃拉齐奥的圣母教堂*④里的壁画最初是弗拉·安杰利科画的,一四四七年他和三个学生曾经来到奥尔维耶托,但是他在这里没有玩多久,只待了三个半月,便扔下了他的这项工作,被教皇尼古拉五世召回了罗马。奥尔维耶托市政委员会后来曾多年劝说平图里

---

① ④ 原文是意大利文。
② 弗拉·安杰利科(1387—1455),意大利画家。
③ 路加·西诺雷利(1445—1523),意大利文艺复兴时期画家,给奥尔维耶托主教堂画过壁画。

乔①和佩鲁吉诺②来这里画画。这个委员会成员的决心很大，但经过五十年的努力，直到一四九九年，西诺雷利才接受了他们的请求，西诺雷利来到奥尔维耶托后，终于签订了他这辈子要完成的这项工作的合同。西诺雷利是皮耶罗·德拉·弗朗切斯卡的学生，他当时已经六十岁了，已是一位名满天下的大画家。他的合同书上拉丁字写得并不漂亮，但是内容很好，表示他把这项工作当成自己的家事一样，对它非常关心。他在合同里还说："大师自己要涂上最好和最漂亮的颜色。"、"他要绘出比小教堂现在已有的图形更加美丽或者至少不比它们差的图形。"于是就成立了一个评审委员会，要对他作品的艺术质量作出评价。

弗拉·安杰利科③曾在教堂的拱顶上留下了一幅坐着的基督和一幅使徒们的画像，但这些画都画得太死板了，那里面的人都像在举行祭祀一样地严肃，画家（或者是他的学生）好像过多地使用圆规和铅丝，来测绘画面的大小。西诺雷利也画过这样的画，他的画大小和弗拉·安杰利科的画差不多，也画了这么多人。但是他的《圣师大合唱》④说明他要演戏了，他画中的人不是用没有生命的纤维编织的，而是有血有肉的活人。这反映了西诺雷利大师热衷于绘画处于活动状态的人体，这只有在教堂弓形拱顶上的大幅面上才画得出来。如《敌基督⑤的来到》、《世界的末日，得救的和被谴责的人的故事》都是以一种严厉而又带忧伤情调的画的语言，也就是但丁的语言表现出来的。因此在一名英国艺术史家看来，这位伟大画家的审美情趣至少不是一个老处女的情趣，而是一个男人的审美情趣，但它表现得有点粗

---

① 平图里乔（1454—1513），意大利画家。
② 彼得罗·佩鲁吉诺（1446—1523），意大利画家，拉斐尔是他最著名的学生。
③ 弗拉·安杰利科（1395—1455），文艺复兴时期欧洲艺术家，多在佛罗伦萨工作，只画宗教题材。
④ 原文是意大利文。
⑤ "敌基督"为基督教《圣经》名词，意为反对基督者，破坏基督之工作者。

俗，令人厌恶。

皮耶罗·德拉·弗朗切斯卡的这名得意门生并不是一位善于用色的大画家，他在阿雷佐①的方济各②教堂墙上留下的杰作画的是一个透明和充满了光照的世界，他在那个空间的世界制定了各种平面图，然后加以选择，要有强烈的对比，明亮和阴影，大小不同的形体，他画的光亮总是在外面，人和物是为了制造阴影，都藏在暗处。

《敌基督的来到》③的故事发生在耶路撒冷。敌基督的来到是魔鬼的驱使，魔鬼不仅采取了暴力，而且制造了奇迹，用了欺骗的手段。但这幅画实际上表现了文艺复兴的建筑风格，就像是伯拉孟特④设计的一样。在远处的拱顶下画着一些黑色的人像，手持标枪，就像一些大老鼠拖着尾巴在跑一样。出现在壁画主要部位的是这个"秘密地来到，并以背叛的手段夺取了王国的人"，他的面孔是基督的面孔，他站在一群人中间，但是他的背后藏着魔鬼。一些研究肖像画的专家认为，这一群人中有但丁、薄伽丘⑤、彼得拉克、拉斐尔⑥、恺撒、博基亚⑦、本蒂沃利奥⑧和哥伦布。

右边向前半步，也就是台前的那一部分，站着西诺雷利大师这个讲故事的人，他的帽子紧挨着脑袋，穿着一件宽松的大衣，两条肌肉发达的腿上穿了一双黑色的长袜子。他的脸部表情显得很有力量，就

---

① 地名，在意大利中部。
② 方济各（1181—1226），天主教托钵修会之一的方济各会的创始人，反对阿尔比教。
③ 原文是意大利文。
④ 多纳托·伯拉孟特（1444—1514），意大利文艺复兴时期著名的建筑师。
⑤ 乔万尼·薄伽丘（1313—1375），意大利作家、诗人。
⑥ 拉斐尔·圣齐奥（1483—1520），意大利文艺复兴时期的画家、建筑师。
⑦ 切萨雷·博基亚（1475—1507），瓦伦诺公爵，意大利文艺复兴时期的军事长官、贵族、政治人物和枢机主教。
⑧ 圭多·本蒂沃利奥（1579—1644），意大利红衣主教，政治家和历史学家。

像布吕赫尔①画的农民一样,一双眼睛离不开周围的一切。因此可以相信瓦萨里②说过的话:他就是从儿子的棺材旁边走过,也不会掉一滴眼泪。站在他旁边的是弗拉·安杰利科,他穿着一件长袍子,只是看着自己。有两条视线,即产生幻觉的人的视线和进行观察的人的视线。还有两只手在描绘,这就是西诺雷利的两只使劲叉在一起的手和一个天使的一只娇嫩的手,都在做手势,表示他们很犹豫③。圣勃拉齐奥的圣母教堂的两个画家肩并着肩站在一起,虽然他们生活的年代相距半个世纪,但这是一个需要精诚团结的时代,我们并不喜欢那个艺术前辈——那个蠢人④的做法。

《耶稣复活》画的是在一个像桌子似的平面上,有两个身材高大的天使,他们的脚板踩在空气中,吹着很长的号角。"耶稣的两只脚就像在地狱里冶炼出来的铜脚一样,发出了像流水般的声音。"他的再一次诞生,从伟大的圣母体内生出来的时候,经受了痛苦。这个场面是带有世纪末的幽默感的,还有一些骷髅,看着那成了一具尸体的人却笑了起来。此外还有一个令人惊异的细节:西诺雷利这个画人体的大师对骨头的想象是很荒诞的,他认为人身上的盆骨就像一根很宽的带子,它的一头有四个张开的大口。

《世界末日》⑤是一幅显示了令人惊异的强大力量的壁画,画面上的右边有一些大夫在议论,但是天空已经燃烧起来,"一个天使从祭坛上拿了一个香炉,把它往地上扔去,于是发出了雷鸣般的响声,接

---

① 老彼得·布吕赫尔(约1525—1569),16世纪最伟大的尼德兰画家,文艺复兴时期布拉班特公国画家,以农村景象画作闻名。

② 乔尔乔·瓦萨里(1511—1574),意大利文艺复兴时期画家、建筑师,《艺苑名人传》作者。

③⑤ 原文是意大利文。

④ 指上面提到的弗拉·安杰利科。

着是闪电和大地震。"① 在圣勃拉齐奥的圣母教堂拱门另一面有一幅壁画,画的是一群男人和女人,女人手上抱着小孩。第一批牺牲者都躺在了地上,这些尸体一动也不动,一些想要逃跑的人给他们做了许多无力的手势,连手上的皮都磨破了。

贝伦森②说得对:文艺复兴的绘画大师爱画人体,不仅是他们想有一种接触人体和看到人活动后的感受,而且也是因为这种画具有更大的表现力,裸露的人体能使观者感到无比的激动,《被惩罚的》这幅壁画就很能说明问题,看见它我们不仅感到它烫伤了我们的皮肤,而且它还把一些火烧后留下的灰烬撒在了我们的舌头上,让我们闻到了硫磺的恶臭。

这里挤满了人,可是都不能离开,就像《格伦瓦德之战》③一样,在敌人轰炸的时候,一些裸露的人体都挤在一个地下室里,这实际上并不是一个又一个的人体,而是许多动作的表现,都被混在一起,成了一个大的混合体,这里面有刽子手们在行凶,也有被惩罚的人的防护动作。西诺雷利醉心于动作的描绘,因为他懂得这会产生实际感受和形而上学的效果。他知道,在每一个行动中都埋下了死亡的种子,世界末日也是它所聚集的能量最后的爆发。这个比伽利略和牛顿早许多年的意大利十五世纪④画家,就用一支又干又硬的笔形象地表现了人类将要灭亡的规律。

被惩罚的人头上的天空反映了各种不同的平衡状态,三个天使都长了三角形的翅膀,左边两个因为受到惩罚而有气无力地掉了下来,

---

① 这幅画画的是《圣经》中描写的世界末日:一些人死了,一些人表现得万分恐惧,另外一些人想要逃跑,天空中雷电交加,燃起了大火,还有地震,有的医生在这里想要救治受伤的人,但是整个世界都要毁灭了,还有什么好救治的呢?
② 伯纳德·贝伦森(1865—1959),美国历史学家和艺术理论家。
③ 波兰画家扬·马泰伊科(1838—1893)的一幅名画,描绘波兰和立陶宛联军1410年在格伦瓦德打败北方的侵略者十字军骑士团的战役。
④ 原文是意大利文。

他们的身体都变形了。魔鬼的背上背着一个很重的女人,就像一只被一阵风吹下来的鸟一样掉了下来。如果什么时候要写科学发展真正的历史,十五世纪的画家在研究空间、活动和物质上的成果是不能忽视的。

最后,不要看不起那些教科书的编撰者,因为他们说:奥尔维耶托的壁画比邦纳罗蒂①在西斯廷礼拜堂留下的壁画给人的印象要深得多。邦纳罗蒂熟悉圣勃拉齐奥的圣母教堂中的画,毫无疑问受到过影响,但是他的视觉对于已经衰退的美的色彩更敏感,他画的舌头很柔软又显得很灵活,对客体只要一种随心所欲的包装,而不是要表现它们的特色。

伟大的诗人很少有伟大的插图画家那么幸运,但丁找到了西诺雷利这个能够正确阐释他作品意义的人。在圣勃拉齐奥的圣母教堂里,除了几个诗人的画像之外,值得注意的是,还有恩诺多克勒②的画像,它好像以埃特纳③出产的一个黑色的颈饰为背景。此外还有十一幅取材于《神曲》的不很大的壁画。一些细心的肖像画研究家发现,这里表现了"炼狱"中最初那十一首歌的内容,毫无疑问是看得出来的。例如第一幅图画的是但丁跪在一个人的面前,这个人的衣服是敞着的,和这对应的一句诗说的是一只神鸟,即天使。难以理解的是,这个想象出来的鸟却没有翅膀,弗兰泽·克萨韦尔·克劳斯这个学识渊博的肖像画研究专家唠叨地说:*他很怀疑*④,因此也感到忧虑,换句话说,一些肖像画研究家的这种讽刺也是针对我们这个时代的(只管形式,不管内容怎么样)。

---

① 即米开朗基罗(1475—1564),意大利文艺复兴时期杰出的画家、雕塑家、建筑师和诗人。
② 恩培多克勒(约公元前490—前430),古希腊哲学家、政治家、自然科学家和医生,曾想用土地、水、空气和火来解释大自然各种现象产生的原因。
③ 地名,在法国。
④ 原文是德文。

公共汽车沿着山上一条宽阔的弯道来到了一个站上，奥尔维耶托城和它的城门马上从我的眼中消失了。后来我直到透过火车车厢的窗子，才又看见了它。主教堂①就像预言家举起的手，高踞于所有的一切之上。《最后的审判》在圣勃拉齐奥的圣母教堂的拱顶下暂时被封闭起来，没有对这座城市进行审判，奥尔维耶托像蜥蜴一样，在甜蜜的大气中睡着了。

---

① 原文是意大利文。

锡耶纳

致康斯坦丁·阿列克桑德尔·耶伦斯基[①]

一

从锡耶纳一家叫"三个小女孩"[②]的小旅馆里我的住房窗子往外看,可见这家旅馆有几间厢房,一个窗户台上坐着一只猫,还有几床被子挂在一道回廊上。苏亚雷斯[③]说锡耶纳一大早就散发着黄杨树的香气,因此我很早就来到了城里,看是不是这样。遗憾的是,这里只有小汽车排出的废气,没有什么香味。那么锡耶纳有什么吸引人的呢?这是一座意大利典型的中世纪城市,可以在如特雷琴塔[④]的云中散步。

如果有谁得到上帝的保护,没有受到意外的攻击,如果他没有多少钱,却非要雇一个导游,那么他最初来到一个新的城市,就应当到地上去爬,先往左边爬三下,再往右边爬三下,或者像拳击师那样向

[①] 康斯坦丁·阿列克桑德尔·耶伦斯基(1922—1987),波兰现代作家。
[②] 实际上只有一个女孩,她既打扫房间,又铺床,晚上还要看床上的被子破了没有,她总是用像针一样细小的声音编织着一些悲伤的歌曲。——原注
[③] 苏亚雷斯(1548—1617),西班牙新经院哲学家和天主教神学家。
[④] 地名,在意大利。

对方出拳，方法很多，什么方法都可以用。①

我走的这条小街很狭窄，它很快就往下形成了一个坡道，然后又突然往上延伸。这是一次很大的跳跃，之后保持平衡，然后又落了下来。我很艰难地走了半小时，却没有找到任何文物古迹。

锡耶纳是一座在发展上遇到过很多困难的城市，可以将它和美杜莎或者星星这样的大自然产物相比。② 它街道的布局和"新时期"那种单调和死板的直角形布局完全不一样。名叫*田地*③的市政厅广场，如果用一个表示轻蔑的说法，它就像一个动物的器官，又像一个贝壳凹进去的那一面。但这无疑是世界上最漂亮的广场之一，它和所有别的广场都不一样，所以很难把它描绘出来。它的周围有一些宫殿和房屋成半圆形地把它围住，墙上一些原来是红色的旧砖都变成了紫红色。市政厅由三个配得很整齐的部分组成，中间那一部分高一层，显得很庄严肃穆，就像一个碉堡一样，但是它那由两个白色柱子撑起来的哥特式窗子却像乐曲一样，有一种动态的节奏感。市政厅的塔楼很高④，它的顶部像一朵白花，周围就是蓝中带有血红色的天空。太阳在市政厅后面的

---

① 这是作者说的几句离题话，而且是反话，和上一段的意思没有什么联系，这是波兰文学作品中常用的写法。作者以富于幽默感但又带有讽刺意味的比喻，说明他本人是很自由的，如果身上没有带多少钱，就没有必要雇一个导游带他去参观锡耶纳这座城市，他如果这样去做，是很愚蠢的，"先往左边爬三下，再往右边爬三下"不是很愚蠢吗？他一个人也可以去参观嘛！下面一段就说他到城里的一条小街上去了。

② 美杜莎是希腊神话中的女妖戈耳工三姐妹之一，因冒犯了女神雅典娜，头发变成毒蛇，目光所及之物或人都要化为石头。在作者看来，美杜莎和天上的星星都是一些稀奇古怪和人敌对，或处于混乱状态的东西，锡耶纳在它的发展过程中，也像美杜莎和天上的星星一样稀奇古怪，与人敌对，并且处于混乱状态，要使它成为一座"新时期"的城市，遇到过很多困难。

③ 原文是意大利文。

④ 它比佛罗伦萨的执政团塔要高出多少米呢？每个导游都有夸大的说法。意大利人喜欢把塔顶弄得离奇古怪，就像美国人装饰他们的小汽车一样。不管是前者还是后者，都是为了制造新奇，引人注目。圣吉米尼亚诺——托斯卡纳的曼哈顿——这个小城，可以放在一个巨人的手中，它有60座塔楼，可是佛罗伦萨有150座塔楼。——原注

这里的"执政团塔"指佛罗伦萨这种政权形式的象征。

皮亚扎市场①落下后，在田地②广场上留下了一大片阴影，就像钟表上的指针一样。人们很随便地把这座塔楼叫作可以相信的魔术，它原是中世纪一个撞钟人的名字，后来有了机械撞钟，就不用他了。站在塔楼的顶上就像一只飞燕一样，可以鸟瞰全城，看到它历史发展的面貌。

在封建贵族统治的那个时代，一些大家族想找到他们和神话中英雄同宗的关系，后来一些表现了民主精神的城市也说自己是一些名人建造的，但是后来有人就发挥想象，说锡耶纳人是雷穆斯的一个儿子塞纽什的后代，他因为惹恼了伯父、罗马的建造者，便躲在这里。因为这个传说，锡耶纳也就成了母狼的象征。③ 这座城市的旗帜有黑白两色，这也是它纹章的颜色，表现了锡耶纳人急躁和充满了矛盾的思想和个性。

因为锡耶纳的周围没有埃特鲁斯坎人④的古迹，有人认为，这座城市建于公元前三十年，那时候它是古罗马的殖民地。在中世纪，伦巴底人⑤和法兰克人⑥统治这个地方的时候，有一些主教后来还有一些合法公民，和那些凶恶的托斯卡纳⑦封建主侵略者的后代：

---

①② 原文是意大利文。

③ 罗慕路斯和雷穆斯为传说中罗马城的建造者。他们在婴儿时期就被篡夺了外祖父王位的厄谋里斯丢入台伯河中，但他们被一头母狼所救和哺乳抚养。这里提到雷穆斯的儿子塞纽什"惹恼了伯父"，大概和他父辈的仇怨有关。锡耶纳作为母狼的象征说明它保护了罗慕路斯和雷穆斯的后代。

④ 意大利伊特鲁里亚地区古代的民族，居住在亚平宁山以西及以南台伯河与阿尔诺河之间的地带，公元前6世纪，在这里建立了伊特鲁里亚古国，并且创造了很高的文明，它的艺术、宗教对古罗马有很大影响。

⑤ 伦巴底人，日耳曼人的一支，在6世纪曾统治意大利，并在这里创建了一个伦巴底王国。

⑥ 法兰克人：日耳曼人的部落群体，最初分布于莱茵河下游右岸。4世纪时，作为罗马帝国的同盟者移居高卢东北部。9世纪，西部法兰克人渐与当地罗马人、高卢人、西哥特人、勃艮第人融合；东部法兰克人渐与萨克森人、巴伐利亚人、阿勒曼尼人融合。

⑦ 意大利一个地区，首府佛罗伦萨。

蒙特·阿马塔、圣菲奥拉和坎帕尼亚蒂科进行了斗争,使这座城市得到了发展,这种斗争开始还比较谨慎,后来就越来越大胆公开了。这些侵略者都是一些凶恶的掠夺者,因此毫不出奇,但丁把他们中那个出身阿尔多布兰迪奇氏族的翁贝托抛进了炼狱,在那里受苦。

由于城里小区组织的迅速发展,所以在十三世纪,锡耶纳的**执政官**①如果没有对阿登格奇赫家族最强有力的代表采用暴力,将他像一条要屠宰的狗在市场上用铁链捆起来,就会造成极大的威胁。

但如果认为,锡耶纳共和国实现了民主理想,那也不对,因为这里贵族自发的因素还很强大,有些情况几乎是过去没有出现过的。"锡耶纳的军人和商人"②都出身于贵族。事实上,一些很有势力的市民家族,如博翁西诺利、卡恰科蒂、斯夸尔恰利布原先都是日耳曼侵略者,他们卸下头盔后,成了计算能手,他们的骑士青铜盔甲变成了银行家们高贵的奖章。这些过去的军人现在成了商人,他们要远征整个欧洲,在白银交易中,他们甚至能战胜犹太人。作为银行家他们也得到了教皇的支持,这不仅使他们能够开出高额的利率,而且他们在和那些借债不还者的斗争中,还得到了教会的大力支持。

那么锡耶纳是拥护教皇的?也不是。要弄清这一点,还要到历史中去找原因。归尔甫派和吉伯林派之间的斗争是必然的。

开始(在十二世纪)这是两个德国的政治派别,归尔甫派都聚集在萨克森州③和巴伐利亚州④的大公们周围,吉伯林们则拥护霍亨

---

① 原文是法文。
② 原文是拉丁文。
③ 在德国,那里居住着萨克森人。
④ 在德国,那里居住着巴伐利亚人

斯陶芬王朝①。这两个派别之间的斗争在意大利也发生了，但是斗争的性质却不一样，因为它涉及到的已经不是一些地区性的问题，而是全局的问题。在历史上大家知道，这是罗马教廷和帝国之间的斗争。

十二世纪初是锡耶纳决定命运的时刻，它必须在妥协和极困难地保持独立之间进行选择，它的主要敌人是佛罗伦萨，这不仅是因为双方有一些复杂的历史问题难以解决，而且还有地域的争端。锡耶纳和佛罗伦萨双方都采取了敌对的态度，"非常激动地把剑都拔出来了。总而言之，照小说、神话和诗歌中的描写，它们都打起来了"。母狼城市切断了佛罗伦萨的*弗兰齐捷那街*②这条通往罗马的最近道路，两个城市都在争夺一条通往大海的道路，不管是强大的佛罗伦萨还是强大的锡耶纳，在托斯卡纳都没有它们的位置。

有一位历史学家说得不错，既然佛罗伦萨公开站在归尔甫派一边，那么锡耶纳也就是吉伯林的了，但这只是一种表面的区分，实际上，中世纪党派的性质和现在的党派一样，并不是那么单纯的：归尔甫们在佛罗伦萨也常参加反教皇联盟的活动，而锡耶纳的银行家们并不完全是吉伯林派的，因为他们和罗马连着许多与利益相关的金钱，卡罗尔四世表面上站在锡耶纳一边，但人们看见他侵犯了锡耶纳独立自主的时候，便给了他应有的惩罚。

此外，在这两个敌对城市中，都有归尔甫和吉伯林派的成员，而归尔甫和吉伯林派也如同蒙太古和凯普莱特家族是世世代代的仇敌。他们一代又一代子孙都把石头扔到对方的果园里，一抓住敌人和他们的帮凶就割掉他们的耳朵，常常在阴暗角落里，用匕首去捅破那已经是血流满面奄奄一息的敌人的心脏。

---

① 霍亨斯陶芬王朝，又称斯陶弗王朝，是从1138年至1208年，又从1212年至1254年统治神圣罗马帝国的德意志王朝。归尔甫派是意大利拥护罗马教皇的一派，吉伯林派则是意大利拥护统治罗马帝国的霍亨斯陶芬王朝的一派。

② 原文是意大利文。

如果要研究历史，那么每个国家历史（意大利的*城市*①就是一个国家）的表面比它的内部都更容易理解，看起来也更合乎逻辑，因为它的内部就像一架不走的旧钟一样已经破损了。锡耶纳政权机构的形成确实很复杂，许多世纪以来，它也有了很大的变化。一二八七年以前，这里有过二十四个政府，那时候社会各方面的势力保持了平衡状态，一会儿趋向于财力政体②，一会儿又趋向于民主政体。

委员会成员是选出来的，其中一半是*士兵*③和人民党代表，他们担任部长职务，但是任职时间不长。这不是阶级的划分，因为在出现人民这个词汇的时候，总是有这么一些人，他们并不出身于平民百姓，但是他们知道，他们最能代表人民的利益，表现他们的意愿。

*运动常务理事会*④也就是国会由三百个定居在这里的最著名人士组成，他们每两个月选一次组成政府的官员，即*委员会*⑤和*执政官*⑥，这个委员会是受到监督的，就像一个老了的吝啬鬼总是要监视他年轻的老婆一样。*执政官*⑦是国家最高行政长官，一般由外国人担任（他就像在君主立宪制国家里的国王一样，只有头衔，并不掌握行政大权），这种行政长官也是选出来的，每年选一次，有许多要求苛刻的条文限制了他的行动，使他无法去获得最高的权力。称为*财务处*⑧的财政机关和称为*税务局*⑨的税收机关由圣加尔加诺和圣母忠仆会这两个修道院的神父来掌管，因为他们都是一些发誓要为穷人谋福利的人，由他们来掌管国家的金库好些。

一二六〇年九月四日，锡耶纳经历了历史上最伟大的一天，有差不多三万人的佛罗伦萨大军在母狼城的城墙附近一个叫蒙塔佩蒂的地方被歼灭了，"*把阿尔比亚染成了红颜色*"⑩，有个诗人说："这里血

---

① 原文是古希腊文。
② 古希腊罗马政权是根据财产的多少分配权力的政体。
③④⑧⑨⑩ 原文是意大利文。
⑤⑥⑦ 原文是法文。

流成河了。"关于这次战役的报道很多,当然是自相矛盾的。但是说真的,每一个战役都会造成①混乱的局面,总有一些将军、政治家和史学家来加以收拾,因为人就有这么一个优点,对于每一个黑暗事件的发生,都要从本质上做出一个合情合理的解释,同时说明其中的因果关系。锡耶纳城内所有的钟都敲响了,战场上出现了一大群像乌云一样的乌鸦和兀鹫,城里有宗教游行队伍,那面佛罗伦萨骄傲的旗帜掉在了泥潭里,被捆在一头驴的尾巴上,锡耶纳人夜晚梦见佛罗伦萨已经成了一片废墟。

但是母狼城很快就倒霉了,霍亨斯陶芬王朝最后一个国王曼弗雷迪②曾经派他浅色头发的凶悍骑兵支援过锡耶纳,他死了以后,吉伯林派在全意大利都遭到了失败,弗罗林③金币惊人的升值意味着锡耶纳人在经济上的破产。

在这个对罗马皇帝如此忠诚的城市里,起了翻天覆地的变化,在二十四个政府之后,又产生了九个政府,它们是属于归尔甫党的好心商人选出来的,从一二八七年开始,这些商人的政府统治了近七十年,它们从来不去干那些冒险的事,只是努力工作,热爱和平。城里的老百姓买了许多东西,这时期也建起了教堂,杜乔④画了一幅《伟大的圣母》,安布罗焦·洛伦泽蒂⑤在一幅大壁画中,说明了这些好政府使生活更加美好了。

但是内部矛盾依然存在,只有死才能消除矛盾。流行病就像大火

---

① 原文是拉丁文。
② 曼弗雷迪(1232—1266),于1258年至1266年任意大利西西里国王。
③ 意大利旧币。
④ 杜乔·迪·博尼塞尼亚(约13世纪中叶—1318),中世纪意大利最具影响力的画家,锡耶纳画派的创始人。
⑤ 安布罗焦·洛伦泽蒂(1290—约1348),锡耶纳和佛罗伦萨的壁画家,他的画藏于锡耶纳的共和宫。他的哥哥彼特罗·洛伦泽蒂也是画家。

一样横扫整个欧洲,夺去了欧洲三分之一居民的生命,它是在一三四八年开始出现的,给正在繁荣发展的文明留下了预示着不祥的阴影。锡耶纳的艺术史家将这里的绘画分为流行病蔓延之前和之后的两个时代:"在历史上出现了空白,可是建筑事业到处都得到了充分的发展。"另外一个学者又说:"主教堂的产生和十字军东征的伟大时代是以腐败和灾祸的来临结束的。"

> ……一些人因为得不到照顾,死了,另外一些人虽然得到了最细心的照顾,也死了。不管你身体强壮还是虚弱,流行病对所有人都一样,要把他们吃掉,患了这种病,什么办法都治不好。最怕的是又得了忧郁症,本来有病又感到忧郁,就会以为没有希望,也就失去了对疾病的抵抗力……人都乱七八糟地死了,尸体堆成了山,还有许多患者在大街上步履蹒跚,有时要在喷泉边喝水解渴……当灾祸疯狂肆虐的时候,谁也不知道以后会怎么样。对于不管是上帝的律法还是人的法律,都视之如敝屣。活着的人也顾不得过去有什么埋葬的习俗,只要能做到,就把尸体随意地埋了……

以上所引并非意大利编年史中的记载,而是《伯罗奔尼撒战争》中的片段。修昔底德的话很明显地反映了锡耶纳流行病的可怕,它夺去了这座城市四分之三居民的生命。九个政府的垮台加剧了托斯卡纳地区城市中的这座最疯狂的城市的无政府状态。此后它也不断受到雇佣兵①的袭击,像约翰·霍克伍德②即③阿库托就给它造成过很大的威胁。

---

① 原文是意大利文,指14世纪和15世纪在意大利一些城市和公爵府里服役的雇佣兵。
② 约翰·霍克伍德(1320—1394),也称"哈库德"、"乔凡尼·阿库托",14世纪活跃于意大利的英国籍雇佣军首领。
③ 原文是拉丁文。

由于政府经常而且往往是突然的更迭——在锡耶纳也产生了许多党派，这些党派互相争斗，取得了胜利的党派总是要把那些在争斗中失败了的党派成员从锡耶纳赶出去，成千上万被称为"九个"①的政治流亡者像但丁一样，在意大利到处流浪②。

　　流浪生活坚定了他们的政治立场。我们很惊奇地了解到：锡耶纳由于潘多尔福·彼特鲁奇③这个本地强有力统治者的努力，最后还曾有过一段保持了较为安定秩序的时期，他在"九个"④党被从锡耶纳驱逐之后的一百年，又成了这个党的成员。

　　他和一些政治流亡者一起终于夺回了这座城市，并且巩固了他在这里的统治地位，成了这里的至尊者⑤，历史学家们对他有不同的评价。马基雅维利⑥很喜欢他，因为他很爱国，遇事审慎又富于远见，同时他也很机灵，他把匕首和毒药当成医药一样使用，这是说他用得适时也很适量。一段时期，他有效地改变了一些党派像旋转木马一样轮番登台的局面。他也有过失败，如他曾短时期地被他一个死敌博基亚赶出了锡耶纳。他在锡耶纳统治的十五年，对罗马教廷，佛罗伦萨人和法兰西人，都曾不断地、随机应变地采取了不同的态度。他是不是很伟大？当然他不能和美第奇⑦们相比，但他是锡耶纳

---

①④⑤　原文是意大利文。

②　1266年，意大利归尔甫党掌握了佛罗伦萨政权，但丁作为医药行会的代表，参加了佛罗伦萨最高行政会议，被任命为行政官之一。归尔甫党不久又分裂为代表贵族利益支持教皇的黑党和代表商人利益的白党，但丁为了维护城市共和政权，谴责黑白两党之争，又挫败了教皇企图干涉内政的阴谋，因此得罪了教皇。1302年，黑党夺得了佛罗伦萨政权，但丁被判终身流放，他一生过了近20年流亡生活。

③　潘多尔福·彼得鲁奇（1452—1512），锡耶纳富有的贵族，1487年至1512年间事实上的领主。在锡耶纳共和国的权力角逐中，他战胜了许多对手，甚至使用了暴力，被指责为暴虐，但也获得了"伟大的"称号。

⑥　尼可罗·马基雅维利（1469—1527），意大利文艺复兴时期的政治思想家。

⑦　美第奇，意大利佛罗伦萨中世纪一个商人和银行家的氏族，其中有许多担任过托斯卡纳公爵，从15世纪一直到1737年都是佛罗伦萨的统治者，还有三个曾任罗马教皇。

的至尊者①。这座城市的大钟曾坚定不移地对它说：你将成为一个省城。

还有一点他也不能和美第奇们相比，就是他的子孙都很无能，没有一个能够继承他强有力的统治，因为他们不仅头脑简单，而且都是一些浪荡公子、好闹事的人。

虽然母狼城在十六世纪开始好了起来（潘多尔福·彼特鲁奇到一五一二年才去世），但它的败落是不可避免的。虽然它拥护罗马皇帝，但也未能恢复稳定。西班牙国王卡罗尔五世利用它内部动荡不安的局面，以和解党派之间争斗的名义占领了这座城市，在这里任命了总督，可怕的是，还在城墙里面建了碉堡，碉堡里有西班牙驻军。锡耶纳人后来在法国人的帮助下赶走了西班牙人，但它又被包围了，共和国独立的历史已经发展到了它最后终了的阶段。

佛罗伦萨军队里有许多人都感到害怕的残酷的西班牙人，他们逼近了锡耶纳的城门，郊区一些农村遭到焚毁，树上吊满了人。布莱斯·德·蒙吕克先生②出身于加斯科涅③，但他是锡耶纳的好公民，长得漂亮，穿着讲究，爱吵架，喜欢追逐女人，但他这时被关在城里。

这座城市从一五五四年初被围困直到一五五五年春天，虽然城里闹饥荒，但人民对敌人进行了顽强的抵抗，当时连妇女都参加了战斗，大家饿得只好把城里大大小小的老鼠都抓来吃，还举行了盛大的狂欢节，后来斯特罗奇元帅统率的法国军队来支持锡耶纳的战斗，也遭到了失败。锡耶纳梦幻般地死去了，它在一五五五年四月二日签订了投降条约，这个条约对锡耶纳人来说还是很宽容的，其中有的条款规定，如果有人不拥护新政权，可以离开锡耶纳，于是就开始了迁

---

① 原文是意大利文。
② 原文是法文。布莱斯·德·蒙吕克（约1502—1577），法国元帅。
③ 法国西南部的一个地区。

徒——一些著名人士排成了长队,带着一车又一车的财物,队伍后面还有人敲鼓,举着保卫者的大旗,蒙吕克很激动地大声喊道:"*你们值得永远的赞美。*"①他这句话是站在一副棺材上说出来的。

这在教堂塔楼上是看不见的,但是市政厅还是和前"九个"②政府办公的时候那样,教堂也还是那个黑白两色的教堂,还有钟楼和宫殿,就像浮在市内楼群的汪洋大海上的一大块青石。一些狭窄的街道织成了一张大网,缠绕在三块高地的周围,它们延伸到*田地*③广场近旁后更加密集,就像眼眶周围的皱褶。还有一些城墙和城门看起来像一根带子,但是它并没有把城市围住,而是悬在城市的上空,就像一个大肚子的人,他瘦下去了,因此他的腰带也松了。锡耶纳在最兴盛时期的居民比现在多两倍。

城门外,托斯卡纳的景象如此:

> 牧童的篝火烟雾竖立,一动不动,
> 这是一团白色的烟雾,美丽的烟雾,但不知:
> 它是否身处杏子颜色的山中,
> 银色的天使来临,他们是否要把
> 那些杏子都抖落下来?
>
> ——雅罗斯瓦夫·伊瓦什凯维奇④

---

① 原文是法文。

②③ 原文是意大利文。

④ 雅罗斯瓦夫·伊瓦什凯维奇(1894—1980),波兰著名作家和诗人。他在1945年至1949年和1959年至1980年间曾长期担任波兰作家协会主席和波兰《文学生活》、《文学新闻》周刊和《创作》月刊主编,是战后波兰文学界的主要领导人之一。此外他还是一位著名的社会活动家,1953年曾当选波兰保卫和平委员会主席,于1969年被世界和平委员会授予约里奥—居里金质奖章,1970年又获列宁和平奖。一生有多部小说和诗集出版。

我以为在波兰,过去那些绘画大师是完全脱离实际的,他们画的风景就像歌剧场景中的装饰一样,但这是最真实的风景画,因为它是一种综合性的绘画,像许多托斯卡纳的风景画一样,而且比后者更真实,因为这是一种处于活动状态的风景画:一个宝石色的三角形斜坡来了一个急转弯,突然往上延伸,然后又中断了,可是在它的旁边像兔子般蹦出了一块丘陵地,这块丘陵地又接上了一个斜坡,斜坡上长满了葡萄藤。右边是一片橄榄林,一些银色的树被从地里拔了出来,就好像那里遭到了暴风雨的袭击。左边有一些黑色的柏树叶子,一动也不动。

正午[1],太阳把地面晒干了,使人感到头昏脑涨,窗户啪的一声被关上了,酷热像一团白色的火焰,在石板路上升起。

我想了一下,还是去喝一杯咖啡,再吃一块面包夹火腿,可实际上,我中午并不想吃东西,晚上我可以去餐馆里稍微享受一下。

去咖啡馆要经过一栋房子的前厅,前厅很矮,有一个拱顶,里面很暗。咖啡馆没有门,只挂着一些木头珠子串成的珠帘,如果碰它们一下,会发出悦耳的响声。店主很热情地出来对我表示欢迎,就好像我们要一起去上学那样。喝了名叫卡布奇诺的香馥馥的上等咖啡,我感到头脑清醒,也消除了四肢的疲劳。店主还接连不断地给我讲了一个很曲折的故事,并且还提到了一些数字。我虽然没有听懂,但很爱听,那大概是讲他如何破产的。但是听到这些像小孩一样的声音,很难猜出这究竟是怎么回事。十八、五、五十、七十[2]。

现在要回头来说*共和宫*[3],首先要进到它的里面,第一层有两个大厅,*世界地图*[4]大厅和叫"和平"或"九个"的大厅,在这些厅的墙上画满了壁画,它们都是锡耶纳最漂亮的壁画:*世界地图*[5]大厅

---

[1][2][3][4][5] 原文是意大利文。

里的壁画是西蒙·马提尼①画的。《圣母》这个入口左边的第一幅画，我们知道也是马提尼的作品，这是他所在的那个城市交给他的一个任务，他当时只有三十岁，从此在艺术生涯中就有了闪光的锦绣前程。这幅壁画上标明的绘制日期是一三一五年六月。七年后，马提尼和他的学生又重画了一幅《圣母》。

  还有一幅壁画虽然很多地方损坏了，但仍给我留下很深的印象，它的出现比杜乔《伟大的圣母》只迟五年，却体现了完全不同的风格。特雷琴托②的开头是在各个时代艺术风格中一个奇特的表现，马提尼的创作体现了自由，他的取材随心所欲，笔画柔和，带有抒情色彩：圣母马利亚坐在一个哥特式有镂花图案的宝座上，和杜乔或者早些时候乔托③画的像钢筋混凝土大厦一样巨大和坚实的宝座（虽然它们都在乌奇④）完全不一样。马利亚近旁站着两个圣人，把两只手放在胸脯上，他们毫无拘束地做出一个手势，以表示对圣母衷心的崇拜。天使们的形象和那些有色的雕像完全不一样，画面上有一根柔软的线在牵动着他们，就像一阵风把一些树吹得摇摇摆摆一样。他们都跪在马利亚的脚下，给她献上的不是冷酷无情的象征物，而是花朵。她在接受这些赠品的时候，也像一个女总督在接受游吟诗人们对她礼赞一样。在他们的头上有一个像丝带一样很轻的华盖。画面上由于潮湿，金黄和天蓝这两种颜色都褪色了，可是这个音乐会的乐调是那样纯净，如同远处传来的钢琴声。

  在对面一堵墙上，有幅著名的肖像画，画的是一个骑马者，他是

---

 ① 西蒙·马提尼（1284—1344），意大利早期绘画的重要画家，对推进哥特式风格的发展有诸多贡献。
 ② 特雷琴托，以乔托为先导的意大利14世纪，即文艺复兴早期造型艺术特征的统称。
 ③ 乔托·迪·邦多纳（约1267—1337），14世纪意大利著名画家和建筑师，意大利文艺复兴时期的开创者，"欧洲绘画之父"，脱离中世纪而创造了"杰出的现代风格"。600多年来一直被尊崇为意大利第一位艺术大师。
 ④ 地名，在法国。

一个雇佣兵的队长基多·里乔·达·福利亚诺。它和《圣母》完全不一样，这个艺术史家们都看到了。它在《圣母》十四年之后才出现，好像和《圣母》那种带抒情意味和超自然的构思完全相反。

一个成年男子骑着一匹马走在一块裸露的黄土地上，他身材不高，一张看起来也很平常的脸，两只手紧紧地握着拳头，他把身上那件驼色的长衫拉开，使它变成了一个铜色的三角形，用来做他的武器。在那匹显得很壮实的马背上放着一个鞍子，骑手和马形成了一个整体，马虽然走得很慢，但显示了这个整体具有超凡的力量，如果历史书上没有提到这些雇佣兵队长的残忍，那么这幅肖像正是对这一点令人信服的证实。

还有一幅风景画看起来就像一块黏土一样，十分单调，上面既没树也没草，只有一些作为障碍物的堆放着的树枝，和一些作为战争标志的枯萎花朵。这幅壁画的左右两边有两个山头，山头上有一些城堡式的简陋建筑物，左边山头上的城堡叫蒙特马西，它的守城人曾经反抗锡耶纳的压迫，但是它的城墙和塔楼后来都被基多·里乔·达·福利亚诺这个雇佣兵毁掉了。

在"和平"大厅里，有一幅壁画产生于一三三六年至一三三九年，即洛伦泽蒂①的《好与不好的政府》，它表现了世俗主题，具有某种喻义，是中世纪最大（占壁面最大）的壁画。洛伦泽蒂（他有个兄弟叫彼特罗②，也是个优秀的画家，两个人都死于传染病）是在杜乔和马提尼之后锡耶纳具有特雷琴托风格的第三个大画家。我知道，这幅壁画的出现使人们感到欣喜，可是它已经褪色了，留下的画面也不很清晰，特别是画中"不好的政府"那一半根本就看不清楚。

---

① 指安布罗焦·洛伦泽蒂。
② 彼特罗·洛伦泽蒂（约1280—1348），安布罗焦·洛伦泽蒂的哥哥，意大利锡耶纳画家之一。

我读了恩佐·卡尔利①关于锡耶纳的落后状态后,感到很震惊,由于缺乏审美感受,摄影师不得不寻求新的途径,于是就迫使人们去干投机取巧的买卖。

后来我又高兴地读到人们正在议论的对于《好与不好的政府》这组壁画的评价。贝伦森(佛罗伦萨坚定的盟友,归尔甫派)挤着鼻子说道:这组壁画要表现的主题是作者力所不及的,艺术家用绘画根本就表现不了他的意图,因此他在画上只好采用了文字说明,但是一个美术家在绘画的时候,却不应当采取辅助的手段。只有恩佐·卡尔利(锡耶纳最大的收藏家)护卫这个作品,他还着重指出了它的历史价值和构图上的优点,这幅画画的不是人,也不是城市,而是文明,是*整体*②,也是一个时代,因此一点也不奇怪的是,这个作品成了科学家孜孜不倦研究的对象,可是在浩如烟海的研究历史、哲学和肖像画的书中,却没有提到它的美学价值。

这幅壁画有许多美妙的细节:斜盖着的石棉瓦屋顶、开着的窗子,可是它的影子却把它分成了两瓣,在窗格子上有一只金翅鸟和一个使人感到好奇的女仆的头,一块没有耕种的沙地的明亮色彩,从它表面的鲜艳的胭脂红、铜色到它的里面,又变成了深红色。一幅巨大的城市风景画由于它明亮的色彩看起来很奇幻,也就成了一幅乡村风景画,这是第一次把它画得那么大,并且非常注意它的一些细节。洛伦泽蒂在构图时完全采用了一种新的方法,他的画既没有杜乔那种金色的和抽象的空间,也没有乔托那种看似合理的布局,他像一个美学家所说的那样,采取了一种绘制地图的方法。画家不是目不转睛地注视着一个点,而是以同样的亮度和明细展现了画面的其他部分,他远大的视线触及到了大地上那呈波浪形的高低不平、温热的广阔地面。

我从阶梯上下来,走进了一个叫"宏伟"的大厅,这个名称不

---

① 恩佐·卡尔利(1910—1999),意大利历史学家。
② 原文是拉丁文。

错，因为它的墙壁确实被亨利·谢拉米拉茨基宏伟的廉价艺术品弄脏了，这些拙劣的壁画画的是维克多·埃马努埃莱二世①的各种姿态，十九世纪的一些官方画使人感到很可怕，但它们都很快被展示出来了。

太阳给地面上的物体留下了长长的阴影，西方使一些砖石的房屋燃起了大火，在*城市街*②这条主街上，每天都要举行一种*步行*③的仪式。

如果我说这就是散步，那我等于什么也没有说。在意大利的每一个城市都有这样的街道，晚上总是聚集着一大群居民，他们要在这里走来走去，在一个不很大的范围内走一个或者两个小时，这使我想起了一出可怕的歌剧中那些跑龙套的，年长的表示他们能够长寿，还要检查一些证件，说一声"*晚上好，大夫！晚上好，律师！*"④。一些女孩和男孩都在单独行走，他们之间只是以眼神示意，表示他们互相理解，所以他们的一双黑眼睛都睁得很大，显得明亮，好像在朗诵爱情十四行诗，但是有的眼睛却在闪光，好像要进行控诉，要诅咒。

我是从那不勒斯湾到锡耶纳来的，也从那里带来了对比萨饼的喜好，用它来下酒是一种很好的食品。简单地说，比萨就是一种甜饼，上面放一些切碎了的西红柿、洋葱、鳕鱼肉、*鲲鱼*⑤和黑色的橄榄。比萨饼的种类很多，有的*烹饪*⑥得很精致，也有就在一块很大的白铁板上烤出来的普通比萨饼，这都要一份份地卖出去。

我吃了两份后又订了一份，小*餐馆*⑦的老板娘看到后很激动，她说我这个人*很可亲*⑧，又问我是哪国人，当她知道我是*波兰人*⑨后，便以极大的热情喊了一声*好*⑩！而且把她那个想要睡觉的丈夫和长得很胖的女儿也叫了过来，想见证一下这里发生的这个历史事件。他们都认为，*波兰人都非常聪明*⑪。还有一些空余的时候，我不得不跳

---

① 维克多·埃马努埃莱二世（1820—1878），意大利统一后的第一个国王。
②③④⑦⑧⑨⑩⑪ 原文是意大利文。
⑤⑥ 原文是法文。

起了山民舞,同时唱起了库朗特①的咏叹调。没想到老板娘这时向我提出了一个问题:在波兰有没有离婚?我骗她说没有,但我感到非常高兴。

在月亮照得最亮的田地广场②上,有一些固定不变的形体,在天空和地面之间有一根拉得很紧的弦。这时我也强烈感受到那真的是永远不变的永恒了。四处寂寥无声,空气变成了一块透明的玻璃,而我们大家好像都有了固定的姿态:我举起一杯酒送到了嘴边上,一个姑娘在窗子旁梳头,一个老头在路灯下出售明信片,还有市政厅广场和锡耶纳城。地球将和我——这个宇宙博物馆中并不重要的展品一起旋转,还有那些蜡像,谁也不会去参观。

二

今天我才知道,真正的杜乔是谁,这是一个神秘的画家,他生于哪年哪月都说不准,只知道他死的时候声望很大,但他也欠了很多债。他的主要作品③《伟大的导师④》被藏起来了,我在奥尔维耶托主教堂工程博物馆⑤的那些带有金色绘画的玻璃窗前,看见壁板⑥上有三十六幅不大的画,与《伟大的导师⑦》相反⑧。博物馆展厅并不太大,而且显得阴暗,但里面却有一件闪光物,就是这幅《伟大的导师⑨》。它是那么不同寻常,即使置于地下室,也星星般熠熠生辉。

杜乔比乔托年长,虽然他们的岁数相差不多,但这两位大师作品

---

① 库朗特:一种16世纪起源于法国的舞蹈乐曲,17世纪时分为法国式和意大利式两种风格。
②④⑤⑦⑧⑨ 原文是意大利文。
③ 原文是拉丁文。
⑥ 原文是法文。

风格的不同使人感到它们相差了一百年,也就是说不只一代。两个人好像都曾师从于契马布埃①。契马布埃、杜乔和乔托在乌菲兹的画廊里,都画了一张圣母大像,它们虽有不同,但都是拜占庭这棵大树上已经成熟而且很有分量的果实。杜乔和乔托两人虽然可能是同窗,但后来的发展就像他们的性格一样,是完全不同的。精明强干的乔托曾经不停地奔走于罗马、阿西西、帕多瓦和佛罗伦萨;而杜乔几乎没有离开过他居住的那座城市。我们可以想象,乔托如果在一个乡村小酒馆里,一定会大口大口地喝红葡萄酒,用他粗大的手指——刚才他还用这双手在圣者们的头上画了光圈——去撕肥肉吃。杜乔因为瘦弱,又是个禁欲主义者,平日穿着一件破烂的大衣,一个人长时间地散步,总是往北方走去,一直要走到锡耶纳城外一块小荒地上,那里只住着一些干瘦得像刨花一样的修道士。

只有在一些平庸肤浅的历史教科书中,才把他们说成是一样的,一个有自己特定标准的评论家就会进行选择。贝伦森说杜乔是古代最后一个伟大的艺术家,这是没有错的,他说:杜乔的祖辈"是亚历山大里亚②哲学家们最后一批直系的后代,这些天使都是罗马的天才和胜利女神,但西勒诺斯③是魔鬼。"这个美国学者很正确地指出了这个锡耶纳人善于做戏剧性的构思,他还说,《犹大的叛变》"这幅画中首先出现的是一个一动也不动的基督形象,瘦小但是很机灵的犹大用臂膀搂着他……一些士兵排成一个圆圈,把他们紧紧地围住。这个时候,左边那个性急的圣彼得在一个卫士身上擦了一下……基督剩下

---

① 乔凡尼·契马布埃(1240—1302),意大利佛罗伦萨最早的画家之一,相传为乔托的老师。

② 亚历山大里亚,即今埃及亚历山大城。古代世界特别是希腊化时代(公元前4世纪至公元前1世纪)的著名城市,埃及托勒密王朝的都城。公元前332年,马其顿亚历山大大帝东征入侵埃及时始建,并以其名字命名。后成为地中海东部经济和文化中心。

③ 希腊神话中的精灵,植物神;酒神狄俄尼索斯的养育者和老师。

的一些门徒都跑散了"。但我们还要加一句：在这些使徒的头上出现了山崖的裂缝，就像一道乌黑的烟雾一样。杜乔甚至可以让石头激动，他的这幅画由两大块组成，都有一个独特的结构和戏剧性的场景，谁都知道这里面所包含的内容。

虽然这里的构图、用料都很不错，而且表现了基督的索福克勒斯①的深刻思想，但贝伦森并不认为杜乔是一个天才，这个美国的佛罗伦萨人②有一种十九世纪的审美情趣却又缺乏一个标准，这种审美情趣，过去任何一个绘画大师也没有像他表现得这么明显。贝伦森要求艺术歌颂生命和物质世界，想让咏叹调的演唱引起轰动，但他却没有注意到这里唱得有点变调了。他对触觉、形式和行动的价值评价很高，他赞美一些大师，在他们那里看到了新的空间构图方式，因此他把乔托看得比杜乔更高，今天有现代绘画可以比较（是的，是的），我们要改变他这个错误的看法了。

贝伦森是世纪的儿子，他崇尚进步，在他看来，"文艺复兴的"乔托一定要超越"拜占庭的"杜乔。这位著名的学者至少看到了两个很重要的问题。

杜乔不属于那些有许多引人注目的发现并且提出了新的综合的艺术家，可是这些艺术家的作用也没有得到应有的重视，因为他们都不善于表达，而且他们的观点需要很长时间才能被时代和艺术界所接受。新时期的研究家们很正确地指出了在这个伟大的锡耶纳人③的作品中，对两种伟大但又互相对抗的文化进行了综合，一种是拜占庭的新希腊文化，表现为祭祀和对神的崇拜，反对自然主义。另一种是西欧的文化，说得更确切点是法国的哥特式文化，表现了一种激情、自

---

① 索福克勒斯（约公元前496—前406），古希腊三大悲剧作家之一，作者认为这里既表现了基督救世人的思想，又像索福克勒斯的悲剧一样。
② 贝伦森也入了美国国籍，所以作者说他是"美国的佛罗伦萨人"。
③ 指杜乔。

然主义，趋向于戏剧化的构图。

乔托则开辟了一条让古罗马人的艺术遗产复兴的道路，但是这些罗马人并没有给艺术增添什么很有价值的东西，把他的名字和文艺复兴联系起来，按照年代的划分，也是不确切的，因为他活动在发现美洲的两个世纪以前。在他之后的欧洲绘画——谁都没有说他和文艺复兴有什么联系——已不属于那个范围很广但又僵化了的欧洲和亚洲的文化，它成了一种伟大的但属于地区性的奇特现象。它使自然主义这个怪物获得了解放，但远离了人类的几条大河：尼罗河、幼发拉底河和底格里斯河。

杜乔无疑对巴黎画派的小型彩画非常着迷，他要深入到文化的骨髓，去寻找它的根，而不是像乔托那样，去发现新的大陆，他要开发的是一些已经沉下去的岛屿。

对这一切我很久才有了一些了解，我对描绘了基督和马利亚的图像的壁板①，就像对金色的带绘画的玻璃窗一样，暂且说不出什么。留在锡耶纳的这幅画本来画了四十五个场景，其中有十四个场景被新世界和旧世界的一些收藏家剪下来，收走了。

这个作品非常光彩照人，我初看以为这是因为它的底色是金黄的，虽因保存得不好，画面上出现了裂缝，上面的色彩也被损坏了，但它一点也不像一块金属板的图像看起来那么死板和单调，它有深度，有颤栗和波浪，在寒冷和炎热的地区，都涂上了深绿和朱砂的色彩。为了使别的颜色在金黄的底色上不致消失，还要给它们超乎一切的加深，树叶就像蓝宝石一样，一只要逃到埃及去的毛驴就像披上了一块灰色的花岗岩，一些裸露在外的岩石斜着的顶端上的积雪就像一粒粒的珍珠。迪欧桑塔②的画近似于镶嵌艺术，各种颜色的斑块都嵌在画面上，有雪花石膏、宝石和象牙那么硬（后来用来绘画的材料就

---

① 原文是法文。
② 迪欧桑塔：13世纪意大利语言的名称，关涉到意大利文艺复兴之前的文化。

比较松软了，威尼斯人在丝绸、锦缎和凡尔纱上面作画，象征主义者只用有颜色的气雾），一系列依次变化的颜色像花开一般艳丽，福斯兰①不用拜占庭的绘画，而用波斯的花园和彩画来和它比较。

如果有人指责拜占庭的画家们忽视细节（对某些人来说是缺乏现实主义），这和杜乔没有关系，因为他是非常懂得细节的。在《在卡尼举行的婚礼》中，有一盘子鱼还没有吃完，画得很具体。这位大师并不害怕用一些无关紧要的细节来打破那个传统的肖像画模式，例如《基督进入耶路撒冷》中就有许多街上的行人在一个木制的绿色讲台上注视着他。我喜欢的那幅《洗脚》也是一个正确展示集体的好例子，年轻导演们应该拜杜乔为师，老年人看了也有好处。这个伟大的锡耶纳人的图画可以用来教人们表演，但令人不解的是，它只是在一些戏剧学校中用来教学生做指手画脚的表演，因此不足为奇的是，在舞台上表演的公爵看起来都成了小商贩。

在《洗脚》中，杜乔就像一名古希腊悲剧作者，只画了两个人物，他们背后有一合唱队，在述说事件发生的经过。在基督的门徒中，有一半以崇敬的眼光望着基督，另一半则相反，并不喜欢这种卑躬的态度。有个细节我看了之后感到非常高兴，这就是画中有三只平底鞋，两只放在一个有水的小柜子旁边，还有一只放在基督的门徒们坐着的那个台阶上。这和玫瑰色的地面形成了强烈对比，说"放在"并没有表现事物的本质，其中最活跃的场景是，旁边一根成对角线放着的皮带表现了老鼠的惊恐。那些平底鞋的不安表情和一条已经卷起来的遮巾的苍白而毫无生气的面貌形成了对比，就像一块尸布，预示着不祥之兆，高悬于使徒们的头上。

除了这个杰作能在你的眼中长久闪光之外，你在杜乔那里，就不用去看别的什么了。和这位大师同时代的人都对他评价很高，一三一

---

① 亨利·福斯兰（1881—1943），法国艺术史学家，以研究中世纪艺术作品闻名。

一年，为了把这幅《伟大的导师①》送到主教堂里去，老百姓还举行了大游行，以表示对艺术品的崇拜，这一开始就有记载，而且是关于锡耶纳最早的那些历史记载之一：

  在图画被运送到主教堂的那天，商店都关门了。在主教领着的盛大游行队伍中，有九个氏族的首领，所有的地方官员和一大群牧师及信徒。市民们都举着点燃的蜡烛，一个接着一个都想要占有最靠近祭坛的位置，队伍后面都是非常虔诚的妇女和儿童。游行队伍在去主教堂的途中要经过市场，这是习惯。这时所有大钟都敲响了，以表示对这幅名画的敬仰。这幅画是杜乔画的，他当时住在斯达洛雷吉大门②旁的穆恰迪赫这栋房子里。这一天，所有人都赶到教堂里去做祈祷，给穷人很多施舍，祷告上帝和圣母，她是我们的中介人，我们要求她大发慈悲，帮我们解决所有的矛盾，防止灾祸的发生，让锡耶纳不致落入叛逆和敌人之手。

除了杜乔，在锡耶纳确实没有什么可看的了，就是普拉克西特列斯③的《三个美女》的复制品也没有能够留在博物馆中。经过晒热了的广场，我很快就跑到绿荫如盖的*上尉街*④那边去了，后来我又去了阴凉的斯达洛雷吉*街*⑤。酷热难挡，刚才我还为欣赏到了艺术品的美而心醉神迷，现在我真的要诅咒这家博物馆、博物馆的那些文物和火热的太阳了。

我终于来到了餐馆⑥，它看起来很简陋，既不是"意大利式"⑦的饭馆，也不叫"大陆"⑧饭馆，这是一个可爱的地下酒馆，里面可以闻

---

  ①⑦⑧ 原文是法文。
  ②④⑤⑥ 原文是意大利文。
  ③ 普拉克西特列斯，古希腊著名雕刻家，与留西波斯、斯科帕斯共称为古希腊最杰出的三大雕刻家。

到葡萄酒、洋葱和橄榄的香味。我首先订了*面条*①，大家知道，这是一道开胃②菜，它之后才开始吃这顿饭的主菜。法国人是从有刺激的冷菜开始，意大利人更明智，他们的做法是按照他们最优秀的烹饪技术要求，这是一种农民的烹饪方法，他们做出的菜既丰富多样又很有营养。这个半岛上的饮食哲学表现在首先要尽快填饱肚子，然后才考虑味道，真正的意大利空心面的确是很不错的，把它煮老之后，加上掺和了帕尔马干酪③的一种有辣味的调料，然后用叉子把它卷起来送到嘴里，这是一种饮食习惯。吃了以后一般是再吃一块撒了胡椒的牛肉、四分之一个西红柿和几片生菜的叶子，再加上甜食：熟透了的桃子，所有这些东西都要洒上当地刚酿制出来的葡萄酒。这种酒放在杯子里喝起来像水一样，但不是放在愣头愣脑地想出来的酒杯脚上的什么小杯子里。

正午的时候要在有阴影的地方等待，我买了*《信使》*④杂志，它的第一页上有谢斯曼⑤的一张照片。难道真的是这么回事？照片上记录了谢斯曼抽完最后一根烟的这个历史时刻，只是在他这张饱经风霜、非常难看的犬儒主义者脸旁的一个嘴角上，还剩下了一点烟灰渣子。

我打起盹来了，因为白色的空气开始带上了一点琥珀的颜色，山上的酷热减退了。我坐在主教堂对面的圣马利亚·德拉·斯卡垃医院围墙边的一张石凳子上，周围都是来这里探视亲人的人们，他们一边谈论着病人的健康状况，一边很烦躁地做着一些手势，手里还拿着一些很大的杯子，杯子里盛满了茶水，杯子口上用破布塞得很紧，看到

---

① 原文是意大利文。

②④ 原文是法文。

③ 一种用于通心面的调料，因产于意大利的帕尔马干市而得名。

⑤ 卡里尔·惠蒂尔·谢斯曼（1921—1960），美国著名的死囚犯，当年因抢劫强奸被判处死刑，其遭遇引发了轰动全球的禁止死刑运动。在上诉期间他写了4本书并成功出版，其遭遇被拍成电影、电视，并写成歌曲广泛传播，世界各地的著名作家和知识分子，甚至前第一夫人埃莉诺·罗斯福纷纷呼吁宽大处理，但他最后仍被执行了死刑。

这一切，使人感触很深。从医院宽阔敞开的大门里散发出了来苏儿溶液的气味，一直扑到了主教堂①的墙上。

主教堂在城里一个位置最高的广场上，就像放在上面的一个城徽。它又像一支歌，这歌声不是飞到上面，就是落到下面，唱出了那像瀑布一样成群结队和接连不断的雕塑、天蓝色拱顶和金色的星星。教堂左边有一个漂亮的塔楼，这是天使放在空气里的一杆镖枪。

我们不要听信导游们说得那么可怕，但是对这个世界上最漂亮的建筑物之一还是要有一点批判精神，当然是在对它最初的向往和醉心之后。这种欣悦的感觉任何时候都不能排除，因为对于教堂的正面，包括乔瓦尼·皮萨诺②在内的所有建筑师和画家所做的一切，都是为了向我们传达一种审美意识。

许多艺术史家都认为，锡耶纳主教堂是意大利最优秀的哥特式建筑。但是法国人却带着一种讽刺和隐藏着的愤怒说：意大利人的这种哥特式实际上是亚平宁半岛上一种古罗马的建筑风格，其拱顶采取了一种肋拱的形式，可他们的这种愤怒是不该有的。三个有着许多装饰的入口上都有一个很大的拱顶，山墙的三角面上没有雕刻，是罗马式的，这里用圆形还是三角形也有争议。在入口处还有一个很大的圆形窗子，窗子里有玫瑰花样的装饰，"啊，奥米伽③，它的眼睛，紫罗兰色的光"，在密密麻麻细小的装饰物中，响起了巨大的锣声，还有笛声和钟声伴和着。一些天主教西多会④的僧侣，是从相邻的圣加尔加诺来的，他们都很崇尚没有装饰的哥特式建筑（大家知道，他们中

---

① 原文是意大利文。
② 乔凡尼·皮萨诺（1250—1315），意大利文艺复兴时期的著名雕刻家，被认为是意大利唯一真正的哥特式雕刻家。
③ Ω（大写 Ω，小写 ω），中文音译"奥米伽"，希腊语字母表最末一个字母的名称。用作指事物的终结。希腊字母的首个字母则是 Alpha。
④ 西多会：1098 年在法国第戎附近的西多旷野创立的一个天主教隐修会，要求教徒过艰苦的生活。这个隐修会在波兰成立于 12 世纪。

有一个人在一二五七年还指导过主教堂的继续修建，但这已经是它开始修建的十一年后了），也参加过教堂整体建筑的设计，但他们并没有管它的装饰。皮埃尔·杜·科隆比耶①曾经很正确地指出，要把一只手放在眼睛上，以*主教堂*②山墙上的壁架为中心，将它分成两半。的确，这两半，上面一半和下面一半，看起来不太相称，就好像将建筑物花样繁多的那部分放在一个很普通的罗马式的基座上，这也就是硬要将宗教的遗宝和一个普通的建筑物摆在一起了。

有很多凭据可以用来证明锡耶纳*主教堂*③的价值，最主要的是它的正面经过了许多世纪才得以建成。十九世纪的创新家们还力图把这个杰作的体积缩小。

可是有谁见到法兰西岛的教堂，对它们的哥特式风格很欣赏的话，那么他一见到锡耶纳*主教堂*④，就会感到很突然，只是单凭它的几张照片还不能得到文化界的承认。

我闭上了眼睛，希望能够想起沙特尔⑤，可我却想起了一片飞沙走石，我一睁眼，就看见了锡耶纳主教堂，有一群鸽子在天上飞，不时变换着飞的方向，或者围成了一个圈，但它们的飞行好像有点吃力，它们的身子在阳光照射下，呈现出不同的颜色。

主教堂内部的景象也令人感到意外，这不是一个有拱顶的柱廊形大厅，像半个世纪后建起来的奥尔维耶托主教堂那样，而是按天主教西多会的设计建造的。大祭坛周围的那一部分被成直线地截断了，本堂的墙上画了一个*拱廊*⑥，在意大利的哥特式建筑中，最不习惯用圆屋顶。实际上，锡耶纳主教堂的设计并不是很合理，尤其从外面看，不知道它是干什么用的。但内部却不一样，交叉甬道上的拱顶放

---

① 皮埃尔·杜·科隆比耶（1896—1958），法国电影导演。
②③④ 原文是意大利文。
⑤ 地名，在巴黎西南71公里，是座清幽的小城。
⑥ 原文是拉丁文。

在六个圆柱上,从旁边的那个本堂看,就会发现那里面的结构和各种放置在远处或近处的构件位置都突然地变了,就好像这是拉韦纳①建筑风格的表现。

结构主义美学家们看到主教堂②的设计图后,气得直打哆嗦,他们说:怎么能够按照中央建筑③的设计来绘制柱廊形大厅的设计图呢?一些建筑界的演说家也小声地说:这是错误的。

主教堂内那些用石头拼成的黑白相间的带子非常显眼,这是浪漫主义者都看到了的。瓦格纳在创作《帕西法尔》④时,曾经请画家扬科夫斯基送给他一幅锡耶纳主教堂的草图。在这位音乐家的想象中,这个主教堂看起来近似于最理想的格拉尔神庙。

那么哥特式的本质是什么?是表现在结构上,还是表现在风格上?它是不是一种审美标准?怎么理解水平线是决定一切的?为什么要有一个拱顶非常大的拱门?还有那引人注目的镶木地板,有三百平方米,这个主教堂是许多艺术家经过近两个世纪非同寻常的努力,才得以完成的一个作品,它反映了从多梅尼科·迪·尼可罗⑤的线条主义到多梅尼科·贝卡富米⑥把石头当成绘画工具的发展。

我们从右边的一些像白桦树一样白的和黑的圆柱中走过,便来到了贝卡富米图书馆,这是锡耶纳的艺术宝库之一,就是不懂审美的人也会看到这一点,因为你进门的时候,那两个凶恶的守门人还会向你

---

① 地名,意大利中部偏北的一个城市,那里有许多意大利 5 世纪到 7 世纪留下的建筑物,还有一个美术学院。

② 原文是意大利文。

③ 这种建筑物中间的拱顶上画了圆圈、正方形和希腊的十字架,有许多边线,如罗马的万神庙就是这样。

④ 威廉·理查德·瓦格纳(1813—1883),德国作曲家和理论家,宗教节目剧《帕西法尔》(1882)是他的最后一部作品。

⑤ 多梅尼科·迪·尼可罗(1362—1453),意大利雕塑家。

⑥ 多梅尼科·贝卡富米(1486—1551),意大利文艺复兴时期风格主义画家,锡耶纳画派最后的代表人物之一。

索取额外的进门费。这个图书馆收藏了许多非常好的手抄文献和十幅壁画,画的是恩尼亚·席维欧·皮可洛米尼即后来教皇庇护二世[1]生活中的一些场景。这里早先还有一幅《三个美女》的画,后来因为有个僧人不喜欢看那些漂亮的裸身,把它送到博物馆去了。

恩尼亚·席维欧·皮可洛米尼是意大利文艺复兴时期人们最喜爱的人物之一:人文主义者、诗人、外交家,一些逗趣的喜剧和拉丁文文章的作者。为了赶时髦,他什么都写,如他写过关于马的特性,写过论荷马的文章。这个锡耶纳贵族的后代留下的一些相片展现了他的容貌,他热爱大自然,爱维吉尔和女人。他也写过像反卡斯蒂利奥内[2]《内侍官的困苦生活》的东西:"……午饭不能按时给,吃了后就生病……葡萄酒都酸了……公爵们要节省,叫内侍官像动物那样去舔啤酒喝。仆人洗酒杯一年只洗一次,他们总是在坐于桌子旁的人们中间转来转去,一个比一个长得丑……贵族宫廷里的人都蔑视哲学家和智者……"为了说明这种厌世态度的产生,我们还要补充一句,这是因为恩尼亚并不在乌尔比诺,而是在德国北部的一个贵族宫廷里。

在经历了很不平静又少有建树的青少年时代后,恩尼亚终于迎来了喜庆的日子,这时他已经四十一岁了。他带头谴责了自己的越轨行为,为此写了一部反映自由主义思想的长篇小说《两个情人的故事》,这部小说对一些风俗习惯的细节写得非常引人入胜,就是最敬畏神明的传记作者也不会对它进行责备。而他自己在穿上紫红色衣袍谈论此作时,却很不是滋味地说这是*一位公爵承认自己在说谎*[3]。

---

[1] 恩尼亚·席维欧·皮可洛米尼(1405—1464),意大利人文主义者,1458年至1464年任罗马教皇,称庇护二世。

[2] 巴尔达萨雷·卡斯蒂利奥内(1478—1529),意大利作家和外交家,意大利文艺复兴时期宫廷文化的代表。其著名作品《内侍官》主要写意大利乌尔比诺贵族宫廷的生活。恩尼亚·席维欧·皮可洛米尼这个反卡斯蒂利奥内的《内侍官的困苦生活》表现了对贵族宫廷的讽刺。

[3] 原文是法文。

他是一个新时代的人,用这个和古罗马英雄相同的名字①,是想获得和这个英雄同样的荣誉。他要改变他的命运,因为它让他错误地出生在一个下流的小城科西格纳诺,他后来将这个小城改名为皮恩扎,在这个偏僻的角落里住了四年,由于著名建筑师罗塞利诺②的帮助,还有一些人争着想要对红衣主教们献媚讨好,他在这里得到机会,修建了一座很奇怪的教堂和一些文艺复兴的宫殿和房屋。此外还有一个诗人用希腊诗句颂扬了教皇的幻想。但是庇护二世死后,皮恩扎就没有生命了,只剩下一些贵重的石头③,一座讲道德的空城。

为了纪念这个不寻常的人,庇护二世的外甥、红衣主教弗兰西斯科·皮科洛米尼约请翁布里亚的一位大师画了十幅反映他这位著名舅舅生平的画,这些画的作者就是平图里乔。

这个了不起的叙事者"*既不卖弄学识,也没有讲深奥的哲理*"④,他作为一个五十岁已经成熟的画家,在图书馆的墙上作画,这些画获得了很高的评价,因此他和佩鲁吉诺一起就长年成了教皇的职业画家,有个现代文学和艺术事业发展的支持者说:"佩鲁吉诺是意大利最著名的绘画大师,除了他的学生平图里乔之外,没有一个艺术家能够像他这样,值得我们怀着敬意地提起。"当代艺术史家对他的要求严格得多,但他们也很正确地指出了他是属于文艺复兴那个学识渊博、本领超凡、极富魅力的大师群体的,而且这些大师还有一些天才的学生。韦罗基奥⑤因为

---

① 埃涅阿斯("恩尼亚"的波兰语发音与"埃涅阿斯"相同)是古罗马神话中的人物,他是维纳斯与特洛亚王族的安基塞斯所生的儿子,古罗马诗人维吉尔的史诗《埃涅阿斯纪》中的英雄,史诗描写了他在特洛伊被希腊人攻陷后,到意大利建立新邦国的经过。

② 贝尔纳多·罗塞利诺(1409—1464),意大利文艺复兴早期的建筑师和雕塑家。

③ 原文是拉丁文。

④ 原文是英文。

⑤ 安德烈·德尔·韦罗基奥(1435—1488),意大利文艺复兴时期的雕塑家和画家,达·芬奇、波提切利的老师,米开朗基罗也深受其影响。

达·芬奇和基尔兰达约①杰作的出现而失去了光彩，米开朗基罗的幻象被阴影遮住了，可拉斐尔却最好地贯彻了佩鲁吉诺和平图里乔的原则。

可以对壁画提出许多批评意见（恐怕正是这种众所周知的原因，收藏家们没有重视对这些壁画的收藏），但这并不妨碍对它们的美的赏识。贝伦森虽然让杜乔、皮耶罗·德拉·弗朗切斯卡和拉斐尔这个著名群体中的演说家和装饰家们说了平图里乔的坏话，但他也同样为平图里乔画中对著名的人文主义者恩尼亚·席维欧·皮可洛米尼生平展示的魅力所吸引。

> 这些壁画的绘制几乎在哪方面都不成功，但它们用于装饰建筑物却是最好的东西，平图里乔是怎么改变了图书馆原来大厅的朴素面貌呢？拱顶下有许多圆框里的小画作为装饰，在一个宽阔的地平面上呈现出一排雄伟的拱门。令人感觉身处这个大厅前面那些带顶的柱廊下面，周围都是非常漂亮给人以幸福感的艺术品，它们处在一个自由的空间里，但是这个空间并非没有边际，而是在层层拱顶依次的包围之中……毫无疑问，一些游行队伍也曾来到这个迷人的空间，在这里举行仪式，这些仪式是公开举行的，但并不值得赞扬。我们把这个闹哄哄的场面当成了一个春天的早晨奏起的军乐，脉管里的血掀起了波浪。

平图里乔就像一个音乐家，人们都说他并不长于创造发明，但他的听觉是绝对灵敏的，而且他很熟悉乐器，并善于运用它们。他的制图，对采取何种建筑形式，各个构件远近的配置和装饰都有适当的配合，形成了一个有机的整体。在关于恩尼亚·席维欧·皮可洛米尼的

---

① 多梅尼科·基尔兰达约（1449—1494），意大利佛罗伦萨画家，米开朗基罗的老师。

那幅壁画中，画的是恩尼亚·席维欧·皮可洛米尼从腓特烈三世①手中接过一个桂冠②，但这幅画的主要部分画了一排人，都站在这个皇帝的身旁。然后我们可以把视线投向画面上那些宽阔的阶梯，一个有许多镂空雕刻和别致花冠装饰的建筑物就建在这些阶梯上。在拱门外就像戴上了望远镜，可以看到远处模型般的景物：毛茸茸的树、一束束灌木丛、蜿蜒的小道和道旁的小草。

赫文多夫斯基③很正确地把平图里乔的一系列作品和巴尔达萨雷·卡斯蒂利奥内伯爵的《内侍官》做了一个比较，这里的场面好像都是根据伯爵这本书上的描写原封不动地取下来的，"他在书中将这一切都介绍得很清楚，也讲得很聪明，很有学问"。这是对风俗习惯的一个深入研究，就像中世纪的《镜子》④一样，里面有教皇、公爵、骑士和市民，这些人原来是什么样就什么样，在平图里乔的画中，对这些人的服装和住地的描绘都占有重要的位置，因为他要确定他的那个社会是个什么社会，它的等级、各种联系和相互之间的依从关系。在他的《腓特烈三世和埃莉诺·波特加尔⑤的会见》这幅画中，有各种各样的描绘：君主们相互之间的客套是那么装腔作势，贵族府邸里的内侍则骑在一些卷毛的马上，带有惶恐不安的表情，还有一些士兵的尖头皮鞋，一直到衣衫褴褛的乞丐，一动也不动地鼓着肚

---

① 腓特烈三世（1415—1493），哈布斯堡王朝的罗马人民之国王，神圣罗马帝国皇帝。

② 据说1442年，腓特烈三世曾授予皮可洛米尼宫廷桂冠诗人的荣誉称号；他还当过腓特烈三世的私人秘书。

③ 斯坦尼斯瓦夫·赫文多夫斯基（1835—1884），波兰画家，东方题材著名专家。

④ 《镜子》是欧洲中世纪一部介绍人们在社会中不同身份和地位的书。在欧洲中世纪，地位最高的是教皇，其次是公爵，然后是骑士，他们的服装和行为准则都不一样，人们对他们表示的态度也不一样。平图里乔的《腓特烈三世和埃莉诺·波特加尔的会见》中，中间画的是国王和其他一些社会地位最高的人，宫廷内侍骑着马，站在一旁，还有一些地位较低的流浪者和乞丐都在边上。

⑤ 埃莉诺·波特加尔（1434—1467），西班牙阿拉贡女王。

子。这是过去那些时候都可以见到的,但他们遇到的天气永远是很好的。如果说在《皮可洛米尼的离开》这幅画中画了乌云,海上下了雨的话,那么这只是一阵风把头发吹到了一张平和的脸上。

我离开主教堂后,来到了一个已经晒得发烫、使人感到头晕目眩的广场上。导游大声地驱赶着旅客,一些从遥远国度来的农场主要把讲解员介绍的每一段城墙都照下来,他们已经累得汗流浃背,但是依然心醉神迷地要去抚摸那些几个世纪以前的石头。其实,他们既然把全部精力都投入到了摄影,就根本没有时间去参观了。意大利人看见有些色彩和活动影像上描绘的完全不一样,可是有谁会去对那些东西进行研究呢?一只机械的眼睛不知疲倦地显露着它单薄得像一层表皮那样激动的情绪。

主教堂左边的广场叫雅布库·德尔奎尔恰,它实际上是教堂尚未建成的一部分,其拱顶就是天。这座雄伟的主教堂这一部分始建于一三三九年,因为在某些人看来,它并不很大,也不够富丽堂皇,要把它扩大一些。"我们的耶稣基督,他最圣洁的母亲和他们在天上的官府都受到人们的敬仰和祝福,地方自治政府也是永远值得赞美的。"一幅神秘教派的美丽的设计图表现了市政局参事们的雄心壮志。

但是这个宏伟的设计并没有完成,除了在结构的处理上有错误之外,也是因为这里出现了流行病,妨碍了工程的实施。图纸上的墙壁画得像白金箔片一样单薄,这是镀金匠郎多·迪·彼特罗画的,他根据所干的这一行,觉得什么都需要轻巧。尽管他画得很认真,但要是这样,墙建成后,就会倒下去。于是请来了和锡耶纳敌对的佛罗伦萨的专家(这是耻辱!)来进行鉴定(锡耶纳主教堂的修建就是为了和佛罗伦萨主教堂①进行竞争)。有个专家作出了一个极端的判决:像这样画出来的墙壁,建起来也要把它毁掉。可锡耶纳并没有这样做,这并不是因为他们对这个尚未建成的工程废墟的热爱,倒也很难说,经过了

---

① 原文是意大利文。

七个世纪，他们是不是仍在想着它的重建，但这只是一种梦想。

经过尚未建成的头上只有蓝天的本堂，往下便来到了活动频繁的*城市街*①。锡耶纳的街道都很狭窄，也没有人行道，有一位史学家不无夸张地写道："侵略者来到这里，他们的马刺会刺到城墙上。在这么拥挤的情况下，我感到惊异的是，那些公共汽车却能够拐弯抹角地行驶，某些城墙见了它们都要让路。"

如果说锡耶纳有什么难看的东西，那恐怕只有马泰奥蒂广场②了，它好像很不正规，其现代化设施在这座高贵的中世纪城市中，看起来很刺眼。它没有名称，就像它周围的银行、有存车处的大旅店以及外面有彩色遮阳布的大咖啡馆一样，都没有名称。我来到这里的时候，因为人们正在唱歌，一首意大利歌曲使我想起了我是在世界上的这个地方，使我适应了这种新时代的节奏，但是这种节奏却表现了一种古老的感伤；它也使奔跑的马车夫激动起来，因为他在这里看见了*太阳*③，看见了*彩虹*④和月亮，他流下了眼泪。一个黑肤色的小伙子在扩音器前表现他的技能，这是县一级的莫杜尼奥⑤，但他如果在波兰，就可以在音乐厅里表演了。还有一个漂亮的姑娘也在唱歌，她的乳房和眼皮都像波浪一样起伏和跳动着。我喝了*活命的汽水*⑥，这是一种有艾蒿味的红色饮料，喝了它会感到食道发热，嘴里说不出话来。如果它不是很贵，我就会再买一杯，请那位女歌唱家唱一首《卡西诺山⑦的红罂粟》，她应当熟悉。

我回到了我的"三个小女孩"旅馆，但是在这扇大门前我又转身来到了*田地*⑧广场，所有的一切都秩序井然，市政厅的围墙在夜里显露出了它的轮廓，表明它还存在，塔楼和昨天一样的美。大地的上

---

①②③④⑥⑧ 原文是意大利文。

⑤ 多米尼科·莫杜尼奥（1928—1994），意大利著名歌手和作曲家。此处是一种讽刺的说法，指这个"小伙子"技能不高，在这里只不过是一个乡野的歌手。

⑦ 在意大利中部。

空好像要发生爆炸,但是我们带着这些被救出来的主教堂、宫殿和图画,大概还要围着太阳转几圈。

三

锡耶纳为你敞开了她伟大的胸怀
——卡莫利亚大门上的题词

今天我要去参观锡耶纳美术馆,那里上午十点才开门,因此我有一点时间,可以在锡耶纳城里逛逛,这样的城市,就是在城里迷了路也值得。在锡耶纳,一个人是可以像一根针掉在干草堆里一样,再也找不到的。忧鲁查街①的一些房屋建筑有许多拱门,表现了中世纪的建筑风格,散发着中世纪石料的香气,走在这些拱门里,就像走在一道谷地里一样。

*上帮基街*②和*城市街*③这些街道两旁的房屋砖墙都覆盖着一层黑色的烟雾,由于街道狭窄,便形成了一大片阴影,从这里走过,可以看见许多宫殿式的建筑物。一句话,到处都是雪花石膏、圆柱和石料,和锡耶纳的民间建筑很不一样。一些中世纪氏族首领的府邸外貌显得粗俗,没有装饰,看起来像城中心的碉堡一样,关于萨林贝尼、皮科洛米尼、萨拉奇尼这些名门望族,没有任何历史记载说明他们曾经享有什么样的社会地位。"这样的建筑物是建筑史上的杰作,是一些党派成员居住的地方,就是今天,在那些无名无姓的群氓中,它也显得十分高贵和不可超越,它反映了一种贵族的高傲,藐视一切。在它看来,周围什么都不存在,什么也没有。"这里说的是最早建于十

---

① ② ③ 原文是意大利文。

三世纪初的托洛美宫，它用石头砌的六面墙看起来显得粗糙，但它经历了七个世纪，表现了一种从未改变过的庄严和力量。

锡耶纳美术馆在邦锡尼奥利宫中，虽然一些行家说在华盛顿可以见到萨塞塔①最漂亮的画，但锡耶纳所有的绘画都在这里。

它代表了第一批众所周知的画家名字出现之前一个艺术发展的神秘时期的开始，可学校课堂上讲授的历史知识只涉及到欧洲戏剧发展史一个很小的范围（多少世纪以来，我们对拜占庭都采取了一贯的蔑视态度，以一个学生的喜好来谈论那个"繁荣"的时代，增长了我们的智慧，也丰富了我们对那些"黑暗"和复杂时代的想象）。那些已经消亡的文化如克里特和埃特鲁里亚文化的历史，还有罗马帝国灭亡后欧洲的诞生，都被忽略了，因为人们只顾对恺撒取得的胜利进行详细的统计。在艺术课的讲堂上，讲得更多的是伯里克利时代和文艺复兴，而不是苏美尔人②不同凡响的艺术和浪漫主义的开始。如果要了解整个历史的进程而不是孤单的某个时代的话，这些"知识"看来是完全不够的。

没有比从迪欧桑塔的深处去观看锡耶纳那些原始的东西更令我们激动的了，那里保存的文物都是一些多种色彩的浮雕而不是绘画。圣母像有一双大眼睛，表现了民间对她的看法，和波德哈拉③路旁小教堂里的圣母像一样。还有钉在十字架上的基督，由于年代久远，失去了鲜艳的色彩，只留下淡淡的玫瑰红和浅蓝色。根据主教公会的建议，在公元六九二年雕的耶稣像的脸部没有痛苦的表情，他的笑容充满了甜蜜，但也带着一种忧郁的感觉。这种特殊和神秘的感觉许多世纪都将表现在锡耶纳的圣人和市民眼神中。

---

① 萨塞塔（约1392—1450），意大利哥特式画家，被公认为15世纪早期锡耶纳最伟大的画家。

② 公元前4000年曾经居住在美索不达米亚平原的一个民族，曾经创造高度的物质文明。

③ 地名，在波兰南部。

多少世纪以来，就一直存在激烈的争论，但是这种争论却不解决问题，不管是锡耶纳艺术中心还是佛罗伦萨艺术中心都认为它过时了。瓦萨里认为佛罗伦萨的艺术成就更大，但是一二一五年在锡耶纳却新发现了一幅画，其实那并不是画，而是祭坛上的一幅浮雕，雕的是基督，用于装饰祭坛①，同时也述说了一些关于十字架和圣海伦②的故事。这幅浮雕有很明显的罗马式风格③，毫无疑问，意大利锡耶纳艺术学派的建立在十三世纪初就有了牢固的基础，比杜乔的出现早好几十年，如果艺术学派这个概念遭到现代科学研究的质疑，那么它在锡耶纳也完全是可信的，因为我们在这里看到这种风格继承了传统。可是有人却对这种情况产生了很多误解，说什么（好像是指责）这个学派过于长时间地接受了拜占庭对它的影响，它的艺术家们就是在希腊的模式已经没有人采用的时候，还醉心于华丽的装饰和各种精细的笔触。锡耶纳人画肖像画就像抒情诗人一样，特别是在画集体场面的时候，他们都是最富有魅力的叙事者。这个城市乃是一个诗人和艺术家的王国。

评论家们并不满足于分析作品，他们还要跟踪作者，想到他们是些什么人，属于哪个集团，对他们进行各种猜想。第一个经过历史检验的艺术家是锡耶纳的圭多④，这是一个有鲜明个性和重大影响的人物，就像佛罗伦萨的契马布埃一样。在锡耶纳美术馆里保存了这个精细的拜占庭人和他的学派的几幅作品，其中特别是创作于十三世纪八

---

① 原文是意大利文。
② 海伦，希腊古典美的化身；宙斯与勒达之女。
③ 欧洲中世纪中期的一种艺术形式。它成熟于11世纪中叶，盛行到13世纪。19世纪初，法国学者开始使用"罗马式"来概括当时的建筑形式，以后扩展到同期的雕刻、绘画和各种小型艺术。
④ 锡耶纳的圭多，活动于13世纪，是锡耶纳最早突破拜占庭绘画古老模式的意大利画家之一，把更自然的人物姿势和富有情趣的生活场景引入13世纪的意大利绘画中，使后来意大利接受富有感情的哥特式绘画成为可能。

十年代的那幅《圣彼得祭坛上的浮雕》①，画得非常漂亮。

拜占庭或拜占庭式的绘画并不局限于一种手法，我们的眼睛只习惯于赏析那些强烈的对比，分不清那些轻描淡写的中间色调。可是后来的继承者和圭多的艺术相比，前进了一大步，他们的作品具有极其丰富的光彩和色调。"应当注意到这些小的故事所表现的情调和展示的空间，这引起了人们的激动。"以一个抽象建筑物为背景的《公告》是以既精细而又质朴的手法描绘出来的。它的背景丰富多彩，整个画面由闪烁着柔和光彩的朝霞，变成了一块冰凉的金属表面。

杜乔的代表作是《方济会圣母像》，是在十三世纪末画的，因此早于他的《伟大的②》。这是拜占庭画和哥特式混杂的成功一例，画中圣母的姿态很随便，她的右手轻轻地放在膝盖上。她坐在一张很舒适的椅子上，这件家具既不显得沉重，做得也不精致。天使们的姿态看起来也很轻巧，就像那些小型彩画一样，是用洁白的手指勾画出来的。有三个铜肤色、干瘦得像蟋蟀一样的僧人紧挨着马利亚的脚板。聪明的杜乔并没有像乔托那样，抛弃古希腊的艺术，而是把它像树枝一样地折弯，使它适合于自己的那个时代。

美术馆里没有西蒙·马提尼的作品，这个享有很高声望、恐怕也是锡耶纳最爱旅游的人，给他的家乡留下了许多非常好的壁画。此外洛伦泽蒂两兄弟的画也很不错。但如果这座美术馆发生火灾，我首先要去救的是安布罗焦·洛伦泽蒂的两幅小画：《海上的城市》和《湖边的城堡》，在表现特雷琴托风格的所有画中，没有一幅可以和这两幅风景画相比。在以后的许多世纪中，也没有出现很多大师，能够创作出如此完美的纯绘画作品。对它们加以解释比说明要容易些。

《海上的城市》画的是灰色的城墙、绿色的房子、红色的屋顶和塔楼，形象鲜明，是用最漂亮的线条勾画出来的。正像人们所说的那样，这里的空间是个三维度的空间，"安布罗焦·洛伦泽蒂采用精美

---

①② 原文是意大利文。

的透视法并不是为了空间结构的合理化,虽然它看起来好像不合情理,但这是为了使画面上那些深远的地方迅速浮到面上来"。这幅画可以从空中鸟瞰,它画的是一座空城,仿佛从一股洪流的浪花中冉冉升起,被琥珀绿的光线笼罩,异常醒目。对画中一些客体真实存在的幻觉是如此之强烈,我想,不论什么样的分析研究,都无法深入到这幅杰作的本质。

想要吞食那些图画,就像要吞食那么多公里马路一样,已无可能。因为这时,美术馆看门人发了疯似的拼命敲起钟来,市政厅塔楼上的大钟显示,已经正午。这意味着我们会分得一盘冒着热气的意大利通心面和一杯葡萄酒。吃饱了后去睡觉。

洛伦泽蒂兄弟好像都死于流行病,他们死后,实际上已经结束了锡耶纳绘画的英雄时代。

对这座中世纪的城市应当怎么说呢?锡耶纳是许多美好和神圣事物诞生的摇篮,意大利任何一个城市都没有像它那样拥有如此多头戴光环的形象。有一位研究使徒行传的饱学之士曾经提供了五百位仿若天文数字的人名,锡耶纳还出过九位教皇,但是它黑白两色的城徽也说明这里有两种对立的倾向,因为这里有许多挥霍浪费的败家子和一味贪图享乐的金童玉女,他们的恶行曾经激起传教士们的愤怒,遭到他们的指责。在这些传教士中,叫得最响的是圣伯纳德①,一些妇女听了他的话后,因为过于激动,便在城里烧起了一大堆篝火,把她们夹上了别针的便鞋、香料和镜子都放在火里烧掉了,而且她们还对天唱起了赞美诗,但她们也唱了一些反宗教的歌。锡耶纳也有一个爱寻欢作乐的诗人,他叫福尔戈雷·桑·吉米尼亚诺。当那些衣衫褴褛的慈善事业家来到城里的时候,只有那些挥霍浪费的败家子能够接待他

---

① 圣伯纳德(1090—1153),克勒窝修道院院长,修道改革运动中熙笃会的杰出领袖,被尊为中世纪神秘主义之父,也是优秀的灵修文学作家。曾发起组织第二次十字军行动,旨在防止伊斯兰教势力压倒天主教会和希腊正教会。

们,并且从他们那里抢来二十万数目惊人的弗罗林金币。所以但丁从他的牙缝里小声地说:"这是什么地方啊!"①经过一直往下延伸的封特布兰德街②,便来到了一个古老的专门从事皮革制作的城区。距离封特布兰德门不远,有一个喷泉,也叫封特布兰德。锡耶纳不像罗马那样是一座喷泉之城,它缺水,因而喷泉显得异常珍贵。这里还挖了一个水池,可用来洗刷,此外还有一个凉台③。九个世纪以来,锡耶纳的女人都不断地把这个生活上的便利告诉她们的邻居。卡捷琳娜·贝宁卡莎④也曾捧着一只水壶来这里打水,后来她成了圣者。

这是一个漆匠的女儿,二十五岁,她母亲的名字就像一个歌剧咏叹调开头唱的那样,叫穆齐奥·皮亚提蒂的莫娜·拉巴。这个姑娘生于一三四七年,是一个具有了不起个性的女人,她年轻时就加入了多明我修会,后来成了她所出生的这座城市、全意大利和整个基督教世界的名人。但是传说和一些赞颂她的人夸大了她对历史的影响。

她关照过一些麻风病人,同时她自己也禁绝肉欲。她推行过一种国际政策——如果可以这么说的话。在她周围有一群出身于不同阶层的世俗崇拜者。她和他们一起,经常走在大街上,或者去到朝着佛罗伦萨方向城郊的田野里,那里的托斯卡纳风光呈现出万物生长的繁荣景象,到处都是李树、柏树和葡萄树,它的南面有一片面积不大的荒漠,干燥得像一块驴皮,是隐士们爱住的地方。这一切使她显得富于魅力,但是她并不漂亮,有安德烈·瓦尼⑤在圣多梅尼科教堂里为她画的像为证。

---

① 原文是意大利文,这里表现了作者对此地一些出身贵族的败家子的不满。
②③ 原文是意大利文。
④ 卡捷琳娜·贝宁卡莎(1347—1380),意大利基督教多明我会教徒,一生致力于慈善事业,救治许多穷人、病人和残疾人。
⑤ 安德烈·瓦尼(1332—1414),意大利早期文艺复兴时期的画家,主要活跃在家乡锡耶纳。

她神秘的色彩是染上了鲜血的,在她的书信中,经常出现*火*①和*血*②这两个字,因为她直到死前的三年才学会写*很多叹息,大量眼泪*③这样的话。有一次,她把一个死刑犯送到了刑场上,然后又把这个死刑犯被砍下的头长时间地放在自己的膝盖上,"当尸体被搬走后,我的心灵在一间安乐的房间里歇息,但它散发着血腥的气味"。这是对中世纪心理学的补充。

这名锡耶纳女修道士享有极大的权威,这是一种道德上的权威。因为她是在欧洲,不是在印度,而且那正是纪律松散、暴力和贪污横行的时代,她在政治上的影响并没有历史学家们不久前说的那么大。她一个最有名的举动就是在阿维尼翁④会见了格列高利十一世⑤。卡捷琳娜·贝宁卡莎很像圣女贞德,她很单纯,她说她听到过上帝的声音;她只会讲托斯卡纳方言,也不懂神学,因此经常遭到法国红衣主教们的讽刺和嘲笑。我们说不准她对格列高利十一世决定把教皇都城迁回罗马起了多大的促进作用。可是更新的研究家们认为,格列高利十一世的这个决定,早在卡捷琳娜来到这里之前就已经做出了。

在她短促的生命快要结束的时候,她把最后一点精力用来支持一个并不是最好的教皇乌尔班六世反对克里门特七世的战争。她对政治的参与既表现了一种幼稚的宽宏大度,又说明她头脑清醒和很有策略。她写过几百封信给一些地位很高的人,有时候她的笔调尖锐,有时候又很甜蜜。这些信产生的后果和当今保护人权联盟提出的抗议差不多。为了使意大利从约翰·霍克伍德即乔瓦尼·阿库托这个雇佣兵队长的残酷统治下获得解放,她要他把残酷手段用在对抗土耳其人上。她要用爱征服世界,在神话中有她的地位。

---

①②③ 原文是意大利文。
④ 地名,在法国南部。
⑤ 格列高利十一世(1329—1378),最后一位法兰西籍教皇,也是在阿维尼翁执掌教权的最后一代教皇,1377年将教廷从阿维尼翁迁回罗马。

东边有一个圣多明我教堂，西边有锡耶纳的第二个精神堡垒：质地粗糙和没有装饰的圣方济各教堂，彼特罗·洛伦泽蒂认为它要表现"钉在十字架上"的构思是很感人的。教堂旁边是圣伯纳德的祈祷室，他的讲道充满了热情，也很富于幽默感，他还宣传过许多非常好的习惯，都被听众记下来了。

我回到了锡耶纳美术馆。

十四世纪中叶，锡耶纳绘画的伟大时代结束了，但是它的学派却一直延续到了十五世纪末，这就是说延续到了这个具有政治意义的城市的败落为止，像杜乔、西蒙·马提尼、安布罗焦·洛伦泽蒂这样的大师也不会再有了。但是锡耶纳绘画却一直保持了同样的风格，这种现象在佛罗伦萨绘画中是没有的。

锡耶纳美术虽然很少反映它那个时代的现实，但是它和社会生活还是有着紧密的联系。在这个城市里，没有多少像美第奇家族这样成为伟大的文艺事业保护者，但这里的人们对美术都普遍喜爱，也比别的地方更具有民主精神。最富有的呢绒商家在亲爱的萨塞塔那里定购了哥特式教堂祭坛的底座，面包师和屠夫则可以求助于玛窦·迪·乔瓦尼①，还有一个鞋匠的行会较为贫穷，见到安德阿·尼科洛②要给他们画画，就感到满意了。从十三世纪开始有为市政府的公文书画封面的习惯，这是艺术家和政府机关在工作上的良好配合，这在历史上是少见的，而且这些封面也都是一些杰出艺术家画出来的。

*十五世纪*③初就出现的艺术史上最具魅力的艺术家之一萨塞塔，他的画传遍了全世界，但在锡耶纳美术馆里，这个画家只有几幅具有代表性的画作，这些画反映了圣方济各的生平，萨塞塔非常美妙地表

---

① 玛窦·迪·乔瓦尼（1430—1495），意大利文艺复兴时期锡耶纳学校的艺术家。

② 安德阿·尼科洛，锡耶纳当时一个不太知名的画家，生卒年代不详。

③ 原文是意大利文。

现了人物的神话色彩，因为这个人本身就是一个奇迹。过去，出现的圣方济各这个贫穷骑士的画，画的是在一座城，一些天使和一些剧中人物的上面有一座塔楼，这座塔楼像是一株连根拔起的橡树，这种超现实主义的手法并没有像萨塞塔那样，将实在的东西和不可能存在的东西混在一起使人感到惊异。的确，超现实主义从萨塞塔那里学到了用艺术来表现神奇。一般来说，萨塞塔和他锡耶纳的同行都来迟了，他们并不理解文艺复兴，他们虽然进入了文艺复兴这个新世界，但也没有摈弃哥特式传统，就像杜乔的画是哥特式的，并没有脱离拜占庭传统一样。萨塞塔的画并不是一味地玩弄技艺，它表现了对那些伟大先辈们的传统的重新思考。

他画得很多，而且他经常走出锡耶纳，在外面可以不断获得新的素材，但他也不放弃旧的题材。我们这个时代的艺术史家们着重指出了他和多梅尼科·韦内齐亚诺①的联系，以及他对伟大的皮耶罗·德拉·弗朗切斯卡的影响。

他死于一四五〇年四月一日，是患肺炎死的，那时他正在画一幅壁画，这幅壁画在一九四四年以前是用来装饰罗马城门②的。他死后获得的一系列荣誉也很有启示，十九世纪末，有人曾经说他是三流画家，贝伦森还指出有许多匿名的作品就是属于他的，使人们没有忘记他。最近，阿贝托·格拉齐亚尼③又"拿走了"萨塞塔的许多画，他想绘制一幅他所假想的*德尔·奥塞尔万兹大师*④（锡耶纳附近一个修道院的名称）的图像。格拉齐亚尼就像一个天文学家，他根据计算，知道有一颗新的星星，但他并没有看见它。《圣安东尼和圣保罗相遇》是这位教师最漂亮的画之一，它画的是在一块长满了林木的丘陵地上，有一条道路从那里通过。这里首先见到的是那个小个子圣者，

---

① 多梅尼科·韦内齐亚诺（1410—1461），意大利画家。
②④ 原文是意大利文。
③ 阿贝托·格拉齐亚尼，意大利文艺复兴时期一位艺术评论家，生卒年代不详。

他背上扛着一根小棍子,走进了林子里。后来(这画的中间部分)他和浮努斯①谈话,他们都受过良好教育,说起话来肯定不那么呆板,而是处在一种友好的气氛中,最后在画的另一边,两位圣者在一个偏僻洞穴的门前亲热地拥抱起来。

萨塞塔的学生桑诺·迪·彼特罗②接过了他的画笔,在锡耶纳开设了一个最古老的画室,但他比不上老师(他的画所要表现的主题没有萨塞塔的画那么精妙,但很重感情),他是一个说笑话的能手,其笑话很吸引人,他的画在锡耶纳美术馆里也展得不错。他和萨塞塔一样,也喜欢红色,因此就不顾一切地玩弄起③这种红色来了。锡耶纳所有的画家都爱讲故事,桑诺·迪·彼特罗是这里说书人的代表,他有一幅画表现了圣母是怎么在教皇卡利克斯特三世前显圣的,这两个形象占了这幅画四分之三的画面。画家也画过赶驴的人和一些背上驮了东西的毛驴,有一只毛驴在锡耶纳玫瑰红的城门前消失不见了。画中所表现的主题很严肃,但是却有一个无疑带有喜剧性质的细节,就像有人在一次严肃的演说中小声地插进了一声逗趣的感叹④一样。

锡耶纳的*十五世纪*⑤,有一个人们最赏识的画家,他就是内罗齐奥⑥,他的画色彩柔和,线条的勾画有中国画那么细密,这恐怕是能够表现西蒙·马提尼画中线条勾画精确性的最后一个画家。

我们已经说到了锡耶纳艺术学派延续的晚期,韦基耶塔⑦和索

---

① 古罗马神话中的森林和田野之神,畜群和牧人的庇护者。
② 桑诺·迪·彼特罗(1406—1481),意大利锡耶纳画派的画家。
③⑤ 原文是意大利文。
④ 原文是德文。
⑥ 内罗齐奥·迪·巴托洛梅欧·德兰蒂(1447—1500),意大利早期文艺复兴时期的画家、雕塑家,韦基耶塔的学生。
⑦ 韦基耶塔(1410—1480),意大利文艺复兴时期锡耶纳学院的画家、雕塑家、金匠和建筑师。

多马①一起——后者的出现很突然，好像完全没有预兆——进入了已经失去了光彩的文艺复兴时期。

从美术馆中索多马的画来看，不能说他是一位大师，虽然大家知道他是达·芬奇的学生，在他的艺术生涯中也有过美好的时刻，可是他在美术馆中的画画面显得臃肿和粗俗，看起来好像得了水肿病，《圣卡捷琳娜昏迷不醒》②的笔画也很做作，给人以不堪重负的感觉，黄沙般的色调使人感到昏眩。《被绑在柱子上的基督》有一个魁伟的身躯，就像古罗马的角斗士一样，③虽然恩佐·卡尔利认为，索多马的这个作品不管怎样，是对达·芬奇的颜色变浅④和感光度最好和最明确的诠释，可是它却缺乏表现力。索多马画得很多，他也从运用青年佩鲁吉诺的技法到运用青年拉斐尔的技法作画，但应当承认，贝伦森对他的评价是没有错的："遗憾的是，他的作品总的来说，是很差的。"

我感到高兴的是，索多马本来不是锡耶纳人，他出生在伦巴第⑤，他在教皇那里获得了贵族头衔后，便住在锡耶纳，他在锡耶纳是一个官方画家。大家知道，瓦萨里是一个爱拨弄是非的人，不论是作为一个艺术家还是作为一个人，他把索多马说得很坏，说他是一个坚持颓废派绘画和诗歌风格的怪人和骗子。人们都说他有一只经过训

---

① 索多马（1477—1549），意大利文艺复兴时期画家乔瓦尼·安东尼奥·巴齐的绰号，他被认为是同性恋者。

② 卡捷琳娜因为严守教规，禁欲，平日也吃得很少，甚至经常挨饿，故身体一直很虚弱。索多马画过许多关于她的画像，有的画了她昏迷不醒的状态，表现了她因挨饿损坏了自己的身体；有的则画她对基督的信仰已到心醉神迷的程度。

③ 传说耶稣被犹太教大祭司的差役拘捕后，以"谋叛罗马罪"被送交罗马驻犹太总督彼拉多，后在阿纳什大祭司的宫殿里接受审讯，被判极刑，当天晚上，耶稣被囚禁在这个宫殿的一个地下室里，绑在一根柱子上，第二天就被钉死在十字架上。西方16、17和18世纪许多画家都画过这样的场面。索多马画耶稣此时"有一个魁伟的身躯，就像古罗马的角斗士一样"。

④ 原文是法文。

⑤ 意大利一个地区。

练的寒鸦，会说话；还有三只鹦鹉和那么多爱吵架的妻子。索多马就像锡耶纳本地人一样，他爱马，可是这个喜爱让他付出了很多，他有一幅画画的是自己站在拉斐尔近旁，好像是要过分表示自己有多大的才能。但他最后却很悲哀地在医院里结束了自己的生命，死前他以维庸①的笔调写下了自己的遗嘱。

贝卡富米是锡耶纳的最后一个画家，一看见他的画就给人一种不愉快的感觉，他本来属于锡耶纳最优秀的艺术学派，可现在只留下色彩的烟雾了，实际上这已经是锡耶纳共和国历史的末期，母狼城的文明就像一个岛屿一样，已经沉下去了。贝卡富米用钥匙关闭了锡耶纳画室的大门，然后他把这条钥匙扔进了时间的深渊里。

我离开了这座城市，*每天都有人在这里散步*②，但我却忘不了那些在过去那么多世纪死去的画家，我这时突然想起了洛伦泽蒂在*共和国宫*③一幅壁画中的一个形象，这是一个女人，穿一身白衣，悠闲自在地坐着，这个形象是用一根线条勾画出来的，她是和平的象征，很引人注目。我在别的地方是不是也见过这样的女人像？是的，在亨利·马蒂斯④的画中见过。他是不是锡耶纳最后一个画家？

我讲的是画，但是我也想到了诗，锡耶纳学派给它的后代提供了一个范例，就是在施展个人才能的时候，不要忘记过去，艾略特⑤在分析传统意义时提到过这一点，传统不仅在理论上和我们有联系，而且我们的学院派还对它进行过研究。

"对它是没法继承的，谁需要它，就得对它下大力进行研究。首

---

① 弗朗索瓦·维庸（约1431—1474），法国中世纪后期著名的抒情诗人，代表作有《小遗言集》、《大遗言集》。
② 原文是意大利文。
③ 原文是法文。
④ 亨利·马蒂斯（1869—1954），法国画家，野兽派创始人。
⑤ 托马斯·斯特恩斯·艾略特（1888—1965），英国诗人、剧作家和评论家。1948年，"因为他对当代诗歌做出的卓越贡献和所起的先锋作用"而获诺贝尔文学奖。

先要有一种历史感,一个人过了二十五岁还想成为一个诗人,他就要有这种历史感。历史感意味着不仅要看到过去的过去,而且还要看到现在的过去;有历史感的诗人不仅要用自己这一代人的血来写诗,而且要意识到从荷马开始的欧洲文学是一个整体,他所在的那个国家的文学也包括在这个整体中,和这个整体同时存在,形成同一个时代的秩序。"还有"一个艺术家不论在哪个领域都不能说他占有了一切,他占多少,他的艺术能有多少得到承认,都是和那些死去的诗人和艺术比较而言的。因此对他的评价不能脱离历史,要把他放在历史中,和那些已经死去的艺术家作一个比较"。

  一家小馆子①挤满了一群来这里的常客,他们在一面挂钟下的一张桌子上拿了餐巾纸后,便相伴坐了下来,以他们对美食的熟知和一代又一代传下来的越来越大的胃口,开始一边吃*面条*②,一边喝葡萄酒,闲聊或者玩纸牌和骨牌。他们的谈话兴头很大,意大利语大概是一种惊叹语最多的语言,那些*听啊,说啊,大声点*③的连续不断的喊叫声像鞭炮一样地响着,我想,这里是在说帕里若④,一个礼拜后会有一块帕里若。

  这是一块画了画的绸布的名称,每年六月二日和八月十六日,这里都要举行环绕*田地*⑤广场一周的赛马,为此市内的三个城区,即奇塔、桑马蒂诺和卡莫利亚城区都要派出自己的骑手,胜利者将获得一块帕里若。在这个时候,这个城市就像上演了一出场面很大的历史剧一样,切斯特顿⑥也很欣赏这种比赛,它本来是中世纪一个军事机构举行的一种活动,传到了今天。这个军事机构在城里建了十七个小的区域组织,每一个组织都有它的统领、教堂、旗帜和徽章。这样的竞赛每年

---

①②③⑤ 原文是意大利文。

④ 绸布名称,当地一种为表示对圣母玛利亚的崇拜而举行的赛马比赛的胜利者的奖品。

⑥ 吉尔伯特·基思·切斯特顿(1874—1936),英国作家、评论家和科学家。

要举行两次——非常认真——不仅是为了给旅游者观赏,而且本地居民对此也有很大的热情。因此在这个时候,就有人押宝,看谁能获胜,或者玩弄各种阴谋诡计,使某某人能够获胜。这种比赛真是多姿多彩,人和马混在一起,到处都可听到喧哗声,一片混乱。是的,历史在这里留下了它穿过的衣服,战争变成了一群骑手环绕市场的赛马。

我请店主给我送来上好的葡萄酒,他马上给我拿来了他去年在自己葡萄园里种植的葡萄酿制出来的基安蒂葡萄酒。他说,他的家族建这个葡萄园已有四百年历史了,他拿来的这种基安蒂是锡耶纳最好的葡萄酒。他现在站在他夫人的身后,看我怎么来饮用这种珍贵的饮料。

要把酒杯斜放在手中,看那饮料是怎么顺着酒杯的玻璃壁流出来的,流完后是不是还留下一点痕迹;然后再把酒杯放在你的眼前,这样你的眼睛会被那些流动的红宝石所迷惑,正像一个法国美食家说的那样。然后你再想一想,中国那些海中的珊瑚和海藻是如何长成的;再后便把酒杯口靠近你的下嘴唇,就会闻到*香菜*①——一种紫罗兰的香味,这说明此葡萄酒质地纯正。再把这种气味吸到你的肺里,它就是葡萄和泥土的芳香,最后用嘴巴喝一小口——不要性急——用舌头在软颚下仔细地尝尝这种像麂皮一样的味道。

我对店主笑着表示基安蒂很不错,他的头上马上闪现了一道高兴和自豪的光芒,生活是美好的,人们都很善良。

第二道菜我要了*俾斯麦式的牛排*②,这是一种含纤维的东西,这么多年都吃过,一点也不奇怪。

这是我在锡耶纳的最后一晚,我要去*田地*③广场,往封特加亚喷水池里扔几个里拉④,讲句老实话,我已经没有更多的机会能够再次到这里来了。然后我对*共和国宫*⑤和马奇亚塔说:*再见,祝福锡耶*

---

① ② ⑤ 原文是意大利文。
③ 原文是法文。
④ 货币单位。意大利、梵蒂冈、圣马力诺等国曾用,已被欧元取代。

纳，永远的祝福！①（除了对它们，我还能对谁说呢？）

我回到"三个小女孩"旅馆，我真想叫醒那个打扫房间的女工，告诉她：我在这里住得很好，明天就要走了。如果我不敢这么说，我就会说我很幸运，但是我不知道，她能不能听懂我的意思。

我抄了几句翁加雷蒂②的诗，把它放在床上，这是一种很适合的告别方式：

> 我又看见了你说起话来很慢的嘴巴，
> 晚上它出现在大海的对面。
> 你的马在奄奄一息中倒下，
> 可是我在我会唱歌的肩膀上，
> 看见我的梦想成了现实，
> 于是又出现新的繁花似锦的景象，
> 又有人死去了。

> 可恶的孤独，
> 每个爱孤独的人都知道
> 它是一座巨型坟墓，
> 把我和你永远地隔开了。

> 可是那可爱的孤独却消失在
> 远方的镜子里。

---

① 原文是意大利文。
② 朱塞培·翁加雷蒂（1888—1970），意大利现代主义诗人、记者、散文家、批评家。

主教堂的石头

火车午夜前到了*巴黎北站*①。在车站出口，一个个子矮小的人走过来，给我介绍了一家旅馆，可是我在巴黎的第一个晚上，躺在这家旅馆的一张床上，却感到是在亵渎神明。我想，这个给我介绍旅馆的人红黄色的皮肤，本身就值得怀疑，*这里有鬼*②。于是我把箱子放在储藏室里，然后查看了一下法波词典和《欧洲旅游指南》（这本旅游指南是经利沃夫旅游学院俱乐部校阅和补充，于一九〇九年出的第二版），便到城里去了。

这本书是我从父辈的图书馆借来的，对我发现巴黎的秘密具有无可估量的价值。它出版的时候，巴黎城里还行驶着三驾马车，在*绞刑架街*③上还有一个波兰旅店，这也增添了那里的色彩。皮奥罗夫人当时也在这里开展过慈善活动，一八六二年，这里还成立了一个饥饿和面包研究所，查姆伊斯基任所长④。有关文化的信息在指南中虽然不多，但是内容丰富，例如巴黎有很多剧院，但是票价很贵，而且男性观众不准和女士们一起去坐楼座。在介绍博物馆和陈列馆的那一部分中又说，最值得参观的是*下水道*⑤，在市政厅还可以免费拿到参观

---

①②③ 原文是法文。

④ 瓦迪斯瓦夫·查姆伊斯基（1803—1868），波兰爱国者，参加过 1831 年 11 月爆发的波兰抗俄民族起义，起义失败后流亡国外，进行各种政治活动，曾是代表波兰贵族利益的"朗贝尔旅馆派"领导人。

⑤ 原文是法文。巴黎的下水道在古代就开始建造，工程宏伟，据说它的管道总长度有几百公里，这里是说旅游者可以去参观一下这个值得纪念的地下宏伟工程。

这个博物馆的门票。此外，最不可思议的，是有人建议我去参观巴黎圣母院旁边一个很*特殊的地方*①，这里"展示的是一些不知名的死者的尸体（把它们冷冻了，可以保存三个月）"。

我走在面前的塞瓦斯托波尔林荫道上，见到那些活动的人们、行驶的车辆和闪亮的灯光，已是心醉神迷。不管怎样，我一定要去塞纳河那边看看，一些从外省来的有经验的人告诉我河那边很安静。因此我过了一道桥后，便来到了西代②，这里的确很静，但也很阴暗，下起了雨。然后我又从*巴黎裁判所的附属监狱*③旁边走过，这也是一栋很暗的房子，就像给维克多·雨果的作品画的一幅插图一样。最后我来到了一个广场上，它和灯光照得很亮的巴黎圣母院面对面。这就是我看到的一切，我不会写关于保罗·瓦勒里④的著作，但我知道回去之后，我如果不知道现在法国最时髦的诗人是谁，会使我的文学同行不高兴的。

我住在圣路易岛上一个主教堂的附近，但是过了几天，我便利用我得到的几张礼拜天优待的参观券，又到沙特尔去了，作为一个喜爱哥特式艺术风格的人，我是命里注定要到那里去的。我要利用所有的机会，实现我参观法国所有主教堂这个简直是疯狂的计划。这个计划当然不可能全部实现，但是我在桑利、图尔、努瓦永、拉昂、里昂、马恩河畔沙隆、兰斯、鲁昂、博韦、亚眠和布尔日⑤这些地方参观了其中一些最重要的主教堂。这次出征完了之后，我好像又从山里回到了巴黎，然后我又来到了圣女日南斐法山⑥上的一个图书馆里，埋头

---

① 原文是法文。
② 巴黎市内的一个地方。
③ 原文是法文，指中世纪的巴黎宗教裁判所。
④ 保罗·瓦勒里（1871—1945），法国诗人、文艺评论家、批评家。
⑤ 这些都是法国的地名。
⑥ 在巴黎塞纳河左岸的一座山丘。山顶有圣女日南斐法图书馆。公元5世纪，平民出身的女日南斐法（419—512）曾率领巴黎市民抵御外来侵略者，她死后就葬在这座山上，这座山因此叫圣女日南斐法山，她则被尊称为巴黎的保护神。

于书本之中，我在这里起初找到了一些说明什么是哥特式的定义，但是这些说明都很幼稚；还有什么是哥特式的结构、哥特式的象征意义和形而上学，一个严肃的学者对这些是不会作出单一回答的。

这篇游记的构思我在沙特尔已经形成，当时我站在一条叫新钟楼①的石头走廊里，走廊的顶上画着一些云团，像在飞一样，脚底下有一块很大的砂岩，上面长满了苔藓，还有一根拔出来的箭头，这是建筑工人当年留下的遗物。其实这篇游记不用写教堂里那些能够变幻色彩的玻璃，它像一首现代歌曲，唱起来可以模仿寂静，引起人们神秘的遐想，想想那些世纪的漩涡是怎么形成的？这块石头是怎么搬到这里的山中来的？再想想那些工人、建筑工人、石匠和建筑师，他们在建起这座主教堂的时候，用的是什么材料和工具，采用了什么方法，他们当时挣了多少钱？但不要管他们心里是怎么想的。这是一种小心谨慎的做法，就像让一个会计师谈哥特式一样，他是外行，不得不谦虚一点；中世纪教导我们要谦逊。

多少世纪以来，哥特式都遭受了屈辱，它的作用就像艺术史上几乎所有伟大的艺术风格一样，被小看了。人们不理解它，甚至仇视它。评论家们不断地嘲讽它，就像拿破仑的士兵嘲弄狮身人面像那样。看到这些疯狂的建筑物，他们的假发都要竖起来了，"到处都是窗口、玫瑰花式的雕塑和尖顶，一块块石板就像硬纸板一样被剪开了，所有的东西都有窟窿眼，所有的东西都悬在空中"。

实际上，对这一切的笔墨官司并没有打完，拿破仑第三毫不费力就在巴黎毁掉了几十座哥特式的教堂；实际上，在十九世纪初就有把它们拆掉的计划。人们最关心的，是以最小的付出来消除"这些杰作难消化的味道"。早在十八世纪，就毁掉过一座最漂亮的教堂，它就是圣尼卡齐乌斯教堂，此外还有康布雷②教堂和别的一些教堂，都被

---

① 原文是法文。
② 地名，在法国。

毁掉了。对"已设计好的风格"也毫不怜惜，一位渊博的学者德·若古骑士①说它"反复无常，一点也不显得高贵，毒化了艺术"。

从十一世纪到十四世纪，这三个世纪在法国，曾经开发出数百万吨的石料，比古埃及这个以巨型建筑闻名于世的国家开发的石料还多。这一时期，在法国也建起了八十个主教堂和五百个普通教堂，这好像是人们亲手筑起的一条山脉。

在一本书中，我发现了一幅画了一个古希腊神庙正面的插图，这个古希腊神庙表面上看，就是一个哥特式主教堂正面突出的那一部分。从这幅画的制作可以得出一个结论：古希腊的许多卫城②就像装在箱子里一样，都装在亚眠或者兰斯的教堂里了。但是这也不能说明更多的问题，特别是就如何看待不同时期宗教建筑物的职能问题，它什么也说明不了。古代的*神庙*③是神的住所，而主教堂则是信徒的住所，永生不灭的神总是比信它的人少些。

一些大的主教堂所占面积有四五千平方米，可以容纳它所在的全城居民，也包括城里的流动人口。这样的建筑需要投入巨额资金，因此在财政上就得有很大的支出。

可是任何一件考古文物都证明不了，为了这些巨大的工程，能够制定这么大的预算和筹集这么多的资金。中世纪制定计划有一个很好的标准，就是根据实施能力的大小。最初，由于教徒们热情很高，募集了很多资金，因为对他们来说，建立主教堂也是这个地方爱国主义的表现，但后来就不一样了。

这说明，为什么采取同样的风格，并且能够一次建成的主教堂并不很多。我们还要说的是，一个人即便是有国家元首能够掌握的资

---

① 原文是法文。
② 古希腊城市设防的那一部分。
③ 原文是拉丁文。

金，为此也不够花的。在十三世纪，为了永远保持教会在社会上的巨大影响，教皇要求每个教堂把它收入的四分之一用于建立新的教堂，但这并不是都做到了，因此有些国王如扬·捷斯基①就命令他的朝廷所属的银矿也拿出钱来，支持教堂的修建，一些地方行政单位也不落后。一二九二年，在奥尔维耶托还列出了一些公民的名单，按照这些人财产的多少收税，用来盖起了主教堂②。一些为筹建米兰主教堂而出了财物的人的很有趣的登记表也保存了下来，其中包括所有行业和社会阶层的人，连一些伤风败俗的女人也不例外。他们经常拿出来的是一些实物，例如塞浦路斯女王给一个意大利主教堂献出了一块非常漂亮的用金丝线织的布料。勇于捐献的热情还引起过一些家庭纠纷，例如一个意大利的公民就曾要求他的妻子归还他已献给一个教堂建设的一些金制扣子。当时在一些教堂的大门旁，还开设了许多大商店，这里可以买到教徒献出的所有东西，从贵重的珠宝到母鸡，什么都有。

一些热心公益事业的人为了修建教堂，甚至跑到很远的国家去筹集资金。西多会为了修建锡尔万的修道院，还请求过君士坦丁大帝、西西里的国王和香槟的大公援助。一些教徒还成立了兄弟会，目的也是为一些已经开工的教堂建筑争取物质援助。有各种各样的兄弟会，其中大概以克桑滕③的"玩地滚球游戏的兄弟会"（大概可以把这句法语翻译成*玩球人的行会*④吧）最有特色。并不是什么人都可以成为兄弟会的成员，玩地滚球游戏的兄弟会会员中就有一个主教。也不能

---

① 扬·捷斯基（1295—1346），即约翰·万·卢森堡，为德意志国王、神圣罗马帝国皇帝、亨利七世（约1275—1313）的儿子。他父亲亨利七世原为卢森堡伯爵，即位后又开创了卢森堡王朝；1310 年，他将兼领的捷克王位让给儿子约翰。约翰因为当过捷克国王，所以有了一个捷克的名字"扬·捷斯基"，他还当过波兰国王。

② 原文是意大利文。
③ 地名，在德国。
④ 原文是法文。

忽视出卖精神价值的收入,例如在教堂里进行忏悔、获得它的赦免也是要付钱的,克桑滕的圣维克多天主教堂的这笔收入就曾抵补它在一四八七年三分之一的支出,米兰人在一三九七年用五百弗罗林就从教皇那里买了"一个慷慨的宽容"①。

募捐,特别是去那些远离教堂的建筑工地募捐,也是一次到那些地方的参观和旅游,而且总要带着一些圣人死后留下的纪念品,这对于每一个被参观的城市来说,都是盛大的节日。教堂里一些小型的彩画将这个场面画得很清楚:那些来这里募捐的人的队伍带着纪念品在信教的人群中走过,他们都跪在路边上,患病者都伸出了手,母亲带着孩子也往前挤去,希望能够触摸到那些神圣的纪念品。

教会反对教徒对这些圣物的崇拜,后来薄伽丘还对这些圣物进行了讽刺,拉特朗②主教堂在一二一六年甚至规定没有特别许可,不准对它们表示崇拜。但奇怪的是,一些财务管理人员却大胆地提出了异议。一一一二年,拉昂的主教堂被大火严重烧毁后,有七个神甫拿走了一些在这里救出来的圣物,其中有圣母穿过的衬衫留下的一块被磨破了的布,一块用来润湿一下钉在十字架上的耶稣的身子的海绵和十字架上的一块木片。这些朝圣者们到过法国的许多城市,他们募集的款项正像人们所说的那样,已经够盖一座教堂了。但遗憾的是,这些钱拿回来后花得太快,因此他们又不得不开始一次新的远征。他们这种远征的历史可以构成一部历史小说的主要情节,那一定是很吸引人的,因为他们的旅行要走海路,一路上会遇到盗贼、海盗和阴险狡诈的佛拉芒人。这些虔诚的旅行者们经历了七个月的流浪,有过许多奇遇,又胜利地归来了,他们募集的款项使这座主教堂不到一年就可以建成了。但在法国,并不是所有的地方都能够和这里一样,顺利地解决修建教堂收支平衡的问题,在一些相关报告中,我们经常可以看到这

---

① 原文是拉丁文。
② 拉特朗,1308年前原为罗马教皇驻地,中世纪在罗马有五座拉特朗主教堂。

样令人悲伤的结论:"在建筑工地上,什么也干不成,因为没有钱。"

还有一个很大的问题需要主教堂的建设者们解决,这就是运输。它使用的工具从古希腊罗马到中世纪的欧洲,一直没有变,也就是说不是走水路,就是用骡子和马拉的车走陆路。即便采石场距离建筑工地只有几十公里,像在沙特尔那样,一辆马车每天也只能运一千五百公斤的石头,约一个立方米的石头,数量不多。

有一句法国的谚语说得好:"一座城堡只盖了一半就毁掉了。"在修建哥特式主教堂时,不只一块石料取自于用于防卫的古城墙和古罗马帝国的建筑物。为了盖一座巨大的圣阿尔班神庙①,连古代的维鲁拉米恩②城的残余部分都撤掉了,这样的例子是举不完的。编年史上提到过一些新发现的采石场,这当然很好,如在蓬图瓦兹③,用那里开采出来的石料就建成了圣德尼主教堂,但并不常有这样的发现,古时候在莱茵河、罗纳河和阿诺河上,都运送过用于修建神庙的圆柱以及玫瑰红和白色的大理石,强大和傲视一切的威尼斯曾经派遣自己的船队到西西里、雅典、君士坦丁堡、小亚细亚甚至非洲去寻找修建圣马可大教堂的建筑材料。

这些运输要多少费用?如果要到几十公里或者更远一点的地方去取材,那么这种材料的价格就要上涨四倍到五倍。在卡昂④的一些采石场里,一块石料值一英镑六先令八便士,如果要把它运去盖诺里

---

① 圣阿尔班,大概活动在3世纪,传说在不列颠维鲁拉米恩。他是第一个在不列颠岛上被害的基督徒。据史学家贝德记载,阿尔班在罗马军队服役,曾保护一个逃亡的教士,并在这位教士的感召下信了基督教。他和这位教士互换服装,替他殉教,此事发生在304年,又说发生在254年或209年前后。429年,在他的基地上建立了教堂,周围地区后来发展为市镇,名圣阿尔班斯(又译圣奥尔本斯)。

② 维鲁拉米恩,古罗马帝国统治时期的英国小镇。

③ 地名,在法国北部。

④ 地名,又译冈城,法国北部城市。

奇①的主教堂，那它的价钱就会涨到四英镑八先令和八便士了。这么一算，许多教堂修建所需的费用如果没有运输负担的话，会少一半，因此拆掉过去的建筑物并不是一种盲目和粗野的举动，从经济上考虑，这是完全必要的。人们也很早就懂得，还有一种能够减少运输费用的办法，就是要求采石场提供成品，这样的建材要比那些呈原始状态没固定形状的石头轻些，把它们运到建筑工地上去就容易些。于是石匠和工头们都来到了采石场，在建筑师的指挥下，首先对石料进行加工。这种办法越来越得到推广，后来在英国甚至成立了一些公司，专为房屋建筑提供现成的构件甚至雕塑。

还有一种最原始的运输方法也很值得注意，除了中世纪外大概任何时候也没有见过，这就是一些信徒自愿报名，要用他们的肩膀去扛那些建材，例如一些朝圣者来到德孔波斯特拉②著名的圣雅各教堂以前，每个人都要在特里亚卡斯特拉③这个地方拿一块石灰岩，把它搬到卡斯塔内达去，那里有一些石灰窑，可以把它们烧熟。沙特尔有个修道院的院长在一一四五年还写过一封信，常常被人引用，信中说有一群出身于不同阶层的男人和女人（一些持批评态度的报道者认为这是一种夸大的说法），是怎么拉着"一些装满了葡萄酒、小麦、石头、树干以及他们生活中和建教堂所需的物品的车子"。几千人就是这样默不作声地往前走去，到了目的地后，他们唱起了赞美诗，对自己的罪过表示忏悔，有许多文学作品也描写过信徒们的这些自愿活动。在修建维兹莱④的主教堂时，吉拉·德·鲁西庸公爵的妻子在新婚之夜离开了丈夫，公爵因为怀疑她，对她进行了跟踪。

---

① 地名，在英国。
② 圣地亚哥—德孔波斯特拉，西班牙加利西亚自治区首府，相传耶稣十二门徒之一的雅各安葬于此，是天主教朝圣胜地之一。
③ 地名，西班牙加利西亚自治区卢戈省的一个市镇。
④ 地名，在法国。

> *可他看到了从远处来的一个妇人和她的长辈,*
> *还有她最亲密的贞洁姑娘,*
> *如果她们不能使劲地爬上去,*
> *那是因为她们身上都背着沙子和沙砾。*①

要认真研究这些美好的故事是如何产生的,它们定会造成一种气氛、一种社会潮流,使许多大教堂都奇迹般地修建起来,但是这能不能使建筑结构的设计也得到改进呢?一些严肃的研究家对此表示怀疑,他们认为,这些民兵虽然有很高的热情,但他们在完成这项伟大工程的会战中,却不能保证它能否取得胜利。

各种各样的建材运到工地上后,有关它们的报道就没完没了了,这些报道并未采取年度报告的形式,而是让参观者亲眼看到用这些材料制作了多少彩绘的玻璃窗、小型彩画和木刻或铜雕等,特别是中世纪人们喜爱的以巴别塔②为题材的艺术品,提供了很多宝贵的启示。

工人们虽然用肩扛石料和灰浆,或者用简陋的滑车把它们都运过来了,但因为主教堂周边要盖的各种房舍非常密集,古时候用过的立足于地面、相当于建筑物楼层同等高度的木制台架在这里就摆不下啦!因此,这里所用的脚手架并没有放在建筑物的基地上,而是像一栋房子里的燕子窝一样,把它高悬在空中,看起来令人头昏脑涨。在一些围墙的顶上可以看见那里安装了一些原始吊车,石料都是按照事先画好的一条标准线摆放的,这条线到下面就画成了一个圆盖筒的形状,就像乡下的水井一样。工地上也使用过很大的轮子,由工人们用脚来踢着它走,在建阿尔萨斯③教堂和英国的一些主教堂时,都使用

---

① 这几句话原文是法文。
② 巴别塔,巴别在希伯来语中有"变乱"之意。据《圣经·旧约》"创世记"第 11 章记载,当时人类联合起来兴建希望塔顶通天能传扬美名的高塔。为了阻止人类的计划,上帝让人类说不同语言,相互不能沟通,计划因此失败,人类从此各散东西。
③ 地名,在法国。

过这样一些简单的器械。情况表明，在中世纪除了以上这些东西，并未发明比它们更能减轻人力付出的工具，更没有可以取而代之的。哥特式主教堂是名副其实的手工之作。

工地上使用的一些小工具也很简单：用来把岩石切成块状的锯子，各种各样的锤子，有的很钝，有的很尖，还有灰抹子。此外还有一些测量工具：三角架、量角器和直尺等。人们对何时有了锐利的钻子，有不同的看法，也可能在十四世纪初就有了。建筑主教堂使用的工具和建古希腊城市卫城使用的工具，没有多大的不同。

但这不是不能加快建筑速度的主要原因，因为还有筹集资金和运输等因素，这些都是一些巨大工程的薄弱环节，所以沙特尔的主教堂建了五十年，亚眠的建了六十年，巴黎圣母院建了八十年，兰斯的主教堂建了九十年，布尔日的建了一百年，几乎所有哥特式主教堂的修建还没有完工，那些做梦都想看到它们的塔楼能够直上云霄的人都不在世了。

比利时著名的研究中世纪史的史学家亨利·皮雷纳将十一世纪和十二世纪欧洲社会的变化和十九世纪中叶美洲的社会状况做了比较，他认为哥特式主教堂的修建是离不开城市的发展和经济结构的转变的。土地已不是创造财富的唯一源泉，动产价值的提升，商贸的发展和银行的建立都是这种转变的表现。

教会看不惯这些人不是通过自己的体力劳动，也不是由于自己的出身，而是用知识挣得了大量的财产。他们有了钱不干别的，要把其中的一部分用于实现他们崇高的目的。教会认为他们这么做虽然在某种程度上是正确的，但可以大胆地说：这个资产阶级所以能够建成这些哥特式的建筑物，都是由于他们昧着良心的努力。

这些建筑物是值得骄傲的，它们远看象征着一种强大的力量，这里也是普通老百姓活动和聚会的地方。一个中世纪的人总是把教堂当成自己的家，他经常在那里吃饭、睡觉，在那里聊天，说起话来声音很大。由于教堂里没有摆上条凳，人们可以自由地行走，天阴下雨时还可以在那里避雨。教会有禁令，不准在教堂里开非宗教的会议。到处都是这样，如在许多有主教堂或普通教堂的城市里，连市政厅都没有建，这是为了节省。教堂里带绘画的玻璃不仅颂扬了一些圣者的生平和事业，它们还为商人、木匠和鞋匠做霓虹灯的广告，因为除了大人物，也要顾及一些小人物。大家知道，建设者总是尽心竭力，要把这些花了钱制作的带画玻璃放在最好的位置上，使来到这里的每一位顾客都看得很清楚。

还有一个情况值得注意，就是一些国王和大公不仅对主教堂的修建起了很大的促进作用，而且他们在很大程度上都亲自参与了它们的建造。但是在修建像圣十字礼拜堂①或者伦敦威斯敏斯特教堂这样纯粹是皇家的教堂时，国王们却只给一些资金上的补贴，他们很少去察看工程的进展，有时候只派一个朝廷里的建筑师去验收一下就完了。

在英国、法国和德国，经常关心教堂的建筑采取什么形式和它的命运的，是主教和神甫；在意大利，一些地方的行政机构对这也很关心。絮热神甫②就是他们中的代表和模范，他把全部精力、时间和才能都献给了一个主教堂的修建。可以想象，他当年是怎样和一些镀金匠及画家们进行讨论，决定在玻璃窗上画什么样的人像。他还经常爬到脚手架上，或者带领工人们去森林里，寻找工程需要的大而坚实的木头。由于他的努力，圣德尼教堂的修建只用了三年零三个月，这个速度的记录后来许多世纪都未能打破。除了絮热外，还有一些教堂的建造也有这样的热心人，如苏利对巴黎圣母院，埃瓦特·德·富尤瓦

---

① 原文是法文。
② 絮热（1081—1151），法国隐修院院长。曾任法国路易六世及七世的顾问。主管圣坦尼教堂的重建工作，有助于哥特式建筑的发展。

主教对亚眠主教堂和戈特尔·德·莫尔塔里对欧塞尔①主教堂的修建，都是这样。

但即使一个人再有热情和能力，也不可能对这么大的工程进度进行永不止歇的监督，在这种情况下，就一定要有一些类似企业的管理机构，这些机构的产生在每个国家都有不同的命名，如*制造、作品、工作*②等，它们要对这么一个复杂的工程进行管理和资金核算，监督必要的收支，安排技师和工人们的生活和工作，保证计划的完成。神甫会能够派一个或者几个神职人员作为他们的代表，这些人至今都叫*生产管理、工程管理，技术管理*③，从这些名称来看，他们并不是技师，而是一些行政管理人员。实际上，行政管理机构本身就得有一些专职的部门，在法国，*制造*④包括资金，建筑这个词的意思是*作品*⑤。有时候，这些新的行政机构享有很大的独立自主权，其中以意大利的行政机构享有的这种权利最大，那里的地方行政机关能够决定整个主教堂的修建事宜。

我们来看看那些在建筑工地上干活的人是怎样的吧！其实那里已经形成了一个微型的等级社会，在这个社会底层，我们看到的是工人，一些小型彩画画的是这些人扛着石头或者用扁担挑着灰浆走在一层层的阶梯上，或者不慌不忙地转动着升降机的轮子。这些人原来大都是一些逃亡的农奴或者一些农家子弟，他们来到城里是想获得面包和自由。他们没有专门的技能，他们干的活也是最重的，如挖地基，有时候要挖十米深，还有就是运建筑材料。但他们年轻，动作灵活，还是有希望提升的：也许有一天，有人接过了他们肩上的重担，他们就会爬到建筑物的顶层上去铺石头。经济收入在这里起很重要的作

---

① 地名，在法国。
②④⑤ 原文是法文。
③ 这些名称的原文都是拉丁文。

用，搬运石头和使铁锹铲土的工人每天可挣七个第纳尔①，但是一个泥瓦匠，一天能挣二十二个第纳尔。

可是有人却对这些自愿来参加建设的人表示厌恶，这是否令人感到有些奇怪？其实雷诺·德·蒙特邦是想通过参加重体力劳动来赎他的罪过，他已被尊为圣者了。有一首称为《爱蒙四子》②的武功歌③说他每天晚上，当别的工人都领到了自己该领的那一份工钱的时候，他只要了一个第纳尔。你们不要以为，他活儿干得不好，相反，他扛起东西来一个人顶三个。一些技工为此还有过争议，说他是不是在帮别的人？大家都称他为"圣彼得的工人"，但是过了八天，和他一起在这里干活的工人都感到绝望了，他们便用一个很重的铁锤在他的后脑勺上猛击了一锤，把他打死后，将他的尸体抛到了莱茵河里。从这个血的故事可以得出一个重要的结论，没有专业技能的工人数量很多，为了找到工作，争斗非常激烈。在工地上干活的人中，有专业技能的人的数量和没有专业技能的数量是一比三，或者一比四，甚至更大。雷姆奇的神甫们斥责那些来到工地不是为了敬神而是想要挣钱的人，要工钱④，对我们来说，这并不奇怪。

从事情的表面看，好像在工人的群体和技工们之间存在一条不可逾越的鸿沟，但事实上并不是这样，因为修建哥特式主教堂是一次大的即兴创作，要求参加修建的各方面都很好地配合。即便说到建材的利用也是这样，石匠们在下面把石料削平之后，要把它放在一个固定的地方，因为它不像砖那样可以用别的东西替代，它是不能替代的。收支表上的列项，并不是按照工人工资的多少，那里面要说明的，都是一些什么样的劳动组合，这个我们看得很清楚。在一个技工的旁边有他的一些帮工，被称为奴仆、伙伴或者仆人⑤，这些帮工也要学手艺，就是像调和灰浆这样的手艺也要学。在斯泰凡·布克洛列出的技

---

① 古代阿拉伯的金币。
②③④⑤ 原文是法文。

工名单中，粉刷工也算在内。

技工和各种各样的技师都属于高一级的群体，他们的活儿是对木头、石料、铅和铁的建筑材料进行加工、这是真正的建筑设计师。技工们有一个专门的职务，就是给建筑物铺设石料，有一个英文术语说得好，即他们都是*一些镶嵌者或铺设者*①，至于教堂的拱门能不能抗得住顶上的压力，拱顶会不会破损，就看这些技工的手艺了。大教堂里的彩绘玻璃画了他们拿着灰抹子、水平尺和一根深色的绳子去量那根垂直线是不是很直。因为他们冬天在领到工资后离开了工地，在登记簿上没有留下他们的名字，但他们在围墙的顶上却留下了稻草和一些干树枝，可以为围墙防冻和防潮。

可是我们对那些在采石场干活的人几乎一无所知，有关他们的记载也很少。斯泰凡·布克洛定的章程没有一处提到过他们，他们是在最艰苦的条件下干活，但给他们的酬劳却是最差的。他们都是些参加过教会十字军东征的无名战士，如果不是他们在潮湿和阴暗的地底下艰苦地劳动，如果不是他们把岩石变成了主教堂，那么今天，我们不能想象会有这么令人赞叹的宝物。

采石场的开采常常是在为主教堂的修建打地基之前就开始了，八个采石工一起在工头的带领下干活，这个工头的工资比工人要多得多，此外他还可为加工每一块石料领到计件工资。根据一些关于一个属于柴郡②的国王谷里的西多会修道院的采石场报道，工人在这里干活，是干得很快的，每一刻钟就有一车石料从这里运出去。

瓦尔特·德·切尔弗德这个国王谷的工头，一二七七年曾经想在这里为采石工们盖一个工棚，可他当时肯定没有想到，因为这个被称为"法兰西的包厢"的想法，他将来在政坛上会因此而飞黄腾达。

---

① 原文是英文。
② 地名，在英国。

现在他要让那些加工石料、准备用于雕塑的工人有一个安乐窝，起初他的想法也很实际，因为他们可以在那里吃饭，在那里避暑和御寒。但是他们并没有住在那里，可以肯定的是，那个石匠们的工棚（我们知道，这是第一个工棚，它是用一千四百块木板钉起来的，因此不大，而且中间的摆设也很简单）后来成了讨论职业的地方。还有一个文献记载，曾经提到一个主教的卫士对这种事的发生进行过武力干涉，他不准对那些石匠表示关心。这倒不是发生在英国，而是发生在法国，是在修建巴黎圣母院时发生的，因为建工棚的习惯很快就普及到了所有的国家。

在凡·爱克①一幅介绍圣巴尔巴拉这个建筑工的保护人事迹的画上，那个包厢，也就是我们所说的工棚在那个巨大的神庙跟前，就像一个鸟笼子，最多也只能容纳二十个手艺人。这些人真正是遨游四方的飞鸟，那些日子他们没有护照，却游过了芒什运河，也渡过了莱茵河，甚至还随东征的十字军一起到过巴勒斯坦。他们还遇到过像埃蒂安·德·勃纳耶这样的建筑师，他要去乌普萨拉②建一座主教堂，把他们也带去了。这些手艺人到处奔跑不只是为了猎奇，也是为了寻找更好的工作，有时候，他们也是为了逃避那些强迫的劳动。因为在英国，有个国王曾经通过一些郡长强行征集一些石匠和技工，去远离家乡几百公里的地方修建城堡，而且没有时间限制，但作为主教堂建设者的手艺人却是自由的。

那些在石料工地上干活的人都有一个法文名称，叫*开凿石头的人*③，其中除了切削石料的工人之外，也包括那些制作哥特式教堂里的雕花圆窗、拱门和拱顶，甚至负责雕塑的技师。在一些哥特式建筑

---

① 此处应指扬·凡·爱克（约1385/1390—1441），早期尼德兰画派最伟大的画家之一，也是15世纪北欧后哥特式绘画的创始人。
② 地名，在瑞典。
③ 原文是法文。

工程的进行中有一个秘密，或者说发生过一件我们不能理解的事，这就是那些雕塑匠并不被看成艺术家，他们的名字都埋没在那些不知名的石匠群中了，这些石匠也要听从建筑师和神甫的驱使。公元七八七年在尼斯盖起的一座大教堂，说明它作为一个艺术品的制作是艺术家掌管的事，但是教堂内部采取一个什么样的结构（用今天的话来说，就是作品的内容）就得由神甫们来议决了。这一切并不是表面文章，因为在一三〇六年，雕塑家泰德曼为伦敦的一个教堂雕的一个基督像被认为不合传统，不得不撤回来，而且有关方面还要回了原先支付给这个雕塑家的工钱。

用来说明各种手艺的工种的术语也很少，有的术语还是错的。它们的制定并不是根据其所指工种的性质，而是根据这些工种干活的实际情况。例如有一个英语术语采石工①是指那些给沉重的大石头加工的技师，如在肯特伯爵的领地里干活的那些技师。与此不同的是，还有一些给较为平整圆润用于雕塑的石头加工的技师，他们叫*易切石石匠*②（后来简称*自由石匠*③），因此也有了法文名称*共济会*④，这个名称在中世纪还没有，但它却和十八世纪产生的一个做投机买卖的共济会有联系。如果我们来到沙特尔的王宫正门前，我们很容易就会发现，这个正门上的雕刻用的是另外一种石头，它比围墙上的石头表面有更多的小颗粒。

太阳钟显示工作的时间，从拂晓开始，到黄昏结束。根据十六世纪下半叶的文献记载，英国的技工在冬天，中午有一个小时的休息，可以进餐，午后还有十五分钟的休息；夏天，中午除了有一个小时吃饭的时间外，还可以休息两次，每次半小时。冬天工作八小时到十小时，夏天工作十二小时，每年有五十天的节日休假，再扣去礼拜天，这些人有效的工作日大约是二百五十天。

为了招收有技艺的工人，就得使他们能够住在一些小旅馆里。这

---

①②③④　原文是英文。

已经是后来的事了，一直到十六世纪，在英国的埃通附近才出现了第一个技师的旅馆，它叫工人旅馆①，这是一个带餐厅的旅馆。

工资等级也不一样，努普和琼斯都列出过一二七八年到一二八〇年卡那封②泥瓦匠的十七种不同的工资标准，对那些没有技能的工人每天晚上发放这一天的工资，有手艺的工人可以在礼拜六去领自己的工资。

他们能够挣多少钱？这很难回答。我们清楚地知道，那些错误百出的工资单是很容易造出来的，它们把黑的说成白的，使我们感到那里工资发放的情况不错或者很好，有的地方甚至说比我们这里还好。如果年代久远，事情就变得更复杂了，对于人们生活的每一个细枝末节都要关心，法国学者皮尤德·杜·科隆比无疑有一种偏见，为了对它进行驳斥，我们可以负责任地再说一遍，中世纪工人的物质条件要比十九世纪末的工人好些，这不只是说那些有技能的工人，而且也包括那些在采石场的阴暗走道里开凿石料的工人。巴伊塞经过深入的研究证明，在十四世纪，一个泥瓦匠要买到三百六十公斤的小麦，他得干十二天的活儿；在一五〇〇年，他得干二十天的活儿，到一八八二年，就得干二十二天的活儿了。

还有一个更有说服力的例子：有人将中世纪伦敦一个在建筑公司吃饭的泥瓦匠的工资，和不在公司吃饭的泥瓦匠的工资做了比较，认为前者比后者的工资少三分之一。在十六世纪，像这种情况，前者就只有后者的一半了。一个现代工人家庭用在饮食上的开支，也要超过它的总收入的三分之一。

只有很少的文献记载，说明了雇主和工人的关系。在十二世纪，在奥巴西纳一个修道院的建筑工地上的工人举行罢工，他们不能忍受长时期吃素，便买了一头猪，宰杀后，吃了一部分，剩下的藏了起

---

① 原文是拉丁文。
② 地名，在英国。

来。修道院院长斯泰凡发现了那些藏肉后，叫人将它们扔了。因此第二天，工人们便罢工，还辱骂了这个院长。可是院长说，他会找到另外一些能够节制食欲的工作人员，他们会比那些暴动分子将这栋上帝的住所盖得更好。这些罢工的工人因此又后悔了。在锡耶纳，有个供应葡萄酒的问题甚至拖了三十年都没有解决，这就是它的主教堂建设者们要求干活时，能够喝到由归属于建筑管理机关的葡萄酒厂提供的葡萄酒。他们的要求完全合理，他们说：干活时需要湿润一下喉咙，但不愿耽误时间和离开工作，最后这个管理机关终于表示同意，满足了工人们这一正当的要求，把这个三十年没有解决的问题给解决了。

中世纪的传统使主教堂建设摆脱了所罗门神庙修建的风格，谱系表上的规定虽要遵守，但它具有神秘主义的色彩。现代小说在描写中世纪建筑师的时候，总是给他戴上一个神秘的光环。他既是魔术师、十字拱门的设计师，又是炼丹术士、天文学家，他是一个来自远方的神秘人，他有如何建构最好的比例这方面的神秘知识和同样是别人不知的关于结构的知识。实际上，建筑这一行最初并不引人注意，建筑师都湮没在不知名的技师人群中而无人知晓，建筑师这个称呼的意思在中世纪的文献中也很不清楚，有多种含义。这说明在房屋建造中，对于建造者的职位和职务的规定都不很明确。最常见的只有技工或者干体力活的石匠，此外还有泥瓦匠。而建筑师只是这项工程的监护人。神甫或者主教都是有学问的人，他们到过很多地方，熟悉很多国家，这很重要，因为他们要建的主教堂，在很多情况下，都是根据他们见到的现存的一些著名神庙复制的。

可以说，建筑师的作用是随着大主教堂的数量不断增多而逐渐明确的，与此同时，他的工作也显得越来越重要了。这个行当的地位和威望的提高大约在十三世纪中叶才确定下来。可是这一时期历史文献中的记载，却使我们感到很奇怪，例如尼科拉斯·德·比亚尔这个道德说教者和传教士曾经气愤地说："现在成了一种习惯，在一些大的建筑工程中总有一位大师,他用嘴皮子来指导别人干活,而他自己却很少或者根本没有用手去碰过建筑物,虽然如此,他得到的报酬比别人都多。"下面他要说的话还带着一种轻蔑的口吻:"这位大师带着手套,还拿着一根小棍子以命令的口气说:'你要这么样或那么样地去切削那块石头!'可他自己却不动手。"为了充分表示他的气愤,尼科拉斯·德·比亚尔还说:"现在有很多主教也是这样。"

上面的引文说明了一个新行业的产生,要得到承认是不容易的,建筑学当时并没有列入大学必修的课程。其实除了有经验的手艺人之外,有时候还有一些业余爱好者也干起这一行来,如著名的佩罗①,"他从一个并不怎么出色的医生变成了一名出色的建筑师",还有数学家和天文学家雷恩②或者喜剧作家凡布鲁③也成了建筑师。但照今天的说法,这都是一些知识分子,其实还有一些普通人(皮奇提到过这一点),如有个乡里来的泥瓦匠,他不识字,却在马耳他建成了一座半圆形屋顶的大教堂。一些天主教的僧团也曾献身于这个行当,西多会的一些神甫当了结构师,其名声是众所周知的,甚至因为这种情况的出现,教皇和腓特烈二世国王之间还发生过争吵,因为腓特烈二世要强迫西多会的神甫去参加他的一些城堡的修建,而教皇却不同意。

但是在学校里却不让开设建筑学的课程,这当然使建筑师们感到很悲哀,为了抵制这种不公正的待遇,他们将名称改为*石料加工大师*④,这几乎是包罗万象的,我们知道,这还引起了巴黎律师们的抗议,他们不愿和这些他们认为低人一等的建筑工人交往(可怜的律师们,你们那种参照法律条文认真处理案件的本事到哪里去了?你们只

---

① 克洛德·佩罗(1613—1688),法国建筑师和建筑理论家,巴黎卢浮宫东翼为其著名作品。
② 克里斯多佛·雷恩(1632—1723),英国天文学家、建筑师。
③ 约翰·凡布鲁(1664—1726),英国建筑师与剧作家,布伦亨宫的设计师。
④ 原文是拉丁文。

能扮演喜剧中的一些可爱角色了)。

但这其中最突出的表现是彼得·德·蒙特列尔的坟墓上那篇碑文,他是圣路易的一位建筑师,设计建造过圣十字礼拜堂①。在这篇碑文中,他被称为代表优良习俗的美丽的花朵,那里还提到了一个后来再也没有见到过的头衔:*石头博士*②,这是一个人人生辉煌的顶点,但是这也否认不了建筑行业最初的卑微。

在我们看来,什么叫建筑师?这就是一名设计者。那么要问,中世纪的那些主教堂的建筑设计保存下来没有?回答是只有十三世纪中叶以后的设计图纸保存下来了,因为这个时候维拉德·奥内库尔③有一部非常珍贵的纪念册,关于它过一会儿再说。此外,我们也有九世纪圣加仑修道院的设计图和十二世纪坎特伯雷修道院设置分水界的计划,但是这些图中那远近物像的配置是那么幼稚,就像孩子们画的图画一样,还不能算是正规的设计。

这些为我们了解建筑史提供的基本材料之所以有这些缺陷,是不难解释的,因为当时用来写字的羊皮纸很贵。后来有人还把一些计划记在另外一些不很耐用也不易于保存的材料上,这已经是对要修建的主教堂的蔑视了,因为在这之前并没有计划好要支付的各种款项,在那些创议者的脑子里,要修建的教堂的蓝图也不十分清晰。

在斯特拉斯堡④、科隆、奥尔维耶托、维也纳、佛罗伦萨和锡耶纳负责修建主教堂的一些公司曾经带着忌妒的眼光,注视着那些产生于十四世纪和十五世纪数量很大的设计图。在那个时候已经有了线条之房⑤,也就是我们所说的小型制图的成套设备,由建筑师来掌管,羊皮纸便宜了,制图的工艺水平也大为提高;但是根据这些保存

---

①②⑤ 原文是法文。

③ 维拉德·奥内库尔(约1225—1250),法国建筑师,以泥瓦匠师身份在旅途中对建筑物进行考察和速写而闻名。

④ 地名,在法国。

下来的材料，却仍无法再现那个时候建筑的历史，因为这些图往往只画出了建筑物的正面，差不多在所有图上都找不到建筑物的全貌，而且这些图也画得很不清楚，没有按照一定的规格。这里画的好像只是建筑物的一个大轮廓，并不能给它的建造者提供详细的技术参照。这些图上还画了一些用腊或者木头做的上面打了石膏的建筑物的模型，由一些天主教的圣者和给建筑物修建资助者托着，这也是为了说明建筑师和一些热心于主教堂修建的人有一个共同的目标，但不能说它的设计师和建造者已经相互有了沟通。

但我们有幸看到还保存了另外一个凭据，它能够使我们比那些设计图更加详尽和深入地了解一个建筑师是怎么工作的，这就是上面提到的维拉德·奥内库尔的这个纪念册，它是中世纪第一部也是我们知道的唯一一部建筑学教科书，它上面有维拉德·奥内库尔的一些笔记和小画，还有他提出的一些具体建议和发明，这是一部关于建筑学的小百科全书。但遗憾的是，今天我们保存下来的只有它的三十三页羊皮纸了，刚好是这部著作的一半；而且里面还缺了叙述木质结构的建筑物和木匠手艺的那一部分，这对主教堂的修建而言是很重要的。尽管如此，建筑师在他的这部《跟我走吧》①中提供的数据已经超出他这个笔记本的范围了。

那里面缺了什么？缺了关于力学、几何学、用于实际的三角学的论述，还有关于一些主教堂的修建情况介绍，以及各种动物、人、建筑物内的装饰品和配件的画像也不见了。维拉德·奥内库尔出身于皮卡第这个小小的乡村，他是一个非常好奇的人，经常旅游，在莫城②、拉昂、沙特尔和兰斯见到过许多哥特式主教堂，他还到过德国和瑞士，甚至到过匈牙利。他在什么地方都爱画画，把他感兴趣的东西都画下来，如教堂里的回廊、山雀、圆形的窗子、狮子的画像、树

---

① 原文是拉丁文。
② 巴黎东北方的一个小城。

叶形的人脸、十字架画像、裸体人像和活动中的人。有的画画的是一个长方形或三角形的示意图，但他像一个雕刻家一样，下笔很重。此外他还画跪下的人，都非常精美，令人赞叹。他对一些发明也很感兴趣，如有一种锯子，能在水里锯东西；有一种车轮，会自动地转动（他总是在梦想有一个*永动机*①），就像美国人说的那样：有一些*新发明*②，于是他便雕了一个天使，它用手指着太阳；然后他又雕了一只鹰，把头朝着一个正在读福音书的牧师。他还发明了一种取暖装置，在等待主教长时间地做弥撒的时候，可以用来暖手。

小说家们把中世纪的建筑师们都描写成一群有忌妒心、爱保守秘密的人。如果这些秘密确实很重要，那一定和科学知识有关。这么说，在中世纪，只有建筑师们知道几何图形，知道为什么一些东西经久耐用，还有力学的基本原理是什么。但是维拉德·奥内库尔的书中并没有提到这一点，那里面只有一些实际操作的记载，仿佛一部中世纪的菜谱。

我们从科学史中知道，中世纪对数学的了解是很少的，在十一世纪中叶，科隆的拉吉姆博尔达和列日③的拉多尔弗两个学者有过一些信件的来往，现在，有一位很严厉的研究家说："分析这些信件只能得出一个结论，就是不学无术。"因为这两位学者既没有列出一个简单的几何公式，也没有说明三角形的每一个角到底有多大。

如果不是通过阿拉伯人的介绍，欧洲在十二世纪和十三世纪就认识了亚里士多德、柏拉图、欧几里得④和托勒密⑤的话，那么就得等

---

① 原文是拉丁文。
② 原文是英文。
③ 地名，在比利时。
④ 欧几里得（约公元前325—前265），古希腊数学家，"几何之父"。所著《几何原本》（13卷）是世界上最早公理化的数学名著。
⑤ 克劳狄乌斯·托勒密（约90—168），古希腊天文学家、地理学家和数学家。他的地球中心说在天文学中占统治地位达1400年之久。

待一个新的欧几里得,也不知道要等多久。对于这些大学者的知识,建筑师当然也会有所了解,但是要谈到运用它,就不容易了。

我们十九世纪的祖辈们谈到了哥特式建筑合乎理性,但他们这种乐观情绪的产生是没有根据的。应当说,主教堂的建设者们通过一些试验有了经验,但他们的结论不是通过精确的计算得来的,单靠直观容易出错。如果我们对每一个设计都能更加仔细地审查一下,不再出现像在博韦那种引起了轰动的事故①或者企图扩建锡耶纳主教堂②的那种不成功的尝试,那么建筑哥特式主教堂就不会发生那么多的灾祸。通过沙特尔主教堂百年后的检查,人们发现它的状况令人堪忧:主教堂里那个横向的中殿好像要垮下来了,正门的入口处也须有一个铁的装置来加固才行。在十六世纪,巴黎圣母院也出现过令人担忧的状况。为什么会这样?这主要是因为建筑物在不断地升高,它们的地基起初打得不够牢固。这个要把中殿升高的努力使得一些主教堂都高了很多,如桑斯主教堂高达三十米,巴黎的高三十二米半,沙特尔的高约三十五米,布尔日的高三十七米,兰斯的高三十八米,亚眠的高四十二米,还有博韦的高四十八米。

根据专家委员会开会讨论的记录,我们对米兰修建主教堂的历史了解得很清楚,但是那里讨论的情况会使一些有理智的人感到不安。我们想想,主教堂的围墙高了很多,这里要考虑的就不是教堂里面具体的装饰,而是它的总体设计这个主要的问题了。法国建筑师让·米尼奥③曾经严厉地批评意大利的建筑师们,他还引了一句经典的格

---

① 公元10世纪在博韦建造过一座法国加洛林王朝时期的教堂,1225年,这座教堂因为火灾被毁,博韦主教米隆德·南特决定在他的新区新建一座名为圣·皮埃尔的最漂亮的哥特式教堂,可是刚刚建好教堂里的祭坛,由于资金缺乏,工程质量差,这座祭坛马上就塌了下来。后又开始教堂的重建,在1284年,新建起的一部分又倒了。后又再次重建,但工程进度缓慢。

② 原文是意大利文。

③ 让·米尼奥,法国建筑师,活跃于14世纪末15世纪初,曾批评在建的米兰大教堂会崩塌。

言：*艺术若没有科学，便什么也不是*①。但是*科学*②在一个单凭经验的国度里会引起争论，不论哪一方都拿不出维护自己立场的科学论据。

大家知道，炼丹术比化学有更多的秘密，但今天烹饪技艺的秘密就更多了，中世纪建筑师们的秘密就在于他们能按设计图进行施工，他们这方面的知识和技能，就像我们今天所说的那样，也包含着千百种厨房里的秘密：怎么了解石料的品种，如何调配各种不同的灰浆，等等。

严守这些秘密不仅是建筑师的责任，也是石匠、技工、粉刷工和那些搅拌石灰浆的工人，以及地位更低的工人的责任。另外在那个时候还特意制定了一些规章，就连那些和建筑业毫无关系的人也必须遵守。

有两份用英文手写的档案，乃是修建主教堂必须遵守的真正的宪法，一份叫钦定③，大约写于一三九〇年，另一份叫烹饪④，比前者推后四十年。其中除了论述宗教、道德和习俗的条文之外，还有一些关于保守秘密的规定。此外，那里面还提到了一个禁令，就是不准在别的地方重复说那些在工棚和技工集中的地方说过的话。历史学家们很长时间都认为，这是不准公布那些秘密的公式和技艺。新时期的研究家们认为，这里说的是一些纯技术上和行业中的秘密，例如怎样让一块石料尽量保持它当初被从山岩中开采出来时的那个样子。

很长时期人们都这么认为，中世纪的技工相互之间都是通过一些秘密的记号认识的，但是新的研究发现，只有苏格兰有这个习惯，因为苏格兰当时进口一种特殊的石料，需要秘密加工。上面这两份档案中的规定都是为了维护那些高级技师的利益，以免他们受到没有技能的人的侵犯，这是根据一些地方的实际情况制定的。

---

①②③④ 原文是法文。

主教堂究竟是摩尔式几何形①，还是蜂房般凭直觉建造？有关这一问题一直争论不断，而且这种争论难以消除，这要看主教堂建造的时间、地点以及建筑师知识水平和技能的高低。十二世纪末的亚历山大·内卡姆②具有天才的直觉，他发现了地球的中心有吸引力，但他由此得出的结论却是令人震惊的，内卡姆说：建筑物的墙壁无需成垂直线，可以随着它高度的增加扩大它的墙面。建筑师们没有照他说的那样去做。

此外还有一个模数③的问题，这是说随便规定一个标准的尺寸，一个建筑物的不同构件例如主教堂中殿的长度和圆柱的高度，以及交叉甬道和中殿大小的比例，都按这个尺寸不同的积数。中世纪的建筑师无疑是使用过模数的，美国考古学家萨姆纳·克罗斯比发现圣德尼主教堂的模数为 0.325 米，大概相当于一个所谓的巴黎人脚印那么长。④ 这是一个经常使用的模数，它不仅是建筑物设计所遵照的标准，而且也是一个审美的标准。大家都知道得很清楚，运用简单的几何规则能够造成合适的比例。

建筑师最初本来是手艺工人，作为一个石匠，他干的是体力活儿，拿日工资。非常奇怪的是，十六世纪在鲁昂，一个建筑师的工资比一个技工少，可是却有年度奖。但后来，建筑师这个职业所获得的物质利益就越来越显著了，例如一个建筑师日工资的支付，就看他这一天在不在工地上。此外还有实物的酬劳，如衣服，开始是发工作服，表明他是在工地上干活的人。后来我们知道：在一二五五年，约翰·格洛斯特已经穿上了皮大衣，就像一个贵族一样，这是国王赐给

---

① 原文是意大利文。
② 亚历山大·内卡姆（1157—1217），英国学者和教师。
③ 指为设计和建造标准化而作为基本组成部分所采用的尺寸单位。
④ 欧洲古代所确定的人的脚板印的平均长度：罗马人脚板的平均长度为 29.544 厘米，俄罗斯人和英国人的是 30.48 厘米，奥地利人的是 31.608 厘米，法国人，主要指巴黎人脚板的平均长度为 32.484 厘米，后者直到 19 世纪都被这么认为。

他贵族身份的明显标志。建筑公司要使他更加投身于他的建筑工程，还赠给了他一匹马和一栋房子，让他享有和神甫同桌吃饭的荣誉和特权。在意大利，特别是在英国，一项建筑工程的领导的物质待遇要比在法国的好得多。像这样的高级建筑师十四世纪在英伦三岛上的年收入为十八英镑，而这同一时期，一个有贵族头衔的人在他的领地里的年收入也只有二十英镑。在十三世纪，宫廷建筑师卡罗尔·德安茹有顶级技师的头衔，有马队，而且被列入了骑士的行列。

大部分哥特式主教堂都是很多建筑师的作品，但人们总是希望有一个人能够长时间地监督一项建筑工程的进展，和建筑师们签订终生合同的事并不少见。在这些合同中我们还可以找到这样的条款，即建筑师如果得了不治之症或者失明了，他还可以终生领到一定的退休金。在中世纪的后期，一个建筑师往往同时负责好几项工程，我们在波尔多①主教堂的修建中，还见到了建筑公司和建筑师雅内·莱巴斯订的一个要求更严的合同，这就是*泥瓦工，上帝之后制造石头作品的大师*②，即建筑师一年只有一次为了回家探亲可以离开工地。建筑师们最爱的当然是旅行，因为他们在鉴定合格后所获得的权威和杰出大师的名分，给他们带来了额外的高收入，有钱花。

最后要指出的是，那些认为已建成的主教堂都没有名字的传闻是错误的。这些教堂的几十个名字不仅见之于编年史的记载，而且在它们建成后的资金结算中也列出来了。中世纪的建筑家们也非常高兴和自豪地在他们的作品上，签上了自己的名字。

沙特尔主教堂里的一块镶木地板上放着一个唯一保存下来的模型，很长时间没有引起研究家们的注意，这是一个迷宫的模型，形状像一个直径为十八米的圆圈，一些虔诚的信徒在跪拜朝圣，这好像是

---

① 地名，在法国西南部。
② 原文是法文。

一次去圣地云游的缩影。在这个象征古希腊文明的回应的模型中间，有一块纪念碑。遗憾的是，除此之外，主教堂没有任何别的东西。但是我们知道，这块碑上有两段文字记载，它们既不是福音书上的诗句，也不是赞美诗的片段，亚眠主教堂中的这些记载，恐怕是那些认为中世纪的建筑家们都没有留下姓名的人想不到的，其中写道："在恩赐的一二二〇年，开始了这座教堂的修建，当时的主教是埃瓦特，还有法国国王路易①，他是腓力之子。创作这个作品的大师叫路扎切斯的罗伯特，他之后还有科穆乌特的托马斯，托乌斯之后还有他的儿子勒诺，勒诺在列入议事日程的一二八八年，把这段文字写在了碑上。"

在一块白色的大理石上，有三个建筑师的画像，围在一个主教身边，是想象出来的。实际上，不仅这项工程的领导者公布了这些后辈的名字，在阿乌杜姆著名的三角形山墙面上也有一段题词："基斯莱贝杜尔完成了这个作品。"② 有时候，在一些建筑物的部件如柱头和拱顶上，也有这样的题词。在鲁昂主教堂的一块拱顶石上，还有表现自豪的文字："杜兰杜斯替我干了。"③沙特尔的克力门特还在他制作的绘画玻璃上签下了自己的名字。

从一些石料上画出来的记号，也反映出中世纪是实行过计件工资的，这主要用在城堡的修建上，特别是对强行征集的工人采用这种制度，例如在修建阿伊古斯—莫尔特斯城墙的时候就是这样。但是在修建主教堂的时候，这种计件工资的采用仅仅见之于它的石料加工工地上，这肯定是因为新来的工人有一些原来的工长所不熟悉的技能。此外还有一些和采石场有关的很重要的情况，特别是在修建主教堂需要从各个地方运来很多石料的时候，要看这些采石场能否及时地提供。

---

① 即法国卡佩王朝国王路易八世（1187—1226），1223年至1226年在位，他是国王腓力二世之子。
②③ 原文是拉丁文。

砌一堵墙要用一样或者差不多一样的石料，这样可以保证它的坚实，同时也方便以后能够改建。

很难想象，没有一个精确的设计，能使正门入口、窗帘架和主教堂里的圆柱子上的雕塑全面开花。但有时候也会弄错了地方，如巴黎圣母院的一些月亮的象征是按相反的顺序排列的，兰斯主教堂建设者们没有犯这样的错误，他们的教堂里有一支包括做三千个雕塑的大军，因此人们关心的是这些雕塑都放在了墙上的什么地方。

我们稍晚一点才发现一些工头在石头上的真正签名，这是一些几何图形，如三角形和多角形，有时还有工具的图形如灰抹子或字母。此外还有一些一代传一代的记号，如果是父亲和儿子都在一个工地上干活，那就画一个小记号，如线条，用来区分他们要加工的石料。那些记号很简单，但有时候又很复杂，都是临时想出来的，十五世纪的建筑师也用这样的记号，建筑师贝尔纳的亚历山大在自己的名字后面加上了一个五角星。工人们在工地上留下简单的记号是为了在领工资的时候有凭据，不受欺侮，这些记号也就成了他们的签名和对自己职业感到骄傲的象征。

百年战争①给主教堂的建筑艺术以毁灭性的打击，危机在十三世纪末已经显露，欧洲出现了对自由思想迫害的潮流，培根②一二九二年死在监狱里，大学里的言论自由被禁止。国王的朝廷特别是法国国王的朝廷对地方行政机关进行监督，让它们都听从它的指挥。至今表现得慷慨大方的年轻的资产阶级不再给塔楼的建造出钱了，因为在它

---

① 百年战争是指英国和法国，以及后来加入的勃艮第，于1337年至1453年的战争，是世界最长的战争，断断续续进行了116年。

② 罗吉尔·培根（1214—约1294），英国哲学家、炼金术士，实验科学的先驱，基督教方济各会修士。约1277年被教会幽禁，达十余年，出狱不久即去世。此处明显有误。

的上空布满了战争的阴云,圣殿骑士①黑幕的显现就是世纪末的象征。

经济发展停滞不前,人口锐减,通货膨胀,一三三一年,有一首美妙的歌唱道:

> 国王会让我们高兴,
> 首先让我们成为六十个中的二十个,
> 然后成为二十个中的四个,三十个中的十个,
> ……金子和银子全都丢失,
> 永远归还不了。②

意大利斯卡拉银行的破产,刺激了几乎整个欧洲,随之而来的就是百年战争的爆发,因此防御工事的修建替代了宗教建筑,又回到了建造厚实城墙的时代。

没有建完的主教堂也停工了,大家对那些高高的弓形结构和宗教建筑物的拱门都不感兴趣了。

那些雕塑过带微笑的天使的人的子孙开始搬运炮弹了。

---

① 中世纪天主教僧侣骑士团的成员。
② 这几句话原文是法文。

基督教阿尔比派*、宗教裁判官和游吟诗人

我们在法国南部旅游的时候,一次又一次地发现了基督教阿尔比派教徒留下的遗迹,这些遗迹数量并不很多,有废墟、教徒的遗骨,还有一些关于他们的传说。

我见到过一些人组织的讨论,参加讨论的都是一些有学问的教授,他们因为接触到了阿尔比教派的问题,便对此进行了思考。今天在欧洲中世纪史的研究中,对这个派别的看法肯定是有争议的。因此,有必要对在十三世纪中叶遭到谴责的这个异教作进一步的研究。这个派别的产生和在图卢兹伯国废墟上建立起来的强大的法兰西王国①有直接联系。在蒙特塞居②焚烧异教徒的火焰的熄灭,意味着开始建立了一个强大的法兰西王国。在欧洲基督教的心脏盛开的文明之花被毁灭了,于是就有了东西方各种因素的融合。阿尔比教派的信仰就像佛教和伊斯兰教一样,在创建人类新的精神面貌上,本来可以作出更大的贡献,但是由于两个世纪宗教裁判所的干预,它在宗教地图上被抹掉了。因此毫不奇怪的是,这里涉及的有关政治、民族和宗教的问题虽然引起了广泛的关注,但不容易解决。

---

* 中世纪西欧基督教的一个派别,一说即清洁派。11世纪和12世纪盛行于法国南部和意大利北部,因以法国南部阿尔比城为主要基地,故名。13世纪初教皇英诺森三世与法王组织十字军加以讨伐,经过20年的战争(1209—1229),终于被残酷镇压而毁灭。

① 中世纪位于法国南部朗格多克地区的一个伯国,以图卢兹城为首府,故名。

② 蒙特塞居,法国阿列日省的一个市镇。

有关阿尔比教派的历史文献在许多图书馆里可谓汗牛充栋，但是出自这些异教徒的亲笔记载却是屈指可数。这是文化史上常有的事，但并不是所有著作在历史的尘埃和火焰中都被忽略，因此要耐心地恢复那些残存和有可能引起怀疑的文献以及阿尔比教徒著作片段的本来面貌，看到它们所表露的真实思想。

　　为了更好地了解阿尔比教徒十一世纪和十二世纪在法国南部的活动情况，还应当粗略地提一下他们的远祖。毫无疑问，在他们的异端邪说中，就像别的宗教一样，可以听到来自东方的声音。历史学家们在查阅阿尔比派家谱的时候，发现上面有诺斯替教①（其中有些人后来改信了琐罗亚斯德教②）、摩尼教③、保罗派④、鲍格米勒教派⑤和清洁教派（卡特里教派，即活动在法国南部的阿尔比派，由阿尔比这个地方得名），这些教派的教义有一个共同的倾向，就是都很明确地宣扬二元论，认为在宇宙间，有两种强大的力量在起作用：善与恶，世界是魔鬼造的（否认《圣经》旧约上关于世界是上帝创造的说法），要对躯体和物质进行严厉的惩罚，要求教徒严格保持禁欲主义。这些观点的产生，是因为在当时罪恶统治了世界，那是一个充满了暴力、战争频发和大变动的时代。

　　许多哲学史家对诺斯替教都有不好的看法，他们认为，要把教科

---

　　①　罗马帝国时期，希腊—罗马世界的一个秘传宗教。产生略早于基督教，公元初年开始为人注意。
　　②　中国史称"祆教"、"火祆教"、"火教"、"拜火教"。流传于古代波斯、中亚等地的宗教。公元前6世纪由琐罗亚斯德（约公元前7世纪—前6世纪）在波斯东部大夏（今阿富汗的巴尔赫）创建，以后发展到波斯各地。
　　③　其创始人为摩尼（约216—276），生于南巴比伦安息王族家庭。他父亲是基督教徒，相传他25岁时宣布自己新的信仰。
　　④　古代基督教的一个异端教派。5世纪开始流传于亚美尼亚和小亚细亚。教义接近摩尼教。名称来源不详，一说以具有摩尼教倾向而被革职的保罗（撒摩沙塔的）为其领袖，故称。
　　⑤　中世纪保加利亚基督教"异端教派"之一。自称"鲍格米勒"（古斯拉夫语Bogomili的音译，原意为"爱上帝者"）。流行于10世纪至15世纪间。

书中介绍这个教派的一章删掉，因为教科书是反映理性和逻辑思维的。可是对那些认为智慧能够提供审美愉悦的人来说，诺斯替教的神智学，与它的一系列关于天和地连在一起的令人惊异的假设，却很有吸引力。

基督教真正和最有力的竞争对手是摩尼，他出生于巴比伦，其生卒年月大家都很清楚，但他是波斯人，在诺斯替教徒中受过教育。作为一个预言家，他在波斯国王的朝廷里有很大的影响。他认为自己就是上帝派来要拯救世人的救世主，他到过印度，通过传教使许多人都接受了他的信仰，但最终却被波斯国王巴赫拉姆用铁链子绑在城墙上，受了二十六天的折磨，最后死去。经过在吐鲁番和法尤姆（这两个地方相距好几千公里）的发现证明，这个以佛、琐罗亚斯德和基督的面貌出现的人力图把佛教、玛兹达克①和基督教的各种因素混在一起，创造一个综合性的宗教。摩尼教流传的地域很广，包括中国、中亚、北非、意大利、西班牙和加利亚。

摩尼教因为在世界各地能够得到广泛的传播以及摩尼这个预言家的痛苦死去，说明它比诺斯替教更加强调二元论（善和恶这两种宇宙间的力量在争夺人的心灵，把心分成了两瓣），它是基督教在理论上的主要对立派。基督教的神甫们曾多次对它进行谴责，一些有哲学头脑的人也要和它进行辩论，例如圣奥古斯丁②（他曾是摩尼教教徒）在《反对浮士德》③一文中，把这个教派推到了城墙边上，他要向它证明，坚持善与恶的原则会导致多神的崇拜。但是这个浮士德却反驳他的这个辩证法说："我们坚持这个原则并没有错，因为我们说的善与恶中只有一个叫上帝，另外一个怎么叫都可以，或者叫物质，或者

---

① 玛兹达克（？—524/529），琐罗亚斯德教异端派别和改革派玛兹达克派领袖。

② 圣奥古斯丁（354—430），一译"奥斯定"。基督教神学家、哲学家，欧洲中世纪基督教神学、教父哲学的主要代表。

③ 原文是拉丁文。

就是通常所说的魔鬼。如果你认为这里有两个上帝,那你就必须承认,医生也有两个他一定会遇到的东西:健康和疾病,这样他就有两个健康的概念了。"争论没有结果,就得用剑来说话了,摩尼教因此在公元四世纪就倒在了血泊中,这个教派只有在中国,才维持到了十三世纪,在成吉思汗入侵之前。

保罗派的出现是世界史上一个引人注目的插曲,它也是一个二元论的教派,这些二元①论者十二世纪在波斯边境上的亚美尼亚和拜占庭曾经建立了一个统治时间不长的国家,实际上是一个半独立的殖民地国家。亚美尼亚的天主教主教要他们崇拜太阳,这很明显具有摩尼教的特征,可是保罗派教徒肯定是出于政治目的,确定了他们和基督教的联系。他们数量不大但很强悍的军队挺进到了博斯普鲁斯海峡,但是公元八七二年在巴蒂阿克斯战役中被巴西尔一世②打败。巴西尔一世对于这些战败者也很人道,只是把他们驱赶到巴尔干半岛上去了,事实证明,这是一个很重要的举措。

我们要研究的是,上面所说的这些异教在多大程度上能够传承和保持它们的宗教教义,因为我们已经看到了它们之间的联系和发展。十世纪在保加利亚出现了鲍格米勒派,它比保罗派更狂热地信仰二元论,宣称感性世界是魔鬼造的,人是水和土的混合物,人有灵魂,灵魂是魔鬼和上帝的呼吸造成的。鲍格米勒派教徒不仅反对罗马,也反对拜占庭,他们开展了令人敬佩的使徒朝拜活动,为此还来到了亚平宁半岛,他们到过托斯卡纳和伦巴第,也到过法国的南部。他们在这些地方简直是如鱼得水,得益匪浅,因为这里当时异教卡特里派("卡特里"来自希腊语,意为清洁)的势力很大,他们在意大利北

---

① 原文是拉丁文。
② 巴西尔一世(约811—886),拜占庭帝国皇帝(867—886年在位),马其顿王朝的建立者,872年曾镇压保罗派。

部、波斯尼亚①和达尔马提亚②叫帕塔连派,在法国南部叫阿尔比派。

上面提到,我们能够得到的有关他们的文字材料很少,主要的有《约巴尼斯的询问》③(或《秘密的舞台》④),这是十三世纪产生的一部伪经,是一个宗教裁判官托名写的。这部圣约翰的福音书写的是约翰和基督在天上的一次谈话,谈到了魔鬼的统治和死亡,世界和人的诞生,耶稣基督的下凡和最后的审判。这部文字优美的福音书的出现比卡特里派的拉丁文经书要早些,它的内容表现了对上帝的敬爱,流传到现在有两种版本:一种收在卡尔卡松⑤的一部名为《多阿特书系》⑥的著名的文献集里,另一种就是维也纳的版本。

卡特里教徒今天保存的唯一一部神学著作,是产生于十三世纪末的《论二元的书》⑦,这部著作的写法与经院哲学的课程按照规定的章节和条目的写法完全不同,它论述自由意志的那部分具有重要的学术价值,反映了很有意义的哲学思想,此外它还介绍了宇宙学和这个学派内部一些问题的争论。这些争论说明卡特里教的信仰并不统一,其中有不同的学派,在坚持二元论的教徒中至少有两派,即中庸派和极端派。这部著作的作者(学者们猜想,他是意大利人卢戈⑧的约翰)坚持极端派的立场,认为恶和善一样,都是永存的;他以本体论的观点谈论存在和虚无,认为宇宙的力量是长存的。这里要指出的是,卡特里教各派的争论是他们一家人内部的争论,相互之间并没有进行恶意的攻击。

最后还有《卡特里教徒的宗教仪式》,这是一篇关于宗教仪式的

---

① 地名,曾为奥斯曼帝国的一部分。
② 地名,在今克罗地亚南部。
③④⑦ 原文是拉丁文书名。
⑤ 地名,在法国。
⑥ 原文是法文。
⑧ 地名,在西班牙。

论文，它保存到今天有两个版本，即所谓里昂的奥克语①版本和佛罗伦萨的拉丁文版本。宗教史学家对宗教仪式的研究，并没有经常给予应有的重视，其实，宗教唯灵论的观点在某种程度上，并没有表现在一些神学的定义中，而是通过举行宗教仪式表现出来。卡特里教徒的宗教仪式是非常粗俗和简朴的，他们免去了大部分的宗教盛典，例如教堂里的结婚仪式，这是因为他们主张节制肉欲，但他们并不反对举行世俗的婚礼，因此在宗教裁判官的黑名单上，就常常有情人②这样的称呼（指某个卡特里教徒的妻子）。卡特里教派认为，到处都可以表示忏悔，而最重要的仪式是安慰礼③即受洗，一般只给成年人受洗。但在受洗之前要有长时间的准备：祈祷和斋戒。受了洗的人和那许多普通"信教"的人群不一样，他们属于那个范围较小的完美的上流社会。

受洗仪式在受洗人的家里举行，墙上刷了石灰，但是没有装饰，房里有几件简单的家具，桌子上铺了雪白的桌布，摆上了福音书和点燃的蜡烛，这个要成为完人④的人已经放弃了天主教信仰，他不能吃肉和动物身上任何别的东西，不能杀生，不能诅咒，也不能接触任何别的肉体。他把他的善心献给了卡特里教会，从此他成了一个使徒，全身心地投入到慈善事业中，特别是要救助病人，因为在他看来，疾病是那些蔑视肉体的人们的一种不合常态的表现，需要拯救。他曾发誓不拒绝新的信仰。历史只留下了三个"完人"的名字，但他们害怕火刑，最后改变了自己的信仰。

在卡特里教的仪式中，并不宣扬什么魔法，也不举行成年礼，因此不具诺斯替教的特征。东丹纳曾正确地指出，它继承了基督教产生

---

① 原文是法文，这是中世纪法国南方的一种方言。
②③ 原文是拉丁文。
④ 卡特里派信徒接受"安慰礼"后，即变得完美，从此他必须独身，不能起誓，不得拥有财产，不吃肉、牛奶或鸡蛋，但他在卡特里教中也享有较高的地位，担任较高的职务。

最初时的那些古老传统。

要说明卡特里教的教义就得援引一些奥妙的神学概念，但这将大大超出我这本书所要介绍的范围，因此我们不得不只对其中一些基本的论点作一些一般性的说明。

勒内·内莉这个出版家、翻译家和卡特里经文的阐释者认为：卡特里教和天主教的主要不同之处是，在罗马天主教会看来，恶是对罪恶的惩罚，它由上帝掌握，但卡特里教认为，上帝因为恶的存在而遭受痛告，他没有用恶去惩罚任何人。魔鬼——本是上帝的儿子，他堕落了，但他创造了直觉世界，人是存在和虚无的融合，地狱并不存在，灵魂是转世的，但这时候，个体的躯体已不存在，他将得到升华，变成光线，或者没入坏的物质里。卡特里教徒不承认旧约全书（在他们看来，上帝是魔鬼的同义词），他们认为，只有福音书才是可以阅读和引起思考的书。但基督并不是上帝的化身，他是一个至高无上的神放射出的一种精神力量，是一个没有肉体的存在，他不会感觉到痛苦（卡特里教徒鄙弃十字架，因为它是将精神事务粗暴地物质化的表现）。天主教教会是一个属于魔鬼的机关，一个"巴比伦的贪淫好色之徒"。宇宙间如果发生火灾，世界末日就来临了，到那个时候，物质会被毁灭，灵魂将回到上帝那里去，但这之后，所有人经过较长时期的化身又得救了，这就是那个严厉的异教所表现的唯一一种乐观主义倾向。

那么它到底是不是异教？费尔南·尼尔①提出了一个大胆的仿佛很正确的观点，认为卡特里教并不是异教，他们只不过创造了一个不同于罗马天主教的新教。如果是这样，十字军对阿尔比派的征讨是对是错就得重新审议了，前者在道义上的理由也很值得怀疑了。

但是费尔南·尼尔并不是一个专职的历史学家，而只是一个讲故事的人，他不是非得采取科学的客观态度，而是可以按自己的意愿来

---

① 费尔南·尼尔（1903—1985），法国历史学家，专门进行卡特里教研究。

写，实际上，学者们对研究对象的选择，是离不开自己的喜好的。我们可以将彼得·贝尔佩龙和佐伊·奥尔登堡①教授的两部很有名的关于十字军征讨阿尔比派的著作作一个比较，因为他们对这件大事的看法和评价完全不同。不管是这段历史的见证人还是写这段历史的人都认为，在他们背后，都站着一个带有偏见的魔鬼。

事实上，我们讲的是那些被征服的人，这是有道理的。

一二〇八年三月，教皇英诺森三世②很严肃地宣布要派十字军征讨信基督教的图卢兹伯国雷蒙六世国王③，他是法国国王的表兄弟，英国和阿拉贡④国王的姐夫，是当时欧洲最伟大的君王之一。他的国家辽阔的国土包括普罗旺斯，南部以比利牛斯山脉⑤为屏障，它的强大不仅是因为和别国的封建主建立了同盟，而且那里有许多城市都表现了自由精神，继承了古老的地中海文明传统。它们采用了罗马的法律，以民主方式进行选举和成立了政府机构——委员会，它们的执政官事实上就是元首。这些城市中最大的已经成为独立自主的共和国，有自己的司法机关，享有一定的特权，这是北方的一些城市根本想象不到的。在这些人群集中的地方没有宗教迷信和种族偏见，他们是自由的，相互之间是平等的。阿拉伯的医生在这里普遍受到尊敬，犹太人常在政府机关里任职。不仅在图卢兹这个图卢兹伯国的首都，"这

---

① 佐伊·奥尔登堡（1916—2002），在俄罗斯出生的法国历史学家，专攻法国中世纪史，尤其擅长十字军东征及卡特里教研究。

② 英诺森三世（约1161—1216），1198年至1216年间为罗马教皇，原名洛旦里·孔蒂。

③ 雷蒙六世（1156—1222），从1196年起为图卢兹伯国伯爵，他最初容忍朗格多克地方的卡特里（清洁）派异端，后于1209年参加了征讨他们的十字军，后又为保全自己的领地而攻打十字军。他是第五代雷蒙伯爵之子，法国国王路易七世之侄；两次被判处绝刑，死后不准行基督教葬礼。

④ 阿拉贡王国，是1035年至1707年间西班牙伊比利半岛东北部阿拉贡地区的封建王国。

⑤ 位于欧洲西南部，是法国与西班牙的天然国界。

个玫瑰色的城市",罗马和威尼斯之后欧洲的第三个大城市,而且在纳博讷、阿维尼翁、蒙彼利埃、贝济耶①这些中心城市建立大学之前,就已经有了许多著名的中等医科学校,学校里教授哲学、天文学和数学等课程。当时是在图卢兹,而不是在巴黎,首次讲授了亚里士多德的哲学,是通过阿拉伯人介绍过来的。这些地方智慧的开启使人想起了文艺复兴,因此文艺复兴产生的源头不是在意大利,而是在法国。法国南部的语言在图卢兹伯国被征服后,成了这些地方的方言——**奥克语**②,它在整个欧洲,也曾是一种诗的语言,在十二世纪和十三世纪,德国、英国、法国和意大利的诗人和卡特里教的诗人之创作都热衷于模仿游吟诗人伟大的抒情诗,甚至但丁最初也想要用**奥克语**③写《神曲》。

在每种语言中,都可以找到一个关键词,用来开启对已经逝去的文明的认识,如对希腊人,可以用 kalos④ 和 kagatbous⑤ 这些词,对罗马人,可以用 virtus⑥,对法国南部的文明,可以用 paratge⑦,这些词在游吟诗人的长诗中是常见的,它们曾以不同的形式出现,意思是荣誉、公正、平等、分享,对强权的谴责和对人的尊重。

可以大胆地说,在现在法国的南部,存在过一种独特的文明,十字军对阿尔比派的征讨使两种文明发生了碰撞,图卢兹伯国的失败使这种文明被毁灭了,就像克里特文明或者玛雅文明被毁灭了一样。

这种文明的不合情理表现在既崇尚享乐主义的生活方式,热衷于写热情洋溢的爱情诗,又不反对卡特里教以自己过分的禁欲主义来诋

---

① 以上城市都在法国南部。
②③ 原文是法文。
④ 拉丁化了的古希腊文,意思是"美德"、"高贵"。
⑤ 拉丁化了的古希腊文,意思是"好"。
⑥ 拉丁文,意思是"美德"、"勇气"、"能力"、"才能"。
⑦ 中世纪法国南部的游吟诗人和歌者的作品中常出现的一个词,意思是"荣誉"、"平等"、"正当"、"合法"和"对别人的尊重"。

毁罗马教会。为了解开这个谜，学者们想到了游吟诗人诗中描写的"女士"就是卡特里教会的象征，但是这个说法也不一定对。虽经研究证明，有些游吟诗人受到过异教教义的影响（包括阿拉伯人的神秘诗歌），但是他们认为爱情不是为了满足肉欲，而是为了追求精神和道德上的完美①。

事实上，除了伦巴第和保加利亚，朗格多克也是欧洲卡特里教影响最大的地区之一，这个新的信仰开创者来自所有的社会阶层，从农民到公爵，它所以那么顺利地得到发展，是因为法国南方天主教会的贪污腐败盛行，已经不得人心，而这个新的信仰又营造了一个有理性和感情的良好气氛，或者干脆说它本来就很吸引人。在一一六七年，由保加利亚主教尼基塔主持，在圣费利洛拉盖②召开了一次阿尔比派教徒的代表大会，会上成立了南方卡特里的教会组织，制定了这个宗教的礼仪。

罗马教会当然感觉到了异教的普及对它的威胁。应当承认，罗马教会最初还是希望以和平与理性的方式来控制对它的不利局面，比如它要就一些宗教教义方面的问题和卡特里教教徒进行讨论，一些像圣伯纳德这样伟大的传教士也组织了许多使徒传教的活动，但是所有这一切都以失败告终，因为社会上已经很明显地表现出对天主教会的敌意，"罗马圣彼得大堂③里没有教徒来礼拜，教徒中没有祭司，祭司不受尊重"。

三十八岁的洛旦里·孔蒂以英诺森三世的名号即任教皇位后，情况发生了变化。他在苏比亚科教堂里的壁画上的面部表情显得平和，

---

① 若弗尔·吕德尔（12世纪的行吟诗人——译注）说："我有一个女朋友，但我不知道她是谁。我的心里也从来没有想到过她……虽然我深深地爱她。没有什么东西能够像远方的爱情那样，给我带来最大的幸福。"——原注

② 在法国南方图卢兹附近。

③ 圣彼得大堂亦译"圣伯多禄大堂"，世界最大的教堂之一，在梵蒂冈，始建于4世纪20年代。1506年扩建，1626年完工。

但是充满力量。他对朗格多克的管辖说得轻微一点,是出了些问题,一方面是朗格多克神职人员的怠惰和不尽职守,另一方面是他派去的使者又过分地尽心和竭力。他对十字军征讨阿尔比教派负有道义上的责任,但这位新的教皇并不是一个宗教狂,他的一些信件表明他很关心正义的事业,这些信也不是用那种官方公文式的笔调来写的,口气很温和。

但是他派到朗格多克去的特使、冯福洛修道院的一个西多会修道士彼得·德·卡斯泰尔诺却和他不一样。这个修道士来到朗格多克的目的是要对异教进行镇压,从各方面来看,他都是一个缺乏政治智慧、外交才能和起码耐心的宗教狂。他被任命为教皇的特使,有专门的授权,他从阿尔诺·阿马里克的一段悲惨回忆了解到这里的一些情况,原来对他们那些事的发生充满了误解,带有很大的刺激性,圣多明我①热情洋溢的传道也不解决问题,这位圣者并没有被戴上殉教者的桂冠(我求你们不要马上把我杀掉,就把我的肢体一块块地砍下来吧),反而成了人们嘲笑和讥讽的对象。争论从来没有停止过,这是不同世界、不同传统和不同思想方法之间的冲突,但矛盾得不到解决。天主教信仰的维护者并不是永远有耐心的,例如圣弗尔费伊②的圣伯纳德曾说:"厚颜无耻的异教徒们,我在你们身上一点奥妙的心智都看不到,上帝会诅咒你们!"还有埃蒂埃纳·德·米尼耶兄弟,他干脆不让富瓦牧师的妹妹埃沙蒙德参加一些哲学思想的辩论:"您玩您的卷扬机去吧!对这样的事情,夫人,你不适合在这里发言。"

彼得·德·卡斯泰尔诺最后得出了一个结论:只能用武力去镇压异教,但他想和普罗旺斯的统治者结盟却没有成功,因为后者在雷蒙

---

① 圣多明我(1170—1221),一译"多米尼克",多明我会的创始人。1204年至罗马,奉教皇英诺森三世之命,去法国朗格多克反对"艾伯塔派"。

② 地名,在法国。

六世的引导下，也跑到异教徒那边去了，所以他诅咒这个图卢兹的伯爵①道："那个不让你们继承遗产的人做得对，谁能够杀人，他才能得救。"这位教皇的特使就是这样完成了他的使命，他没有什么要做的了，因此他回到了罗马。

但在一二〇八年一月十五日清晨，他在圣吉尔②被人暗杀了，有人怀疑是雷蒙六世手下的人干的。人们把这位殉教者的血衣置于法国南方一些城堡和城市中展出，号召天主教徒们参加十字军的征讨，雷蒙六世见自己遇到了危险，便决定尊从教皇的意志，在一二〇九年六月的一天，有三个大主教、十九个主教，还有一些高官、侍役、宗教的神职人员和老百姓在场，他当着他们的面，齐腰裸身，颈上系着一根绳索，手捧蜡烛，用树枝一边抽打自己，一边往那些护卫着圣吉尔的那座漂亮的罗马式主教堂正门的石狮子走去。这个仪式完了之后他又签了约，表示他的伯国服从罗马教会的独裁统治。此外，他还做出了一个使所有在场的人都感到惊异的决定，这就是他接过了十字架，要去和十字军会合，因为后者当时正好在罗纳河畔行军。

一支有人、马和铁的装备的强大队伍延伸了好几公里，看起来非常可怕。这支军队里有弗拉芒人③、诺曼底人、勃艮第人、法国人和德国人，统领他们的有主教、大主教、勃艮第的军事统帅勃艮第·奥多二世④、纳韦尔、巴尔和圣保罗伯爵，此外还有一些男爵和像西蒙·德·孟福尔⑤和盖伊·德·莱维斯这样的在战争中获得过荣誉的骑士，以及一些老兵、侍役和雇佣兵作为这支队伍的补充。这个强大

---

① 即雷蒙六世。
② 地名，在比利时。
③ 比利时两大民族之一，居住在比利时、法国和荷兰。
④ 勃艮第·奥多二世（1118—1162），勃艮第公爵和军事统帅，征讨过莫尔人，也就是中世纪居住在欧洲伊比利亚半岛的伊斯兰教徒，因为基督教要把他们从欧洲赶出去。
⑤ 西蒙·德·孟福尔（1160—1218），第五世莱斯特伯爵，法国贵族，参与第四次十字军东征。

军队的非常可怕的力量对什么都不会妥协，它招募了许多嗜杀和抢劫成性的强盗，这是中世纪的每一支军队都知道的。这支军队中最受到重视的是来自阿拉贡和布拉班特①的雇佣兵，这些人在军队里虽然级别最低，但他们是决定战争胜负的力量。还有一些朝圣的群众支持这支军队的行动，他们想要看到对那些异教徒执行火刑的场面。当时的历史学家说这支军队的总人数有三十万，这也不是不可能的。其中骑兵的数量不知占有多大的比例（就像今天军队中坦克和步兵人数的比例一样）。

第一个被十字军视为攻击对象的封建主首领是卡尔卡松和贝济耶的子爵，出身于特仑卡维尔家族的二十五岁的雷蒙德·罗杰，他被敌军的节节胜利所惊吓，想要和教皇特使签一个协议，但没有签成。沉重的战争机器，"一支从来没有见过的军队"又一次开动了，这已是无法阻挡，雷蒙德·罗杰只好躲在卡尔卡松，可是十字军沿着古罗马的道路前进，逼近贝济耶。

这座城市坐落在奥尔布河上的一片丘陵地，有坚固的城防工事和足够的粮草供应。贝济耶的主教想与十字军签订和约，但是十字军开出了一个城里二十四人（或家庭）的名单，说这些人都是异教徒，要求把他们交出来，城里的执政官们为了维护他们的尊严，回答是：宁可淹死在咸海中，也不交出自己的同胞。十字军因此就开始了对贝济耶的包围。在圣抹大拉的马利亚那一天（七月二十二日）②，进攻还没有开始，防守一方就发生了一件可怕的事，因为城里有一群人想早些见到那些围城的军队，就去到了城门外，"高举白色的大旗，气喘吁吁地迅速往前跑去，以为这样可以吓唬敌人，就像在燕麦田里驱

---

① 地名，在比利时。
② 据《圣经》记载，抹大拉的马利亚因魔鬼附身而神志不清，是耶稣救了她，让她恢复了健康，她就成了耶稣的门徒，她也是第一个见到耶稣复活的人。后来她被尊为圣，人们都到她的圣地来朝圣。每年7月22日是她的节日，不管是天主教、东正教还是新教徒都要在他们的教堂里举行仪式，以纪念她。

赶麻雀一样"。这本来是一种"疯狂的不审慎的行为",而十字军中那些雇佣兵马上就迎了上来。

他们都赤着脚,手里拿着铁棍和尖刀,身上只穿了一件衬衫和一条裤子,可是他们的嗜杀成性是无人可比的。这时那些城里来的不审慎行动的参加者正要逃离,这些雇佣兵便乘机一起钻进了城里,在城里制造了无法形容的恐怖,外面的围军只用了几个小时就攻破了城门,城里一时逃脱了的人们都躲在圣纳泽尔主教堂、圣抹大拉的马利亚教堂和圣尤达教堂里,但是这些教堂的门都被捅破了,士兵们撞了进去,杀死了里面所有的人——婴儿、妇女、残疾人和正在这里做祈祷的一些牧师。为死者鸣钟,一次大规模的屠杀。

一个西多会修道士、对阿尔比派的征讨作研究的历史学家皮埃尔·德斯·沃德·塞尔奈说:仅在圣抹大拉的马利亚教堂里,就杀了七千人,这肯定是夸大了。但是另外一些历史学家们又算了一下,在贝济耶,有三万(无辜的)人被杀害,这个数字更加骇人听闻。这就是说,这个城市几乎所有的居民都被利剑砍死了。在战争中有人告诉教皇特使阿尔诺·阿莫里,说在这些被杀害的人中,肯定也有天主教徒。他回答说:"你们就把所有的人都杀了吧!上帝能够识别谁是他自己的人。"大部分历史学家都认为这个著名的说法是讹传,但是十四世纪一位编年史家海斯腾巴赫的恺撒还援引过它。阿尔诺·阿莫里反应迟钝,但不厚颜无耻,也许他这里只讲了半句话。不管怎样,这种说法最好地说明了当时的情况。

由于十字军里的雇佣兵和常备军在分享战利品上发生了争执,整个贝济耶"连同吉尔瓦泽大师建造的这个主教堂都被焚毁了,它被大火焚烧时,发出一声巨响,被炸开了,倒下来分成了两个部分"。十字军于是举着他们在风中展示的标志,沿着卡尔卡松城的城墙往前走去,这座城墙有三十座塔搂。雷蒙德·罗杰子爵就躲在里面。

今天由维欧勒·勒·杜克①设计重建的这座城市，已使我们想不起当初它那作为防御工事的两层城墙了，而且这些重建后的城墙之间的空间也使旅游者感到非常狭窄（约一万平方米）。一二〇九年八月，这座城市又成了几万人的避难所，还不算牲口和马匹。但是战斗打得非常激烈，年轻的雷蒙德·罗杰作为一个有经验的指挥家，在这里表现了他的军事才能和勇敢。可是炎热的夏天给十字军帮了大忙，因为在卡尔卡松的上空，出现了一大群苍蝇，可以闻到引起传染病的恶臭，在这座城市被围困了两个礼拜后，由于缺水，它的保卫者也不得不宣布投降。

但后来出现的情况在学者们中却引起了争论。威廉·图德拉和威廉·皮拉伦斯的报告有很多话都没有说出来，这些报告也没有把这个了不得的事件发生的过程讲完。在雷蒙德·罗杰和十字军之间从来没有签过什么和约，更糟的是，十字军一点也不尊重骑士的荣誉，后来竟将这位子爵关进了监狱，最后他患痢疾死了。他死之后，教皇特使利用这个机会，要在法国的十字军中，新选一个封建主的首领，这很明显是违背封建法律的，特别是雷蒙德·罗杰当时还有一个四岁的儿子。法国的封建主和伯爵们都很慈悲，他们不愿接受这个悲惨死去的人留下的头衔和遗产，威廉·图德拉说过："谁都知道，拥有这片土地就会失去荣誉。"

这个时候，因为一个人的参与，许多年都给普罗旺斯和朗格多克投下了阴影，他叫西蒙·德·孟福尔，长期以来，人们一提起他就知道是个军人，他只要带领少数教徒，行动起来就可以震撼整个帝国。这是一个征讨者的典型，一个宗教狂，但是他的头盔限制了他的视野。他也是一个铁腕人物，遇事果敢，能力很强，具有杰出的领导才能，是担任卡尔卡松和贝济耶子爵的最理想的人选，在十字军第四次

---

① 维欧勒·勒·杜克（1814—1879），法国建筑师和理论家，法国哥特复兴建筑的中心人物，以修护中世纪建筑如巴黎圣母院大教堂而著称。

征讨中,曾任法国国王的贴身侍卫。

卡尔卡松的被征服给孟福尔打开了许多城堡的大门,十字军宣誓后,和异教徒打了四十天仗,这些士兵后来都到北方去了,西蒙·德·孟福尔身边只留下了二十六个骑士,当然,经过八年的不断征战,这头"十字军征讨的狮子"也得到了援兵,在整个图卢兹伯国制造了恐怖,但是这个伯国并未屈服。

一二一○年六月,孟福尔包围了卡尔卡松和贝济耶之间的米内尔夫城堡,它周围有许多很深的峡谷,这里十分荒凉。米内尔夫的抵抗也很顽强,但是包围者破坏了给城堡供水的设施,保卫者最后不得不和孟福尔进行和谈。按照当时有效的规定,异教徒既然投降了十字军,就得抛弃自己的信仰,这样他们才会受到保护。有个孟福尔的上尉军官罗伯特·德·莫瓦森反对这么做,他来到米内尔夫后,主张彻底消灭异教,而不能赦免他们。这时教皇的特使阿尔诺·阿莫里平心静气地对他说:"先生,您不用担心,像这样能够改邪归正的人是很少的。"的确是这样,在这座被征服的城堡里,第一次大火刑就烧死了一百五十个男女,一个本笃会①的修士唐·韦塞曾经很悲伤地说:"为了美好的事业,他们英勇地牺牲了。"

实际上,战争早就不是停留在对异教的征讨上,而变成了一场北方和南方的大战,一场全民的战争。虽然孟福尔夺得的城堡越来越多,但图卢兹这个国家并没有被征服,有的封建主首领在自己的鹰巢里等待时机,有的城市发生了暴动。法国军队虽然占领了一些城堡,却常常遭到攻击,最后反而被城堡原来的保卫者歼灭了。十字军包围城堡的时间也越来越长,越来越艰难,他们原先只花了几个小时就攻克了贝济耶,但对卡尔卡松却围了十五天,米内尔夫抵抗了六个礼拜才投降。

---

① 一译"本尼狄克派",天主教隐修院修会之一。529年由意大利人本笃创立,故名。

特尔米斯城堡被十字军围了四个月，因为它处于一个十分有利于防守的位置上，正像一位目击者所说的那样，"要接近它必须跳到一个深渊里去，再从那里面爬到天上"。围困这座城堡的军队士气低落，他们经常挨饿，数量也减少了一半。和孟福尔一起来到这里的主教们，在他的军队勉强包围了三个月之后，想要离他而去，"十字军的这头狮子求他们再待两天"。就在第二天晚上，守卫特尔米斯的统帅表示要和十字军签约投降，城里的蓄水池这时没有水了，缺水又一次成了十字军围攻这座城堡的帮手，但是这天晚上突然下了一场大雨，城堡里的守军统帅雷蒙率军作战，战斗双方打得很激烈，在望弥撒的时候，孟福尔的一个随军神甫被打死了，一台抛石机扔来的石头打破了这个跟随着他的友人的头。孟福尔灰心丧气了，想要解除对城堡的包围，他来到了一个修道院里。有一天，城堡里变得静悄悄的，十字军官兵都感到很奇怪，他们以为城堡里已经没有人了，然而是一群大老鼠征服了被围的人，它们在干旱的时候来到了蓄水池的旁边，毒化了这里的水质。

战争愈来愈逼近图卢兹和费克斯伯爵的领地，按照计划，十字军又包围了拉沃尔[1]，它的保卫者艾默里·德·蒙特勒曾是孟福尔的盟友，他是布郎谢·德·劳拉斯夫人的儿子，布郎谢·德·劳拉斯这位著名的女士是大家都知道的一个"完人"，她对卡特里教派有好感，参加过许多慈善活动。拉沃尔的保卫者英勇抵抗了两个月后，它的城墙被攻破了，艾默里·德·蒙特勒和八十个参加过保卫战的骑士被判处绞刑，但这些绞架都是匆忙搭起来的，经受不了那么大的重量，因此有许多被判了刑的人都干脆被杀了。拉沃尔的总督被扔进了一口井里，上面盖满了石头。这次战争中所执行的最大一次火刑的巨大火势，吞食了四百个阿尔比教徒的生命，他们走入火里时还高唱着"*出*

---

[1] 地名，在图卢兹的西南方。

*自天性的欣悦"*①。尽管这样,也不可避免地要对图卢兹伯爵进行审问,而且这个期限已临近了,十字军知道得很清楚,雷蒙六世这个盟友是不可靠的,他所做的一切,都是为了使图卢兹避免战争,但是教皇特使的反对是无法抗拒的,孟福尔包围了朗格多克的首都图卢兹,也就是这个国家的心脏,但他自己在卡斯特尔②又突然被围困了,他的反对者在这座城市的城墙下面浴血攻战,却没有把它攻下。

孟福尔的好战使教皇感到不安了,他有一阵甚至打算停止十字军的征讨,令人意外的是,他还授予了他的特使阿尔诺·阿莫里以纳博讷统帅的头衔,这就使得这两个要合作的人经常不和。

后来阿拉贡国王彼得二世也参与了战事,他是图卢兹伯爵的姐夫,和朗格多克的一些封建主关系密切,同时他又是征讨摩尔人③的十字军统帅,不久前在拉斯纳瓦斯—德托洛萨打败了摩尔人。他在他的邻居和法国人打仗的时候,有好几次进行过调解,但都收效不大。现在他作为一个胜利者,要向教皇坦白地承认,反对异教徒的战争已经变成了对一个基督教国家的野蛮征讨和把它变成他们的殖民地。

既然拿出一些凭据也不管用,彼得二世便带领阿拉贡和加泰罗尼亚④最优秀的骑士在一二一三年九月往比利牛斯进发,来到了雷蒙六世那里,他们要在米雷城⑤和孟福尔决战,彼得二世有两千骑士,而孟福尔只有九百骑士,形势对孟福尔不利。雷蒙六世在军事会议上,说要等孟福尔发动攻击,然后进行反击,把孟福尔逼到城堡的城墙边上,到那时他就会投降了,但是这个明智的策略在阿拉贡和加泰罗尼亚的西班牙骑士看来并不理想,也没有表现出骑士的英雄气概。可就

---

① 原文是拉丁文。
② 图卢兹东边的一座小城。
③ 中世纪居住在欧洲伊比利亚半岛的伊斯兰教徒,基督教徒要把他们从欧洲赶出去。
④ 西班牙东北部的一个地区。
⑤ 靠近图卢兹的一个小城。

在这个时候，孟福尔却以拿破仑式的迅猛和勇敢向阿拉贡的骑士们扑了过来，两军纠结在一起，进行了肉搏战，"就好像有一大片森林，一下子被许多锯子锯倒，发出一片轰隆声响"。三十九岁的彼得二世是一个强壮勇猛的战士，像老虎一样，但他现在并没有指挥战斗，而是被这一片混战所包围而无法脱身。这就是中世纪的战争，经过奋力的拼搏最后他战死了。国王之死引起了军队的恐慌，这时孟福尔又从侧翼向逃跑的敌人发动攻击，这其中就有还未来得及投入战斗的图卢兹伯爵的军队。朗格多克的步兵对米雷的攻击被粉碎了，两万人喝的是既幽深又湍急的加龙河①河水。半年之后，孟福尔没有损失一兵一卒就攻下了卡特里派的罗马——图卢兹。雷蒙六世和他的儿子这时躲在英国国王的皇宫里。

孟福尔所占领的地区比法国国王管辖的国土范围还大。朗格多克的归属好像也决定了，但是这位统帅只能管辖被他的法国士兵占领的地区。

一二一六年七月十六日，教皇英诺森三世逝世，十九岁的雷蒙七世听到这个消息后来到马赛，受到当地民众的热烈欢迎，他对博凯尔②的包围迫使那里的保卫者西蒙·德·孟福尔的兄弟投了降，图卢兹的市民们筑起了街垒，要赶走那里的法国人，雷蒙六世这时率领他的阿拉贡军队经过比利牛斯山，也来到了他的首府图卢兹，这里的民众见到他都高兴得掉下了眼泪。孟福尔虽然有援兵，但他的攻城还是失败了，这是他第一次失败。被打败的"十字军征讨的雄狮"现在已经不是以前的他了，教皇的特使——红衣主教贝特朗喃喃地说：这个伟大的军人突然变得束手无策了，"他只有祈求天主赐予他安宁，用死来把他从痛苦中解脱出来"。他把图卢兹围了九个月后，一天早晨，在图卢兹人的一次反击中，盖伊·德·孟福尔也就是西蒙·德·

---

① 法国五大河流之一。
② 在法国南部，贝济耶东边的一座小城。

孟福尔的弟弟受了伤，西蒙·德·孟福尔正在军营里望弥撒，他跑了出来，可这时从图卢兹人战场上的抛石器那里突然抛来了一块很大的石头，正好"砸在这个伯爵的钢盔上，把他的眼睛、脑袋、牙齿、额头和颌骨都打碎了，他倒在地上，死了，浑身是血，呈乌黑色"。

孟福尔
死了，
死了，
死了，
*图卢兹万岁！*①

像这样的欢呼声响遍了从阿尔卑斯山到大西洋这片辽阔的大地。

西蒙的儿子阿莫里并没有他父亲那样的军事才能，他两次遭到失败后，把过去夺得的土地都交给了法国国王，朗格多克于是又恢复了旧的秩序，一二二四年一月十五日，阿莫里·德·孟福尔搬着用牛皮裹着的他父亲沉重的尸体，永远离开了卡尔卡松。

在这出戏的第一幕演完之后，又开始了路易八世的征讨，这本来是他的一位遇事果敢的王后布兰卡·卡斯蒂尔斯卡促成的，目的是要使雷蒙六世和教皇无法和解。这次征讨又遇到了阿维尼翁守军的顽强抵抗，加上流行病又在十字军中蔓延，国王路易八世在他们回归的路上死了，因此没有取得胜利。但随后又有安贝尔·德·博热②的征讨，他努力继承了孟福尔的事业，这位国王在卡尔卡松的新的全权代表使用了一种新式武器，去对付那些进行顽强抵抗的敌人，收复了许多十字军失去了的城堡。"一大早，十字军在望弥撒和早饭后——威

---

① 这几句话原文是法文。
② 安贝尔·德·博热（1198—1250），法国国王路易九世的侍卫，在十字军第六次征讨中，任军事统帅。

廉·皮拉伦斯说——便由弓箭手领头出发了……在图卢兹的市民还在熟睡的时候,他们开始破坏这座城近郊的葡萄园,然后又来到了附近的田野里,把这里的一切都毁掉了。"图卢兹和一些别的城市虽然没有被攻克,但它们四周都成了一片荒野。城堡之间的战争从未间断。

拿破仑·佩拉①在他的《阿尔比教史》中对在十五年战争所造成的破坏做了统计,认为在这些战争中死了上百万的人,虽然有一些研究家认为这个数字夸大了,但所有人都认为,这个国家被鲜血染红了。编年史总是描写骑士和英雄们的死亡,但是照荷马时代留传下来的习俗,人们走过那些被烧死的无名者的坟墓时,是无动于衷的。

要把一个国家彻底消灭,使它受到致命打击这个事实可以说明,雷蒙七世这个打败了孟福尔,在法国国王面前也不低头的统帅为什么一二二八年在莫城签订了一个条约,这个条约对被打败的敌人②提出的要求是非常苛刻的。此外他还宣誓忠于教会和法国国王,要和异教继续进行斗争(令他不快的只是,他要给举报异教徒的每人付两马克银币)。因此他又一次决定了要摧毁图卢兹所有的防御工事和三十个其他的城堡,将大部分能够防守的碉堡归还给国王。同时规定了图卢兹伯国新的国界,从此他的伯国和过去相比,只剩下三分之一的国土了。他还不得不将自己的女儿嫁给了路易九世的兄弟阿尔方斯·德·普瓦捷。因为他没有儿子,这就注定了朗格多克的命运。

一二二九年一个伟大的礼拜四,一场隆重的宣布执行这个条约的典礼在新建的巴黎圣母院举行,卡佩王朝③的国王在布根④打败了德

---

① 拿破仑·佩拉(1809—1891),法国史学家,著有多卷本《阿尔比教史》。
② 这里是指阿尔比教,说明雷蒙七世虽然打败过孟福尔的十字军,但他后来又投降了教皇和法国国王。
③ 卡佩王朝(987—1328),法国封建王朝,它的历代国王通过扩大和巩固王权,为法兰西民族国家奠定了基础。它的南部城市一度流行阿尔比教派,曾遭教皇组织的十字军镇压。
④ 地名,在法国。

国皇帝的军队后，开始认识到自己神圣的使命。整个典礼表示了对这个战胜过孟福尔的人的轻蔑，有年轻的路易九世国王和王后、一些主教和巴黎的普通百姓参加，雷蒙七世穿了一件衬衫，脖子上挂着一根绳索，由波兰和英国的特使领着，往祭坛走去，一位红衣主教——教皇的特使手里拿着一根树枝，在那里等他。"看起来很难受"——纪尧姆·德·皮拉伦斯写道——"一个伟大的伯爵，他曾长时期掌握这么多民族的命运，现在赤着脚，只穿了一件衬衫，和一条有祭坛那么长的裤子"。照过去的习惯，一个伯爵如果向主教下跪，就会有个精神失常的人发出笑声。雷蒙七世也许会想到这一点，因为在二十年前，他父亲在圣吉尔的主教堂里，也是在主教手中树枝的指引下，走到祭坛前的。当他回到图卢兹时，国王和教会的特派员已经来到了这里，开始管理这片他在战争中从来没有失去过的土地。游吟诗人西卡德·德·马吕埃茹尔伤心地说：

> 图卢兹和普罗旺斯，
> 是阿尔比的土地，
> 贝济耶和卡尔卡松
> 你们为什么动了武？①

作为罗马教廷使节的红衣主教罗曼·德·圣安格是在莫城签订的这个条约的提出和起草者之一，他在图卢兹召开了一次关于教会事务的会议，商讨对阿尔比派采取何种斗争方式，会上作出了四十五项对异教徒进行追捕、审讯和惩罚的规定，这样就产生了宗教裁判所，它用来对付异教徒，是比十字军的剑有效得多的武器。它将来的发展和对别的方面的影响将大大超过上述所有的事变。

关于在图卢兹召开的天主教徒代表大会上决定成立神甫会的情

---

① 这几句话原文是拉丁文。

况,可以引用下面一段话:

> 在每一个教区,主教们都委派了一个祭司和三个被认为在品德上完美无缺的世俗者(如果需要,也许更多)去坚持不懈和认真地搜寻那些隐藏的异教徒。这些人便开始对那些他们怀疑的住宅、房间、地下室、僻巷和最隐秘的地方逐一进行查找。如果发现了异教徒或者对异教徒表示关心和支持、给他们提供过住所的人,都要采取相应的措施,不让他们逃走。同时也要尽快将这种情况报告主教、封建主首领或者他的代表。
>
> 一些封建主首领也要在一些城市、居民的住宅和森林,在那些能够找到异教徒的地方去仔细寻找,捣毁他们的藏身之处。
>
> 若有人为了收受贿赂或者别的目的,将异教徒藏在自己的领地里,那他就会永远失去他的这块领地。他会受到封建主首领的惩罚,就看他所犯的罪的轻重了。
>
> 如果有异教徒经常来往于谁的领地里,那他也会受到惩罚,即使他不知道或者他没有注意到也将如此。
>
> 一栋房子里如果发现有异教徒,这栋房子就要毁掉;一块领地里如果发现有异教徒,这块领地就会被没收。
>
> 一个封建主副首领如果对那些疑有异教徒的地方不去努力寻找,那就撤销他的职务而不给予补偿。
>
> 每个人都可以去他邻居的领地搜寻异教徒,国王可以下令追捕图卢兹伯爵领地里的异教徒,图卢兹伯爵也可以去国王的领地里抓异教徒。
>
> 一个异教徒即便他自觉地舍弃了他原来的异教信仰,穿上了僧服①,他也不能住在他原先住过的地方,因为那里的一切都传染了异教,他一定要迁居到大家知道的天主教统治的地方去。那

---

① 原文是拉丁文,大概是指穿上了天主教神甫的服装。

些已经改邪归正的异教徒都要在他们衣服上挂两个十字架——一个挂在右边,另一个挂在左边——这些十字架和他们衣服的颜色也不一样。他们不能参加任何社会活动,在教皇和他的特使对他们采取一定的处罚之后再给他们恢复名誉之前,他们不能签署任何保障他们享有权利的法律文书。

一个异教徒想要参加天主教的社会活动。如果不是因为他改信了天主教,而是他怕死或者有别的原因,在这种情况下,他仍然会被主教投入监狱,在那里受到惩罚(会密切地监视他,使他不能再让别的人信异教)。

所有成年的教徒都一定要忠于主教,要宣誓永远保持天主教信仰,采取一切可以采取的办法,去搜捕那些异教徒。这样的宣誓两年举行一次。

有谁被怀疑信异教,就不能当医生。一个病人从自己教区的神甫那里得到了一份圣餐后,要把它收藏好,不要让异教徒或者被怀疑信异教的人接近他,否则会造成严重的后果。

宗教法庭一开始就设在主教和某个地区神职人员的管辖之地,但情况表明,这些神职人员在审判异教徒时往往采取非常残酷的手段,并让审判时间拖得很长。一二三三年,教皇格列高利九世把宗教审判权交给了多明我会的僧人,从那时起,他们只听从教皇的命令,这样在审判中就会出现偏差,这一巨大的改变也赋予了宗教裁判很大的特权①。

一二二九年在图卢兹召开的代表大会制定的法规更加严格,阿尔勒教会事务会的章程规定:异教徒的尸体在经过检验后要烧掉。由于

---

① 由多明我会僧人组成的宗教裁判所不受地方教会和世俗政权的管辖,只听教皇的命令,有很大的特权。由它单方面地审判异教,而不听任何其他方面的意见,当然会出现偏差。

许多异教徒都假装要改信天主教,宗教裁判所不得不采取了一些严格而又带有一定灵活性的措施,他们设立了一些监狱,专门用来监禁那些弄虚作假的异教徒,要把他们终身监禁。一二四三年在纳博讷召开的代表大会决定,任何人都不能因为自己作为一个公民应尽的义务(家庭、孩子)、年龄或者健康状况的原因而免于坐牢。而且在罗马的法律中还有一项明确的规定,就是法庭上证人的姓名是不告诉被告的,遇到对异教的审判,允许监牢里的罪犯,被剥夺了公民权利的人或者同案犯来作证,同时也不排除有意诋毁或者很明显是因为敌视被怀疑的人所提供的证据。

历史留下了两个最早的宗教裁判官的名字:一个叫彼得·塞耶兄弟,他是图卢兹一个很富有的市民的儿子,是圣多明我最早的同道之一;另一个叫威廉·阿诺,出身于蒙彼利埃①一个家族。这两个宗教裁判官干这一行非常卖力,他们刚被任命就马上执行了对被认为是图卢兹伯国首都的异教头子维戈罗斯·德·巴孔尼亚的判决。威廉·阿诺的一些活动在图卢兹引起了民众的恐慌,也使图卢兹伯爵感到不安,雷蒙向教皇揭露宗教裁判官违反法律章程,如秘密听证,不让律师参加,审讯一些已经死去的人②,制造恐怖,使得一些人害怕遭遇不测,便去控告和陷害别的无辜的人。"整个国家都陷于惶恐不安,由于这种职权的滥用,民众便开始反对修道院和神职人员。"

上面的介绍也可能引起人们的猜想,宗教裁判官们在社会上是不是有很大的势力?其实这两个多明我神甫并没有什么特殊的手段,也没有自己的人手,他们依靠的是教会和世俗政权对他们的支持,后来经过批准,他们才有了自己的武装护卫队、案件审理中的助手、公证

---

① 地名,在法国。
② 因为怀疑一些死去的人是异教徒,或者认为那些已被处死的异教徒的罪行还没有完全查清楚,便要继续搜集他们的罪证,对他们的家属或者和他们关系亲密的人进行惩罚。

人和陪审员，而且还规定了一个宗教裁判官拥有的这些人数不能超过八十，但是这个制度的建立表现了巨大的能量，因为它相信自己的使命，提倡在遭受苦难之后的死法，这说明了它能得到发展。

在数量很大的反映天主教多明我派和异教斗争的艺术作品中，最值得注意的是保存在佛罗伦萨西班牙人的一个圣马利亚·诺韦教堂里一幅安德烈·达·费伦泽①的壁画：一些多明我派的传教士给异教徒们讲了很多道理，使他们为他们过去的所作所为感到羞耻，把他们那些反天主教的书都撕毁了。这是历史书上以一种委婉的笔调写出来的一页。在这幅画的下面还画了两只野兽，象征性地表现了狗（多明我的狗②）在咬狼（异教徒）。

有个叫约翰·蒂塞尔的图卢兹人的一种反常表现也能反映出一种精神状态，他当时住在图卢兹城郊，很可能是个天主教徒。但他走遍了城里所有的街道，对人们所说的话感到很害怕，这是不难看到的："先生们，你们听我说！我不是异教徒，我有和我同床的妻子，还有儿子，我爱吃肉，我有时还骗过人，但我发誓，我是一个好的基督教徒。你们不要听信谣言，说我不敬仰天主。那些用来指责我的言论也可以用来指责你们，因为那些该诅咒的坏蛋要陷害好人，要窃取这座天主的城市。"尽管朗格多克首都的居民对多明我派的恶行表现了极大的愤怒，但蒂塞尔还是被抓起来和烧死了。

由于被怀疑而抓起来的人太多，阿诺和塞耶也不可能审问所有的人。被判处背十字架、罚款或朝圣的人总是感到十分恐惧，因为对他们最后的判决有可能是死刑，而且就是死了也不得安宁。墓地里有许多坟都被掘开了，人们把一些异教徒的尸骨都挖出来烧了。多明我派教徒的残忍甚至引起了别的教派对他们的不满，布列佩切修道院的修

---

① 安德烈·达·费伦泽（1346—1379），意大利画家，佛罗伦萨圣马利亚·诺韦教堂里的壁画作者。

② 原文是拉丁文。

道士只好让异教徒藏在自己的修道院里,而且这还不是个别的例子。

威廉·佩利松的编年史中讲了这么一个故事,它就像一个白痴编的,因为故事里的人都在大吵大闹和表示愤怒,要不是威廉·佩利松亲眼所见,他作为一个宗教裁判官的助手,就会被认为在这里造谣和诬蔑。这个故事说的是:一二三五年九月四日,在神圣的望弥撒后,有人向图卢兹的主教雷蒙·杜封报告,说在他家近旁的一栋房子里,有个将要死去的老妇人接受了卡特里教的*安慰礼*①。主教在一些神职人员的陪同下,来到这个老妇人的房间里。她见到他们,不知道是怎么回事,以为这是一位卡特里教的主教,来给她传教的,但这个主教却要她信天主教,由于遭到了她的拒绝,马上有人把她从病床抬到事先准备的柴火上,她被烧死了。然后主教和他的随从人员来到了教堂的一个餐厅里,"便在那里很高兴地吃了起来,每上一道菜,都要向天主和圣多明我表示感谢"。

这种做法在城里引起了动荡不安,特别是一些宗教裁判官又指责城里的三个执政官袒护异教徒(事情是这样的,世俗政权机关未对一些被判了刑的人执行判决,或者让他们逃跑),更加剧了这种动荡的局面。最后,由于矛盾的公开化,多明我教派的教徒和雷蒙·杜封主教都从图卢兹被赶走了,但是在伯爵和教皇急忙通了一些信之后,这些宗教裁判官又回来了,这里所有的一切又重新开始了。有个"完人"因为接受了天主教信仰,还进行告密,使得许多异教徒吃了"死后的官司"。他们的坟被掘开了,他们的尸骨被挂在了木栅栏上,人们高喊:"*谁要做同样的事,谁就会遭殃。*"②

一二三三年在科尔德③,一些宗教裁判官被老百姓打死了,这是他们中的第一批受难者,从此各地不断采取了反抗行动,在一些城市

---

① 原文是拉丁文
② 原文是法文。
③ 地名,在法国南部。

里，首先是在本来平安无事的地方，成群的天主教徒开始和异教徒进行激烈的争斗。

要说所有的异教徒都落入了多明我派的法网，被烧死了，这也不对。根据文献记载，有很多异教徒被特赦了，例如在一二四一年，在一个礼拜内就有二百四十一个异教徒按教会的法规被赦免了。教会法庭审讯的记录可以制成很精美的卡片集，反映一次审讯的全过程，也可以用来散布舆论，制造恐怖："他们什么都知道。"历史（不仅中世纪的历史）告诉我们：一个民族如果要用警察来维护它的统治，说明它道德败坏，内部涣散，已经没有自治的能力了。就是男人和男人之间最凶恶的打斗，也没有监视、告密、恐吓邻居和公开的出卖那么可怕。

可以拿当时刑事案件的审判和宗教裁判的审判来比较一下。作为刑事案件审理依据的《查士丁尼法典》[①] 规定，被告享有一系列权利，他可以要求原告出示证据，但不要那种被认为偏袒一方的证人，要让原告和被告对质。在一个经历了二十年战争和对异教徒迫害的国家里，公民们都学会了根据情况的变化来改变自己的面貌，所以用合法手段抓到那些异教徒已不容易。要使这种搜捕更有成效，就得在有关条例中规定扩大证人的范围。辩护律师在原则上是可以用的，但如果有对异教的指责，那他的辩护也没有用。因此在平常的审讯中，便增添一种把房门关起来听证的办法，这个新的办法保证了审讯取得成效，但却得不到一些内部最精诚团结的社会团体对它的信任。

许多事先就听到过千百张嘴造谣的人群，其中包括会写字的公证人、文书、抄写员，手持铁兵器的士兵、仆役和经常跟在宗教裁判官身边的监狱看守，都来到了图卢兹。他们都聚集在主教的官邸里或者

[①] 查士丁尼一世（约483—565），拜占庭帝国皇帝，527年至565年在位期间，积极改革内政，接受了基督教正统教义，529年主持编纂了《查士丁尼法典》，造就了罗马帝国最后一段辉煌的政治和文化。

某个修道院里，于是公布了"大赦的时期"，一般是一个礼拜，所有犯了罪的人这时期如能自首，就不会被判死刑，也不会坐牢或给没收财产，但他要提供一些关于异教活动的信息，用这些信息又可以编织一张怀疑网。

可是那些来找宗教裁判官的人一般只举报一些并不重要或者就是假想的犯罪，例如有人说了这样一件事：在贝尔凯尔①有一个磨坊主，他曾宣布他不相信圣马丁会在他盖磨坊时给他帮助。像这样油嘴滑舌的人脖子上的衣领都湿透了，他一定知道更多的东西，从他那里可以了解到例如有谁二十年前在一条街上向卡特里教派的"完人"问过好。举报者的姓名都是保密的，只要有两个不露姓名的证人提供了证词，就可以进行搜捕。一个宗教裁判官的职责就是在一次普通的审案中也分为好几种，他既负责审讯，又负责判决，而且他还要对整个审理过程进行检察和监督。其他参加陪审的神职人员在这里根本就没有发言权。被告有没有罪就看这个人有没有良心了。

在宗教裁判的法庭上，如果有一张要求某个犯罪嫌疑人供出罪行的通知单放在他的手上，他并不知道别人告发了他什么。这也有个好处，因为他招出来的东西往往比法庭预料的还多。审讯完后，这些犯罪嫌疑人或者坐牢或者获得一种"被监视的自由"。监狱（在这个时期，像盖监狱这一类建筑物的规模都非常大）的条件是很艰苦的，只要看一看卡尔卡松和图卢兹监狱里的牢房，就会清楚地知道，这都是一些很深的洞穴，里面一片漆黑，既不能睡，也不能直着身子站起来。就是意志最坚定的人也会被饥渴和枷锁彻底毁灭。

但是这些犯罪嫌疑人都是一些硬汉，被采用过鞭笞。为了取得供词，在世俗的法庭上，曾经广泛采用过拷问的方式，如果审理重罪，宗教法庭反而不用拷问的方式，即使对罪犯进行拷问，也要遵循一个原则：不能把罪犯打成残废，或者让他流血。其实，在案件审理中，

---

① 地名，法国奥德省的一个市镇。

对罪犯早就使用过鞭笞，而且懂得用这种方法使罪犯遭受更大的痛苦（也有研究审理案件的著名专家）。英诺森四世一二五二年五月十五日的通谕说明了法庭上的拷问是合法的。

罪犯承认自己有罪只是一种形式，因为只要有两个人告发了他，就可以定他的罪。但是这些告发者也没有好日子过，有个人因为告发了七个"完人"，在床上被杀了，一个叫杜芒热的士兵也因为告了密，被吊死在一根干树枝上。因此，一些告密者只能去告一些死人，或者能够在一些人们去不了的碉堡如蒙特塞居或克耶利布斯里藏身的人，说出他们的名字。

火刑只用来惩罚那些"完人"和死心塌地忠于卡特里教会的人，其他人将按照教规受到惩罚，它将改变被惩罚人的生活状况。一些主动承认自己有罪的人也要受到扛十字架的惩罚，但这在异教统治占优势的地方是不允许的，而且这些扛十字架的人还被认为在为宗教裁判做特务工作。朝圣也是一种惩罚，时间从几个月到五年之久（特意安排去很远的地方，对于一个家庭来说，在经济上这将是一项令人震惊的巨大负担），这就像把一些骑士发配到圣地或者君士坦丁堡去那样。谁去外地旅游，在他乘坐的船上，只要和一个异教徒讲了几句话，或者一个十一岁的孩子在大街上，父母要他向一个"完人"问了好，都会受到这样的惩罚。

如果有人认为，审案记录能够提供令人惊心动魄的素材来写文学作品，那他就错了。因为在那些对话中——只要看看《多阿特书系》①这本大集子就很清楚——没有急忙的反驳，没有恐吓和冲动，也没有反抗和沮丧的表现，那些对话都是非常单调乏味的。但是只要对这个法庭里的酷刑种类清点一下，就会发现这才是对人的威胁。

那么我们在这些记录中能找到什么呢？除了姓名、日期和地点外，

---

① 原文是英文。

还能找到的东西就不多了,如"在方若,为奥热·伊萨恩举行安慰礼①时,有方若的贝克、拉伊尔切的威廉、费斯特的加亚尔、奥沃的阿诺、罗克福尔的茹尔丹……参加"、"卡斯泰尔维尔丹的阿托·阿诺要求在他的亲戚家里给蒙格拉达伊尔的科瓦斯举行安慰礼②,伯纳德·科尔德菲和阿诺·吉罗助祭长期居住在蒙特勒③,桑肖兹④的雷蒙、蒙特勒的莫尔的妻子彼得里耶经常去他们那里聚会……"

下一个世纪也就是十四世纪,有个宗教裁判官伯纳德·古伊,写过一部很能说明问题的书,书名叫《布道者的书》⑤,这是一部宗教裁判官必读的教科书,告诉他们什么叫对阿尔比派的审讯。

> 有人问一个被怀疑的人,他见过或者认不认识一个或者许多异教徒?他是在哪里见到的?见过多少次?什么时候……
>
> *同样*,他和他们有什么关系?这种关系是怎么建立的?什么时候?是谁介绍他和他们认识的?
>
> *同样*,他在他的家里是否接待过一个或者许多异教徒?是谁把这个或这些异教徒带到他家来的?在他的家里待了多久?后来又到哪里去了?有谁去看过他们?听没听过他们的讲道?讲些什么?
>
> *同样*,他向异教徒表示过亲密或者他知道有人向异教徒表示过亲密没有?
>
> *同样*,他吃过异教徒给他的面包没有?他们是怎么把面包献给他的……
>
> *同样*⑥,他相不相信一个人接受了异教信仰就能够得救……

---

①②⑤ 原文是拉丁文。
③ 方若·拉伊尔切、费斯特、奥沃、罗克福尔、卡斯泰尔维尔丹、蒙格拉达伊尔和蒙特勒这些地方都在法国。
④ 地名,在西班牙。
⑥ 以上"*同样*"的原文均为拉丁文。

还有一些别的问题，问到了被怀疑者的世界观和对人类未来的看法。

这种审问好像并不高明，而且很笨，不会有什么结果，因为它的态度很冷淡，不讲人情，完全不管被怀疑者是什么样的心理状态，也不问这些事发生的原因和地点，这个被怀疑的人永远感到害怕，我们在这里见到的不是在问一个活人，而是采取了强迫行动，只管追究事实本身，不管被怀疑的人当时心里想的是什么。

游吟诗人的诗成了猛烈攻击的对象，就是让北方来的士兵把那些宫廷里的人以及文化和艺术保护人都抓走了也还不够。① "世界有了很大的变化，都认不出它了。"贝特拉姆·德·阿拉姆隆②很悲哀地说，主教和多明我教徒让把那些"全是胡说八道的诗"都扔掉。骑士们也向教皇的特使发誓，以后不再写诗。抒情诗（另外一些历史时期的产物）都是一些信教的诗人写的，它在思想战线上是一门重炮。这里有一首保存至今的长诗，它干脆就是一个教义的问答，它每一句叙述真理的话都是文学作品里的语句：

> 如果你不相信，你就去看看那片大火吧！
> 你的同道就在里面，已被烧死，
> 你要对他说一两句话，
> 要么你就跳到火海烧死自己，要么就和我们站在一起。

---

① 法国北方为十字军所占领，南方的异教徒喜爱游吟诗人的诗歌，因此游吟诗人和他们的保护人也受到迫害。
② 贝特拉姆·德·阿拉姆隆（？—1295），意大利中世纪游吟诗人。

普罗旺斯的诗①表现了一种"罪恶的爱",在这里一些单调乏味的长诗中用这种"爱"来教育人。马特弗列·埃尔门高特②大师的长诗《爱经》③有两万七千四百四十五行,经院哲学从此融入了诗歌创作,这首长诗有一章叫《人体的卑劣》,"魔鬼要使一个男人遭受痛苦,让他把女人当偶像一样地崇拜。这不是出自内心的崇拜,也不是他火热爱情的突发,因为他给予女人的本来是他应当献给上帝的……你们知道,谁崇拜女人,那就是崇拜魔鬼,把上帝当成一个罪恶的魔鬼"。

当然,也有一些真正的游吟诗人,他们也可能秘密地举行过一些会议,有过一些会见,他们中的最后一个吉朗特·利居尔④死于一二八〇年,因此在蒙特塞居那次火刑差不多四十年之后,他的声音就像废墟上的山雀叫声那么悲哀。他忠于传统,二十年来真心地爱着纳博讷的一个子爵的妻子,由于他诗中表达的感情细腻,成了这方面最优秀的代表。他在晚年创立了一个新的流派,只写对圣人的赞歌,但是把对一样东西的来自地上和天上的爱都混在一起,却令人感到不安。"我不久前还吟唱过爱情,但说真的,我不知道什么是爱情,是做表面文章还是表现一种疯狂?可现在真正的爱情却一定要我把我的心献给一位女士,其实我任何时候也不会给予她应当得到的那种爱和崇拜……如果有人想要得到她的心,我一点也不忌妒,我要为所有崇拜她的人祈祷,希望每个人对她的求爱她都知道。"

可以用游吟诗人颓废作品的例子,像解剖标本那样来研究这种形式主义的现象。这不是说在这种诗中增加了语言的修饰或比喻,而是说它要用旧的表达方式创造一种新的感情和历史氛围。我们在这里要

---

① 普罗旺斯是法国东南部的一个地区,中世纪时以诗歌与武侠著称。
② 马特弗列·埃尔门高特(?—1322),方济各会修士、法学家、游吟诗人,土生土长的贝济耶人。《爱经》是他最著名的奥克语作品。
③ 原文是法文。
④ 吉朗特·利居尔(1230—13世纪晚期),奥克语游吟诗人中最后的一位。

补充一句，如果认为所有游吟诗人的诗都像水晶那么洁净，是柏拉图式爱情的表现，那就太幼稚了。历史留下了一些杰出诗人的名字，他们是以冒险出了名的自由主义者和像索尔德①和贝特拉姆·德·阿拉姆隆那样的具有自由主义思想的诗人。

游吟诗人的诗总是将火红和天蓝色混在一起，这也许不是诗歌留下的最差印迹。整个《神曲》的第二十六首歌呈现出暗紫的色调，闪烁着清冷的光照。一个优秀诗人阿尔诺·达尼埃尔②的灵魂在炼狱里等待着获得解放的那一天，但丁给他的这位大师树立了一块美丽的纪念碑。这支歌是用普罗旺斯语言写的，具有渐行渐远的那种美的魅力。

我们再来看那已经中断了的历史，我们谈到了在莫城签订的条约和图卢兹的代表大会，扩大了宗教裁判在这个国家统治的范围，但是在一些人们去不了的城堡里，却有人想要收复他们已经失去的土地。此外在一些别的城市，特别是在伦巴第，因为它和图卢兹、普罗旺斯这些异教的伯国都有亲密的关系，所以它很早就成了和平绿洲，也给兄弟教会提供了帮助。

怎么办？卡特里教徒的传教活动是秘密进行的，充满了艰难险阻，在城里有危险，那些"完人"和普通信徒的会见往往在山里和林中的草地上，他们经常遭到宗教裁判所特务的追捕，被抓后就送往宗教裁判所，可是这些教徒并不害怕，他们在夜幕掩护下可以迅速逃避，一切视乎对方投来的是友好还是想要抓捕，或者由于害怕而不愿参与的眼光。有时候，他们就装扮成一个鞋匠或者戴上一顶面包师的帽子，卡特里教徒还特别喜欢医生这个职业，因为这能有效地开展一

---

① 索尔德（约 1200—1269），意大利中世纪游吟诗人。
② 阿尔诺·达尼埃尔（1150—1210），12 世纪的奥克语游吟诗人，被但丁称为"最佳手艺家"。

些慈善活动。

雷蒙七世对教皇还是很顺从的，但他也曾表示要废除那些宗教裁判官的职务。为了表示善意，他逮捕和烧死了许多阿尔比教徒①，其中包括当时躲藏在蒙特塞居的一位助祭卡姆比托尔和他的三个同道。从一二三七年到一二四一年这四年中，宗教裁判官的职务被废除了，国内的平静好像快要实现了。

但是在一二四〇年，谁都没有料到，像山洪暴发一样，突然来了一个复仇者。他就是雷蒙·特仓卡维尔，死在监狱里的贝济耶子爵的儿子。此外还有那些原来占领了许多城堡后来又被法国人夺去了的贵族老爷和阿拉贡的骑兵。雷蒙·特仓卡维尔的军队迅速挺进，沿途占领了一些城堡，没有遇到任何抵抗，这位年轻的统帅本来可以马上进攻首都卡尔卡松，但他却满足于这些并不重要的胜利，法国国王的全权代表在卡尔卡松做好了防卫的准备，同时派了使者去巴黎，向图卢兹伯爵求援，但是这位伯爵斩钉截铁地表示了拒绝。年轻的特仓卡维尔终于向首都发动了猛烈的攻击，卡尔卡松的城墙为之震动，倒塌下来，可在这个时候，路易九世②的最高军事长官让·德·博蒙特的援军来到，又迫使特仓卡维尔撤离了卡尔卡松。此外特仓卡维尔的这次进军还犯了一个严重错误，他没有把军队撤到有山可以作为屏障、其盟友向他保证能够长期防守的地方，而是往西走向了敌人的虎口。毫不奇怪的是，他后来不得不躲在蒙特利尔，在那里进行了坚决的抵抗，但他最后在投降的时候，却获得了一些优待（允许他的军队和辎重撤到阿拉贡去）。法国人又重新收复了他们曾经失去的城堡。这里起作用的并不是军队对城堡的包围，而是双方举行了一些和谈，当然也不是没有采取暴力和残酷的手段。

---

① 雷蒙七世用这种办法取得教皇对他的信任，他认为不需要宗教裁判所了。
② 路易九世（1214—1270），法国卡佩王朝的国王，1226年至1270年在位，1248年和1270年曾两次率十字军东征。

雷蒙七世的态度一直很不明确，我们知道，他对特仑卡维尔提供过帮助，但他同时又向路易七世①许诺他要摧毁卡特里教的首都蒙特塞居，这位图卢兹伯爵参加反对法国人的斗争可能改变局势的发展，他认为自己的盟友命里注定会遭到失败，他的父亲也是这样，对雷德蒙·罗杰的失败一点也不关心。是*生活的导师*②的历史吗？如果有人写这些历史人物当时的心理状态，他是可以单写一章的。

图卢兹伯爵好像感到他错过了一个很好的机会，他会很机灵地跳到漩涡里去，采取大规模的政治手段，创造一个强有力的反法同盟，这样就可以使卡斯蒂利亚、纳瓦拉、阿拉贡③的国王甚至亨利三世④都成为他的盟友。他认为，这个同盟一定是很有力量的，他在莫城签了一个协定，这样就加快了在阿维尼奥内的大屠杀。

我们已经说了，雷蒙七世经教皇格列高利九世的同意，禁止布道的人行使宗教裁判的职务。但是在一二四二年四月，罗马主教死后，多明我派又开始活动起来，就在这一年十二月，在卢瓦尔又烧死了许多异教徒。

一二四二年五月，有十一个宗教裁判官来到了洛拉盖省中部一个小地方阿维尼奥内，他们都在法庭里任职，其中有过去的游吟诗人雷蒙·德·科埃迪朗，有图卢兹的圣斯太凡大教堂的神甫，有的还当过公证人和车夫。他们都住在拉蒙·阿尔法罗总督的一个城堡里，在这里受到了很好的接待，但是他们没有想到，这实际上是落入了陷阱。人们对那些宗教裁判的机关不会有什么好感，但是战争时期，有人不带武器也来到了异教的驻点，他们的勇敢精神令人惊异。拉蒙·阿法弗罗通知了蒙特塞居的驻防部队，过了不久，就有六十个士兵也来到

---

① 路易七世（约1121—1180），法国卡佩王朝国王，1137年至1180年在位，1147年至1149年间参加过第二次十字军东征。
② 原文是拉丁文。
③ 以上这些地方都在西班牙北部。
④ 亨利三世（1207—1272），英国金雀花王朝国王，1216年至1272年在位。

了阿维尼奥内。这些暴动分子都聚集在城门边,在一所麻风病院的旁边,拉蒙·阿尔法罗总督的一位特使给了他们十二把斧头,拉蒙·阿尔法罗还亲自带领这支可怕的队伍,来到了城堡里的一间房门前,那些宗教裁判官正在里面睡觉,他们用斧头劈开了房门,有七个人被惊醒后便跪了下来,开始唱着《女王万岁》①,屠杀是那么疯狂和残忍,根据文献记载,有个叫威廉·阿诺的杀人凶手将一个被杀死的宗教裁判官的头盖骨用来做了酒杯。

图卢兹伯爵虽然取得了暂时的胜利,但法国军队马上出动了,它很快就打败了雷蒙所有的同盟者,这其中就有亨利三世,他在塔耶堡被打败后,退到波尔多去了。

被仆从和盟友离弃了的图卢兹伯爵一个人除了再一次向天主教会和法国国王投降外,没有别的选择。一二四三年一月,他在洛里斯签订了最后一个和约,六年后,雷蒙七世逝世,没有留下男性后代。他的女儿根据和约的要求,嫁给了路易九世的弟弟阿尔方斯·德·普瓦捷,朗格多克从此和法国的王室永远连在一起了。

胜利者的眼睛现在盯着南方那两个尚未夺得的城堡,这是阿尔比派最后的据点。

蒙特塞居——卡特里教的圣地(Montsegur 这个名称今天的意思是空虚)在一片荒山中,这片荒山和这个城堡的废墟连在一起,就像一个很大的蚁穴。南边有一块成直线断裂的巨石掉进了山谷里,蒙特塞居所处的位置始终弄不明白,因为这个城堡并"没有高踞"于什么之上,也没有阻挡任何一条通往这里的道路,就好像它的建设者的要求在这里并没有做到。这里留下的废墟并不像一座堡垒,而像一副长方形的石椁。当我们沿着一条像蛇一样弯弯曲曲的小道来到一片残存的建筑物中的时候,我们越来越感到奇怪了。所有的城墙都是光秃秃的,上面没有任何防御工事——炮眼、雉堞和塔楼。此外,整个山

---

① 原文是拉丁文。

顶上也都是这样的建筑物,其结构形式十分奇特,最奇怪的是那个城堡的两扇大门也没有任何御敌的设备,这在中世纪有防守的建筑物中,是从未见过的。

通过所有这些猜不透的细节可以看到,蒙特塞居的建筑设计是很独特的。研究一个建筑艺术品的象征意义至少不能局限在它的一些柱头、山墙的三角面和图案装饰上,即使一个光秃秃的五面墙的建筑也体现了蒙特塞居城堡的特点,它的设计是那么精巧,使得一年不同时期东升的太阳,照在它的水平面上,能够很精确地反映阳光所在的位置。这里我们可以大胆地设想,蒙特塞居并不是一个防御性的组合,而是一个卡特里教的神庙,可能是摩尼教崇拜残余的表现。

我们就来说一些事实吧!一二四三年五月,来自卡尔卡松皇家最高军事机关的新代表于涅·德斯·阿西斯和他的一万人军队,占领了被认为是"魔鬼的教堂"的蒙特塞居周围阿尔比教徒的一些营帐。在一排木栅栏和城墙里面有许多阿尔比教的诵经员、最著名的阿尔比教徒和以伯特兰·马尔特为首的"完人"。城堡的驻防部队有十五个骑士和一百个士兵,此外还有不多于一百五十人应征入了伍。法国军队包围了半个蒙特塞居,只有山的南边一部分没有被包围(那里全是陡峭的崖壁,下面是深渊,保卫者早就知道这是他们的生命线)。

对蒙特塞居的包围是从五月开始的,法国军队原以为,太阳在夏天会把城里蓄水池里的水全都晒干,但是六个月后,城里的情况并没有什么变化,他们也不能指望天公对他们的援助了。此外城堡里也有足够的粮食储备,因为这里守军的指挥官都很有经验,他们能够想办法,夜晚在垂直的城墙外面,把绳子吊下去,经常和外面取得联系。

由于法国人不像城里的守军那样,能够灵活机动地运用各种战术,他们单靠围困是攻不下这座城堡的,所有的一切都说明,强攻并不能夺得这个卡特里教的巢穴,而要靠智取。

但蒙特塞居的保卫者和居民也不指望强大的法国军队有一天会卷起帐篷,从这里撤走,被困在城堡里的近五百人就像一个大家庭,他们的命运是共同的，有好几个月他们都已做好了准备，与城堡共存亡。

法国人后来买通了一些巴斯克①的自愿者和有经验的山民，他们经过激烈的战斗，占领了山中一块狭窄的平地，距城堡八十米。十一月，法国军队又获得了大量的粮食，阿尔比的基督教主教杜朗也来到他们的军营里，给他们带来了技术上的帮助，而不是精神上的鼓励，因为这个主教是一个著名的制造攻城武器的专家，他设计制造的这种武器马上就可以使用。但这也没有使城堡的守卫者陷入绝境，因为就在这天晚上，伯特兰·德·拉·巴卡拉里亚也来到了城堡里，这是一位我们今天所说的军事工程师，这里的守卫者利用他制造的投掷器，和对方互相投掷起石头来。

冬天对于被包围的人来说，是很难熬的，许多人被打死了，粮食供应不足又进一步加剧了人员的损失，所有人都挤在一块只有几百平方米不大的平地上，经过几个月的战斗，他们感到十分疲劳。这里的守军统帅好几次给图卢兹伯爵派去了特使，问那里的情况怎么样。回答说不错，但具体怎么样也不知道，要不要再次举行起义？要不要支援？还是进行谈判？

一种最危险的武器终于投入了战斗，这就是计谋。在一个冬天的长夜，有个巴斯克的向导因为熟悉一条秘密通道，带领一群手持轻武器的自愿者，从这条很难走的通道里出来之后，便假装表示友好地呼唤着城堡东边一座塔楼的保卫者，使他们丧失警惕，就在这个时候向他们发动了突然袭击，把守军都打死了。这是一条很危险的道路，第二天法国人承认，他们在大白天任何时候都不敢从那里走过。现在的情况对于被包围的人来说，就很严重了。特别是杜朗在蒙特塞居的城墙近旁又安装了新的投掷器，不断把重达八十磅的石头往城里扔去，蒙特塞居守军的统帅皮埃尔·罗歇·德·密尔波瓦要把一些卡特里教

---

① 地名，位于法国及西班牙北部边境一带地区。

会的宝物都放在较为保险的地方,有两个阿尔比教徒马泰乌什·博内特和彼得·博内特便把他们的金子、银子和无数的钱财①都藏在了一个安全的地方。

城堡里的人已经处于绝望的境地,包围仍在继续,保卫者也在抵抗法国人的进攻。十字军的史学家威廉·德·皮拉伦斯写道:"不论是白天还是晚上,都不让被围的人休息。"城堡的守军统帅想在外围有所突破,以科尔巴里奥为首的二十五个好斗的阿拉贡人编成了一个现代化军队的优秀突击队,要深入到法国人的包围圈里面去,夺回被他们占领的城堡东边的那个塔楼,毁掉他们的包围工事。但是法军的防线非常坚固,难以突破,使得这些阿拉贡人不得不停止自己的突围行动。城堡守军的指挥部于是决定夜间进行偷袭,但是这种偷袭也是不能成功的,战斗在深渊上进行,死了很多人。到第二天清晨,双方又在城堡的城墙下打了起来,骑士们和他们的姐妹和女儿都站在城墙上,可是他们的反击被血腥地打退了。整个晚上,到处都可听到伤者、被踩踏者和从城墙掉进了深渊里的人的惨叫声,同时还有吹响的号角声。雷蒙·德·佩雷拉和皮埃尔·罗歇·德·密尔波瓦来到了敌人的军营,要和他们进行和谈,蒙特塞居被围了九个月后投降了。

胜利者也疲劳至极,他们在谈判中接受了大部分对方提出的条件,蒙特塞居的保卫者在这里还待了十五天(是为了过三月半的阿尔比教节)。胜利者宽恕了他们过去所犯的错误,甚至在阿维尼奥内所犯的罪行。这些保卫者手里拿着武器和一些零碎物品,都从城堡里撤了出来,还要接受宗教裁判对他们的审判,但是对他们的惩罚不会很重。还有一些留在城堡里的人只要放弃异教信仰,就可以获得自由,否则等待他们的就是火刑。城堡则归法国国王所有。

一二四四年三月二日,和约签订后,城堡里出现了人们所期待的平静,那些被判了死刑的人死前会有十五天的自由,那些在春风吹拂

---

① 原文是拉丁文。

下可以下到谷地里去的人,也有十五天的时间和将在山上被烧死的人告别。最值得尊敬的是,在城堡投降前的和谈期间,有六个女人和十一个男人接受了卡特里教信仰,这等于选择了受尽苦难后死去(被消灭了的宗教殉教者是不能成为圣人的)。

一二四四年三月十六日,法国士兵、主教和宗教裁判官们都进到了蒙特塞居城里,原来蒙特塞居守军的统帅之一雷蒙·德·佩雷拉永远告别了将要被火烧死的妻子和最小的女儿,这也不是那些被破坏的家庭成员之间唯一的告别。

在山脚下一个今天称为"被烧死的"的地方,士兵们要点火了,但是在一年的这个时节缺少枯干的树木,他们没法用树枝堆成一个台架,然后点起火来,把那些被绑到这里来的人犯烧死。于是他们先搭起了一堵篱笆墙,然后在墙的周围堆上一层层灌木枝,把那些戴上了镣铐的阿尔比教徒往这堵可怕的篱笆墙上推了过去。根据文献记载,这样的阿尔比教徒男女共十二人,篱笆墙的四周都烧起来了,不管是受了伤的还是生了病的都被抛进了火中。火势是那么凶猛,一些见证人都不得不离得远远的,神职人员的歌声和异教徒死前的惨叫声混在了一起。

晚上,当大火还在烧着一些死去的人的尸体时,有三个阿尔比教徒原先躲在蒙特塞居的一些地洞里,现在揪着一根吊在南边一堵墙上的绳索下来,终于逃走了,而且还带走了一些剩下的宝物、《圣经》和阿尔比教徒殉难的凭证。

沉重得令人昏眩的烟雾坠落在山谷里,飘忽在历史的长河中。

为圣殿骑士团辩护

崇高的法庭!

在这个审理了六个半世纪的诉讼案中,为被告辩护的任务是很艰难的。我们不可能让那些已被烧死,而且骨灰也被风吹散的人再来当原告、证人或被告。从表面上看,所有的一切都反对他们。有个原告叫了一声:崇高的法庭!然后将一堆审讯记录摆在一张桌子上。一个不抱成见的读者看到后,就会发现这是一幅反映了罪恶和被告是怎么犯罪的令人悲伤的图景,在这里好像也可找到令人信服的罪证。这些罪证之所以令人信服,是因为它们要为一些最厉害的公诉作证,这些最厉害的公诉不是别人,就是这些原告提出来的。我们要说的是,这些记录其实并不可信,诸位法官!只要你们大致地看一下,就会知道当时审讯的背景是什么,搜捕异教徒采取了什么样的手段。因此我们不得不提到那些发生在那个执行火刑的寒冷的夜晚前的一些事,圣殿骑士团的首领雅克·德·莫莱①和盖奥弗罗伊·德·沙尔尼②被烧死了,时间是一三一四年三月十八日,地点在流经巴黎塞纳河的一个小岛上。给这些判了火刑的人的唯一优待是,让他们在死的时候脸朝着巴黎圣母院的那些白蛇。此外记录上还有一句话:他们的"躯体属于法国国王,灵魂属于天主。"

对那些了解实情的人来说,这些话并没有表示什么好意,历史学

---

① 雅克·德·莫莱(约1240—1314),圣殿骑士团第23任、即最后一任大团长。
② 盖奥弗罗伊·德·沙尔尼(? —1314),诺曼底圣殿骑士团的太师。

家们还认为它们不是原来说出的话，但它们还是很有价值的，因为这反映了一种集体意识，也说明了这里有一个综合的尝试和对命运所下的定义。记录上开始还有这样的话：崇高的法庭！请注意！这是一个不可靠的证据。

我们来简单地回顾一下圣殿骑士团的历史！

一○九五年，当十字军东征来到圣地耶路撒冷的时候，他们中有一个来自香槟的并不年轻的贵族，关于这个人我过一会儿再说。我们知道，十字军这次征讨在一○九九年夺取了耶路撒冷，并在那里建立了一个王国。但只有为数不多的西方骑士留在了巴勒斯坦，大部分人因为他们内部互相争吵和参加战争已是疲惫不堪，都回家去了。年轻的耶路撒冷王国被异教的海洋包围，它的命运怎样就说不定啦！为了保住这个岛屿，不仅要加固这个堡垒的城墙，而且要在这里建立一个新的社会，这是古希腊和罗马的殖民主义者采取的老办法，鲍德温神甫①也对它作了宣传，鲍德温神甫又叫富歇·德·沙尔泰，他写道："我们本来是西方人，但又成了东方人……那些住在兰斯或沙特尔的人现在又成了提尔②和安条克③的公民。我们已经忘了我们出生的地方，我们很多人都不知道自己是在哪里出生的。一些人在这个国家任职，可以让他们的后代继承他们的住宅；另外一些人娶了不是自己的同胞，而是叙利亚或者亚美尼亚的女人为妻，有时候，他们甚至和受了洗的伊斯兰教徒结了婚。有的人种植葡萄，另外一些人种庄稼，说的虽然是不同的语言，但相互之间都听得懂。天主把他国家里的穷人都变成了富人，谁没有庄园，天主就让他享有一座城市，在东方既然过得这么好，谁还愿意回到西方去呢？"这些官方的宣传我们虽然并

---

① 鲍德温（1058—1118），既是一个基督教的神甫，又是耶路撒冷王国的第一任国王，1100年至1118年在位。
② 地名，在黎巴嫩。
③ 古地名，遗址在土耳其的安塔基亚。

不认可，但还是很重要的。

新的王国政体可以说更加民主，它比西方许多君主国都更趋于共和。王权受到国会的限制，国会不仅由男爵而且也由市民组成，国会对许多重大的事务例如税收等，都有起决定作用的发言权。农民是自由的，也享有宗教信仰的自由。*同时*①，在许多神庙中，也保持了一种可以按照许多不同仪式和信仰进行祈祷的习惯。律法书②、可兰经③和福音书④都可以作为依据用在案件的审理中，在法庭上要对它们起誓，这在历史上还是第一次，而且它们恐怕还不只是用在法庭上。当然，由于一些事变的发生，社会上各种势力斗争的尖锐化，远不是田园诗一样的周围环境，使得以上举措实施起来要随着情况的变化而变化。但是我们不能忽视这样一次创造了许多种族和信仰共存的社会的极其重要的尝试。

现在我们来讲这个来自贡比涅⑤的骑士，他叫雨果·德·佩伊。有人说，他并不年轻，但他很刚强，能力也很强。他曾经把他国家中一块绿色的丘陵地变成了一片巴勒斯坦的热土，这不是为了物质利益，像圣富歇神甫想要他做的那样。他和他的少数同道成立了一个修会，是为了防备一些强盗和萨拉森人对朝圣者的攻击，也是为了防护一些水槽，别让人破坏了。这也是一些交通警察，国王鲍德温一世让他们住在一座古老的所罗门神庙（拉丁语叫 templum⑥）里，这样就有了圣殿骑士的称呼，他们宣誓要保持纯洁和贫困的生活，其中有一个古老的印章可以作证，印章上刻着两个骑士骑在同一匹马上。若要

---

① 原文是拉丁文。
② 律法书，又称为《摩西五经》，是《希伯来圣经》最初的五部经典，相传由摩西写成。
③ 即古兰经，伊斯兰教的根本经典。
④ 福音书，是以记述耶稣生平与复活事迹为主的文件、书信与书籍。在基督教传统中，通常意指《圣经·新约》中的内容。
⑤ 地名，在法国南部。
⑥ 拉丁语 templum 的意思是"圣地"。

说到以后的事，崇高的法庭！那就应当提到后来对他们的搜捕。有个魔鬼，也是这个提出要搜捕他们的人一直跟在他们的身后，而那些诽谤他们的人的机智和想象力更是无可比拟的。

雨果·德·佩伊来到了法国和英国，不管是世俗还是宗教界对他的新修会都很友好，人们纷纷把财宝和礼物像雨点一样抛给了他们。伯爵和男爵们也加入了他的修会。于是在一一二八年，在特鲁瓦①大教堂里，制定了圣殿骑士团的规章制度。这个骑士团在精神上的支持者是圣伯纳德，这是欧洲论述道德的最高权威，在他的《圣殿骑士团对新兵的赞美》②这封著名的信中，我们可以看到他所讲述的那种严以律己和品德高尚的圣殿骑士，也可看到一些新富起来、像女人一样爱虚荣而又懒惰的骑士。

> 他们在饮食和穿着上从不过于讲究，平日只需要一些生活必需品。他们都住在一起，没有女人，也没有孩子……经常说一些损人的话，干一些不必要干的事，一笑起来就止不住，他们还喜欢抱怨和吵闹，但这一切如果被发现了，就会受到惩罚。他们对下象棋和玩骨牌的游戏都很仇视，他们也很讨厌狩猎，对那种疯疯癫癫地追逐小鸟的事也不感兴趣。他们不喜欢看滑稽剧、魔术和杂技表演或者唱一些轻松愉快的歌和开玩笑。他们的头发剪得很短，照使徒们一贯的看法，爱整理头发是一个男人的耻辱。谁都没有见过他们是怎么理发的，他们很少洗漱，胡子又粗又硬，面上满是尘土，由于炎热和疲劳，还起了许多斑块。

在耶路撒冷，圣殿骑士们占用了两个清真寺，这两个清真寺都有很大的地下室当马厩用。实际上，他们那坚固的*圣殿*③是一座城中

---

① 地名，在法国。
②③ 原文是拉丁文。

城，那里的人都与外界隔绝，他们在生活上很简朴，要求严格。吃饭在一个大厅里，厅里的墙壁没有装饰，进食的时候大家都不说话，每个骑士——僧侣都要把自己的吃食留一部分给穷苦的人。如果有谁死了，他的那一份饭十四天后，就要送给一个穷苦的人。他们一个礼拜有三次不吃肉，一年必须有两次完全的斋戒。每天的生活从望弥撒开始，在拂晓前进行，持续两小时。然后每个骑士都要去看一看马厩和自己的马，检查一下武器。望弥撒拂晓时还要进行，一些该念的祷文一天要重复念几十次。午饭后团长要点一次名，然后作晚祷、进晚餐，保持安静，直到这一天结束。照法律条文的规定，如果犯了十次罪就要受到开除修会的惩罚，甚至被判终身监禁。这些犯罪活动包括参加修会时为了获得某种神职所进行的买卖和交易活动，泄露了神甫议事会上议论的内容，盗窃，在战场上当了逃兵，抢劫，杀害了基督教徒，淫乱和信了异教（这些记载，崇高的法庭，要记住），此外还有欺骗和离弃修会。

圣殿骑士们因为受到了克莱瓦乌克斯神甫圣伯纳德的赞美，成了中世纪最大的银行家——啊，历史的发展是多么不合常情。在十字军第二次征讨时，圣殿骑士团几乎在整个欧洲都有大量的财产，那些来圣地耶路撒冷的朝圣者怕遇到不测，把他们的钱财也都寄存在一些圣殿骑士的家里，过后他们在耶路撒冷，能够领到和他们的寄存物等价的东西。有个情况可以说明这个修会拥有多么巨大的财富，这就是不久后它不仅是耶路撒冷国王的债权人，而且也成了英国和法国一些君主的债主。崇高的法庭！现在我们要来讲讲他们最后失败的主要原因。

修会的大量收入并没有使它的成员富起来，因为在它的规章中有严格的规定，如果发现一个修会的弟兄死后有钱财，他就不能葬在圣洁的土地上。

圣殿骑士团原先只有很少的僧侣——骑士，后来变成了一支拥有成千上万人的强大军队，而且他们都被认为是一些最优秀的军人。崇高的法庭！为了证明这一点，我们愿引一段法国国王路易七世写给絮热神甫的信：

> 我们完全不能想象，如果没有他们的帮助，如果他们不在，在这个国家（指圣地耶路撒冷）我们怎么受得了。请您对他们表示双倍的好意，要使他们感到，我们是为他们说话的。

信中还提到了他们要借给国王两千马克这么大的一笔钱，并请将这笔钱日后通过摄政王神甫还给在法国的圣殿骑士修会。直到十二世纪前半世纪，几乎没有一份文献在谈到圣殿骑士团时，不愿为他们的崇高品德和忠诚不二树碑立传的。

后来呢？很显然，崇高的法庭！每一个社会和政治的有机体都有其光明和黑暗的一面。可是原告在他的诉状中，一点也没有提起那些被告所做的好事，他完全忽略了这个修会有过一段英雄盖世的发展过程，而一再地强调他们什么时候败落了，说他们脱离了天主教会，抛弃了理想，他们变得骄傲自大，还搞阴谋。为圣殿骑士团辩护远不是对他们盲目的吹捧，既然用的都是一些贬责圣殿骑士团的文献和材料，我们对这个问题，也不愿和原告进行辩论。但我们要指出的是，不要把一些事情孤立起来看，而要看到它们发生的社会和政治背景。

耶路撒冷王国的历史问题比较复杂，也说不清楚。我们研究这个时代，总觉得我们容易被那些热情洋溢或者玩弄阴谋的表现、对荣誉和利益的渴求、自尊心的反常表现和为了改朝换代所采取的各种政治手段所吸引。圣殿骑士团拥有一万多武装人员，它很强大，正像公诉人所说，他们对于那些不仅影响到骑士团的威望和经济收入，而且关系到它生死存亡事变的发生，不会袖手旁观。他们也不可避免地要卷入到一些大的政治斗争中去。崇高的法庭！我还要补充一句，就是在任何一次决定胜负的战斗中，都少不了他们的参加，在这个延续了两个世纪的伟大斗争中，他们分担了十字军遭受的所有痛苦——失去自由，死，对敌人长时期的包围，荒野上的急行军和伤病的煎熬。十字军来了又去，在他们本不应该采取某种突袭的时候，圣殿骑士们也和他们一样，决心坚守他们在突袭中夺得的这片土地，直到最后一刻。崇高的法庭！以上这些说明对于了解这个修会的情况和它的政务，都是必不可少的。

一一八七年，萨拉丁①夺取了十字军的耶路撒冷。此后，在一段很长的时期，这个王国便没有了首都。两年后，十字军开始第三次出征，三个伟大的封建主首领本来可以改变这个坏局面，但事实并非这样，腓特烈·鲁多布罗迪因为在一条河里淹死，没有参加战斗；"狮心王"理查②从一开始就要和法国国王腓力二世③竞争，他知道法国国王给了他的骑士三锭金子之后，便把塞浦路斯卖给了圣殿骑士团，并且宣布，谁归顺在他的旗帜下，便可得到四锭黄金。

结果是腓力二世没有参加十字军的这次出征。但更糟的是，虽然萨拉丁通过圣殿骑士修会极力阻止（后来由于类似的情况，有人指责圣殿骑士团和伊斯兰教徒建立了良好的关系，甚至和伊斯兰教徒一起，进行间谍活动），十字军还是杀害了两千七百个埃及军队的俘虏，这便引起敌方的愤恨，使得许多法军的俘虏也被杀害了。圣殿骑士团乃是这次不走运的出征的先锋队，可是理查听到无地王约翰④夺了他的王位后，也退出了十字军。随后他穿上了圣殿骑士团的僧服，乘他们的船，离开了巴勒斯坦。

十三世纪第二个十年，蒙古人的入侵使耶路撒冷王国的局势更加

---

① 萨拉丁（1138—1193），埃及和叙利亚国王，曾打败十字军，把他们从巴勒斯坦赶走，后来打了败仗，又不得不和十字军讲和。
② 理查一世（1157—1199），英国金雀花王朝国王，绰号狮心王，1189年至1199年在位，1190年同法国国王腓力二世一起参加过第三次十字军东征。
③ 腓力二世（1165—1223），法国卡佩王朝国王，1180年至1223年在位。
④ 无地王约翰（1166—1216），英国国王亨利二世的幼子，"狮心王"理查一世的弟弟和王位的继承者，1199年至1216年在位。

恶化，教皇洪诺留三世①让德国皇帝腓特烈二世②娶了布里耶纳德让的女儿伊莎贝尔为妻，她是耶路撒冷王位的继承者。这位皇帝贪婪地接受了送给他的一个苹果，赶走了耶路撒冷国王，可他自己却和埃及的苏丹③订了和约，因而被天主教教会开除了他的教籍。

我们要说的是，圣殿骑士团的政治态度从来是自相矛盾的。它和大马士革的苏丹尽可能保持了良好关系，这样可以利用敌对阵营中的矛盾，这是一个好办法，它实行的结果也不错。根据皇帝所签订的条约，骑士团获得了耶路撒冷，但腓特烈却在这里非法自立为王。这个王国的都城又归基督教徒所有，表面上看，这是值得高兴和骄傲的，但实际上，腓特烈又秘密地和苏丹签订了和约，根据这个和约，耶路撒冷不能修建防御工事，因此对敌人毫无防备，虽然圣殿骑士团对这个被开除了教籍的国王不满，但是原先属于它的耶路撒冷这块地盘又被伊斯兰教徒占领了，此外这个国王还把骑士团的萨法特、托伦、加沙、达鲁姆、凯阿克和蒙特勒这些城堡也献给了伊斯兰教徒。这还不够，腓特烈自己也占领了骑士团的佩勒兰城堡④。

对圣殿骑士团的态度不要感到奇怪，崇高的法庭，因为它已下定了决心，并且告诉了腓特烈皇帝，如果他不离开耶路撒冷，"就要把他关在一个他永远也出不来的地方"。后来腓特烈因对教皇派的起义感到害怕，便到欧洲别的国家去了，他把在耶路撒冷王国的统治权交给了圣殿骑士团的敌人，这就是我们熟知的十字军骑士。一股诽谤的浪潮冲出樊篱，指向了圣殿骑士修会，圣殿骑士修会并没有屈服于腓特烈，但腓特烈这时又采取在基督徒中破坏它的名誉的老办法，说圣

---

① 罗马教皇洪诺留三世（1148—1227），1216 年至 1227 年在位。
② 腓特烈二世（1194—1250），霍亨斯陶芬王朝的罗马人民国王，1211 年至 1250 年在位，和神圣罗马帝国皇帝（1220 年加冕），他也是西西里国王，1197 年至 1250 年在位，耶路撒冷国王，1225 年至 1228 年在位，意大利国王和勃艮第领主。
③ 伊斯兰国家的最高统治者。
④ 原文是法文。

殿骑士修会和异教徒有勾结，可是他自己却厚颜无耻地接受了东方的习惯，和大马士革的苏丹保持着良好的关系，让埃及苏丹的大使甚至萨拉森人的伊斯玛仪教派①的代表来他的王宫里做客，据说他还阴谋指使这些萨拉森人杀害了他的政敌路易·巴瓦尔斯基伯爵。

然后就是一二四八年路易九世的十字军东征，应当指出的是，十字军和一些地方的骑士有过很好的合作，这说明其统帅是大公无私的，他也不止一次地和圣殿骑士团保持了良好的关系。但是十字军在欧洲的战争完全没有考虑一些地方的条件能否保证战争的胜利，它也没有采纳圣殿骑士团一些好的建议，就对埃及发动了攻击，这是不可能取得胜利的。圣殿骑士团本来反对十字军的这次征讨，但是它的骑士们在战斗中还是冲在最前面。这支由法国国王的兄弟罗伯特·德·阿图瓦指挥的军队，这时被尼罗河分成了两个部分，罗伯特也不听有经验的圣殿骑士团的骑士劝阻，未等到他另一部分军队到来，就指挥他手下的军队以迅雷不及掩耳之势向土耳其人发动了猛烈的攻击，但是这次进攻却有幸取得了胜利，随后他就到法国的内地去了。可是他走之后，十字军在曼苏拉城②的一些狭窄街道上，遇到了埃米尔③拜巴尔④率领的马穆鲁克⑤，他们的弩炮⑥从屋顶上、街垒上向十字军发射过来，使得十字军如同陷入了捕兽器一样。十字军的身上中了无数的箭，一个个变得像刺猬，因而遭到了彻底的失败。拜巴尔的攻击使

---

① 伊斯玛仪为中世纪伊斯兰教的主要派别，常参与各种政治活动。
② 地名，在埃及。
③ 埃米尔是中东与北非的阿拉伯国家的贵族头衔，最初的本意有军事统帅的意思。
④ 即拜巴尔一世（1223—1277），埃及苏丹，马穆鲁克王朝最伟大的统治者，1260年至1277年在位。
⑤ 马穆鲁克，从9世纪到16世纪之间服务于阿拉伯哈里发和阿尤布王朝苏丹的奴隶兵。
⑥ 欧洲古代和中世纪的军队打仗时一种用机械的弹射装置射出来的石头或砖制弹丸。

国王的军队陷入了绝境,加之它的官兵患了坏血病,饥饿还有战壕里堆满了尸体使他们无法作战,路易不得不缴械投降,他的士兵成了奴隶,而他自己也生了病,最后以五十万英镑的奇特高价被人出卖了。

圣殿骑士团深知十字军在战略上犯的错误,便和大马士革讲和,可是路易九世知道后,要对这个骑士团的大团长进行严厉的纪律处分,开除他的教籍,还要把那些没有得到他许可要和大马士革签订和约的人都处以流放。

崇高的法庭!这里介绍的三个最重要的历史插曲,清楚地说明了圣殿骑士团的存在一直受到了很大的威胁,这里面有许多误解,也有骑士团遭受的屈辱,还有乱七八糟新编织的各种阴谋的线网,使骑士团陷入了绝境。

唯一值得高兴的是,教皇们对他们一直十分宠爱,在一系列争论中,给了他们有效的支持,但最后他们还是失去了依靠。

圣殿骑士团团长埃蒂埃纳·德·西塞瓦一二六三年被召回罗马,后被革职了。如果我们相信吉拉尔·德·蒙特勒编年史的记载,这里还涉及一个爱情故事,为了争夺一个阿克拉①的漂亮女人,曾经闹得沸沸扬扬,使得这个团长名誉扫地。

一二九一年四月五日,就在阿克拉这个城市上演的这出戏的最后一幕开演了。阿克拉是一个港口城市,十字军在这里守了三个月,情况对他们来说十分危急,他们本来可以很容易抛弃这个堡垒,但是有一部分僧侣——骑士,还有骑士团的大团长博热②的威廉却留在已经失守的阵地上,最后阿克拉在敌人的猛攻下陷落了,十字军的王国不复存在。

崇高的法庭!在这个虽然很长但是一定要说的开场白完了之后,

---

① 非洲加纳的一个港口城市。
② 地名,在法国东部,位于马孔和里昂之间。

就要说到正事上来了，这就是对圣殿骑士团的审讯（被审讯的对象首先是它的大团长雅克·德·莫莱），审讯是由路易九世的孙子、法国国王腓力四世①主持的，他的铁腕统治具有现代国家资本主义的特征，被历史学家们认定是欧洲独裁的原型。他发动过许多次战争，因而耗尽了国家的资财。在他统治期间一个最突出的表现，是发生过一系列很严重的经济危机。此外，腓力几乎是刚刚登上王位，就和教皇发生了尖锐的矛盾，我们知道，最后他让教皇在阿维尼翁失去了自由，他的独裁也表现在他对圣殿骑士团的审讯中。

他当了国王后，崇高的法庭，要消除国内所有不属于他管辖的独立自主的势力。他当了国王后——我们可以毫不怀疑地说——要侵夺圣殿骑士修会的财产。他当了国王后，还要使圣殿骑士团这第三股势力，也是一股国际势力在他和教皇的斗争中，不和梵蒂冈结盟。我们要指出的是，对圣殿骑士修会的所有指责，包括宗教方面、道德方面的指责和由于思想观点不同所进行的指责都是表面现象，实际上这一切，都是出于政治原因。

圣殿骑士修会在耶路撒冷王国虽然失去了财产，但它依然是一股强大的势力，每一个注重现实的封建主首领都不能不想到它，两万个全副武装的圣殿骑士就是一股不仅能够决定一次战斗，而且能够决定一场战争胜负的强大力量。他们不仅在法国，而且在意大利、西西里、葡萄牙、卡斯蒂利亚、阿拉贡、英国、德国、捷克、匈牙利，甚至在波兰都有自己的财产和城堡。波兰有两个高级骑士统领这里的圣殿骑士团，他们在莱格尼察②还全副武装地支援过亨利克·波博日内。圣殿骑士团有两个非常重要的据点，即塞浦路斯——它在东方的战略据点和最初的根据地，以及巴黎——它的政治中心。

---

① 腓力四世（1268—1314），绰号美男子，法国卡佩王朝第 11 国王，1285 年至 1314 年在位，是卡佩王朝后期一系列强有力的君主之一。

② 地名，在波兰。

在法国首都，一个城墙围起来的城区，圣殿骑士团就驻扎在这里，那是真正的城中城，有单独的司法和行政机构，还能庇护避难者。腓力四世和教皇的关系是光明正大的，他不会受到良心上的责备①。他把在"我们亲爱的儿子"的头上飞来飞去的教皇的通谕和"儿啊，你要听话②"的劝说当成是一些从另外一个时代飞来的奇怪的鸟。一三〇二年，罗马大教堂下了最后通牒，促使国王成立了一个总委员会，这个总委员会将以"国民的名义"，对他的施政作出肯定的评价。所谓两把剑理论③，对于这个只相信一把剑即握在手上的执政的国王来说，是不可理解，也是不会接受的。他对卜尼法斯八世④要革除他的教籍的处理回答，是把他的一个同谋纪尧姆·德·诺加雷⑤派往意大利，下令要以武力把教皇押送到法国来。

那么圣殿骑士团和腓力四世的关系又怎么样呢？公诉人说，根据以往的经验我们知道，一些已经退役的军官（可以参照圣殿骑士团在耶路撒冷王国失败后的情况）爱进行一些秘密活动，但他们对法国国王还是很忠诚的，至少在经济上给予他支持，尽全力表示拥护他的一些施政举措，他们之间没有矛盾，也没有成见，可是在国王的参政集团中，却预谋要向骑士团发动攻击。就在这一年，因为国王表示了对圣殿骑士修会"我们诚挚和特殊的依恋"，这个参政集团就有了一个

---

① 腓力四世对圣殿骑士团的态度和教皇是敌对的，这里有讽刺的意思。
② 原文是拉丁文。
③ 关于教会权力和世俗国王权力的边界和冲突的理论在西方政治法律思想史上被称为"两把剑理论"。
④ 卜尼法斯八世（约1235—1303），罗马教皇，1294年至1303年在位，期间宣扬神权政治，妄图建立教皇对世俗世界的统治权。1296年，法王腓力四世决定向法国教士征税，新的举措将影响教皇的经济收入。卜尼法斯随即发布通谕，下令未经教皇同意，任何一国的教士不得向世俗当局献纳。腓力则下令禁止货币输出，逮捕教皇使节，1302年召开三级会议审判教皇。正当卜尼法斯拟革除法王教籍时，突然在阿那尼被法王使者拘捕，囚禁三日，获释后返罗马，抑郁而死。
⑤ 纪尧姆·德·诺加雷（约1260—1314），腓力四世的首相，1303年，他曾把教皇卜尼法斯八世抓起来，囚禁在阿那尼。

借口，可施展他们的阴谋，崇高的法庭一定会想到，我们这里说的是告密。

一三〇五年初，有个叫诺弗·德尔的佛罗伦萨人，这是一个刑事犯，他在监狱里的供词中，控告圣殿骑士团改变了自己的信仰，还说它有一些不良的习惯。国王也急忙从那些被逐出了这个修会的兄弟们那里了解到了一些情况，于是一大批间谍便来到了圣殿骑士团的城堡和住地。

就在这个时候，新的教皇克雷芒五世①提议将圣殿骑士团和医院骑士团合并，这不是因为有人告密，而是为了集中力量，准备一次十字军新的征讨，但是这个征讨计划并未实现，也没有结果。另外圣殿骑士团的大团长雅克·德·莫莱也不同意这种合并，我们可以想象，这不仅是因为他要保持骑士团的独立自主，而且也是因为各种不同的规章制度难以统一，结果是很不幸的。

崇高的法庭！当我们正在考虑关于圣殿骑士团的这场官司的时候，我们看到了腓力四世对它进行了冷酷的清算，但他对它却还有一种天生的依恋，这是一种心理因素在起作用，但不是没有意义的，我们要来说明一下。

一三〇六年初，由于货币第三次贬值，巴黎的*平民*②群情激愤，发动了空前规模的示威游行，国王受到威胁，不得不带着他的家眷躲在圣殿骑士团的碉堡即有名的*寺庙的高塔*③里，在那里被"乌合之众"围困，遭受了屈辱。过了几天，虽然参加暴动的首要分子被绞杀在巴黎的城门上，但是失败的滋味对他来说依然是很苦涩的。对这个国王来说，最大的耻辱莫过于他不得不对这些不久前还被宣布是罪犯

---

① 克雷芒五世（1305—1314），第 10 位法国籍教宗，在任期间罗马教廷从罗马迁到法国亚维农；他于 1312 年宣布将圣殿骑士团解散。

②③ 原文是法文。

的人①表示感谢。在这一年,腓力四世还采取了一项措施,这是他在对圣殿骑士团审讯之前,采取的一项针对一个没有自卫能力的民族——犹太人的措施:对他们施以酷刑,没收了他们的财产,最后又把他们流放。

腓力四世深知,警察在大范围的活动中,行动要迅速,因为这样可以立即消除一切反抗的因素,在对方见到闪电之前,就要用响雷把他们劈死。

一三○七年十月十二日,礼拜四,圣殿骑士团的大团长雅克·德·莫莱和腓力国王一起参加了克罗尔·德·瓦卢瓦的夫人的葬礼,可是这之后的第二天,礼拜五,也就是十月十三日的清晨,法国所有的圣殿骑士都被捕了。崇高的法庭!我不得不低下悲哀的头,承认这个政治阴谋的玩弄,真是空前的完美。

公诉人说,把圣殿骑士下狱谁都不会感到奇怪,已有多次对他们的指控,这是众所周知的。有人还说,腓力四世这么做,事先也和教皇克雷芒商讨过,他们的谈话虽然没有公布。可是大家知道,这里谈到了十字军准备再次出征的事。教皇要让那个最危险的强盗纪尧姆·德·诺加雷担任十字军的统帅,他认为,这个诺加雷有很多人诅咒他,他不可能在政坛上飞黄腾达,当了十字军的统帅,也许还能使他弃恶从善。十字军再次出征之事的提出,使腓力四世感到很意外,因此他说有困难,因为十字军要出征,圣殿骑士团当然是这支军队的核心力量,可现在这个骑士团的情况不好。腓力四世在这里没有提到法庭上的公诉人已经注意到的一个很重要的情况:圣殿骑士团的大团长雅克·德·莫莱曾向教皇提出请求:审查那些对圣殿骑士团的审讯,以便洗刷那些对它很明显是不实的指控。教皇克雷芒五世也找不到圣殿骑士团可信的罪证,一三○七年,他向腓力四世提交了审讯结果,要求国王进行审查。崇高的法庭!国王当然不会揭露那些坏人或者毫

---

① 指圣殿骑士团。

无疑问是被买通的人和那些被逐出了骑士团的兄弟的不实供词,让他们名誉扫地,但也要用烧红了的铁把那些参加过骑士团的人表示的自责全都毁掉。

那道要逮捕一些男爵、高级教士和国内一些地方政府的代表的命令真是一篇雄辩的杰作:"这是一件不幸的事,真的很残酷,令人悲哀,一想起它就害怕,你要是听说它,就会认为这是极其凶恶的犯罪,令人厌恶的罪行,也是丑恶的行径和骇人听闻的耻辱,这完全是禽兽的行为——我们听见了就会感到非常惊奇,深恶痛绝。"崇高的法庭!请数一数这句话有多少形容词吧!这些形容词连起来不仅是一句蹩脚的诗,而且也是那些控告的最重要的组成部分,可是它们的凭证却是少得可怜,因为这句话后面除了那些没完没了的气话和疯话之外,别无他物。

逮捕之后便开始了审讯,由世俗政权主持,给那些审判官的指示是:"要尽心研究那些真实情况,必要的话,可以动刑。"犯罪嫌疑人有两种选择,一是承认别人指控他的罪状,这样他可得到从宽处理,二是被烧死。

文明的进步,崇高的法庭,表现在用简单的工具打碎罪犯的头骨,但它已经被言语的棍棒所代替,因为后者——像"思想上的堕落"、"巫婆"、"异教"这样的话或称呼会使罪犯在心理上造成恐怖。当然也会指控圣殿骑士团信异教,这主要是为了不让教皇干预此事,因为教皇的干预对圣殿骑士团是有利的。实际上,斗争从一开始就遇到了很多困难,腓力四世有很大的势力,而使徒首府却只能进行外交活动。

现在对辩护的一方来说,是最难办的,而公诉人正要利用这个时刻,这是毫不奇怪的,主要是因为有这么一个情况:雅克·德·莫莱对教会和神学界以及巴黎大学的代表公开承认,说圣殿骑士团长期以来有这么一个习惯:在举行接受新来的骑士——僧侣参加修会的仪式上,都不说基督,并且对十字架像吐吐沫。可是有一个骑士团的高官盖奥弗罗伊·德·沙尔内却说他并不是这样,他认为这样做违背信教的原则。这两个供词都产生于他们被捕的十二天之后,这说明它们是自发地供出来的。但是我们记得,崇高的法庭,对被告审讯的时间是按钟点算的,这种审讯遵照国王的旨意是很"用心的"。

事实证明,在整个审讯的过程中,圣殿骑士团的大团长在政治上表现得很幼稚。可是有人保证,公开承认自己有罪可以保全整个骑士团,实际上,向十字架吐吐沫也不说明改变了信仰。这也可能证实了一些评论家的观点,我以为,这些观点具有辩证法的性质。可以举行一次大家都知道的受封骑士的仪式,在这个仪式上,受封的人要戴一个象征性的面罩,这个面罩不能给别人。至于说到圣殿骑士们在审讯中有不同的招供,情况是这样的:有的人说吐沫只吐在了十字架像的旁边,并没有吐在十字架像上,有的又说根本没有这么回事。被告戈内维尔来的盖奥弗罗伊说,圣殿骑士团过去有个很坏的大团长,他曾被萨拉森人俘虏,由于他表示要离弃基督而获得了自由,是他让骑士团有了上面所说的这个习惯。但是戈内维尔来的盖奥弗罗伊却不知道那个大团长是谁。帕萨基约来的热拉尔德兄弟说:"要给新参加修会的人看一个木十字架,并且问他:这是不是天主?他回答说:这是一幅被钉在十字架上的人的图像。那个领取了这个十字架的人说:'你不要相信这个,这是一根木头,我们的主在天上。'"这说明有人不同意对圣殿骑士团的偶像崇拜的指责,而且这也证明了他们的信仰具有高度的唯灵论色彩。简单地说:崇高的法庭,那些供词都是自相矛盾的,不管对哪种习惯或是那种习惯的起因,都有不同的说法,更主要的是,任何历史文献特别是那些记载了一些规章制度的文献都没有说他们崇拜偶像。

还有圣殿骑士团崇拜的那个神,有些人费了许多笔墨去描写它,如果它是天使,它也会变成魔鬼。宗教裁判官巴黎的威廉指使那些审讯的人问被告,那个脑袋像人还有一大把胡子的神像是什么?被告们的回答都是自相矛盾和不明确的,有的说这是木雕,有的说这是用白银铸的，有的说这是皮革做的；这是一个女人或男人，他有胡子或者没有胡子，他像猫或者像猪，他有一个、两个或者三个脑袋。尽管对所有的东西都表示崇拜，但却找不到任何有关这种情况的文献记载。

崇高的法庭！我们这里有一个众人合谋的逼供，这也是一个典型的例子，我们对被逮捕的人犯的恐怖心理和精神失常，还有关于一群人面对死亡是何种状况的理论是了解的，因此我们不能相信这些人的供词。我们也不会忘记，中世纪人们的想象曾经被魔鬼所惊扰，有谁能比魔鬼向那些遭受酷刑并被投入阴暗牢房的人，更加清楚地说明他们为什么会命该如此呢？

崇高的法庭！现在要说的，是那个魔鬼叫什么。到我们这个时候，有许多评论家对这个问题已经发表了自己的看法。不需要什么物证，而只要说几句话就可以作证，我们就来说说"巴风特"①（Baphomet）这个名称吧！

德国的评论家和东方学家哈默·普尔斯塔尔②认为魔鬼的名字是Bahumid，这个词的意思是公牛，这里可以看到，这是对金牛犊的崇拜，实际上是说圣殿骑士团崇拜牛，但是这个结论是站不住脚的。后来哈默·普尔斯塔尔把它改了一下，依然不能使人信服。专门研究圣殿骑士团的历史学家维克多·埃米尔·米舍莱认为这个名称是一句话的缩写，根据犹太教神秘的教义③，这句话应当从右往左读，它就是*圣殿骑士团是全人类和平神庙的主祭*④。还有人认为，Bahomid这个名称可能来源于被圣殿骑士团占领的一个塞浦路斯的港口城市巴普霍（Bapho），那里有过一座古希腊时期的阿斯塔特⑤，也就是维纳斯和

---

① 巴风特，有名的基督教恶魔之一。
② 约瑟夫·冯·哈默·普尔斯塔尔（1774—1856），奥地利外交官和东方学者。
③ 这种教义的条文中规定可以用手指、数字、卡片或记号来卜卦，预测未来。
④ 原文是拉丁文。
⑤ 古希腊的爱情和丰收之神，受到西方和亚洲的犹太人，特别是腓尼基人的崇拜。

月神、处女和圣母的神庙，人们用儿童作为献给它的祭品。公诉人用这个推测来指控圣殿骑士团食人肉，这是最荒诞的指控。

十九世纪初著名的阿拉伯学学者西尔韦斯特·德·萨西说魔鬼有另一个名字——穆罕默德，这至少从语文的角度来说，是很可信的，因为有个圣殿骑士奥利维尔用奥克语写过一首长诗《穆罕默德炫耀自己的武力》，但这却不能证明公诉人想要说的伊斯兰的教义已经渗透到了圣殿骑士团的神秘教义中。虽然这个修会在某种程度上受了东方宗教的影响，但任何一个历史文献都没有说它已经成了一个东方宗教的派别。在他们的思想中，肯定有一个在信仰上开拓的非常重要的过程。对于每一个参加过十字军东征的法国贵族来说，由于他们有了新的接触和新的经验，基督教乃唯一够得上宗教这个称呼的概念已经开始动摇了。《可兰经》承认基督是预言家之一，无疑更加说明了基督教并不是世界上唯一的宗教。

我们还是从东方回到法国来吧！因为那已是记忆中的事和回声了，可是在法国，为了圣殿骑士团的生存和荣誉，正在玩弄着各种手段。腓力四世当了新时代的执政官后，很灵活地运用了宣传工具，当全法国的牢房里都可听到被拷打的囚犯之呻吟的时候，国王写信给欧洲所有的封建主首领，密报圣殿骑士团的"罪恶"，但并不是所有人都相信这些控告，例如英国国王爱德华二世就看到了其中有许多诋毁和诬蔑，而且他也表明了他和葡萄牙、卡斯蒂利亚、阿拉贡和西西里的国王，还有教皇本人一样，坚持护卫圣殿骑士团的立场。由此可见，所谓对圣殿骑士团的看法普遍不好，完全不像公诉人暗示的那么普遍。

在大团长被迫和糟糕地第一个承认了自己的罪过之后，对骑士团来说，唯一的希望是这个案子将要提交教廷审理，更确切地说由教皇亲自审理。的确，在一三〇七年底，法国国王同意将囚犯们都交给了克雷芒五世。圣殿骑士们听到这个消息后，许多人都表示了不承认自己以前的供词。按照习惯，雅克·德·莫莱在教堂里，当着聚集在这里的人群翻供的时候，还露出了他那被打得皮开肉绽的肢体。

腓力四世看见他的计谋行不通，便加强了内部宣传，因此他在巴黎到处散发传单，说教皇被圣殿骑士团收买了，没有什么比用金钱贿赂更加引起群情激愤的了，腓力四世把群众挑动起来后，便来到了国会和巴黎大学，在这里讲了圣殿骑士团受贿的事，希望得到他们对他反教皇政策的支持。巴黎大学表示，异教的案件应当由宗教法庭来审理。崇高的法庭！这里还有一个证据，说明并不是所有的舆论都反对圣殿修会的。

知识分子像往常一样，最爱给别人泼脏水，国会一三〇八年五月在图尔①开了一个会（据说许多贵族都不愿参加这出喜剧表演，他们说明了不参加的理由），会上的人看了这些被屈打成招的供词后宣布，圣殿骑士们都应判处死刑。腓力四世有了老百姓的舆论支持，便来到了普瓦捷②，要见教皇。

克雷芒五世在和国王的谈话中，表现了高超的技巧，他跟国王像进行外交谈判一样，只谈十字军征讨的事，有意回避他对圣殿骑士修会的审判。对腓力四世来说，现在除了利用教廷里那两个忠于他的高官：纳尔博纳和布根主教之外，就没有别的办法了。纳尔博纳和布根在他们召开的代表会上，和国王的同谋一起，猛烈攻击圣殿骑士修会。教廷里幕后的一些人表面上不管这件事，但也没有少对教皇进行攻击和责骂。克雷芒五世依然坚持他的立场，甚至说，有些圣殿骑士的供词在他看来，是不可信的。为了抓紧时间，他还预告，明年要让世界各地的主教，都到维埃纳③大教堂里来，一起处理圣殿骑士修会的事，而且他还要和一些主要的被告见面。

因此要把这些被告从巴黎武装押送到普瓦捷去，但是这次押送到

---

① 地名，在法国。
② 地名，法国西部城市。
③ 地名，位于法国中西部。

希农①突然停了下来，说是因为有些被告病了。崇高的法庭！不管怎样，这都是事先计划好的。古代希农的阴暗废墟保存到了今天，它有一个很大的地洞，完全可以把这些犯人留在这里。当教皇的特使在圣殿骑士团一些真正的仇敌如纪尧姆·德·诺加雷和普莱斯坦斯·蓬萨尔的陪同下，来到这个新的审讯地方时，这些被告有的不说话，有的承认了自己有罪。他们来到牢房里，可以在墙壁上写下自己的遗嘱。

在审讯中不难看到经常出现这样一种情况，被讯问的人翻了供，可是过了几天，他却进行了更严厉的自责。这只有一个解释，就是在这中间对他用了酷刑，如用火烧犯人的肢体，将硬物压在犯人的身上，用刑具、铁鞋抽打犯人，将沉重的铁箍套在犯人身上。

法庭辩护人可以引用某些供词的片段。

吉萨②的普莱斯坦斯·蓬萨尔，一三〇九年十一月二十九日写道：

> 问他是不是从来没有受到过拷问？他回答说：三个月前，当他把一份供词交给巴黎的主教后，就把他反手紧紧地绑起来，抛在一个狭小的坑道里，他的手指头磨破了，出了血，因此他说：如果他们还要折磨他，他就推翻他以前的供词。他们要他说什么，他就说什么。他一切都准备好了，希望快点了结，砍头、火烧、扔到沸水里都可以，只是不愿长时期地遭受折磨，因为他在监狱里已经受了两年的苦了。

阿尔比的但尔纳兄弟说：

"我遭受这么厉害的拷问，这么长时间的审讯，我被火烧过，我的脚板都烧坏了。我知道我的骨头是怎么断的。"

---

① 地名，法国中央大区的一个镇。
② 地名，在埃及。

维利耶勒杜克的艾默里兄弟,一三一〇年五月十三日写道:

> 记事本上说,被告脸色苍白,十分惊恐,他在祭坛前发誓说,指控圣殿骑士修会犯的那些罪行都是杜撰的,"如果我骗了人,就让地狱在这里把我的躯体和灵魂都吞了下去"。当有人把他以前的供词读给他听时,他回答说:"是的!我以前承认过我犯了一系列的过错,但这是国王的骑士吉·德·马尔西和于格·德·拉塞勒问我时,不断地折磨所逼出来的。我昨天见到了五十四个我的兄弟都装在一些车子里,要拉去活活地烧死……啊,若要把我烧死,我承认,我很怕死,我受不了,我只好屈服……我向你们发誓,只要你们愿意,我向谁发誓都可以,我承认你们指控我的修会所有的罪过,我还承认我杀了天主,如果有人要我这么说。"

我想提请崇高的法庭注意要处以火刑的人的心理状态,在大火面前的恐惧是人的本性,因为它会给人体带来极大的痛苦。如果有一种精神力量来维护我们的信仰,那么我们面对这个最具破坏性的灾害,至少可以使我们本质的最微小的一部分获救。对一个中世纪的人来说,把他烧成灰,不会像我们现在这样,感到什么都没有了。被火烧死就像来到了地狱这栋房子的一个前厅里,地狱里的火是不会熄灭的,它将永远焚烧着那个被烧死的人的躯体,使他在那里永远遭受痛苦。物质之火与精神之火连在一起,现实的苦难预示了未来的苦难。天堂——那个被选定的住所,那些冰凉的和沉默不语的空气在这些将要死去的人看来,是那么遥远,可望而不可及。

一三〇九年初,对圣殿骑士团的审讯再次开始了,在这个新阶段的审讯中,一方面把用来逼供的机器上的螺丝钉拧得更紧了(在巴黎,有三十六个圣殿骑士在这次审讯中被折磨死了),另一方面,又出现了一个几乎是无法解释的情况,因为整个审讯都遭到了犯人们前所未有的反抗，他们为此采取了许多计谋和政治手段。雅克·德·莫莱宣布，他要为修会进行辩护，但只在教皇面前进行辩护。别的兄弟也作了类似的声明。五月二日，那些要为修会辩护的圣殿骑士的人数增加到了五百六十三人，对这个群体性的抗拒的回答是采取火刑，这一次又烧死了五十四个圣殿骑士，古罗马式的大屠杀在这里又取得了胜利。

一三一一年六月，法庭诉讼程序结束了，现在由教皇继续审理，但是维埃纳大教堂里的聚会并没有给予圣殿骑士团预期的帮助。我们不会忘记，这时教皇克雷芒五世已在阿维尼翁失去了自由①，他也认为自己对这件事的处理完全失败了。他在一三一二年四月三日颁布的通谕"哭叫的声音"②，说要解散圣殿骑士团，但没有表示对它的责罚，它的财产归医院骑士团所有，因此圣殿骑士们的血并未给腓力四世带来黄金的收入。

法国的监狱已经人满为患，首先是要对骑士团的一些高官采取措施，他们要在法庭上为自己辩护，"要请别的人为我们辩护做不到，因为我们身上连四分钱都没有"。他们不断要求到教皇的法庭上去。

但是审讯已经结束，克雷芒五世的特使在法庭作出判决的时候，站在一旁束手无策，圣殿骑士团的统帅被判终生监禁。

对雅克·德·莫莱和盖奥弗罗伊·德·沙尔内的判决书是在巴黎圣母院宣读的，在场的一大群人一声不响地听着，可是判决书刚一念完，这两个骑士团的领导人——也许是那圣母院动情的哥特式在起作用——便对这些老百姓大声地叫道：指控修会为罪犯和异端是错误的，圣殿骑士团的规章"永远是神圣的、正确的和天主教的"。法警马上死死捂住了他们的嘴巴，想要堵住被告最后的申诉。红衣主教们把那些想要抗拒的人交给了巴黎的法庭。腓力四世准备执行火刑，就

---

① 克雷芒五世早在1309年就来到了阿维尼翁，受制于法王腓力四世。
② 原文是拉丁文。

在这一天，为了表示他的愤怒，他用大火又烧死了三十六个不愿妥协的圣殿骑士团兄弟。

崇高的法庭！这出圣殿骑士修会的戏看似演完了，一些评论家在他们的坟墓里翻来翻去，希望找到其中的奥秘，有时候他们找到了来自某些时期的证据，有时候他们在一个教堂的正门上又发现了一个想象中的穆罕默德怪像，要为他们伸冤的人给自己提出的任务很简单——研究这些证据。

在历史上，没有什么能够永远保密，与圣殿骑士团斗争的方法又成了一些国家政府在对敌斗争中采用的方法，因此我们不能把这个已经远离我们的历史黑幕告诉研究档案的人。

皮耶罗·德拉·弗朗切斯卡

致雅罗斯瓦夫·伊瓦什凯维奇

朋友们都说：好，你到过那些地方，你见到过很多，你喜欢杜乔的画、多利斯神庙的圆柱大厅、沙特尔主教堂里的彩画玻璃和拉斯科洞窟里的野牛，那么你说说，如果要你挑选其中最喜爱的，你选哪一个？你最喜欢什么样的画家，有了他你什么也不换？这个问题很有意思，因为一个人如果有了一种真正的喜爱，就会取而代之以前的喜好，但它会对人造成伤害，因为它要实行暴政，唯我独尊，因此我想了一想，我的回答是：我最喜欢的画家，是皮耶罗·德拉·弗朗切斯卡。

我第一次访问的是伦敦——*国家美术馆*[①]。那天天色阴暗，城市上空有一团雾似要压下来，我没有参观的计划，但是我要找个地方防避湿气的侵袭。我真没有想到我从一开始就有了这么一个印象，因为我一走进伦敦博物馆的第一展厅，就很清楚地看到了它的规模是超过卢浮宫的。我一生中还真没有一下子就见到这么多的杰作，也许这不是欣赏艺术品的最好办法。就像音乐会的节目单上，说明了要演奏斯卡拉蒂[②]、巴赫和莫扎特的作品，而我们以为，还可以加上诺斯科夫斯基[③]的作品，这是我们硬要加上的，表明了一种科学精神。

[①] 原文是英文。
[②] 亚力山德罗·斯卡拉蒂（1660—1725），意大利歌剧作曲家。
[③] 齐格蒙特·诺斯科夫斯基（1846—1909），波兰音乐家。

我在馆内一幅名为《诞生》的画前停留的时间最长，我是在一本书上了解到它的作者的，它那闪耀着明亮的光照和表现了既严肃又欢乐的神情，使我感到很不寻常。这个印象就像我第一次见到了凡·爱克一样。很难描写出这种审美力量的巨大冲击。这幅画能把它的观赏者吸引到这么一个状态，既不能离开它，也不能靠近它，就像我们看现代画一样，只能闻到它色彩的味道，看到它的整个画面。《诞生》的背景是一个简陋的马厩，实际上是一堵快要倒下的砖墙，墙上有一个成坡状看起来很轻的小屋顶，前面在一片像旧地毯般已经弄得很杂乱的草地上躺着一个新生儿，新生儿的背后有一个由五个天使组成的合唱队，他们都赤着脚，像教堂里的一根圆柱那般坚强有力，而且显得生龙活虎。他们把活泼的脸都朝着赏画的人，和博多维纳蒂①画的那个跪在右边沉默不语地表示恭敬的圣母忧郁的脸，形成了对比。这个圣母一双漂亮的手上拿着一根燃烧着的已经脆损的蜡烛；她的背后有一头公牛和一头驴，还有两个你会说是佛拉芒的牧童；此外还有圣约瑟夫，侧着身子面对观赏者。这两幅风景画都挂在展厅的旁边，就像两扇窗子，通过它们外面的光线像水泡一样涌了进来。虽然这些画都已破损，但它们的颜色就像教堂里的彩画玻璃一样，依然十分洁净和明亮。皮耶罗晚年的这幅画，有人还美称它是他为童年和清晨作的晚祷。

在对面的墙上有一幅《基督受洗》，也表现了一种庄严的建筑学风格，它比《诞生》的出现早些，是皮耶罗保存至今最早的油画之一。画中人物美丽的形体配上了轻盈、洁净和富于乐感的背景，仿佛把树叶放在一片蓝天上，将瞬息变成了永恒。

歌德有个很明智的观点："谁要当诗人，就要到诗人的国家里去。"②这句话在绘画中，可以解释为图画是光线结出的果实，要在艺

---

① 阿莱索·博多维纳蒂（1425—1499），意大利早期文艺复兴时期画家。
② 原文是德文。

术家国度的阳光照耀下方可欣赏。所以说萨塞特在美国最漂亮的博物馆中也不一定有他的位置。我决心去皮耶罗·德拉·弗朗切斯卡那里朝圣，我的钱很少，但我一定要去冒一次险，因此我的这些描写不会使学者们感到这是一部看起来令人高兴的编年史。

我首先来到了佩鲁贾，这座阴暗的城市位于一片绿色和金黄色的翁布里亚风景区。它的周围至今仍然围着一道城墙，恐怕是意大利最阴暗的城市。它坐落在台伯河边一堵很高的岩壁之上，有人把它比作一只巨人的手，这座到处都是埃特鲁斯坎式、罗马式和哥特式建筑的城市有一段充满了残酷暴行的历史，普廖里德尔宫①是这段历史的象征，这是一栋很大的房子，有金属装饰，可是它的墙就像一块掰弯的铁并被火烧毁了。广场上有许多至今仍显得精致和美观的旅馆，在这些旅馆的前面是已被损毁的巴廖尼家族的宫府。广场后面有街道、阶梯、市场和地宫，其布局是那么奇特，像一座幻想中的迷宫，这也是当地市民精神上的不安在城市建筑上的表现。阿雷蒂诺②说："佩鲁贾是天使还是恶魔？"③ 这座城市的市徽是希腊神话中的狮身鹰翅和鹰首的怪兽，张着血盆大口和可怕的爪子。佩鲁贾共和国在它兴盛时期比翁布里亚强大，有一百二十个城堡在它的领土范围之内，巴廖尼家族最能体现这里居民的个性，他们中有许多都是非正常死亡的，他们好记仇，很残酷，但在一个美丽的夏天夜晚，又能够带着一种艺术的美感组织起来，优雅地把自己的敌人全都杀掉。佩鲁贾的学校都高举着军旗，这是它们最初的"图像"。这里的教堂就像城堡上五角形的堡垒，乔凡尼·皮萨诺建造的美丽喷泉与其说是一个审美客体，不如说是在这座城市多次遭到敌人围困时，为城市的保卫者提供饮水的

---

① 原文是法文。
② 彼得罗·阿雷蒂诺（1492—1556），意大利作家，生于阿雷佐城，被权贵们收买，替他们撰文打击敌手。他擅长写诽谤中伤和讽刺挖苦的文章。
③ 原文是意大利文。

蓄水池。由于长时期的内部争斗，这个城市最后陷入了教廷的统治，为了加深对它的奴役，统治者在这里修建了堡垒式的监狱，*使佩鲁贾的居民不敢闹事*①。

早晨我在一家透着地下室凉气的小餐馆里吃了早饭，当时坐在我对面的是一个满脸络腮胡子的男人，他的眼睛很小，外貌像个退了休的拳击师，这个人也使我想起了相片上的海明威，原来他是艾兹拉·庞德②（小餐馆的主人很自豪地告诉我）。一个真正的人待在他应当待的地方。这个不安分的人有巴廖尼家族的人陪同，一定会感觉不错。

十五世纪中叶，皮耶罗·德拉·弗朗切斯卡这个已经很成熟的艺术家和他的同道"流浪艺术大师"一样，都来到了罗马，他在教皇庇护二世宫殿里画了很多壁画，可惜的是，它们都被毁掉了。他在去教皇的宫廷途中，曾在佩鲁贾停留。

此地的美术馆里有一幅他的哥特式祭坛画像《在圣者围护中的圣母和圣婴》，最引人注目的是这幅画的底色，黄金的底色充分表现了*十五世纪*③的特色，只要和圣安东尼修道院的祭坛对照一下，就可看出其中的奥妙。皮耶罗给修道院的兄弟们画画，可他们的审美观是很保守的，他们并不希望把那些圣者画在画上，而只要给他们罩上一个抽象的天堂的光环就够了。这肯定不是皮耶罗最好的画，他对如何画好一个人相貌堂堂的头部和像木头一样的肩膀，都有自己明确的观点。

最引人注目的是这个祭坛的底座上，画的是圣方济各手里拿着一个印章，这位文艺复兴大师继承了乔托的传统，因为这里还有两个修

---

① 原文是拉丁文。

② 艾兹拉·庞德（1885—1972），美国著名诗人。其意象派理论曾受中国象形文字和古典诗歌的影响，反过来又给我国初创期的新诗以启迪，20世纪50年代以来，他又成为美国后现代派诗歌的先导。

③ 原文为意大利文。

道士站在一片有裂缝的土地上,上面有一层灰,他们的头上有一只拜占庭的鸟——基督。

从佩鲁贾去佛罗伦萨一半的路上坐落着阿雷佐,这个城市紧挨着一块丘陵地,丘陵地上有一个石屋顶的城堡,一个佛罗伦萨流亡者的儿子彼得拉克就出生在这里①,多少年后,他发现了流亡者的祖国,它就是哲学。还有阿雷蒂诺,"他的语言伤害了生者和死者,他只没有说过上帝的坏话,这是因为根本就没有上帝"。

圣方济各教堂既阴暗又很庄严,要走过一条既幽暗又宽大的过道,才能到达合唱队所在和展现有史以来最大的绘画奇迹的地方。皮耶罗在一四五二年至一四六六年间,也就是他绘画最成熟的时期画的《真十字架传奇》,由十四幅壁画组成,这些画取材于尼可德姆一部并不可靠的福音书和雅库布·德·沃拉基内②的《金神话》,我们就来说说这些壁画吧!可这是说不清的。

《亚当之死》。根据神话,有一根木头是亚当死去时的舌头下面的一棵树种长出来的③,亚当死的时候赤身裸体地躺在年老的夏娃怀里。皮耶罗笔下的老人形象和伦勃朗描绘的人快死时那种形神憔悴的样子完全不一样,他们充分表现了一些将要死去的动物的感情冲动和智慧。夏娃请塞特④去天国拿来橄榄,想让亚当恢复健康。这幅画的左边画的是塞特站在天堂的大门前和一个天使谈话,中间画的是亚当僵直的躯体躺在这根毫无办法不得不裸露着的木头下面,塞特把一

---

① 彼得拉克1304年7月30日生于佛罗伦萨附近的阿雷佐城,他的父亲是佛罗伦萨的望族、著名律师,因同黑党的头头不和而被放逐。他自幼跟着父亲流亡法国,在普罗旺斯旅居多年。

② 雅库布·德·沃拉基内(约1230—1298),热那亚的主教和宗教作家,他的《金神话》代表意大利中世纪后期散文创作的最高成就。

③ 意思是说亚当因为吃了伊甸园中那株"分别善恶的树"上的果子,被赶出了伊甸园,从此便成了有罪的人,耶稣后来被钉在十字架上,也是为了拯救犯了罪的世人。

④ 塞特是亚当的第三个儿子。

粒种子塞进了他的嘴里。有几个人在这个已经死去的亚当面前低下了头,有个女人伸出两条胳臂哑声哑气地叫了起来,她的喊叫并不可怕,这是她在预见未来。整个画面虽然笔调简单,但表现了一种热情和古希腊风格,就像埃斯库罗斯写的旧约全书的诗一样①。

还有一幅《示巴女王拜访所罗门》。中世纪有个故事又说:木十字架传到了所罗门②时代,所罗门国王命令把它砍下来,在西洛泉上搭一座桥。示巴女王因为产生了幻觉,一下子倒在地上,她看见有一些惊慌失措的宫女都围在她的身边,这是一个美女一样的美丽花园。皮耶罗就像所有最伟大的画家一样,画出了人的形象,他的人物特征是不难辨认和人们永难忘怀的,就像波提切利③笔下的女人,和别的大师画的女人都不一样。皮耶罗笔下的女人都是长圆形的头,长在一根显得很温暖的长脖子上,胳臂很丰满,是用粗线条勾画的。头发紧贴在额头上,也决定了头的形状。脸完全露了出来,就是为了给人看的,但表情却很紧张。眼皮呈扁桃色,视线从来不和观赏者的视线接触,这就是皮耶罗画的特征之一,他不表现隐秘的心理状态,把画当成了做手势和鬼脸的舞台。如果要演一场戏(就像这里,示巴女王是孤独的,她有一种隐秘的感受),画家让他的女主人公被一群感到很惊奇的女孩子所包围。为了进行对比,旁边又画了一些站在一棵树下的马和两个仆从,都站在这棵树下面,这两个仆人是长得很漂亮的男孩,他们正在很奇怪地把一些马蹄和野兽的毛发搬到另一个地方去。以上场景出现的时间正像皮耶罗别的画一样是不确定的,可能是玫瑰色的清晨,也可能是正午。

画中的场景扩大了,大师要在同一个背景下,继续讲他的故事,

---

① 亚当是《圣经·旧约》中的人物,埃斯库罗斯(约公元前525—前456)是古希腊诗人,当然不可能写"旧约",这里是指这幅《亚当之死》表现了古希腊的艺术风格。

② 所罗门,古代(公元前10世纪)希伯来统一王国国王。

③ 桑德罗·波提切利(1445—1510),欧洲文艺复兴早期佛罗伦萨画派的画家。

就像古希腊罗马戏剧中约定的同一个地点一样。现在,示巴女王在以建筑家的精密度画出来的一个科林斯柱廊下面,和所罗门见面了。两个世界:一个女王的行宫,色彩缤纷,像剧院一样;另一个是所罗门的大官,这些官员表情都很严肃,有政治智慧。文艺复兴时期的服装式样很多,但是缺乏皮萨内洛①的装饰和细节的描绘。所罗门政府的高官都牢稳地站立在由方砖砌成的地面上,他们那从侧面看起来很长的脚板使人们想起古埃及的画。

因为要会见,那座桥被拆除了,下面的场景是三个工人扛着一块很重的木头,仿佛预示着基督要到各各他②去,这个片段画得很呆板,除了主要人物之外,其他的笔画都显得幼稚,历史学家们认为这是皮耶罗的学生画的。

《天使报喜》③ 就像一个阿尔贝蒂的建筑物,有大量的优质建材和精确的设计、未经加工的大理石和各种色调合理的搭配。画面上云中有一个体形很大的天父,他的左边是天使和马利亚,这是一个文艺复兴时期的马利亚,表情平和,像雕像一样。

《君士坦丁的梦》画的不是石头的柱廊,而是君士坦丁大帝的军营,军营里呈铜色,火炬的光照亮了两个卫兵的身影,画面上的主要部分画的是一个坐着的内侍官和睡着了的君士坦丁大帝。这是意大利艺术有意识的明暗搭配的夜景之一。

---

① 皮萨内洛(约1395—1455),意大利早期文艺复兴和15世纪最杰出的画家之一,多画宗教题材的画和肖像画。

② 各各他:亚兰文 gulgulta 的音译,原意为"髑髅",故又译作"髑髅地"。传说是中古代犹太人的刑场。《圣经·新约》"福音书"称耶稣被钉十字架死于该地。传说位于耶路撒冷西北不远的一座小山上。

③ 天使加布里埃尔通知圣母马利亚,她将生育耶稣,故每年的3月25日为基督教天使报喜节。

《君士坦丁的胜利》是根据乌切洛①和委拉斯开兹②的构思绘制的,但不同的是皮耶罗的画反映了古希腊罗马的质朴和崇高,画面上一些骑马的人看起来很乱却组织得很好,他虽然知道应当如何省略,但是为了不破坏画面上均匀的布局,从来不采用这种画法。一根标枪竖了起来,托住了黎明的天空,整个画面都映照着流动的光线。

《一个希伯来人遭受的折磨》说的是一个叫犹大的人,他知道木十字架藏在哪里,但他不肯把这个秘密说出来,古罗马皇帝③的母亲海伦便命令把他扔到一口枯干了的井中。画面上两个皇帝的侍从用套在一个三角形脚手架上的滑轮和绳索将已经腐烂的犹大的尸体从井里打捞出来,宫廷总管紧紧地抓住了他的头发。这里要说明的是残忍,皮耶罗在画中表现这个残忍的事实,但他对此是处之漠然的。画中人物的面部毫无表情,如果说有什么可怕的话,那就只有那个套着滑轮和绳索的脚手架了,因为这上面捆着一个犯人,几何图形再一次代替了情感的表现。

《真十字架传奇》这幅画分两部分,但它们表现的内容和结构形式是分不开的。第一部分画的是君士坦丁的母亲④看着一些工人把三个十字架拿出来,远处一个马鞍形的谷地里有一座中世纪的城市,那里到处都是塔楼、呈斜坡状的屋顶、玫瑰色和黄色的城墙。第二部分画的是一个半裸的男人在死尸堆中站了起来,他碰到了十字架。君士坦丁的母亲和她的宫女表现出对这个场景的喜爱。以城市建筑物作为背景好像是对这个场景的说明,这不是前面展示的那种中世纪的城市

---

① 乌切洛(约1396—1476),意大利文艺复兴早期的画家,画过一系列战争题材的画。
② 委拉斯开兹(1599—1660),西班牙巴洛克时期著名画家,画过许多肖像画。由于研究16世纪威尼斯绘画,他以鲜明多样的笔触和微妙和谐的色彩,描绘出物象的质感、光线、空间及意境,成为16世纪法国印象主义的主要先驱。
③ 指君士坦丁一世,即君士坦丁大帝。
④ 传说君士坦丁大帝的母亲海伦去耶路撒冷朝圣,在那里找到了那个曾经钉死耶稣的木十字架。

幻象，而是将一些三角形、正方形和圆形的大理石很均匀地配置在一起，建筑学在这里终于创造了理性的奇迹。

木十字架被找到三百年后，波斯王科斯洛埃斯占领了耶路撒冷，窃取了这里最珍贵的基督教文物，但希拉克略①打败了他。混乱的人群、马和兵器表面上看好像是乌切洛对一些著名战争的描绘。但引人注目的是皮耶罗的壁画表现出了一种非常平静的状态，乌切洛的战争是大喊大叫的，他的金戈铁马在勇猛地拼杀，到处都是杀声一片，士兵奔跑的脚步声、马蹄声飞到了天上，一会儿又沉重地落到地上。可是皮耶罗笔下的战争场面就没有那么紧张，而显得严肃。这是一种平和的叙事，杀人者和被杀者都像砍伐森林的伐木工一样，非常严肃地举行一场血的祭典。参加战斗的人头上的天空清澈透明，迎风飘扬的旗帜"像身子被矛刺穿了的龙、蝾螈和小鸟的翅膀一样，飘落下来了"。

然后是取得胜利的希拉克略赤着脚，站在庄严的游行队伍最前面，他手里拿着一个十字架往耶路撒冷走去。这个国王的侍从都是亚美尼亚和希腊的僧人，他们的头上戴着各种五颜六色奇形怪状的帽子。艺术史家们在想，皮耶罗在什么地方能够看到这么神奇的服装？也许这都是他想出来的。为了显示他的宏大规模，他给每个人像的头上都戴了帽子，就像建筑师给圆柱安装柱顶一样。希拉克略远征的终结像一篇金色的神话，既合乎时宜，又很高贵。

皮耶罗的杰作由于受潮和没有保存好，遭到了严重破坏，画上的色彩已经脱落，就像被涂了一层面粉一样，此外，合唱队的形象画得不好也使人们了解不到这些壁画的更多内容，如果在这个神话中有一

---

① 弗拉维斯·希拉克略（约575—641），拜占庭帝国皇帝，610年至641年在位。当政初年，帝国北部受到阿伐尔人和斯拉夫人的侵袭；东部，波斯人于611年至619年占领了叙利亚、巴勒斯坦和埃及。希拉克略后依靠教会的支持，整饬军队，于626年击败阿伐尔人；于627年在尼尼微旧址附近打败波斯国王斯洛埃斯二世，收复了帝国东部的失土。

个人物、一块木头、一片蓝天能够保存下来，那么根据这些像古希腊神庙的残留物一样残存的东西，就能够把这些壁画完全修复。

通过揭示皮耶罗的秘密，我们注意到，他在艺术史上是一个最没有个性的艺术家，贝伦森把他比作古希腊帕提农神庙中没有留下姓名的雕塑家和委拉斯开兹，他艺术的伟大表现在于他笔下的人物都是半个上帝、英雄和巨人，他们在这里上演了一出崇高的戏。不用心理描写更提高了纯艺术的价值，这表现在人物的体态和动作还有光线的描绘中，贝伦森说："不用描写脸部的表情，因为这样并不好看，我宁愿画一个没有脑袋的动物。"马尔罗也是一样，他在谈到《真十字架传奇》作者的时候，认为他发明了一种漠不关心的描绘，他画中的形象对什么都漠不关心："他雕塑的人群只有在跳一些宗教舞时才显得活泼……现代绘画的原则要求画家在他的画中，而不是在他笔下的形象中表现自己。"

在阴影、痉挛、喊叫和狂怒的冲突中，皮耶罗·德拉·弗朗切斯卡发现了一个如何调配光线和使一切处于平衡状态的永恒规律，即光的等级①。

我想，可以去看看蒙特尔基②，这是一个小地方，距离阿雷佐二十五公里，那里有一个长满了蓝色浮萍的小池塘，池塘旁长着许多柏树。我的一个朋友在信中还对我说："在蒙特尔基的一个小山上和一条道路旁有一片墓地和一个小教堂，百米之外有一个小村庄，村庄里出现了不知是谁的小轿车使人们感到惊奇。它行驶在葡萄园中的一条两旁种植了橄榄树的大道上。小教堂、一栋小房子、墓园看守人和一些骨灰盒并排站立和摆放在一起，由于周围长着茂密的葡萄藤，呈现出一片田园诗的景象。少女们和母亲带着孩子夜晚来这里散步。"

小教堂的外墙呈黄色，里面的墙上刷了石灰，呈白色，大概是巴

---

① 原文是拉丁文。
② 地名，在意大利。

洛克风格，实际上没有什么风格。壁龛里有一个很小的祭坛，教堂的中间只能摆一副棺材，站着几个人，墙壁是裸露的，上面唯一的装饰是一幅画。这是一幅壁画，安装了画框，但它的两边和下面一部分损坏得很厉害。壁画中的天使们流浪了一百年，把他们的鞋都丢失了，即使是一个不灵便的修复工也得把这些鞋补上去。

这肯定是艺术家不知什么时候大胆画出来的一个最具挑衅性的夫人①，她很有人情味。她是一个新教的牧师，也很富于肉感。她的头发在头上紧紧地包在一起，遮住了两个耳朵，有一个直觉灵敏的脖子和宽广的肩膀，鼻梁很直，嘴巴说话很性急，不让步，眼皮耷下来，紧挨在瞳孔上，一双黑色的瞳孔注视着体内的深处。一条很普通的裙子上半身很短，胸部以下到膝盖和上半身分开，左手放在大腿上，像一个村妇的样子，右手贴着肚皮，就像触到了隐蔽之处一样，但是并不庸俗。皮耶罗为蒙特尔基的农民画了多少世纪以来所有母亲激动人心的秘密。站在旁边的两个天使以一个有力的动作揭开了一道幕布般的帷幔。

皮耶罗有幸既没有出生在佛罗伦萨，也没有出生在罗马，而是出生在小小的圣塞波尔克罗②，这里远离历史的喧嚣。他总是徘徊在静悄悄的田野和柔和的树林中，因为这位大师经常很高兴从世界各地回到他的家乡，他很关心和爱护这个小城的办事机构，后来他也死在这里。

穆尼西帕列宫③保存了他大儿子的两个作品。福西永④认为：皮耶罗·德拉·弗朗切斯卡在一个祭坛上画一幅《仁慈的圣母》是他第一幅单独绘制的画，这幅画上面一部分画的是耶稣钉在十字架上，

---

① 原文是意大利文，意思是夫人、女士、太太，也指圣母，她经常带着一群孩子，出现在宗教内容的画中。
② 圣塞波尔克罗，意大利阿雷佐省的一个市镇。
③ 原文是意大利文。
④ 亨利·福西永（1881—1943），法国20世纪著名的艺术史家。

他表现得很激动也很严酷。此外还有两个人站在十字架的下面：圣母和圣约翰。在皮耶罗后来的作品中，都没有这么富于表现力的人物形象。他们的肩膀和伸开的手指头都表现他们对一切感到绝望，就好像皮耶罗在画这幅画时，并没有构建一种保持镇静和沉默的诗学。但是画中的主要人物——圣母用她的僧袍遮住了一些信徒，却显示了他将有另外一种绘画的风格。这个人物形象很魁伟，画中好像并没有说明她究竟是谁，是自然生出来的，她浅绿色的僧袍像温热的雨水一样，落在一些跪在她面前的信徒头上。

《复活》这幅画，皮耶罗是用一个四十岁男人的一只手画的，耶稣的身后展现了一片托斯卡纳带忧郁情调的景色，但他是一个胜利者，他的右手紧握着一面小旗，左手拿着一件像古罗马元老的袍服一样的殓衣。他的面部表情很粗野但又包含着一种睿智，一双狄俄尼索斯①的眼睛像是一口深不可测的水井。他的左脚踩在一块墓地的边缘上，就像他在尽全力压着一个在决斗中被他打败了的人的脖子一样。画上的主要部分还画了四个古罗马的卫士，他们在睡梦中一动也不动，像瘫痪了一样，一些变成了物体的人突然惊醒和熟睡这两种状态，形成了鲜明的对比。天空和耶稣的躯体都闪着亮光，那些卫士和背后的景色都遮掩在一片阴影中。表面上看，所有这一切都处于静止的状态，皮耶罗就像一个物理学家一样，天才地表现了这里的动态和没有秩序，既充满活力又处于僵化，生与死是掌握不了的。

有人将乌尔比诺②和一位坐在国王的宝座上，披着一件绿色袍服的伟大夫人作了比较，那位夫人就是主宰这座小城的一座宫殿③，这座宫

---

① 古希腊神话中的酒神。
② 乌尔比诺，意大利马尔凯地区一座城市，保留许多风景如画的中世纪风景。
③ 将这座宫殿比作统治乌尔比诺的那个坐在国王宝座上的夫人，可见它是多么重要。

殿的主人蒙泰费尔特罗公爵的家族决定了这座小城历史的发展①。

这里最初有过一些骑士和强盗,还有但丁,这个决定生死的最高权威,将蒙泰费尔特罗公爵家族中一个叫奎多的下了地狱,和那些爱闹事的人在一起②。可是蒙特费尔特罗公爵后代的习性就变得温和了,也更懂得文明礼貌了。费德里科一四四四年在这里当上了国王③,他是一个模范的将军和人文主义者,他和冒险分子里米尼的马拉泰斯塔④打过仗,这个马拉泰斯塔曾杀害自己的两个妻子,皮耶罗在画中让他以虔诚的姿态跪在圣西吉斯蒙德面前,显然是不愿展示他杀害妻子的血腥场面。可是费德里科表现得很勇敢,遇事审慎,他在斯福尔齐们⑤、阿拉贡人和教皇那里当过雇佣兵,这期间,他的财产增加了三倍。他喜欢穿着一件很普通的红衣服,在他的公国首都大街上一个人走来走去,不要卫队跟着他(这是一种宣扬自己的办法),

---

① 蒙特费尔特罗家族,佛罗伦萨东南意大利边境地区乌尔比诺城的贵族世家,后成为一个王朝,并在13世纪至16世纪出过一些杰出的政治和军事首领。1234年,这一家族开始统治乌尔比诺。

② 这里大概是指那些和奎多一起,和教皇派作过战的人。

③ 费德里科的全名为腓特烈·达·蒙特费尔特罗(1422—1482),他是蒙特费尔特罗家族后期的成员之一,在他统治乌尔比诺期间,曾大力发展这里的文化事业,开设了一个当时欧洲最大的图书馆。同时他也是一个杰出的军事领袖,非常关爱那些在战场上受了伤的士兵,给他们医治,并救助在战场上牺牲的士兵的亲属,被誉为"意大利之光"。

④ 里米尼的马拉泰斯塔(1417—1468),意大利的封建统治者和雇佣军首领,常被看成是意大利文艺复兴时期诸侯的典型。1433年至1463年间,意大利战祸频仍,马拉泰斯塔充当过雇佣兵队长,向作战各方显示了他的军事才能。作为里米尼的封建领主,他曾慷慨大方地帮扶和资助一些作家和艺术家的创作,还委托建筑师L. B. 阿尔伯蒂修建了里米尼最著名的圣方济各教堂(又称马拉泰斯塔礼拜堂)。作为一个地方的统治者他是深得人心的,作为雇佣兵队长他也建立了很大的功勋。但他生性粗暴残忍,如他曾先后有过三个妻子,却亲手杀死了两个。他和费德里科也有矛盾,相互争斗了多年。只有曾任勃兰登堡选帝侯和卢森堡王朝的神圣罗马帝国皇帝的西吉斯蒙德(1368—1437)和他亲近,西吉斯蒙德曾封他为骑士,并支持他当里米尼的统治者。皮耶罗在他的画中,"让他以虔诚的姿态跪在圣西吉斯蒙德面前",是为了表示他对西吉斯蒙德的感恩。

⑤ 意大利一个公爵的家族,在1450年至1535年间一直是佛罗伦萨的统治者。

就像普通人一样，和他的臣民们聊天。由于在这种聊天中表示了友好，他的臣民都很敬仰他，都愿跪在他面前吻他的手，他在当时被认为是一个真正的自由主义统治者。

他的王宫中当时有一种*混淆的习惯*①，因此那里成了一个人文主义者聚会的好地方。卡斯蒂利奥内以他为原型创作了《内侍官》。这位公爵搜集了许多古代的文物，也招募了一些艺术家和学者，像当时最著名的建筑师阿尔伯蒂、雕塑家罗塞利诺②、尤斯图斯·凡·根特③、皮耶罗、美洛佐·达·弗利④这些大师都经常来到他的王宫，在那里工作，或者至少和他的王宫保持密切的联系。今天留存的一幅这个公爵的画像，是皮耶罗画的，他披盔带甲（铁在他的身上只是一种装饰，表示他的强大），坐在他的一个图书馆中，手里拿着放在阅书台上的一大本书，因为这个乌尔比诺的公爵也是一个顶级的藏书家，在沃尔泰拉⑤战役中取得胜利后，他要得到的战利品不是战马和黄金，而是一本希伯来文的《圣经》，他的藏书肯定比他的武器库要丰富得多，他还有一些神学家和人文主义者的稀有手稿。

关于腓特烈·达·蒙特费尔特罗，我们就说这些，因为他是皮耶罗·德拉·弗朗切斯卡多年的朋友和保护人，这是皮耶罗死后享有荣誉的重要原因。我们的艺术家大概也是在这里度过了他一生中最幸福的年代。瓦萨里说皮耶罗有不少杰作失传了，为什么失传了，他说，皮耶罗大师在乌尔比诺画过许多小型的画，公爵很喜欢，但不幸的是，它们在国内发生战争的时候都遗失了。

---

① 原文是拉丁文，意思是虽然生活习惯不同但只要是人文主义者，都可以到这里来。
② 贝尔纳多·罗塞利诺（1409—1464），文艺复兴时期意大利雕刻家、建筑师。
③ 尤斯图斯·凡·根特（1410—1480），早期尼德兰画家，后来曾到意大利工作。
④ 美洛佐·达·弗利（1438—1494），文艺复兴时期意大利翁布里亚画派著名画家、建筑师。
⑤ 地名，在锡耶纳西北，距锡耶纳不远。

不是在乌尔比诺,也不是在佛罗伦萨,而是在乌菲齐①的一个美术馆中,保存了皮耶罗一幅可折叠的双连画,上面画了腓特烈和他的妻子巴蒂斯塔·斯福尔扎,这两个人像的对比非常醒目,巴蒂斯塔的脸像是涂上了一层蜡,没有血色(因此有人认为,这是在公爵夫人死后为她画的),可是公爵的脸晒黑了,显得健壮,他的表情很凶恶,脑袋竖在像狮子样的脖颈和健壮有力的背脊上。头上戴着一顶红帽,身上穿的也是一件红色的衣服,密扎扎的头发像一块黑色的焦油。他的胸部就像一幅在幻想的远方画得很精致的风景画上的一堵孤零零的石壁。在画上的人物和风景画之间有一段距离,参观者的视线就好像要穿过一道鸿沟,才能到达彼岸,这里既没有什么暗示,也没有空间的延续和透视的显现,公爵的形象就像从一片没有画出来的天空陨落到画面主要位置上的一颗火热的流星。

两个有寓意的场面和那些普通的肖像画不同的是,它们显示了一种宫廷的诗意,这是在文艺复兴的绘画中最爱画胜利者的示威游行。公爵夫人坐的车子由两头独角兽拉着,表明她具有一种宗教神学中说过的品德,灰白色和土黄色的风景仿佛要消失不见,但是到了地平线的尽头又显露出来,这意味着死亡,肯定意味着死亡。

公爵胜利的马车由两匹白色的骏马拉着,显示正义、力量和理智伴随着他。幻想中的山景充满了光照,蓝色的朝霞映照在水的镜面上,这意味着:

> 公爵戴着荣誉的光圈已经走了出来,
> 他掌握了王权,但他不滥用这种权力,
> 他高贵的品德使他获得了永久的荣誉,
> 这是一个伟大的君王获得的永久的荣誉。②

---

① 地名,在意大利。
② 这几句话原文是拉丁文。

乌尔比诺的美术馆中有两幅皮耶罗·德拉·弗朗切斯卡的杰作,是他不同时期的作品,第一幅叫《西尼加利亚》,画的是圣母和两个天使,保存在一个教堂里,虽然没有凭证,但被认为是这位大师最后的作品之一。有人认为这是一种衰老的颓废主义艺术,我们很难同意这种观点,但还有人看到了这幅画的风格有创新,这倒是没有错的。

新的采光来自北方,这幅画可以最清楚地看到这位意大利绘画大师的想象和乌贝特·凡·爱克强大的想象力的碰撞,皮耶罗年轻的时候就受了他的影响,这种影响在这幅画的一些细节描绘中也能看得出来,例如圣母、圣婴和天使们的手都是佛拉芒画派最爱画的那个样子,这在皮耶罗的其他作品中是没有的。这幅画的整个画面既简单而又处于静止状态,令人感到亲近。这不是在阿雷佐壁画中那种文艺复兴的建筑物,而是——并未见之于皮耶罗——一间私人的房间,在这间灰中带蓝颜色的房间右边连着一条敞开的走廊,但它并没有一直延伸下去,因为有一堵斜墙把它截断了,墙上有窗子,从窗子里不应有地射出了一道光线,照亮了站在外面的人,这是画中明暗的搭配。画中人物形象的排列既很紧密,又具有很大的规模,圣母的面部表情像一个普通的保姆,她是国王们的奶妈。小耶稣举起一只手臂表示他是一个执政者,他以充满睿智而又严厉的眼光望着前方,这好像是一个未来皇帝缩小了的形象,但他已经意识到他的强大和他未来的命运。

皮耶罗的第二幅画叫《鞭打耶稣》,它在素材的运用和协调一致的布局上是非常独特的,使观者感到很突然,这是一种绘画和建筑艺术的综合,在欧洲的绘画中是没有的。我们已经多次提到了皮耶罗绘画的宏伟图像和建筑学风格,现在正要进一步来论述一下这种情况是怎么发生的,这就要联系到欧洲另外一个时期的绘画,因为消除了建筑学的构思——在明见的艺术中这是最高级的——便产生了现代绘画。

莱昂·巴蒂斯塔·阿尔伯蒂这位建筑师比所有健在和已故去的画家多梅尼科·韦内齐亚诺、萨塞塔、凡·爱克、现代透视艺术家乌切洛和马萨乔①对皮耶罗的影响都更大。

莱昂·巴蒂斯塔·阿尔伯蒂大概生于一四〇〇年，他出身于佛罗伦萨一个望族，但他却被家乡赶了出来，关于阿尔伯蒂家族内部的争斗可以用一些数字来形容，在这种争斗中取得胜利的一方，可以用高价购买杀手，去杀害另一方的成员。阿尔伯蒂在博洛尼亚②接受了文艺复兴的教育，但他当时是很贫困的，因为他的父亲死了，他在大学获得了法学博士的学位。此外他还学过希腊语、数学、音乐和建筑学，因为和罗马教廷有联系，他曾多次去外地旅游，在旅游中又使他有了更多的学习机会。他的命运在不断地变化，一直到他的一个好友、人文主义者萨尔扎内的托马斯成为教皇尼古拉五世，他才交上了好运。阿尔伯蒂不仅被认为外表很美，而且很有理智，是文艺复兴时期典型的大力士和百科全书式的学者，他是"具有高超的智能、敏锐的判断和渊博的学识的代表"。安杰洛·波利齐亚诺③曾对洛伦佐·美第奇④说："对这个人来说，没有哪一本古书他不知道，没有哪一种独特的技能他不会。你想一想，他在演讲和写诗上是不是有更大的才能？他的风格是不是表现得更加严肃和精美？他仔细研究过一些保存下来的古代建筑，对它们的形式了解得很清楚，他以它们为标准，不仅制作了一些自动的装置，而且盖了许多房子。此外他还被认为是

---

① 马萨乔（1401—1428），意大利文艺复兴时期第一位伟大的画家，他的壁画是人文主义最早的里程碑，他也是第一位使用透视法的画家。
② 地名，在意大利。
③ 安杰洛·波利齐亚诺（1454—1494），意大利人文主义诗人。
④ 洛伦佐·德·美第奇（1449—1492），佛罗伦萨政治家、统治者和文学艺术的保护人，美第奇家族最有才学见识的人物，他在佛罗伦萨执政期间，使这座城市的经济和文化得到了很大的发展。

一个优秀的画家和雕塑家。"他生命的终了（死于一四七二年）闪耀着荣誉的光彩。有人把他比作苏格拉底，他和贡萨加们①和美第奇们这样一些大人物交过朋友。

他留下了近五十部著作，其中包括学术专著、论文集、对话集和关于道德的述评等，还不算他的书信和关于圣经题材的作品。但他最享誉后代的是他关于雕塑、绘画和建筑的著作，他的重要著作《论建筑》②并不是给工程师们用的教科书（虽然它在某种程度上和维特鲁维的著作一样），而是一本非常博学而又写得极为漂亮的书，对文艺事业的支持者和人文主义者都很有用。虽然它讲的是古代艺术，但那都是内行的论述，其中还穿插着一些趣闻和表面上看并不重要的对事物的介绍。那里有关于建筑物打地基，什么样的周围环境更适合或者不适合盖房子，砌墙的方法，门把手、车轮、轮子的轴心、吊车和十字镐的制造与用法，还传授"如何消除蛇、蚊子、臭虫、苍蝇、老鼠、跳蚤和飞蛾以及类似这样令人讨厌的夜晚的虫子"。阿尔伯蒂一四三四年写的一部关于绘画的著作对皮耶罗产生了直接的影响，作者在前言中就说他在这里不会讲那些关于画家们的故事，他要重新③创造一种绘画的艺术。

按照一种很普遍的关于文艺复兴的观点，这一时期的艺术家们都局限在模仿古希腊罗马的艺术和大自然，但是阿尔伯蒂的著作认为事情并不像百科全书和教科书上说的那么简单，他说，艺术家是比哲学家更高一等的世界的建设者。他当然不依靠什么比例和规律，而且他也摆脱了数学的逻辑思辨，而只是根据对事物的观察，"画家对视线触不到的一切都不感兴趣"。眼睛里图画的构成就是对光线的调配，它就像一些线条一样，从客体那里延伸到观者的眼里后，便建起了一座金字塔，绘画就是要获得这座看得见的金字塔的影像。

---

① 意大利曼图亚一个公爵的世袭家族，1328年至1708年间是这里的统治者。
②③ 原文是拉丁文。

根据视线观察的逻辑，这里有一系列很严格的规定动作，首先是要认定客体在空间所处的位置，然后用线条勾画出它的轮廓，这样便同时可以显现出一系列客体的表面，相互之间要有一个很好的配合，这叫艺术的色调结构。

色调的不同决定于采光的不同，在阿尔伯蒂之前，画家利用色调（一些文艺复兴的理论家经常唠叨中世纪的色调太乱），在他之后，画家利用采光。重视色调的利用，是因为客体轮廓的形式不固定，皮耶罗很清楚地懂得这个道理，而且他对这个理论还有所发展，他注意的不是客体所占的范围，而是它的内部，塞特的身姿或者示巴王后的头只露出了它们的轮廓，但显得很明亮，就像云团的周边一样。这个明亮的轮廓就是运用阿尔伯蒂理论的结果。

结构就是方法，有了方法便会使得客体和空间的因素在画中形成一个整体，叙事被简化成了一个形体，形体分散成许多肢体，肢体的表面挨在一起便形成了一堵金刚石的墙壁，但它不是像几何图形那样毫无生气。维特鲁维很正确地指出，皮耶罗的结构和他的形式表现了几何学的构思，但是他在柏拉图的圆锥体、球体和立方体面前便止步了，他——如果可以把一个时代发生的事，错误地当作另一个时代的事——和那种客体画像一样，对立体主义画派的经验，是有感受的。

阿尔伯蒂的著作用了很大篇幅来论述叙事画，他要说明的是，一幅画要自己单独起作用，它对观者的魅力并不决定于观者是否懂得它要叙说的故事。作品的动人之处是人体也就是形体活动的表现，而不借助于恶搞，要禁止过多的骚乱、堆积和细节的描写，皮耶罗由此得出结论，一是要有一个各种因素合理搭配的背景，二是画面上要表现出一种静寂的氛围。

在他最好的画（《基督诞生》、《乌尔比诺的公爵像》、《基督受洗》、《君士坦丁的胜利》）中，那深远的背景，就像画中的形体一样，看起来富有多种含义。从下面看显得厚实的形体和笔触细腻的风景画形成了对比，使人在空间的活动更加明显。风景画上一般是没有人的，只有水、土地和光线，空间和大背景就像合唱队一样，在小声地有节奏地吟唱，可是皮耶罗画上的人物却保持沉默。

在盖房子砌砖时要保持安静，这是一种内在的秩序，皮耶罗懂得，过多的动作和表情不仅有损画面上的洁净，而且使得画面上只突出了一个场景，一个闪光的存在。斯多噶派①人物的冷峻表情，树上一动也不动的叶子，大地的第一个清晨，任何钟表都没有敲响的时间，使得皮耶罗的作品永生不灭。

我们还是回头来讲《鞭打耶稣》吧！这是皮耶罗的画中最具阿尔伯蒂特色的，画面上勾画出的结构形式，所有线条都拉得很紧，每个人物形象就像一块冰置放在一个合理构建的空间里，第一眼看去，就像一个魔鬼用透视法展示了这里的一切。

画上的场景分两部分，主要显示在左边科林斯圆柱旁的大理石走廊里，有知识的人可以从这里走过，在一块直角的地板上有一个半裸的耶稣像，他的身子靠着一根圆柱，在圆柱上还有一个古希腊英雄的神像，他伸出了一只手，这是皮耶罗的一个石头象征。两个凶手互相交换着一些枝条，他们的鞭打是有规律的，就像钟表指针的走动一样，但他们的表情很冷漠。到处一片寂静，既没有被打者的呻吟，也没有凶手表示仇恨的怨气的发泄。另外还有两个旁观者，一个背对着观者，另一个侧身坐在左边，如果只看到这个场景，会以为它是在一个盒子里，或者变成了镶嵌在玻璃中的一个模特，现实在这里被驯化了。皮耶罗和好讽刺的老布吕赫尔相反，*你就看*② 他的《伊卡罗斯之死》③ 吧！他从来不用透视法来展现重大事件的发生，因为他知道，

---

① 斯多噶派：一译斯多亚派，古希腊后期产生的哲学学派。创立者是芝诺。
② 原文是拉丁文。
③ 据希腊神话：伊卡罗斯和他的父亲代达罗斯原被囚禁在克瑞忒岛，后来他们用鸟的羽毛和蜡做了翅膀，驾着翅膀飞离了克瑞忒岛，但伊卡罗斯想要飞到太阳那里去，结果他翅膀上的蜡被阳光融化，因此掉下来摔死了。

几何图形不能表现热情，他画中的重要人物都在中心位置，也就是舞台的前沿上，为了了解这幅猜不透的画的含义，就一定要知道那三个站在右前方的男人有什么意思，或者有什么象征意义，他们都背对着遭受鞭打的那个场面。

贝伦森和马尔罗认为这是结构形式上的需要，"为了使这个场面显得更加严酷和无人称化，艺术家用了三种非常漂亮的形式，它们在画的中心位置上出现，就像几块永不消失的岩石"。传统的宗教话题和艺术家那个时代的历史事件联系起来了，这就是圭丹托尼·蒙特费尔托公爵的突然死去，他的周围有两个阴谋分子，他们的杀人意图象征性地表现为鞭打。苏亚雷斯释放了幻想的缰绳，他不得不做出大胆的说明，他认为，那三个难以猜透的男人一个是耶路撒冷神庙的大祭司，另一个是古罗马总督，还有一个是法利赛人①。他们都背对着那个震撼了整个世界的历史事件的发生，并且在想着这个事件发生的意义和后果。苏亚雷斯从他们神秘的脸上表情，看出了这是三个不同社会阶层的人：法利赛人有仇恨，但他们能克制；古罗马官僚很愚蠢，但他们很自信；大祭司厚颜无耻，但他们保持沉默。为了解开这个谜，我们什么样的钥匙都可以用，可是《鞭打耶稣》永远是世界上最说不清含意的一幅画。我们是在通过一层薄薄的冰玻璃看着它，这些画中人物看起来好像被定住了，又好像被什么迷住了，似乎处于无法摆脱的梦境。

皮耶罗的最后一幅画《圣母和圣婴》，一些研究家认为，难以确定它产生的年代，画上的圣母和圣婴周围有一些天使和圣人。这幅画现保存在米兰布列拉美术馆，在认定它的作者是皮耶罗之前，对它的风格特征长期以来都有争议。十个人成半圆形地围着圣母，这是十个有血有肉的圆柱，在他们背后有一栋建筑物，半圆的屋顶敞开后就像

---

① 公元前2世纪至公元2世纪犹地亚社会宗教派别的代表，标榜保守犹太教传统，反对希腊文化影响。

一个贝壳，在屋顶上用细线吊着一个鸡蛋，这里的描绘显得很陈腐，但是这种令人难以想象的构思在这里却很合乎逻辑，也很正确。这幅画是皮耶罗的遗嘱。鸡蛋，我们知道它象征生命的秘密，在他所画建筑物的拱顶下，成直线地挂着一个一动也不动的钟摆，它敲响了长生不老的钟点。

他的艺术与他同时期的艺术家以及他的后代相比，都毫无疑问是很伟大的，这一点在我们今天看来，也是很清楚的。皮耶罗是一个受到过很高评价和人们非常喜爱的画家。他的工作总是不慌不忙，他也不像那些在佛罗伦萨的同行，在事业上有过迅疾如闪电般的飞黄腾达，对他的称颂主要是针对他晚年写的两部理论著作，毫不奇怪的是，他的著作更多的是被建筑师，而不是被画家和诗人们引用。大家知道，齐莱尼若为他写过十四行诗，拉斐尔的父亲乔瓦尼·桑蒂[①]在他用韵律书写的编年史中也有对他的记载。还有一位诗人在他的一部长篇叙事诗中，暗示了他画的腓特烈·蒙特费尔特罗的肖像，这里举的例子还不算多。

瓦萨里是在皮耶罗死了二十年后才出生的，他提到过并不很多关于皮耶罗生平的细节，并且着重指出了他画中的表现力、现实主义和细节上所表现的热情，这很明显是对他画的误解，后来就是编年史家和艺术史学家关于他的那些毫无生气和不断重复着的唠叨了。

在十七世纪和十八世纪，皮耶罗的名声消失了，他的名字被掩埋在沙土中而不为人知，这是因为艺术发展的道路已经从佛罗伦萨转向罗马，它撇开了阿雷佐，更不管那个小桑塞波尔克罗了。不知道是不是这个时代多喝了一点葡萄酒，还是由于它有意让我们看到了一篇对皮耶罗不太好的评语，《意大利的创新》[②]，它是语言学家和唯美主义者

---

① 乔瓦尼·桑蒂（1435—1494），意大利画家、建筑师拉斐尔（1483—1520）的父亲，也是画家。

② 原文是德文。

万·鲁姆赫拉写的,他说:叫皮耶罗·德拉·弗朗切斯卡的画家根本不值得研究。直到上个世纪,才开始恢复了这位被一些大人物的书信所记载的历史盲目勾销了的艺术家的声誉。司汤达①——一些作家的发现已经超过了艺术史家——他并不是这些作家中最早有所发现的一个——将皮耶罗从被人们的忘却中找了回来,他把皮耶罗比作乌切洛,着重指出了他高超的透视技巧和对建筑与绘画艺术的综合运用,但他好像是受到了瓦萨里的观点启发,又说:"所有的美都在表达中②。"卡瓦尔卡塞莱③和克劳④用英文写的《意大利绘画史》⑤也恢复了这位《真十字架传奇》的作者在欧洲最伟大画家行列中的地位,后来又出现了关于皮耶罗的研究论著和许多补充材料,这些都是贝伦森和后来著名的皮耶罗传记作者罗伯托·隆吉⑥提供的。马尔罗说:我们的世纪为四位艺术家还了个公道,他们是乔治·德·拉·图尔⑦、弗美尔⑧、埃尔·格雷考⑨和皮耶罗。

关于他的生平我们能知道多少呢?不知道,几乎什么都不知道。甚至他出生在哪一年我们都说不准,历史学家们说他出生在一四一〇年和一四二〇年之间,他是一个工匠贝尼代托·德·弗兰切斯基和蒙特尔基的罗马娜·迪·佩里诺的儿子,他在佛罗伦萨的多梅尼卡·韦内齐亚诺的画室学过画,但在这座城市并没有长久地住下去,他感到最舒服的大概是在自己的小桑塞波尔克罗,后来他先后在费拉拉、里

---

① 司汤达(1783—1842),法国作家,小说《红与黑》的作者。
② 原文是法文。
③ 乔瓦尼·巴蒂斯塔·卡瓦尔卡塞莱(1819—1897),意大利作家和艺术评论家。
④ 约瑟夫·阿彻·克劳(1825—1896),英国外交官和艺术评论家。
⑤ 原文是英文。
⑥ 罗伯托·隆吉(1890—1970),意大利学术和艺术史学家。
⑦ 乔治·德·拉·图尔(1593—1652),法国巴洛克时代画家。
⑧ 扬·弗美尔(1632—1675),17世纪荷兰画家,被称为荷兰黄金时代最伟大的画家之一。
⑨ 埃尔·格雷考(1541—1614),西班牙文艺复兴时期画家、雕塑家与建筑家,是公认的表现主义与立体主义的先驱。

米尼、罗马、阿雷佐和乌尔比诺工作过。一四五〇年,他为了躲避一场流行病的侵袭,去了巴斯蒂亚①,后来他在里米尼又买了一栋带果园的房子。一四八六年他立下了遗嘱,上面有他的亲笔签名。他不仅把他的绘画经验传授给了学生,而且还给后世留下了两部理论著作:《五个保持体态均衡的原则》②和《绘画中的透视法》③,他把光学和透视看成是一种科学方法,在这些著作中对它们进行了论述。皮耶罗死于一四九二年十月一日④。

关于他我写不出什么抒情的东西,他和他的图画和壁画一样,都是隐而不露的,也想象不出他的生活和爱情是什么样的,他的愤怒和悲哀是怎么表现出来的。他获得了这个晕头转向的历史给予艺术家们的最大恩赐,可是这个历史却失去了凭证和生活留下的痕迹。如果他还在,这是因为有人在说有关他的贫困生活的笑话,在说他的疯狂、他的沉落和飞升,他的一切都写在了他的著作中。

我在想象他是如何通过桑塞波尔克罗的狭窄街道,往城门走去,在城外只有一片墓地和翁布里亚的小山丘。他有一件灰色的大衣,经常披在他宽阔的肩膀上。他身材矮小、敦实,走路时迈着一个农民坚实的步履,见到别的人总要小声地问好。

有一个传统的说法:他晚年失明了。有个叫龙加尔的马尔科告诉伯特·德利·阿尔伯蒂,说他还是一个孩子的时候,常和一个叫皮耶罗·德拉·弗朗切斯卡的瞎了眼的老画家在桑塞波尔克罗的街上散步。

小马尔科肯定想不到,他用手牵着的是一道光。

---

① 地名,在法国。
②③ 原文是拉丁文。
④ 皮耶罗实际上死于1492年10月12日。

回忆瓦卢瓦[*]

别了，巴黎！我们要寻找爱情和幸福，我们永远不会远离你。①

我不知道，为什么波兰这个好动的民族，长期以来，说得夸张一点，都喜欢到处乱跑，不愿集中自己的注意力，比如他们来到巴黎后，都变得麻木不仁了，对什么都不关心。这座城市虽然很漂亮，但是有人说，真正的法兰西已经越来越在它的城门外了，这也不无道理。

现在不仅要像过去那样，去凡尔赛和沙特尔旅游，而且要去那些散布在首都巴黎周围一百公里范围之内并不怎么漂亮的小城市里逛一逛，因为这也是很值得的，坐于洛先生的小汽车去那些地方，行驶一个半小时就到了。那里有能够打开许多最漂亮的哥特式主教堂大门的钥匙，如莫里安瓦教堂和圣德纳乌德教堂，那些想要知道什么是浪漫主义的旅客，见到它们就不用去勃艮第或者普罗旺斯了。那里还有莱桑代利的废墟②，贡比涅、枫丹白露和朗布依埃的宫殿，还有森林、

---

* 瓦卢瓦，法国历史上的著名地区，卡佩王朝的第二支系因此得名。相当于今瓦兹省的东南部，再加上邻近埃纳省的一部分。

① 这两句话原文是法文。

② 指英国狮心王理查一世（1157—1199）1196年和1197年在他当时占领的法国诺曼底地区莱桑代利附近所建的一座城堡，非常坚实和漂亮，曾有效防御了法军的进攻；后被法王腓力二世攻克；17世纪，法国国王亨利四世下令将其毁掉。

森林，非常漂亮的森林，在林子里可以听到历史的号角声。

巴黎北边的瓦卢瓦属于最古老的法兰西，它原是法兰克人一个并不很大的王国国王克洛德维格①的一块世袭领地，后来成了一个最重要的伯国和公国。一些和瓦卢瓦有亲属关系的公爵都在这里当过国王，这里也曾两次属于这些国王的兄弟管辖的范围。这个国家正像一个诗人所说的那样，一千多年来，都曾跳动着法兰西的心脏。

尚蒂利*

尚蒂利坐落在诺内特河畔，诺内特是一个童话里少女的名字，这条河流经一大片森林。尚蒂利这个城市虽然不大，但城里到处都是宫殿、高档别墅和闻名遐迩的赛马场。我已是第三次到这里了，这一次是为了参观萨塞塔的画，可是要穿过全城，才能够见到它。

城里的房屋不仅整洁，而且显得很阔气，就像一张张闪闪发亮的铜铸的名片，显示了公证人先生的富裕。现在是早晨，一些住宅的护窗板还是紧闭着的，篱笆门也没有打开，花园和花园之间都隔开了，就像一些封建公国，都对自己的邻居非常忌妒。通过矮小的围墙，可以看见那里面有个穿着一条蓝色短裤的仆人，正在架着一台轮动剪草机，在主人的一块草地上剪草。

这里最常用的一个形容词叫"私有的"：私有的道路，私有的产业，私有的水井，私有的过道，私有的联络点。在这种四面都很小心

---

① 法兰克王国墨洛温王朝的第一个国王。
* 地名，是法国瓦兹省的一个市镇。

围护着的联络点上，人们最爱展示和表演德加①画上的某个场面，例如有四位先生和四位女士都骑在马上，踏着华尔兹舞步，完成各种翻滚的动作。不，这不是表演杂技，这一切看起来都好像很高贵，但令人不感兴趣，双双对对都迈着方步，一摇一摆，然后女士在右边，先生在左边，又围成了一个小圆圈。在这样一个民间游乐会上，我只和一匹马的马背接触了几分钟，又怎么能体验到其中的乐趣呢？总之，在我进到尚蒂利的王宫里之前，感到好像来到了一个远古的时代。

沿途我见到了一些路易十五式的大马厩，这是十八世纪建筑学的杰作，一栋呈马蹄形的庞大建筑物在以往那些美好的时代，可以装两百四十匹马，四百二十只猎犬，还不算那些饲养马匹的总管，赶放牲口的牧童和兽医们。看了这些马厩后，尚蒂利的王宫并没有给我留下很深的印象。它是以"文艺复兴的风格"建成的，旁边还紧挨着一个哥特式小教堂，在一公里外就感觉到它不是原有的建筑。

两千年前这里建过一些称为坎蒂留斯的高卢罗马的防御工事，在中世纪，这里又建起了一个*法国葡萄酒厂*②，这个酒厂的老板原先是看守王宫地下室的，后来成了王室的参事。十四世纪，奥若蒙首相在这里建了一座城堡，后来通过各种姻亲的关系，它又成了蒙莫朗西的一些男爵、禁军的指挥官、军人、国王的参事和亲戚的私有财产。他们中有一个叫安内·德·蒙莫朗西③的甚至写进了历史，这是一个伟大的骑士和外交家，从路易十三到卡罗尔九世这六个国王执政的时候，他都是他们的辅政大臣，拥有一百多个城堡和巨额财产。他有用不完的旺盛精力，对他的时代和后世产生过巨大的影响，在他七十五岁的时候，在圣德尼主教堂还指挥了一场反对基督教新教徒的战

---

① 埃德加·德加（1834—1917），法国印象主义画家，常绘制跳芭蕾舞和体育比赛的场面。
② 原文是法文。
③ 安内·德·蒙莫朗西（1493—1567），第一代蒙莫朗西公爵，法国军人，政治家，弗朗索瓦一世、亨利二世、查理九世三朝身经百战的重臣。

斗。要用长剑在他的身上砍五下，用鞋在他的头上打五下，再用火神枪去刺他，才能把他刺倒，他即使倒了下来，也会用牙齿把那把剑咬断。

在法国感伤主义的历史上，尚蒂利也占有很重要的地位，因为韦尔·加朗，即亨利四世国王①在这里有过最后一段恋爱的经历，他当时爱上了自己的朋友、一个农场主的女儿卡罗利娜·德·蒙莫朗西。美丽的罗拉②处于洛莉塔③这个年纪，国王有五十四岁了，他是一个饱经历练的政治家，他要给卡罗利娜和亨利一世波旁·孔德乌什做媒。波旁·孔德乌什这个人心性质朴，但不机灵，和机敏过人的韦尔·加朗正好相反。这很明显是一个阴谋，可是命运并不是这么安排的，因为这对年轻的情侣后来从尚蒂利逃走了，他们躲在布鲁塞尔，得到了西班牙国王的保护。亨利四世简直发疯了，他甚至请求教皇干预这一桩完全是世俗纷争的事。④ 可是没多久，拉韦拉克的一把匕首就让这个国王安下心来了。

虽然今天的王宫是对过去王宫的一个不太成功的仿造，但是它的周围有公园和森林，还有一条绿色的溪水，里面游荡着一些贪食的鲤鱼，这样就可以补偿房屋建筑工程上的不足。这些景物永远张开的大口即便对一个禁欲主义者，也会引起他的食欲。事实上，在法国，并

---

① 亨利四世（1553—1610），法国波旁王朝第一代国王，1589年至1610年在位，曾竭力医治法国的战争创伤，使法国走向复兴。1610年5月14日被一个叫弗朗索瓦·拉韦拉克的狂热分子用匕首刺杀。
② 即卡罗利娜。
③ 俄裔美国小说家纳博科夫小说《洛莉塔》的年轻女主人公。
④ 这里说的是，亨利四世曾经爱上这个年轻美貌的卡罗利娜·德·蒙莫朗西，但是卡罗利娜出身卑微，国王不能娶她，因此他把她嫁给了年轻的亨利一世，以为这个人"心性质朴，但不机灵"，他虽然和卡罗利娜结了婚，国王还可以和她暗中幽会，不会被人察觉，社会舆论也不会对国王进行指责。可国王万万没有想到，这对年轻的情侣后来竟从尚蒂利逃走了。

没有多少饮食上的禁欲主义者,可是瓦德勒①这个贪食者的使徒行传②中的人和尚蒂利是有联系的。事情是这样:一六七一年四月二十三日,路易十四带领他的王室来到了尚蒂利,尚蒂利当时属于大孔德③。这个王室的庞大队伍有五千人,包括国王众多的侍从和王室的厨师,一个叫瓦德勒的专管王子的饮食的仆人④证实了这一点。最初所有的一切都安排得很好,可是后来有一天,有两个围坐了六十个人的餐桌因为没有上烧烤的菜肴,可怜的瓦德勒感到遭受了侮辱,便用剑把自己刺死了。德·塞维尼⑤有滋有味地谈到过这一点,她当时激动得脸都红了。

尚蒂利的美术馆是可以和卢浮宫媲美的,但这里各种流派和各个时代的绘画作品都混在一起了,另外,爱收藏艺术品的公爵们又将他们搜集到的十九世纪一些不可信的劣质品和那些传世的佳作都放在一起(肯定是因为粗心大意),使我们初看上去很难将它们识别,但是如果没有这里的会展,我们对于法国十五世纪和十六世纪的绘画,就不可能有充分的了解。我们就来看看柯奈·德·里昂⑥的肖像画吧!还有让·克卢埃和弗朗索瓦·克卢埃⑦丰富多彩的素描和绘画集,让·富盖⑧的装饰

---

① 弗朗索瓦·瓦德勒(1631—1671),是尼古拉斯·富凯和路易二世亲王波旁孔德的大管家。
② "使徒行传"是基督教《圣经·新约》中的一卷,主要讲述耶稣的门徒彼得和保罗的故事。保罗三次传教,曾在耶路撒冷被捕,后被解送到罗马。作者这里将"瓦德勒"和保罗相比,保罗为传教而牺牲,瓦德勒为贪食而死,有讽刺意味。
③ 路易二世·德·波旁(孔德亲王)(1621—1686),法国军事统帅,参加过欧洲三十年战争。
④ 原文是法文。
⑤ 德·塞维尼(1626—1696)侯爵夫人,法国女作家。
⑥ 柯奈·德·里昂(约1500—1574),荷兰裔法国画家。
⑦ 让·克卢埃(1485—1540)和弗朗索瓦·克卢埃(约1522—1572),法国文艺复兴时期的父子画家,画过许多国王的肖像。
⑧ 让·富盖(约1415—约1480),文艺复兴早期法国最著名的画家,主要画装饰图案画和插图,反映历史和圣经故事的题材,也画肖像画。

画《艾蒂安士和圣斯蒂芬》。此外还有《贝里公爵的豪华时祷书》①，它不仅是法国而且是整个欧洲最优秀的插图手稿之一。

观看和欣赏那些小型彩画要有一种特殊的天赋和能力，要进到那个像玻璃球样密封的世界里去，我们的处境有点像魔幻世界里的爱丽丝②，她用一把金钥匙把门打开后，就看见了恐怕是世界上最美丽的花园，但是这个花园太小，进不去，"啊！如果有个望远镜就好了"。看小型彩画也是一样，要把自己变成一台望远镜。

历史上只留下了一些画装饰画的画家的名字：保罗、让和赫尔曼。我们知道，他们都出生在林堡③，也就是弗兰德里亚，它在十五世纪属于那些势力很大并曾全身心地关照艺术的勃艮第的公爵们管辖的范围之内。

我们说《贝里公爵的豪华时祷书》④只是被列入了小型彩画的名单上，它的艺术风格是完全不一样的。我们看到，一个画家如果不是把他的画画在一张张小纸上，就要画在画架上。另外，把书中一些页面上的小型彩画撕下来还不够，还要把它挂在墙上，只有这样，才能使这些画的"内部"得到充分的展示。小型绘画还要涂上浓重的色彩，才能展示整个物质世界的变化，要显现出画本身的光彩，而不要靠它周围的一切为它闪光，它的绘制要有一个特定的范围，表现一定的深度。只有这样，这种画作为一个实体，才会由一种简单的存在变成一个在结构上更加复杂和更高级的存在，来自林堡的保罗、让和赫尔曼兄弟的小型彩画就表现了这种变化，他们的画看似线条简单，也不美

---

①④　原文是法文。

②　这是英国作家路易斯·卡罗（1832—1898）的小说《爱丽丝梦游仙境》中的女主人公。

③　林堡兄弟，是14世纪末15世纪初法国著名的用泥金装饰手抄本的画家，他们分别是大哥保罗·德·林堡、二哥让·德·林堡、三弟赫曼·德·林堡。他们的祖籍是尼德兰，生于属于荷兰林堡地区的奈梅亨市，曾在勃艮第和法国进行创作。他们的主要作品有《豪华日课经》插画。他们最杰出的作品是为赞助人约翰·贝里公爵所作的《贝里公爵的豪华时祷书》，内容为祈祷时刻所作祈祷的集合。

观，但观者一眼就可以在画面上看到它的深处。

在《七月》这幅画上，我们首先看到的是一片鲜嫩的绿草，草地上有人在剪羊毛；往前看，在一个黄颜色的角落里有一片庄稼，在一条河的对岸，可以见到一座城堡坚固的城墙，城堡的屋顶呈蓝色，城墙闪烁着珍珠的光彩，在一些圆锥形的山那边，是一片湛蓝，一眼望不到它的尽头。

这幅风景画采用的是写实手法，基本上没有给画面作什么修饰，但是上面画了一个人。出生于林堡的这三兄弟的画上每一个细节都表现了画家的激情。天蝎座和天秤座黄道带的出现说明是播种的时候，地层的表面有整齐的划分，有时候又像辫子般纠结在一起，小鸟在啄食田间沟谷里留下的稻种。

一幅和手掌差不多大的画面上要画一个城堡，城堡里所有的塔楼，还有地上的谷粒和虫蚁，画家肯定是担心画不了这么多，因为他要表现佛拉芒画派的风格。

可是萨塞塔，萨塞塔的画在哪里？我已经来到了这里，这儿有萨塞塔的画。在这个地方找到了我"自己"的画是多么高兴，这幅画并不大，周围有布包着，因而显得更小，它叫《圣方济各和贫困订亲》，画的是两个修道士（从他们头上的光圈看得出他们是方济各修道士）站在三个身材苗条的少女对面，她们分别身着灰色、绿色和紫红色的服装，圣方济各道士和站在中间的那个少女的手都在做一个细小的动作，就像在牵着一条柔软的线一样。左边又有三个神秘的女人在天上飞，这里的笔画很自然，没有强行的动作，只是她们的脚板朝后面弯了过去，就像鸟的爪子一样，表明她们在飞。右边有一座用石头建成的白色城堡，但它轻得好像蝴蝶都可以把它叼起来。在画家笔下，托斯卡纳的风景呈灰绿色，因为是傍晚。一些树的树冠都张开了，像乐谱一样，天空也变成了一些带状的东西，就像一些东方画家画的那样，它的顶上呈蓝色，显得清冷。但是那地平线上变了形的小山却显出一片光亮，这些光亮的照射既没有边际，也没有重量。

如果问萨塞塔的这种画是不是"促进"了艺术的发展，那么应当指出的是，它们的构思既荒唐又混乱，说明艺术家根本不知道什么叫"创新"。他生活在*十五世纪*①中叶，但他却好像在画十三世纪的东西，他的人体是由植物的纤维编织的，而不是用肉和骨头做的，就像马萨乔和多那太罗②那个时代的绘画一样。他对万有引力定律极端蔑视而更倾向于线条主义，说明他比任何一个佛罗伦萨或者威尼斯的画家都更接近于拜占庭的画派。虽说如此，我们却离不开他，他的画并不反对描绘幻景，而且它们的幻景还显示出一种不可抗拒的魅力。幸好艺术史和几何学的教科书不一样，在它里面还有锡耶纳的桑诺·迪·彼特罗、佛罗伦萨的巴多维内蒂③和威尼斯人卡尔帕乔④这么一些令人景仰的艺术家的名字。

从瓦卢瓦王宫出来走过一些大的台阶，便来到了法兰西逻辑花园，它被一条哲学家的大街所包围，经常有一些瓦卢瓦公爵的客人来到这里，如波舒哀⑤，他在大孔德葬礼上的致词是多么精彩，今天依然可以驱散那些中学生在课堂上的瞌睡；芬乃伦⑥、路易·布

---

① 原文是意大利文。
② 多那太罗（1386—1466），大理石青铜雕刻大师，意大利文艺复兴最伟大的艺术家之一，其作品体现出意大利人文主义者所设想的新人形象，对15世纪和以后的雕刻、绘画有深远影响。
③ 阿莱索·巴多维内蒂（1425—1499），佛罗伦萨画家，他的作品吸取并巧妙地借鉴了15世纪后半叶先进的佛罗伦萨绘画风格，同时对刚产生的风景画艺术的发展做出了重要贡献。
④ 维托雷·卡尔帕乔（约1460—1525/1526），意大利文艺复兴早期威尼斯画派最伟大的画家。
⑤ 雅克—贝尼纽·波舒哀（1627—1704），在捍卫法兰西教会权利、反抗教皇权威方面，是最善雄辩和最有影响的主教。
⑥ 弗朗索瓦·芬乃伦（1651—1715），法国作家、教育家，法兰西天主教大主教，神秘主义神学家。

尔达卢①、拉布吕耶尔②（他教过公爵的孙子）、莫里哀③（由于公爵的努力，他的《伪君子》上演了）、布瓦洛④、拉辛⑤、拉封丹⑥，此外还有拉法耶特⑦和塞维涅夫人，一句话：十七世纪法国文学选集上所有的人都来过这里。哲学家大街在右边，左边有一个英国公园，里面有一些弯弯曲曲的小道，有灌木丛，它完全不是按照古典主义的规则建立起来的，但是有许多赏心悦目的人造瀑布、爱情岛和像彩画一样的美丽小村庄，村庄里有磨坊和农舍，一个身穿庄稼人服装的精致群体在享用美食。

我们再一次在绿色的大门里，看了一下映在水中的王宫倒影，这里呈现出一片闪光的景象，然后我们乘坐一辆去桑利⑧的小轿车，来到了一片密林的深处。

---

① 路易·布尔达卢（1632—1704），法国耶稣会传教士，对演讲术、哲学和神学都有深入研究，他的讲道在法国有很大影响，被认为是法国最有名的演说家之一。他的讲稿有的被选入法国中学教科书。其名言："没有任何比时间更宝贵的东西，因为它具有永恒的价值。"

② 让·德·拉布吕耶尔（1645—1696），法国作家，以《品格论》著称。

③ 莫里哀（1622—1673），法国作家，古典主义喜剧的创建者。

④ 尼古拉·布瓦洛（1636—1711），法国文艺理论家，诗人。

⑤ 让·拉辛（1639—1699），法国作家。

⑥ 让·德·拉封丹（1621—1695），法国寓言诗人。

⑦ 拉法耶特夫人（1634—1693），原名玛丽—马德莱娜·比奥什·德·拉韦尔涅，法国小说家。

⑧ 桑利，法国瓦兹省的一个市镇，属于桑利斯区桑利县。

桑 利

谁若想到了这道鸿沟,就会把它往上面抛去。
——尤利扬·普日博希①

*明天,桑利的弓箭手应该把那一束花还给卢瓦齐的弓箭手。*②
——《茜尔维》③

桑利是一个城市,有自己的历史,这段历史在它的城墙里面延续了好几个世纪,可是这段历史过后,只留下了那个长满了杂草的舞台,爬满了野葡萄藤的罗马高卢的城墙,王宫的残余和由圣维克多修道院变成的吵闹的学生宿舍,此外还有一个法兰西岛④最古老的哥特式主教堂。

桑利并不是一个悲哀的城市,也不像从坟墓里取出的皇冠那样令人感叹,它是一块银币,上面刻着一个暴虐的皇帝图像,可它现在就像一个核桃一样,可以随意拨弄在手指上。它坐落在一片不大的丘陵地上,被一片长年不变的称为诺内特的森林所包围。

我们已经提到,桑利的主教堂是最古老的哥特式主教堂之一,关于这一点,我在这里还要做进一步的说明,因为我们知道的哥特式建

---

① 尤利扬·普日博希(1901—1970),波兰现代诗人。
②④ 原文是法文。
③ 法国作家热拉尔·德·奈瓦尔(1808—1855)最著名的一部自传体小说,发表于1853年。

筑产生的年代是错误的，哥特式建筑的创导者——如果可以这么说的话——是絮热，他曾被法国皇家圣坦尼主教堂（这个教堂现在成了巴黎城郊工人居住的地方，由于工厂的烟熏，它已经变黑了）的主教任命为法兰西王国的摄政王和部长，他对老加罗林时代①的教堂进行过改造，扩大了教堂正门的入口和合唱队唱圣诗的地方，并在教堂里采用了弯弓形、像肋骨突起和十字架形的橡木拱顶，升高了它所处的位置。有些专家认为，这就是真正的哥特式。一一四三年一月十九日，这座城市遭到暴风雨的袭击，树木被吹倒，房屋遭到了破坏，新的主教堂当时正在建造，它却丝毫无损，一些信教的人说这是一个奇迹，建筑师们认为这说明新型拱顶的结构是牢固的，这便为建筑学的发展开创了一个新时代。

但有一点是有争议的，像 X 样的十字形拱顶，或者棱角形的拱顶（人们误以为这是主教堂建筑师的发明）在结构上，有没有像维欧勒·勒·杜克、乔伊喜②或拉斯特里说的那么大的实用价值？工程师萨布雷和建筑师波尔·亚伯拉罕③在他们最新的研究中得出了一个耸人听闻的结论，说建造这样的拱顶只是为了装饰。这个结论是在对一九一四年一些被炸毁的主教堂的观察和对当时建筑材料的牢固性进行了研究后而得出的。其实问题并没有看上去那么简单。此外，艺术史家们以他们的审美观，更看重建筑物的艺术风格而不是它们的结构，这是对哥特式建筑的一个全新观点。

一般认为，艺术作品新风格的鲜花盛开，都是在旧风格开始萎谢

---

① 8 世纪时，东部法兰克人代替西部法兰克人统治了高卢，重新建立起统一的权力，并且创立了一种新的政治制度。这个东法兰克人首领的家族，历史学家称之为加罗林家族。

② 奥古斯特·乔伊喜（1841—1909），法国建筑史学家，曾出版《建筑史》一书。

③ 波尔·亚伯拉罕（1891—1966），法国建筑师，曾担任法国民事与国家宫殿建筑总设计师。

的时候，但是这个植物学上的定理却不能说明罗马式之后的哥特式建筑。因为在十二世纪中叶，当出现哥特式建筑物的时候，罗马式风格丝毫也没显露将要萎谢的迹象，就是建造大一点的教堂，不采用罗马式风格也是不合理的，例如弗泽莱的罗马式主教堂就没有比巴黎圣母院小多少，而且当时建造这个主教堂的时候，它以前的设计方案也基本上没有改变。有些哥特式建筑物的诞生是和卡佩王朝的君主们要扩大他们的统治范围联系在一起的，北方精神要和南方精神进行斗争，这反映在十字军对阿尔比派的血腥镇压中。毫无疑问，新的风格符合新的精神状态，和那种只看到自己、处于心无旁顾状态的罗马式教堂相反，哥特式建筑物总是充满了动感，而且显现出一种很狂暴的姿态，因而大放光彩，体现了"神的本质"，起了决定的作用。絮热在建造哥特式教堂的时候，还热衷于进行华美的装饰，在教堂里一些地方镶嵌小型彩画和宝石，点上千百支蜡烛，使它显得特别豪华和阔气。

絮热是一个充满了活力和富有激情的人，他是一个奴仆的儿子，也是国王们的朋友、政治家、组织者和建筑师，在他的精神大衣内，隐藏着极大的热情，但他热衷于豪华和阔绰的装点却使许多同时代人感到不快。他说，他没想到有三个修道院的院长给了他一些黄金、水晶、紫晶、红宝石和绿宝石，要他把它们镶嵌在一个刻有耶稣受难像的十字架上，他高兴得眼里都闪出了世俗的光辉。但个人的爱好还不是他主要的方面。修道院在一个圣者死后，为了对他表示敬意，总得有所付出，对国王们也要有这种表示，这是后者享有的特权。絮热要求在主教堂里留下表明他功德的十三句题词，在他死后，我们看见在教堂里的彩绘玻璃上，画上了他坐在马利亚的脚旁边，双脚脚板合在一起，表示他很虔诚，他的手好像还在做什么动作，他的名字也是用和马利亚的名字一样大的字母写的。

絮热是一个很敏感的作家，他眼光敏锐，也毫无疑问受过新柏拉图主义的影响，但他对本笃会更为虔诚的一个分支、西多会的代表圣伯纳德却产生了很坏的影响,基督教会这两个派别的争论就像古典主义者和浪漫主义者的争论一样,是很吸引人的。

实际上,重建圣坦尼教堂不只是絮热个人的愿望和他的审美诉求,而且是必需的,一位十九世纪的散文作家曾经激情四射地这么描写罗马圣彼得大堂的节日:

> 经常可以看到这种令人气愤的事情发生,这就是总有一群人在背后阻挡那些想要进去朝拜和亲吻那些圣物以及我主耶稣的扣子和冠冕的人们,一千多个人因此都挤在一起,任何一个人连脚都动不了!他们别无他法,只能像大理石雕像那样,都站在原地不动,唯一的办法就是大喊大叫。妇女们非常害怕,她们被一群身强力壮的男人挤得没法忍受,就要窒息了,她们的脸色苍白,好像就要死去,浑身上下痛得像难产一样,厉声地叫了起来。其中有的女人很不幸地被踩踏,另外一些人又被男人们举在头上,他们出于怜悯,要帮她们一下。许多人最后都被挤到了修道院的花园里,已经是奄奄一息,在那里痛苦地咽了口气,就和所有的一切都告别了。修道院的弟兄们有时候向信徒们展示耶稣受难的标志,可是看到他们的那些恶作剧和吵闹,实在令人受不了,但又没有别的办法,只好带着一些圣物,从窗子里逃跑了。

为圣坦尼主教堂新建的唱圣诗的地方起用了,一一四四年六月的第二个礼拜天,这里举行了隆重的庆典。这不仅对絮热来说是一个伟大的日子,而且它在建筑史上,也是具有转折意义的一天,参加庆典的有国王路易七世、王后、一些大臣、大主教和主教们,这些主教们看到这个场面后,再回到他们在沙特尔、苏瓦松①、兰斯、博韦和桑利的阴暗教堂里,是睡不着觉的。

---

① 地名,位于法国东北部,是法国最古老的镇之一。

一一五三年,桑利主教蒂博收到了国王的一封信,要他去找那些财务部门的总管,因为他们要去法国各地筹集重建圣坦尼教堂的资金,但是重建工作进度很慢,虽然隆重的落成典礼在一一九一年已经举行,但是重建最终并未完成。

十三世纪中叶,主教堂添加了一个横向的本堂,在它南边的塔楼上加了一个非常好看的尖顶,这是主教堂最漂亮的一部分。看了八十米高的塔楼后你会喘不过气来,可是教堂的正面显得狭窄,墙面粗糙,裸露在外。教堂的那个尖顶就像一根木头,在云层里摇晃,一些不知名的建筑师在这里发现了有机体建筑的秘密。

一场大火为那些不走运的革新者们开辟了道路,主教堂南边的正面和它的墙面形成了鲜明的对照,整个教堂都密布着哥特式火红的线条,在伟大的十三世纪,就是最普通的建筑物的形式变化之快,也无物可及。可是到了十六世纪,人们见到的哥特式是那么怪模怪样,说明这种形式的建筑物以后也不会再有了。

主教堂的正面有三个入口通到里面,两边山墙的建筑形式也不多见(墙里有圆柱和弓顶呈现出一个几何图形,显得庄严。大门上的肖像画在肖像画的历史中开辟了一个新的时代)。在罗马式最后的审判位置上,有一个大耶稣雕像,表情很严肃,此外还有一群使徒和圣者,得到了拯救后很辛苦地飞到了天上,而遭到责罚的则被抛进了地狱的深渊,所有这一切,都出现在桑利主教堂里,还有圣母马利亚,也第一次出现在桑利主教堂里,后来在沙特尔、巴黎圣母院、兰斯和别的地方的主教堂里,也有了圣母马利亚的画像。

肖像画的画家们不愿做大胆的假想,但在巨型的哥特式雕塑作品中,出现了马利亚的雕像,这大概是受了游吟诗人爱情诗的影响,天主教教会认为,对女人的崇拜,以及宫廷爱情的主题,教会可以借鉴其精华。

马利亚的死、复活和她的胜利都表现得很自然,最漂亮的是那组名为《复活》的雕像,有三个天使从一张床上站了起来,马利亚身上裹着蚕丝，天使们两腮丰满，显得很年轻，他们面部表情都很激动，背上没长翅膀，但却背上了背包。

对哥特式的召唤，就像呼唤大山一样，是不可抗拒的，因为我们不能总是当一个旁观者。这里也不是罗马式主教堂，在它圆筒样的拱门上，会流下一滴滴祭神的酒。哥特式主教堂不仅展现在我们眼前，而且深入到了我们的筋骨，它使我们头昏眼花，但也产生了许多美的感受。

我开始往一座塔楼上爬去，最初，那些很明显是一级又一级的台阶就像石头路一样，我很快就来到一个宽敞平台上的一扇拱门①前，看到这里简直是山崩地裂了，一些人面或兽头的塑像，水管、屋檐边圣者们被砍下的头都乱七八糟地扔在地上，我往下面和上面都看了一下，原来我在一个石头拱门和中殿之间的一处地面上。再往上爬就更困难了，一些阶梯被磨损得很厉害，因此要爬上去非得借助于旁边的扶手，但我终于又上到了一个新的平台，原来这是一道并不很宽的回廊，在塔楼正门上面的两边，有两个瘦小的尖顶，这就是塔楼的顶部，这两个尖顶的后面有一个像用云杉木盖的大窝棚一样的屋顶，置于塔楼的正殿上面。

八个世纪的岁月将这个建筑物变成了一个近乎大自然的产物，它上面布满了青苔，石头阶梯之间长满了杂草，在一些被折断的扶手上开着淡黄色的鲜花。这个主教堂就像一座山一样，在后来的各个时代，无论是文艺复兴，还是古典主义，都没有一种建筑风格能够像它这样，留存到了今天。哥特式是大自然的产物。

这也是一群野兽：在一块梯形的岩石后面，有一只很大的蝾螈，睁着一双金色的眼睛，正在看着我。一些长着狗脑袋的怪物，在一块人们走不过去的岩壁上晒太阳。可是这个动物园却处于熟睡的状态，肯定有一天（也许就在审判的那一天），这些动物都会从这些石头阶

---

① 原文是拉丁文。

梯上爬下来，到下面的城里去。塔楼的回廊上有四个雕像，即亚当、夏娃和两位圣者，具有民间艺术品的魅力，尤其是夏娃像雕得很漂亮，她的个子不大，显得敦实，一双豆大的眼睛透着颇为安详的神色，在她温暖的宽肩上，挂着一根由密密麻麻的头发丝编成的沉甸甸的带子。

该走了，从这里出来并不难，要爬到顶上去，上面有一个垂直的烟道，那里面很暗，我像瞎子摸黑一样，两只手只好摸着烟壁，因为在某些地方好像踩在碎石头上一样，身子感到非常累，越来越需要停下来休息，喘一口气再爬。有时候，又突然见到烟壁上撕开了一些小窗口，从那里透进了亮光，使我一下子甚至感到有点晕眩，黑暗过去了，可以看见外面的云彩和天空，我原来喉咙里像堵了硬块石头一样难受，现在可以对着这辽阔的天空张开我的大口了。

阶梯已经爬完，在我面前又出现了一堵墙，我也非得牢牢抓住一个扶手，如果这堵墙有些倾斜，那就是个典型的遮阳棚，但它必须伸得很直，才能维持平衡。最后来到了一个露天的台面上，终于结束了我的攀缘。我的额头上露出了血丝，把身子靠在一个很小的石头壁龛上，在我的脚下，是一道有几十米高的滑坡，远处的田野在舒缓地呼吸，使我感受到了那里的宁静。

手里拿着抹灰板的泥瓦匠亚伯拉罕·克努普费尔在唱歌，他站在高高的脚手架上，就像悬在空中一样，一边朗读着一口大钟上的哥特式诗歌，他的脚下有一个有十三个拱门的教堂和一座有三十个教堂的城市。

他看见一些石兽张开了大口，吐水般地吐出了无数的回廊、窗子、包厢、钟楼、塔楼、屋顶和木栅被损毁后留下的碎片，在这些碎片旁有一扇已经脱落的鹰的翅膀，翅膀上长满了灰色的斑块。

往下走了这么长的时间,就像下到地狱里去一样,然后来到了一条狭窄的街道上,我收起了身上的翅膀,但记得我仍在飞翔。

在主教堂的对面,是王宫残留的一部分,背靠着雄伟的古罗马高卢的城墙,它最早的两个王朝的国王们在他们没有迁居到贡比涅和枫丹白露、尚未改变他们的审美观以前,最爱来这里参观。古罗马的圆柱基座,墨洛温王朝国王们的建筑物留下的遗迹,罗马式和哥特式拱门,这些石料建筑物在这里构成了一片地质考古的地层。

此外,向导还说桑利*猎物收藏地*①是欧洲唯一的猎物收藏地,也是必须参观的。这实际上是一个令人悲哀的仓库,里面存放着许多动物头角、动物标本,钉在小木板上的动物蹄子,用撕碎的动物皮编成的小辫,此外还有一些公爵、子爵和狗的画像。这些东西甚至有一定的摆法,要注意到它能反映人们对狩猎的认识。此外还有一连串的说明,说的是骑手怎么从马上摔下来,把脑袋和背脊摔坏了等等,还有捕捉鹿的几个步骤,我在这里知道了*抒情诗*②这个漂亮的法语语词干脆就是打杀动物的意思。靠近这个仓库还有一个漂亮的宫室,它就是考古和雕塑博物馆,有一些蜿蜒曲折的小街道通往那里。

离这里不远的哈拉蒂森林在古罗马是一个类似神圣疗养院的去处,有一些石雕人像,撩起了它们身上的石雕衬衫,露出它们的隐私。我不知道科学史家特别是医学史家们对这些浮雕研究过没有,但它们的确是非常值得研究的。在第戎③的石雕艺术博物馆中,有一个石雕的肺,是古时候一个肺病患者献给上帝的。初看这些石雕人像的头,就像是在这里疗养过的人。但要是躬下身去仔细地看它们,会发现从它们的脸部表情来看,都是一些白痴、抑郁症患者和低能儿。这个雕工,或者说半个石匠,虽然不是一个艺术家,但他像精神病大夫一样,经过细心的考察,确定了这都是一种病态的表现。

---

① ② 原文是法文。
③ 地名,在法国东部。

在博物馆的第一层有一个哥特式巨大塑像，引人注目的是它那"疯人的脑袋"，它好像是从主教堂里搬过来的，在生物进化史上，它近于爬虫类动物的发展阶段。这不是一个疯人，而是一个傻子，是这个小城一件令人发笑的东西，它戴着一顶小红帽，爱唱歌，眼睛里是空的，像个鸡蛋壳一样，它总是微笑地张着嘴，好像要表示某种歉意。在它旁边，还有一个早期哥特式杰作，这是一个"预言家的头"，是对人的高贵智慧和尊严的研究标本。那个时候的哥特式雕塑家们对于人的本性，还是很了解的。

我把笔记本和记事本都放在了衣兜里，下面要实施这次旅游计划中最快乐的一部分：闲游。这就是说：

毫无目的地到处走走，不用向导。

参观那些稀奇古怪的钳工作坊、商店、旅行社和殡仪馆。

到处看一看，

捡一些石头，

又把它们扔掉，

躲在最阴暗的角落里，喝"约翰的家"和"小瓦特尔"这样的葡萄酒，

和人们交往，

对姑娘们微笑，

把脸贴在城墙上，闻它的气味。

提出一些最平常的问题，看人们还有没有善心。

用轻蔑的眼光去看人，但是出于爱心，

在玩骨牌的时候也是这样，

去古玩店。会奏乐的乌木盒子多少钱一个？怎么奏乐？可以听听吗？过后，我没有买就走了。

研究一些颇为雅致的餐厅菜单，它们一般是挂在外面的，看了以后会想起那些能够引起食欲的东西，我在一家餐厅里尝了一些大螯虾

和牡蛎，然后去拜访了"在一个美妙的角落里"①的工厂的一位"女慈善家"。她使人感到亲切，很有耐心，用一种叫"记忆"②的饮料招待我，但是这种饮料的味道像茴香一样，不好喝，我只能想着当地人大概爱喝这种饮料，表示尊重地喝了下去。

我还仔细地看了一张游艺会的节目单，上面有抽奖，游艺会在托姆波利的士兵中举行，这些士兵正在③。

此外还有一些别的声明，许多都是手写的。

一片阴影移到了太阳钟的钟面上，桑利在秋日浓郁的空气中就像眼皮底下的一塘死水，悄然入睡了。

该走了，去火车站还要经过圣彼得老教堂和圣弗兰堡教堂，这两个教堂始建于十一世纪和十二世纪，现在关闭了。

前者已是集市所在地，后者成了汽车库。这些法国人真有钱。

沙阿利*

这座孤零零的老皇宫除了一个有拜占庭式拱门的修道院的废墟外，没有别的值得称道。在一些水池中，还可见到这些拱门最后一排的倒影。

——《茜尔维》

从桑利火车站出来，在牺牲者纪念碑这一令人伤感的丑陋杰作旁

---

①②③ 原文是法文。

* 沙阿利是法国瓦兹省丰坦沙阿利市镇的一个本笃会修道院。丰坦沙阿利属于桑利，距离埃默农维尔不远。沙阿利修道院为法国国王路易六世于1136年所建，故它又称皇家修道院。在《茜尔维》中有对这个修道院的描写。

边，有一辆公共汽车摇摇晃晃地正往沙阿利驶去，热拉尔·德·奈瓦尔和茜尔维①的弟弟驾着一辆双轮车，沿着这条道路也要去看一个演出，那个打扮成天使的阿德里安娜将在那里作最后一次表演。②

在法国浪漫主义的文学地图上，瓦卢瓦这个地方就像苏格兰在英国一样，是受人敬仰的。热拉尔·德·奈瓦尔在死前两年，还献给了这个地区一部《茜尔维》。那个时候对他来说，来自东方的光照已经熄灭，热情和爱的时代过去之后，开始了绝望的时代。他已经来到了巴黎附近，那里有一些被人遗忘的小城市，就像一些偏僻地方的鸽子窝，一副可怜相。在一些房舍边上缠绕着玫瑰花和葡萄藤的窗子里面，总是挂着一只摇摇摆摆的鸟笼，鸟笼里面装了几只夜莺。没有比这外省的夜晚更加宁静的了，在一间老式的房子里，有一幅《圣约翰的画像》，还有一面落地的穿衣大镜。夜晚，身穿白色服装的少女们在草地上一边唱歌，一边编织着一些带花的带子，她们的肩膀上还插着一些小旗子，要把小伙子们带到基西拉岛③去。在瓦卢瓦潮湿的森林里，有一些修道院和城堡残留的废墟，"维特没有带枪"④，他在那里捕猎银鲛。

浪漫主义画家和诗人都尽情地颂扬过这些修道院的废墟，但遗憾的是这些废墟保存至今的并不很多，因为沙阿利主教堂是最早出现的那些西多会的哥特式建筑物之一，它的体积之大——81 米 × 27 米——是惊人的，它的两个雄伟的翼部另一端连着五个小教堂，但这里还留下了一些圆柱的柱头，看起来像乐谱一样。整个教堂在高高在

---

① 小说《茜尔维》的女主人公。
② 在《茜尔维》中，的确描写过叙事者也就是作者在半梦幻状态的回忆中，重临瓦卢瓦，有一次，他和小说主人公茜尔维的弟弟驾着一辆双轮车，去看过那个打扮成天使的小说的另一女主人阿德里安娜的演出。
③ 地名，位于希腊南部伯罗奔尼撒半岛上。
④ 维特是歌德小说《少年维特的烦恼》的主人公，因失恋开枪自杀。这里说的是赫贝特来到瓦卢瓦这个美好的地方，不会有失恋的烦恼，也不会自杀。

上的天盖之下,就像一个被抛弃了的鸟巢。一座座紧挨着的拱门、支墩、壁柱再也不用承受上面的石头对它们的压力,但它们能够抵御那岁月无穷的侵袭。

废墟的左边有一座十五世纪让·奥贝尔①设计建造的宫殿,让·奥贝尔在尚蒂利还设计建造过一个很大的马厩。在宫殿里以雅克马尔－安德烈的名义搜集了大量的艺术品,雅克马尔－安德烈夫妇不仅搜集艺术品,而且拥有这座宫殿,他们在巴黎的豪乌斯曼公园也举行过艺术品展览,是在公园里一个今天已很著名的博物馆里举行的。有个贵族出身的画家告诉我:这个博物馆原是一个私人住宅,雅克马尔－安德烈常来这里做客,在吃饭的时候,这个住宅的女主人曾经很严厉地责备丈夫,说他不该留"这个凶恶的提齐安诺·维伽略"② 在她家里吃饭。

在尚蒂利搜集的艺术品没有巴黎展览的那么好,它们是典型的杂乱无章③,虽然这些艺术品也很吸引人,但它们都带有一点刺激性。在十八世纪搜集的古希腊罗马的胸像,重得就像厨房里的浓重烟味一样④;还有荷兰人的静物画、花瓶、晴雨表、画了猴子的屏风、茶炊、大莫卧儿的皇位⑤复制品和乔托的画。这个乔托我一看就不喜欢,这里有两块既粗糙又很普通的牌子⑥,已经褪色了。我向博物馆一个身着带银色扣子的湛蓝服装的看守表示了我的疑问,他和别的看守一样,都站在一堵墙的边上,既像一个人,又像一件东西,仿佛一个神秘的存在。他慢慢地睁开了蛇一样的眼皮,听了我的话后,他小

---

① 让·奥贝尔(约1680—1741),法国建筑师。
② 提齐安诺·维伽略(约1490—1576),即提香,意大利文艺复兴时期的著名画家。这家女主人把雅克马尔－安德烈比作提齐安诺。
③⑥ 原文是法文。
④ 在波兰文中,可以说厨房里的油烟有重量。
⑤ 莫卧儿帝国,1526年,帖木儿的后裔巴卑尔攻占德里,灭亡德里苏丹国后所建的国家。

声地说，在雅克马尔－安德烈博物里没有赝品，以后也不要赝品。我仍然让他安安静静地站在墙边上，他好像全身都枯干了一样，而且变成了一把斧头，或者一张椅子。

在博物馆二楼的两个小房间里，陈列着一些卢梭①的纪念品，还有几张假想出来的画像，有一张画的是一个年轻人，睡在公园里的一条板凳上（说明上写的是：*J. J. 没有钱，没有居所，在里昂，经常露宿街头，但对未来并不感到忧虑*②）。在一个玻璃橱窗里，放着一个不大干净的衣领，哲学家这个生活中的伴侣对他产生了负面影响，这是他的传记作者们所不愿看到的。此外还有一顶帽子、一支笔和一张沙发椅，《忏悔录》的作者就是坐在这个沙发上咽气的，这是一个仿造的沙发，原来的沙发没有找到，因此这件家具也是值得尊敬的。此外在这间房里的墙上，还挂着一块木刻，刻的是卢梭在他生命最后时刻的状况，雕刻家刻写了哲学家一段所谓的遗言，他在遗言中表示了对绿草、大自然、光明和上帝的赞美，他说他希望得到永久的安宁。这是一曲很长的咏叹调，但它像歌剧人物的咏叹调一样，并不是真的。

自然博物馆离宫殿不远，它的名字叫沙海或沙漠，意思有些浪漫主义地夸大，因为这个海洋的半径还不到一公里，看起来就像一颗流星掉进一片树林的中间，烧毁了那里的地面。这是一片白桦、橡树、山毛榉树的密林，从下面看去，呈铜色，很漂亮，这是埃默农维尔③公园最荒野的部分。有一条柏油马路从那里通过，路上总是挤满了小轿车，我是唯一的步行者，这时有几辆车子开得很慢，开车的人在留心地看着我。

---

① 让—雅克·卢梭（1712—1778），法国启蒙思想家和文学家，《忏悔录》是他的主要著作之一。
② 原文是法文。
③ 地名，法国瓦兹省的一个市镇。

埃默农维尔

> 法国文学到今天，对绿色的景致一直很不关心，只有卢梭描写了它，因此可以这么说：卢梭第一个把绿色带进了我们的文学。
>
> ——圣伯夫

> 当茜尔维摘草莓的时候，我援引了《爱洛绮丝》的一些片段。
>
> ——《茜尔维》

要懂得关于公园的理论，而不是诗的理论，才能理解古典主义和前浪漫主义。在埃默农维尔散步比在书上看到的还多，实际上，十八世纪的花园风景①（英语也这么叫）既是一部诗学，也是一些瀑布、小桥、树丛、人造废墟和游人留下的足迹。一个人的心灵对"秘密见到的洞窟"、"劳累过度的母亲坐过的板凳"、"不幸失恋者的坟墓"总是感受最深，历史也是很严酷地手捧感伤主义的树苗，一起走过来的。埃默农维尔是保存得最好的十八世纪的公园，所以更值得一看。

这是勒内·德·吉拉尔丹②侯爵的杰作，格勒兹③给他画过像，他并不英俊，脸庞很大，脸色苍白，一双猎犬一样温柔的眼睛。像他

---

① 原文是法文。
② 勒内·德·吉拉尔丹（1735—1808），法国侯爵，第一个法国园林埃默农维尔的创建者。其灵感来自卢梭的思想，其风格对法国现代园林设计有很大影响。
③ 让—巴蒂斯特·格勒兹（1725—1805），法国肖像画家。

的传记作者说的那样，身穿带着一种自然的和浪漫派头的优雅的①瓦尔特呢子礼服，里面披着一条很奇怪地扎在一起的白围巾，一条皮裤紧贴在膝盖上。他的升迁是像玛尔斯②那样开始的，但他对使命比传统更加尊重。他在洛林③的斯坦尼斯瓦夫·莱什琴斯基④公爵的宫中当过校官。公爵死后，他将自己生命的很大一部分都用于使用他所继承的家财，特别是他用这些家财在周围一大片荒地和沼泽地上建了一个公园。过了十一年，他把他在这里开花结果的经验都写在了《论在地面上创造美景和住所周围美化自然的方法，既舒适又适用》⑤（1777）这部书中。勒内·德·吉拉尔丹侯爵的这本书也表现了卢梭的精神，侯爵很崇拜他，他在埃默农维尔留下的信件许多地方都援引了卢梭的《新爱洛绮丝》，他根据《爱弥儿》的原则教育他的孩子，当然他也有自己对孩子的要求，例如他把一个篮子挂在一根很高的杆子顶上，篮子里放了午饭，他叫他的孩子沿着杆子爬上去取，孩子们长大成人了，虽然都是普通人，但在各方面都有很多长处。

勒内·德·吉拉尔丹侯爵游览过很多地方，年轻时到过德国、意大利和英国，这对他的思想发展有很大影响。因为当时在英国，许多人都爱建公园。威廉·肯特⑥在一个城堡的旁边设计建造过一个公园，后来成了经常被模仿的对象。著名的*花花公子*⑦科巴姆也将其财产都用于修建公园。威廉·申斯通⑧的著作对勒内·德·吉拉尔丹审

---

① ⑤ 原文是法文。
② 罗马神话中的战神。
③ 地名，在法国东北部比利时的边境上。
④ 斯坦尼斯瓦夫·莱什琴斯基（1677—1766），波兰立陶宛联邦国王，洛林公爵和神圣罗马帝国伯爵。1704年至1711年和1733年至1736年间在位，在法国的洛林有他的府邸。
⑥ 威廉·肯特（1685—1748），英国著名建筑师、景观设计师、家具设计师。
⑦ 原文是英文。
⑧ 威廉·申斯通（1714—1763），英国诗人和最早的园林景观开发及从业者之一。

美观的形成影响最大，他认为，园子里要有人造瀑布、废墟和悬崖，作为装饰。

伴随着公园修建的是赫西俄德、忒奥克里托斯、维吉尔的文艺复兴①，随之而来的是新一代诗人的出现。如汤姆森②、盖斯纳③、爱德华·扬④和格雷⑤等，长寿的芬乃伦则是法国田园文学的护卫者："杨树和柳树鲜嫩的绿叶中，隐藏着数不清的鸟巢，鸟儿日日夜夜在歌唱。"克桑西河河水在流淌，"在广阔的平野上覆盖着金色的庄稼，山坡上布满了大片的葡萄藤和像层层梯田一样排列着的果树。大自然露出了甜蜜的微笑，是那么迷人，晴朗的天空，使人们感受到了它的温情，大地为农民的劳作，献出了它胸中的新财宝"。

感伤主义的风景画是对感伤主义经济的装饰，如果说阿卡迪亚⑥是空想社会主义产生的根源，大概也并非夸大。维吉尔和蒲鲁东⑦曾一起在这里散步。农妇普鲁希诺耶"做了非常好的糕点，养了蜂，她的蜂蜜比在人类黄金时代从橡树干上流下来的液汁还要甜。成群的奶牛都来到这里，献出了它们的奶水……女儿和她的母亲一样，在劳动的时候，也就是在牧场上赶着她的绵羊时，非常高兴地唱起歌来，她的羊羔听到她的歌声便在绿草地上翩翩起舞"。

勒内·德·吉拉尔丹侯爵不仅用他的哲学思考和激情建造了这个公园，他还把公园的一部分献给了"他爱的庄稼人"，那里有射箭的场地（不知从何时起，这种运动在瓦卢瓦很受人们的喜爱）；在橡树

---

① 13世纪至16世纪欧洲的文艺复兴是希腊、罗马的古典文艺和学术复兴运动。
② 詹姆斯·汤姆森（1700—1748），苏格兰诗人。
③ 所罗门·盖斯纳（1730—1788），瑞士作家、诗人和画家，写过田园诗。
④ 爱德华·扬（约1681—1765），英国感伤主义诗人。
⑤ 托马斯·格雷（1716—1771），英国诗人。
⑥ 古希腊的一个省，那里的居民多以牧羊为业，这个名称后来有"世外桃源"、"乐土"的意思。
⑦ 皮埃尔-约琴夫·普鲁东（1809—1865），法国小资产阶级社会主义者，无政府主义的创始人之一。

下，人们听到一个庄稼人组成的合唱团的演唱，便跳起他们传统的吉略舞、萨乌泰舞和佩雷特舞。

> 福地阿卡底亚的居民，
> 假如你们有高贵的习俗，
> 请留在这里，品尝这里的种种甜美
> 和天真生活的愉悦。①

这是侯爵的诗，他叫人刻在了一块石头上，他也常用这样的诗来描绘埃默农维尔公园，使人们误以为他很有才能。

为一些上层人士举行的音乐会经常是在公园里的一个杨树岛上举行，正是由于对音乐的爱好，勒内·德·吉拉尔丹遇到了《乡村卜师》的作者。卢梭一七七八年五月二十日来到了埃默农维尔，他和不爱交往的泰蕾兹·莱维塞尔②住在公园里的一个陈列馆里，这已经是这位哲学家一生中最后的岁月了，他漫步于公园的周围（"身子要活动，才能使我开动脑筋"），口袋里总是装满了鸟食；他和孩子们一起玩，给他们讲童话；他要写一部著作，作为对《爱弥儿》的补充；他还想创作音乐作品，也有了一些构思。但首先是他喜欢漫步于勒内·德·吉拉尔丹的公园里，仿佛《一个孤独散步者的遐想》③的作者就应当这样，为了采集植物标本，闻闻他最喜爱的植物——长春花的香味。"这六个礼拜都不算在卢梭的写作史上，他的作品任何一页都没有写上他在埃默农维尔的日期"。他住在吉拉尔丹的公园里，就好像实现了他心中的梦想。由于大自然的恩赐，他死得很轻松，可是他的突然死去却引起了人们的怀疑，他死后两天，也就是一七七八年

---

① 这几句话原文是法文。
② 卢梭的伴侣，一个几乎不识字的女裁缝。
③ 这是卢梭晚年在写了《忏悔录》之后写的一部自传的续篇。

七月四日，他的遗体被放在公园里的杨树岛这个最漂亮的地方，他的旁边放了一些燃烧着的火炬，他坟上的题词是：*这里安息着自然和属于真理的人*①。这个浪漫主义的葬礼是很合理的，因为五个礼拜前，教会拒绝了给伏尔泰举行宗教葬礼。

卢梭的坟墓上有勒索尔②的浮雕，根据法国国民公会的决议（为此泰蕾兹·莱维塞尔也一起做出了很大的努力），他的坟墓后来被迁到了巴黎的先贤祠，但是埃默农维尔却没有失去他的精神，这个地方成了文学、哲学甚至皇帝和国王们朝圣的地方，如果相信传统的话——拿破仑说过一句名言："*未来将会说出，假如卢梭和我都不在这个世界上，为了大地的安息，这里是不是会更好。*"③

公园里的空气是绿色的，由于对死者的感伤，又使人感到憋闷。一些人在公园里的小道上走来走去，毫无目的，他们要在一些人造水池边的小桥上走向梦想的祭坛，却又迷失了方向，现在再也不会有人把狂热的脑袋依附在他的身上，哲学家们的神庙（为蒙泰涅④建造的，但是没有完工）并没有引起人们的思考，恐怕只会有人认为，当初本来就不应当建造这样的废墟。历史进行了过量的生产，有几根圆柱脱离了神庙，它们的底座越来越深陷到地下去了。

卢梭的坟墓并不是唯一使我们感到时过境迁的一块石头，在欧梅特小河上有一些奇形怪状的小桥，在河左边高高的岸上，还有一座无名氏的墓，一七九一年夏天，一个三十岁的神经衰弱症患者优雅地自杀了，这是*爱的牺牲品*⑤，他死前写了封信给吉拉尔丹侯爵，说他受了洗，他请侯爵将他葬在"一堆厚厚的叶片下"⑥。

水池子里的水落下来形成了一大片瀑布，在瀑布旁边是纳亚德洞

---

①③⑤⑥ 原文是法文。
② 让—弗朗索瓦·勒索尔（1760—1837），法国宗教和戏剧音乐家。
④ 米歇尔·德·蒙泰涅（1533—1592），即蒙田，文艺复兴时期法国人文主义思想家、作家，以《随笔集》3卷留名后世。

穴，距离玛丽·安托瓦内特①女王的坐凳不远，她从这里可以看见哲学家的坟墓，它在水中留下了一动也不动的倒影。在高处的草地上有一块长方形的绿色石头，它四角周正，比例匀称。那里还有一些白杨树，已经长得很高，在微风的吹拂下，那枯干了的绿叶变成了火红，像丁托列托②画中的天使一样。

埃默农维尔这个表现了激情和令人深思的精美的乐器，已经被时间磨损得很厉害了，许多建筑物都变成了灰土，不论是友谊祭坛、田园诗神的方尖碑，还是对从忒奥克里托斯到盖斯纳这些田园诗人表示致敬的金字塔都不见了。

公园现在属于旅游俱乐部。无数游客来此参观，成群结队，按照路边指路牌指引的方向行进，卢梭的墓就是这样③，瞧这，瞧这，瞧这个④瀑布！梦想的祭坛在右边⑤。潮湿的空气，充斥着人们的嘘叹，变得沉重。吉拉尔丹侯爵的灵魂遮住了人们的眼睛，它在哭泣，因此，早春或深秋时节，就该来这里，山林水泽之神正在熟睡，瀑布静寂无声，在杨树岛周围掉下一个湖泊，就像沼泽地里的一面镜子。

返　回

外省之美表现于不求均匀，没有时间概念，不受死板教条的约束。

---

① 玛丽·安托瓦内特（1755—1793），早年为奥地利女大公，后为法国国王路易十六的王后。在法国大革命中，她因勾结外敌来镇压革命，和她的丈夫一样，也被送上了断头台。
② 丁托列托（1518—1594），意大利文艺复兴晚期最后一位伟大画家，和提香、委罗内塞并称为威尼斯画派的"三杰"。
③④⑤　原文是法文。

无论以怎样的艺术表现形式，都要让游人知道从埃默农维尔至巴黎的公共汽车停在何处。*可谁都说不准*①，因为它有时停在桥边，有时停在一个*小商店*②的近旁，我猜它一定在一个小商店③的附近，我猜对了，晚上我们就离开这里了。

在桑利的车站上，一个士兵和一个少女紧紧地拥抱、亲吻，正沉醉于甜蜜的爱恋之中。司机咳嗽了几声，然后按喇叭，拧开了车头灯后，向前射出了一道灯光，然后他转过身来，向旅客们表示微笑。汽车最后开动了，但走得很慢，是为了使那个士兵不至于蛮横无理地走开，然后在一个路角上又跳进车里。车站播出了艾迪特·皮雅芙④的诉怨：

> *快乐的姑娘是美丽的，*
> *在那边的街角上*
> *有她很多的顾客，*
> *这些顾客都塞满了她的围裙。*⑤

二十五年后，如果我再次来到这里，皮雅芙会像密斯丹格苔⑥一样，成为一颗死去的明星，但我作为经历了这些战争的一代人中的一个，会更理解这个名字的含义。

过了二十五年，尚蒂利王宫附近池塘里的鲤鱼，会一代又一代地都钻到淤泥里去，萨塞塔也还是这个样子，他认定一个人要永远生活

---

①②③⑤ 原文是法文。
④ 艾迪特·皮雅芙（1915—1963），法国最著名、最受爱戴的女歌手之一。最著名的歌曲有《玫瑰人生》、《爱的礼赞》等。
⑥ 密斯丹格苔（1875—1956），法国歌手和演员。

在贫困中,才能飞到天上去①,但他就像埃利亚的一支箭,是飞不出去的②。正因为有这个萨塞塔,我曾两次来到了这条河上,如果这里有"小伙子玩骨牌",就是我来到这里最好的时候。

我还在行动,在急急忙忙地走向死亡,巴黎就在眼前——五光十色。

---

① 此处是指前面提到的萨塞塔那幅《圣方济各和贫困订亲》的画,圣方济各当了修士,生活在贫困中,画面上有三个神秘的女人在天上飞,这就是说,要"永远保持贫困,才能飞到天上去"。

② 古希腊哲学家、埃利亚的芝诺曾提出"飞箭不动"的著名命题,作者在此处说萨塞塔的画反映的总是这个"要永远保持贫困"的主题,就像那支静止的箭一样,从未改变。

"蓝色东欧"译丛（部分书目）

第 一 辑

- **《石头城纪事》**（小说）
  【阿尔巴尼亚】伊斯梅尔·卡达莱 著　李玉民 译

- **《错宴》**（小说）
  【阿尔巴尼亚】伊斯梅尔·卡达莱 著　余中先 译

- **《谁带回了杜伦迪娜》**（小说）
  【阿尔巴尼亚】伊斯梅尔·卡达莱 著　邹琰 译

- **《石头世界》**（小说）
  【波兰】塔杜施·博罗夫斯基 著　杨德友 译

- **《权力之图的绘制者》**（小说）
  【罗马尼亚】加布里埃尔·基富 著　林亭、周关超 译

- **《罗马尼亚当代抒情诗选》**（诗歌）
  【罗马尼亚】卢齐安·布拉加等 著　高兴 译

第 二 辑

- 《我的疯狂世纪（第一部）》（传记）
  【捷克】伊凡·克里玛 著　刘宏 译

- 《我的疯狂世纪（第二部）》（传记）
  【捷克】伊凡·克里玛 著　袁观 译

- 《我的金饭碗》（小说）
  【捷克】伊凡·克里玛 著　刘星灿 译

- 《一日情人》（小说）
  【捷克】伊凡·克里玛 著　高兴、杜常婧 译

- 《终极亲密》（小说）
  【捷克】伊凡·克里玛 著　徐伟珠 译

- 《等待黑暗，等待光明》（小说）
  【捷克】伊凡·克里玛 著　杜常婧 译

- 《没有圣人，没有天使》（小说）
  【捷克】伊凡·克里玛 著　朱力安 译

- 《花园里的野蛮人》（散文）
  【波兰】兹比格涅夫·赫贝特 著　张振辉 译

- 《带马嚼子的静物画》（散文）
  【波兰】兹比格涅夫·赫贝特 著　易丽君 译

- 《海上迷宫》（散文）
  【波兰】兹比格涅夫·赫贝特 著　赵刚 译

- 《父辈书》（小说）
  【匈牙利】瓦莫什·米克罗什 著　许健 译

第三辑

- 《乌尔罗地》（散文）
  【波兰】切斯瓦夫·米沃什 著　韩新忠、闫文驰 译

- 《路边狗》（散文）
  【波兰】切斯瓦夫·米沃什 著　赵玮婷 译

- 《第二空间——米沃什诗选》（诗歌）
  【波兰】切斯瓦夫·米沃什 著　周伟驰 译

- 《无止境——扎加耶夫斯基诗选》（诗歌）
  【波兰】亚当·扎加耶夫斯基 著　李以亮 译

- 《捍卫热情》（散文）
  【波兰】亚当·扎加耶夫斯基 著　李以亮 译

- 《索拉里斯星》（小说）
  【波兰】斯塔尼斯瓦夫·莱姆 著　赵刚 译

- 《遗忘的梦境——查特·盖佐短篇小说精选》（小说）
  【匈牙利】查特·盖佐 著　舒荪乐 译

- 《流星——卡雷尔·恰佩克哲理小说三部曲》（小说）
  【捷克】卡雷尔·恰佩克 著　舒荪乐、蒋文惠、程淑娟 译

- 《神殿的基石——布拉加箴言录》（箴言）
  【罗马尼亚】卢齐安·布拉加 著　陆象淦 译

- 《十亿个流浪汉，或者虚无——托马斯·萨拉蒙诗选》（诗歌）
  【斯洛文尼亚】托马斯·萨拉蒙 著　高兴 译

第四辑

- 《耻辱龛》（小说）
  【阿尔巴尼亚】伊斯梅尔·卡达莱 著　吴天楚 译

- 《三孔桥》（小说）
  【阿尔巴尼亚】伊斯梅尔·卡达莱 著　施雪莹 译

- 《接班人》（小说）
  【阿尔巴尼亚】伊斯梅尔·卡达莱 著　李玉民 译

- 《绝对恐惧：致杜卞卡》（小说）
  【捷克】博胡米尔·赫拉巴尔 著　李晖 译

- 《严密监视的列车》（小说）
  【捷克】博胡米尔·赫拉巴尔 著　徐伟珠 译

- 《雪绒花的庆典》（小说）
  【捷克】博胡米尔·赫拉巴尔 著　徐伟珠 译

- 《温柔的野蛮人》（小说）
  【捷克】博胡米尔·赫拉巴尔 著　彭小航 译

- 《无常的夏天》（小说）
  【捷克】弗拉迪斯拉夫·万楚拉 著　张陟 译

- 《赫贝特诗集（上、下）》（诗歌）
  【波兰】兹比格涅夫·赫贝特 著　赵刚 译

- 《垃圾日》（小说）
  【匈牙利】马利亚什·贝拉 著　余泽民 译

第 五 辑

- 《壁画》（小说）
  【匈牙利】萨博·玛格达 著　舒荪乐 译

- 《鹿》（小说）
  【匈牙利】萨博·玛格达 著　余泽民 译

- 《两座城市：论流亡、历史和想象力》（散文）
  【波兰】亚当·扎加耶夫斯基 著　李以亮 译

- 《另一种美》（散文）
  【波兰】亚当·扎加耶夫斯基 著　李以亮 译

- 《思想的黄昏》（随笔）
  【罗马尼亚】埃米尔·齐奥朗 著　陆象淦 译

- 《着魔的指南》（随笔）
  【罗马尼亚】埃米尔·齐奥朗 著　陆象淦 译

- 《乌村幻影》（小说）
  【罗马尼亚】欧金·乌力卡罗 著　陆象淦 译

- 《裸浴场上的交响音乐会——罗马尼亚 20 世纪小说精选》（小说）
  【罗马尼亚】诺曼·马内阿等 著　高兴等 译

- 《我行走在你身体的荒漠——立陶宛新生代诗选》（诗歌）
  【立陶宛】阿纳斯·艾利索思卡斯等 著　叶丽贤 译

- 《魔鬼作坊》（小说）
  【捷克】雅辛·托波尔 著　李晖 译

第六辑

- 《简短，但完整的故事》（小说）
  【波兰】斯瓦沃米尔·姆罗热克 著　茅银辉、方晨 译

- 《三个较长的故事》（小说）
  【波兰】斯瓦沃米尔·姆罗热克 著　茅银辉、林歆、张慧玲 译

- 《挑衅以及其他故事》（小说）
  【阿尔巴尼亚】伊斯梅尔·卡达莱 著　李焰明 译

- 《娃娃》（小说）
  【阿尔巴尼亚】伊斯梅尔·卡达莱 著　张雯琴、宋学智 译

- 《天堂超市》（小说）
  【匈牙利】马利亚什·贝拉 著　余泽民 译

- 《秘密生活》（小说）
  【匈牙利】马利亚什·贝拉 著　余泽民 译

- 《蓝色阁楼寻梦》（小说）
  【罗马尼亚】阿德里亚娜·毕特尔 著　陆象淦 译

- 《两天的世界（上、下）》（小说）
  【罗马尼亚】乔治·伯勒伊泽 著　董希骁、Mara Arion 译

- 《生活边缘的女孩》（小说）
  【罗马尼亚】米尔恰·格尔特雷斯库 著
  张志鹏、林慧芬、陈进、李昕 译

- 《希特勒金钱》（小说）
  【捷克】拉德卡·德内玛尔科娃 著　姜蔚茜 译

· 部分书名为暂定，以出版时为准 ·